講談社文庫

最期の喝采

ロバート・ゴダード｜加地美知子 訳

講談社

船乗りにして作家、論客にして嘘をあばく名手、
そして、我が追慕の念抑えがたき友マーカス・パリサー
（一九四九—二〇〇二）に捧ぐ

●目次

最期の喝采

●主な登場人物〈最期の喝采〉

トビー・フラッド　舞台俳優
ジェニー・フラッド　トビーの妻。トビーとは離婚訴訟中
ロジャー・コルボーン　ジェニーの婚約者
デリク・オズウィン　ジェニーを見張る男
デニス・メイプル　トビーの代役
ウォルター・コルボーン　ロジャーの父
モイラ・ジェニングズ　トビーのエージェント
ケネス・オズウィン　デリクの父
シド・ポーティアス　トビーのファン
オードリー・スペンサー　シドの女友達
ガヴィン・コルボーン　ウォルターの弟
イアン・メイプル　デニスの弟
モーリス・キルナー　コルボナイト社に雇われた化学者
アン・コルボーン　ウォルターの妻
ディーリア・シェリンガム　ウォルターの妹

二〇〇二年十二月の第一週にブライトンで録音したテープからの書き起こし

日曜日

きょうの午後、列車から降りたときにわたしを襲った感覚は、わたしが予期していたものではなかった。十二月の日曜日に旅をするとなれば、きっとそうにちがいないと思ったとおり、長くて気の滅入る道中だった。ほかの仲間はほとんどロンドン経由の移動を選んでいて、彼らはあすにならないとここへやってこない。わたしも彼らと行動をともにすることはできた。が、そうする代わりに、自分からすすんで、海岸沿いをのろのろ走るサウス・セントラルの鈍行を選んだのだ。よごれた列車の窓の外を、沿道の家々のくすんだ冴えない裏庭が次から次へと切れ目なく流れ過ぎていくあいだ、わたしには自分の精神状態を分析する機会はたっぷりあった。もちろん、自分がロンドンへ行かなかった理由はわかっていた。きらめく明かりや無謀な仲間を避けるよう、医者が命じた理由もはっきりわかっていた。じつのところ、大都会へ逃げこんだら最後、ブライトンへはやってこなかったかもしれない。ずんずん絶望的になっていく今回のツアーの最後の週など、すっぽかしてしまおうと決めて、ガントレットの意向しだいでは、彼から訴えられる羽目になったかもしれない。それゆえ、ここまで確実にわたしを連れてきてくれる、ただひとつの道筋を選んだのだ。それは実際にそうしてくれた。時間のかかる、寒くて気の滅入る旅だったが、ともかくここまで連れてきてくれた。そうして、いざプラットフォームに降り立ったとき……

その感覚に襲われたがために、わたしは今、こうして機械に話しているのだ。その感覚を正確に言いあらわすことはできない。かならずしも虫の知らせではない。興奮でもない。予感ですらない。その三つのあいだをすり抜ける何か。戦慄…身震い…うなじの毛が逆立つ感覚…わたしの墓を忍び足で歩く幽霊。それは、ブライトンでわたしを待ち受ける大きな失望の前触れ以外のものだとは、考えられなかった。しかしながら、改札口を通り抜けるまえにすでに、それ以外の何かがわたしを迎えるために用意されていることを、強くはっきりと感じとった。だがいずれにしても、それ以外のもののほうがわたしにとっては好ましい、そのときにはそう思ったのだった。

もちろん、わたしはその感覚を即座に信じたわけではなかった。どうして信じるだろう？　だが、今では信じている。なぜなら、それはすでに起こりかけていた。今回のツアーがそこに至る道のりであったことを、わたしはもっと早くに認識すべきだったかもしれない。そして、ここ、ブライトンがその道のりの終着点なのだ。

テープに録音することは、わたしのエージェントのアイディアだった。この頼りないロバのような芝居が、大当たりをとれる強力な種馬のごとくに感じられて、その見込みだけでも、〈リヴァー・カフェ〉でのランチに値すると思われたあの晴れた夏の日に、彼女が実際にわたしに勧めたのは日記だった。ウェスト・エンドに到達するまでに、俳優たちが彼らの役柄に磨きをかけ、台本に秘められた深い意味を見いだしていく過程を記録しておく、というのがモイラの頭にあった考えだった。ガントレットがわたしに支払うのをますますしぶるようになっている、二千ポンドの週給を補うために、それを新聞に連載できるかもしれないと彼女は考えたのだ。それはすばらしい響きをもっていた。(モイラの言うことの多くがそうだったが)わたしはその言葉に力を得て、ロンドン公演がまだわたしの思考のなかをぐるぐる回っていたころに、この安っぽい小型録音機を買ったのだった。今はそうしてよかったと思っている。

だがじつのところは、これがそうしてよかったと思った最初のときだ。わたしはギルフォードにいたころに、始めもしないうちから日記の録音をやめてしまった。ギルフォードの〈イヴォンヌ・アルノー・シアター〉が、世界初演の、われわれの誇るべきこの作品を上演してくれた。あれからたったの九週間しか経っていないのだろうか？むしろ九ヵ月間だったように、ウェスト・エンドへ舞台を移す望みはないとガントレットに告げられて以後、死産という避けられない結果に至る、辛くて苦しい妊娠期間だったように感じられる。クリスマスのお伽芝居のシーズンをわたしは神に感謝する。それがなければ、彼は何かの魔法のようにぱっと評判がよくなることを願って、われわれに巡業を続けさせる気になっていたかもしれない。現状では、次の土曜日に幕がおり、そのままそこで終わりになる公算が大きい。」

こんなふうになるはずではなかった。昨年、称揚された劇作家、故ジョー・オートンの、これまで知られていなかった戯曲が発見されたと発表されたとき、作者が彼だという理由だけで、多くの人々がそれは傑作だと考えた。結局のところ、それ以上のどんな証拠が必要だっただろう？　彼は『スローン氏のもてなし』『戦利品』『執事は何を見た』といった戯曲をわれわれに提供した男なのだ。それと同時に、夭逝したことによって、天才アナキストとしての名声を不動のものにした男なのだ。彼は一九六七年八月に、イズリントンのフラットで愛人のケネス・ハリウェルによって殺害された。わたしは彼の伝記や刊行された日記を持ちまわったおかげで、彼のけたはずれの人生に関するすべての事実に精通している。それらはわたしに霊感を与えてくれるだろうと考えた。そのことを高く評価した。だが、なんら効果はなかった。

『気にくわない下宿人』の原稿は、オートンとハリウェルが以前住んでいたフラットの床板の下で、配管工によって発見された。それが発見された状況をオートンはおもしろがったことだろう。実際に彼がジョークとしてそれをそこに置いたのかもしれない。それとも——こっちの推測のほうがわたしは気に入っているが——ハリウェルが彼の精神崩壊の最終期に原稿を隠し、そのあとまもなく、ハンマーでオートンの頭をたたきつぶしてから、自身も致死量のネンブタールを飲んで自殺したのかもしれない。オートン研究の専門家たちは、戯曲は一九六五年から六六年にかけての冬に書かれたと考えており、『戦利品』が、惨憺たる最初のツアーのあとで再上演されることになったときに、彼はその執筆を中断したと推理している。今、そのことを考えると、そのツアーは、わたしがこの秋、主役として率いてきた配役陣が経験した状況に、奇妙なほど似ている。もちろん、『戦利品』は二度目には当たったが、それはオートンがまだぴんぴんしていて、それが再上演されることを望んだからだった。皮肉なのは、『戦利品』の仕事に戻るために、彼がいちばん下の引きだしに(もしくは、床の隙間に)しまいこんだ戯曲、『気にくわない下宿人』を彼が救いだせないことだ。われわれは自力でやるしかない。ほんとに、それしかないようだ。

芝居のことはもうたくさんだ。われわれ——わたしの仲間の俳優たちとわたし——は、その将来性やその問題点を分析してきた、その話題にうんざりするまで。うんざりして、いやになるまで。この芝居はわたしのキャリアを以前の正常な軌道に戻してくれるだろうと、というか、とにかく、二、三年前になぜかそっちへそれてしまった側道から、ひっぱりだしてくれるだろうと思われていた。なにしろわたしは、ロジャー・ムーアがやめたとき、新しいジェームズ・ボンドになる可能性があった俳優なのだ。それは真実だと知っていてさえ、今ではなぜか信じられないことに思える。そしてさらなる真実は、人は下りはじめるまでは、自分が上るのをやめてしまった事実に気づかないということだ。

もちろん、それを見つけるだけの明敏さがあれば、または、自分からすすんでそれを見つけようとする意欲があれば、徴候はたくさんある。わたしの名前は今はポスターの最上位にあるが、わたしの弟役を演じているマーティン・ドナヒューは、われわれがもう一度いっしょに役を割り振られる状況になれば、わたしの主役の座を脅かすだけの評価をかちとり、この惨憺たる興行のなかから頭角をあらわすことに成功している——だが、わたしとしては当然ながら、そうならないように全力を尽くすだろう。以前だったら、われわれの野心的な舞台監督補佐であるマンディ・プリングルも、ドナヒューではなく、わたしに目をつけたはずだ。だがそれはもう過去の話だ。遠い過去ではないにしても、やはり過去の話だ。彼らはブライトンでの一週間に期待しているのだろう。彼らは、わたしがサセックス‐バイ‐ザ‐シーでの週を期待しているとは、明らかに考えていない。だが、わたしは期待している。すくなくとも今は。

プールでは昨夜はひと晩じゅう雨で、けさ列車に乗ったときにもまだ降っていた。ブライトンも土砂降りに見舞われたにちがいないが、駅を出て、穏やかな灰色の夕暮れのなかを、もっと濃い灰色がひろがる海のほうに向かって、クイーンズ・ロードを重い足取りで南へ歩いていくときには、あたりは乾いていた。わたしはすでにあの奇妙な予感を振り払っていた。このあとの六日間の魅力のない役柄をまさしく受け入れていた。そして、いかなる種類の記録であれ、それらの日々を記録に残そうなどとは考えてもいなかった。

チャーチ・ストリートに沿って東に曲がった。それは目的地へ行くにはじゅうぶん適切なルートだったが、そのルートを選んだのは、そこからニュー・ロード沿いの迂回路にまわり、〈シアター・ロイヤル〉の馴染みのある古めかしい建物の正面を通ることができるからだった。わたしがプロとしてその劇場の古びた舞台にあがるのは、これが四度目だったが、近い未来が約束している『気にくわない下宿人』の八回の舞台出演を、これまでのほかの三度のどれとでも、わたしは喜んで取り換えるだろう。

足をとめてポスターをじろじろ眺め、三ヵ月前に写真を撮影して以後、目につくほど老けただろうかと考えた。わからなかった、最近は鏡で自分の顔をゆっくり眺めたことが全然なかったから。とはいえ、それはたしかにわたしだった。そして、それを証明するように、そこにはほかの人たちの名前とともに、わたしの名前も記されていた。レオ・S・ガントレット制作上演『気にくわない下宿人』、作者ジョー・オートン、出演者トビー・フラッド、ジョーカスタ・ヘイズマン、マーティン・ドナヒュー、エルザ・ホートン、フレデリック・ダグランス、十二月二日月曜日から七日土曜日まで。午後七時四十五分開演。木曜日と土曜日のマチネーは午後二時三十分開演。わたしの心の一部は、ポスターに〝公演中止〟のステッカーが貼ってあることを切望していた。だが、ステッカーは貼ってなかったし、貼られることもない。われわれは公演をおこなう。逃れるすべはない。週の終わりまでは。

わたしはぐずぐずせずに、ロイヤル・パヴィリオンの横をオールド・ステインのほうへぐるっとまわってから、セント・ジェームジズ・ストリートを東に向かった。〈シー・エア〉は、マリン・パレードにくだっていく、宿屋がぎっしり並んだ何本もの通りのひとつ、マデイラ・プレースにあるホテルで、もっとも上品なホテルでもなければ、もっとも安いB&Bでもなかった。しかし女主人のユーニスは俳優にとても親切で、冬場で休業中だったにもかかわらず、喜んでわたしのためだけにホテルを開いてくれた。ツアーがかんばしくない状態から、ますます悪くなり、芝居の目先の見通しがしぼんでいくにつれ、賞賛を浴びることは問題外としても、自分のキャリアを売りこむための金を持っていなければと考えるようになり、わたしは宿泊費用を節約しはじめた。いずれにしてもユーニスのホテルに宿泊することを選んだだろうが、料金をべつにしても、今のわたしにとって〈シー・エア〉に滞在することには多く利点があった。そのなかでも第一に挙げられるのは、ほかの仲間は誰一人そこに泊まらないことだった。それについてはユーニスがこう言ったのだ。「わたしは集団にうまく対処できないのよ、トビー。みんなでわーっとやってきて、ざーっと出ていく。あれじゃお風呂のお湯だわ。わたしにはあなた一人がちょうどいいと思うの」

季節はずれの時期にここへやってきて、夏の休暇客の幽霊たちと食堂を共有するのは初めてのことだった。ユーニスの静かで落ち着いた気質と、彼女があらゆる騒音を嫌うおかげで、そこは心の安らぐ家だった。彼女の猫のピンキーでさえ、うるさく喉を鳴らさないことを学んでいる。ユーニスは結婚式をあげ、婚約指輪をはめている、れっきとしたミセス・ローランドソンだが、ミセス・ローランドソンが話題にされることはなく、それは、一時期は実在したが、くわしく語られることのない存在だった。本当のことを言うと、たとえそうしたくても、ユーニスは指輪をはずすことができないのだ。彼女は細い女性ではない。しかも、どんどん太くなっていくのだ。彼女がしみひとつない、フロック・ペーパーを貼った玄関にわたしを招じ入れ、アックスミンスターカーペットを敷いた階段を上って、アールデコ美術館のような家具調度をそなえた、二階正面の寝室へと案内するあいだも（その寝室の張り出し窓からは、通りの反対側にある、ことそっくりの造りの、古びた、むさくるしい建物が見えていた）地下の彼女のフラットからは何かを焼くいいにおいが漂っていた。

「お茶はいかがです?」わたしがバッグをどさっと投げ落として、静かに迎えてくれる部屋のほうに心を戻したとき、戸口から見守っていたユーニスがそう問いかけた。

「それはありがたいな」とわたしは答えた。

「ケーキは? あなたには元気づけるものが必要なように見えるけど」

彼女の言うとおりだった。まさにどんぴしゃり。わたしは微笑を洩らした。「ケーキもよさそうだね。ああ、それから、きのうの《アーガス》はあるかい、ユーニス?」

「たぶん見つかると思いますよ。でも、あなたの興味を引くような記事はあまり出てないでしょうけど」

「映画の案内を見たいだけなんだ。今夜は映画を観にいけると思うから」

「うーむ」彼女は冗談ではなく、さあ、それはどうかなという顔つきになった。

「どうかしたの?」

「わたしがあなたなら、はっきりした計画なんか立てられませんね」

「どうして?」

「さっきあなたに電話がありましたよ」

その言葉に戸惑いをおぼえた。わたしが泊まるところを知っている人間なら、わたしの携帯のほうへかけてきそうだ。「誰から?」すぐにそう訊ねた。

「奥さんから」

「妻から？」

戸惑いはたちまち謎になった。ジェニーとわたしは形の上ではまだ結婚しているが、それは、離婚仮判決が確定するまでに、あと一ヵ月ほどかかるからだった。彼女の未来の夫の田舎のお屋敷は（そう、ウィックハースト・マナーはわたしにはお屋敷という感じなのだ）ブライトンの北、わずか数マイルのところにあるので、ジェニーは今度の公演を観にくるつもりだろうかと、列車のなかでわたしもついそう考えたのだった。たぶんこないだろうとわたしは思った。彼女はわたしと距離をおこうとしている。わたしの存在を心の外へ追いだそうとしている。ところが、どうもそうではなかったようだ。

「ジェニーがここへ電話してきたの？」

「ええ」ユーニスは頷いた。「あなたと会いたいんですって、トビー」

そろそろ白状したほうがいいだろう。ずっと以前から気づいていたことを認めたほうがいいだろう。わたしは妻を愛している。つまり、もうすぐわたしの元妻になる女性を。ずっとそうだった。これまでかならずしもその事実を認めなかった、というか、それにふさわしい振る舞いをしなかっただけだ。俳優の結婚は、俳優自身と同様に、不安定で揺らぎやすいとされている。われわれはどこで役が終わり、どこで始まるのかわからなくなることがある。役がないときには、自分でつくってしまうことがある。たいていの場合、われわれは登場人物を創造するのではなく、演じわけるために、持ち合わせのストックのなかのひとつのキャラクターを演じることになりがちだ。大酒のみ、スピード狂の女たらし、いつもいつもひとつのタイプか、べつのタイプにどっぷり浸かっている。仮面を剝がれたら何があらわれるか不安で、いつも仮面をつけているほうが楽なのだ。

それはジェニーとわたしのあいだの問題のひとつにすぎなかった。しかも皮肉なことに、それはここ数年のあいだに完全に解決した問題だった。今ではわたし自身にもわかっている、おそらくは充分すぎるほどに。けれども自覚のやってくるのがすこし遅すぎた。自分の心の働きを理解するのに半世紀近くもかかるなんて、そんなことは認められないのだ。まったく理解できないよりはましだと思うけれど、それに異を唱える人もいるかもしれない。

不貞行為や軽率な振る舞い、無視された週末や破られた約束、そういったもろもろのことがあったとはいえ、それでもわたしたちはうまくやっていただろう、わたしたちのどちらもが予測できなかったことさえ起こらなければ。それは、息子を持ったこと。そして、そのあと彼を失ったこと。そら、そのことも話してしまった。彼の名前はピーター。彼が誕生した。彼は四年半生きた。そしてそのあと、死んでしまった。わたしたちが楽しむはずだったライフスタイルにぴったりだった大きすぎる家。その家にぴったりだった大きすぎるプール。彼はそこで溺死した。

わたしたちはたがいに相手を責めた。それは無理からぬことだった。しかしながら、責任を相手になすりつけるのではなく、ともに分かち合うべきだった。過去を変えることはできない。未来を変えることもできないのかもしれない。だが現在を打ち破ることはできる。ああ、そうとも。それを完全にこわしてしまうことはできる。

ジェニーがわたしの許を去ったとき、こうするのがいちばんいいのだとわたしは自分に言い聞かせた。「わたしたちのどちらにとっても前へ進むべきときだ」といった陳腐な決まり文句が再三再四、わたしの口から洩れた。わたしはそれを信じてさえいたのかもしれない。しばらくのあいだは。

だが、もう今はちがう。彼女を行かせるべきではなかった。事態をちがったふうに処理すべきだった。まったくちがったふうに。後知恵というのはとりわけ容赦ない見解だ。それは真実を剝きだしにする。

そして、自分がもたらしたダメージを償うために、わたしにできることは何もないというのが厳しい現実だった。引き返すすべはない。とにかくわたしはそう言っただろう。今夜までは。

ジェニーはユーニスに携帯の番号を伝えていた。それにかけると、すぐに彼女が出た。わたしがどうにか口にできた挨拶は「ぼくだよ」という言葉だけだった。

「わたしから電話があったと聞いて驚いたでしょうね」かなり長い間があって、そのあと彼女はそう言った。

「ああ、そう言えるね」

「会えるかしら？」

「そう持ちかけられて反対したためしがあったかな？」

答えるまえに、彼女が溜め息を洩らしたのが聞こえた。「会えるの？」

「ああ。もちろん」

「今夜は？」

「いいよ」

「忙しくはないの？」

「どう思う？」

またしても溜め息。「こんなの無意味だわ、あなたがそんなふうに——」

「きみがぼくを必要としてるんなら、ぼくはどんなことでも承知するよ、ジェニー、わかるね？」会いたい理由を訊ねることもできた、たぶん訊ねるべきだったろう。だが、わたしはあえて訊かなかった。「どこで、何時に？」

午後六時のパレス埠頭はほぼ完璧な静寂に包まれていた。ほとんどのバーやアトラクションは閉まっていたが、娯楽館だけは、そこのスロットマシンに金を注ぎこむ気になった人のために開いていた。眼下の浜辺に波がゆっくりゆっくり吸いこまれていくかたわらでは、ハンガリー語のように聞こえる言葉をしゃべっているカップルが、風よけのシェルターのひとつで体を寄せ合って、一袋のポテトチップスを分け合っていた。どう見てもこの指定された場所は、ジェニーの本来の生活環境とはあまりにもかけ離れているように思われた。

けれども、らせん滑り台やメリーゴーラウンドが冬の暗闇にくるまれている埠頭の先端にたどり着いたとき、べつの考えが頭に浮かんだ。目撃者が、とりわけ彼女を知っている可能性のある目撃者がいないからという理由で、ジェニーはわたしと会うのにここを選んだにちがいない。彼女はわたしといっしょにいるところを見られたくないのだ。そこが肝心なのだ。埠頭は内密の話にはうってつけだと彼女が確信できる場所だった。

反対側を半分ほど戻ったあたりで彼女は手すりによりかかっていた。黒っぽいロングコートにブーツという装いで、ぼんやり浜辺を見おろしていたが、毛皮で縁どりした帽子のつばで顔は隠れていた。彼女を捜していなければ、気づかなかったかもしれない。だが、彼女のほうがおそらくわたしに気づいただろうが。

「散歩にはすばらしい夜だね」わたしはおもしろくもない言葉を口にしながら近づいて

いった。「あとでバーベキューというのはどうだい？」

「ハロー、トビー」彼女は振り向いてわたしに視線を向け、こわばった作り笑いをちらっと浮かべた。「きてくれてありがとう」

「元気そうだね」（これはすこしばかり控えめな表現だった。わたしと別れたことは明らかに彼女にとってよかったようだ。そのせいなのか、それとも、ブライトンで腕のいい美容師を見つけたのか、どちらかだ。わたしとしては、あとのほうを信じたいところだが）

「すわりましょうか？」彼女が問いかけた。

「座席を見つけられればね」この返事は作り笑いさえ誘わなかった。

いちばん近いシェルターのなかのベンチは、雨水の滴でまだら模様になり、灯火を浴びてキラキラ光っていた。わたしが水をちょっと払いのけたとき、反対側のシェルターから二言三言、ハンガリー語が聞こえてきたような気がした。わたしたちは腰をおろした。

「ポテトチップスなら買えるよ」わたしは肩ごしに、さっき通ったキオスクのほうへ顎をしゃくった。「五十ペンスのをいっしょに食べようか？」

「いいえ、けっこうよ」

「風の吹きぬける海岸遊歩道で、最後にチップスをいっしょに食べたのはいつだったたっけ？」

「そんなことあったかしら？」

これはいい展開ではなかった。ジェニーはわたしに会ったことをすこしも喜んでいないようだ。それは妙だった、彼女の頼みでわたしたちは会っているのだから。

「公演のほうはどんな具合？」彼女は唐突にそう訊いた。

「本当に知りたいのか？」

「ジミー・メイドメントのことを読んだわ」

なるほど、それは意外ではなかった。かつてほどの名声はなかったとはいえ、有名な喜劇俳優の明らかな自殺は、あちこちで多くの見出しになった。彼が出演することになっていた『気にくわない下宿人』の幕が開く前日に、地下鉄でジミーが投身自殺した事実は、この芝居が彼のキャリアを、あるいは、ほかの誰かのキャリアを復活させるだろうという見通しを彼が疑問視していたことを、他の配役陣に知らせるためのジミー特有の警告だったととらえるべきかもしれない。そうではなく、彼は酔っ払って足を踏みはずしただけかもしれない。時がくれば、検視官が彼の見解を述べるだろう。だがいずれにしても、それはいい前触れではなかった。わたしは彼がいないと困るのだ。そしてこの公演も、彼がいなければうまくいかないのだ。

「さぞショックだったでしょうね」ジェニーが言った。「彼は落ちこんでたの？」

「いつだってそんなふうに見えたよ」

「評論家たちは考えてるようだわ……」

「彼抜きでは、われわれは成功しないと。知ってるよ。それは本当だ。フレデリック・ダランスはジミーにはおよばない。だが、それだけが問題ではないんだ。しかし、どこで巡業がまずくなったのかを分析するために、きみはぼくに会いたいと言ったわけじゃないはずだ、だから——」

「ごめんなさい」遮った彼女の声がすこしやわらいでいた。

短い沈黙が流れた。海が埠頭の下で心のなごむやさしい音を立てている。「ぼくのほうも悪かったよ」わたしはもごもご呟いた。

「ロンドンへ行けそう?」彼女が訊いた。

「いや、だめだ」

「じゃあ、ここで終わりなのね」

「明らかに」

「申し訳ないと思ってるのよ」

「ぼくとよりを戻したいと思うほど?」明かりのなかでおずおずとした笑みを彼女に向けた。「ただの冗談だよ」

「ロジャーといっしょにいて、とても幸せなの」わたしがそのことを疑っていると彼女は推測したようだった。実際はそうではなかったのだが。「わたしたちの結婚の日取りが決まったわ」

「しまったな、〈シー・エア〉に手帳を置いてきた」

ジェニーは溜め息をついた。わたしは彼女をいらいらさせていた。ずっと以前に自分では知らぬまに会得したわざだ。「すこし歩きましょう」彼女は言いおわらぬうちに立ち上がって、埠頭の板張りにブーツのヒールの音をこつこつ響かせながら、岸辺に向かって歩きだした。

「どこへ行くんだね？」彼女の横に並んでから、わたしはそう問いかけた。

「どこへも行かないわ。歩くだけよ」

「ねえ、ジェニー、ぼくが言いたいのはこういうことだ……きみが幸せならぼくは嬉しい。奇妙に思えるかもしれないけど、きみが幸せであるようにいつも願ってきた。ぼくにできることがあるのなら——」

「あるわ」彼女の声はきびしかったが、敵意にはほど遠かった。そのときだった、彼女がなぜこれほど苛立っているのか見当がついたのは。彼女はわたしに頼みごとがあるのだ。わたしにたいする彼女の最後の頼みは、彼女の人生から立ち去り、二度と関わらないでくれということだったから、どんなにうまくやろうとしても、これは非常に扱いにくい状況なのだ。「わたしのために、あることをやってもらえるかしら、トビー？」

「喜んで」

「どんなことかまだ聞いてもいないのに」

「それが正しいことではなかったら、きみはぼくにやってくれとは頼まないだろう」

それを聞いて彼女は微笑したようだったが、はっきりとはわからない。「困ったことがあるのよ」

「続けてくれ」

しかし彼女は、わたしたちが埠頭からそれて、左手には無人の浜辺がひろがり、右手にはほとんど車の往来のない海岸通りがのびている遊歩道を、西に向かって歩きだすまでは話を続けなかった。彼女が説明を始めるまえに、無言のまたっぷり一分は経過したにちがいない。その説明は、彼女からの、ちょっとまごつくような質問で始まった。

「〈プリマーズ〉について話したことはあったかしら?」

「いいや」というのが、わたしにとってもっとも当たり障りのない返事だった。彼女はかなり長いあいだ、わたしとはまったく話をしていない事実を、ここで指摘するのは適当でないと感じたから。

「それは、わたしがレーンズで経営してる帽子の店なの。とても楽しいのよ、その店をやっていくのが。じつのところ、かなり成功してるわ」

「きみはずっと自分でビジネスをやりたがってたからね」

「ええ。そして、いまやそれを手に入れたってわけ」

「それはすばらしい」

「ロジャーもそれには理解があるの」

「けっこうだな。ところで、ロジャーはどんな仕事をやってるんだね?」

「企業投資」それが正確にはどういうものなのかを、わたしがまだ考えこんでいるうちに、彼女はきびきびとあとを続けた。「あのね、このことはロジャーとはなんの関係もないわ。問題はね、妙な男が店のまわりをうろついてることなの。店の向かいにカフェがあるんだけど、彼はそこのウィンドー席にすわって、いつまでもお茶を飲みながら〈プリマーズ〉をじっと眺めてるのよ。わたしが店を開けるときとか閉めるときには、彼はそのあたりに立ってるし、ウィックハーストでも彼を見かけるわ。家のそばに小道があるんだけど、そこを歩くとかならず彼に出会うのよ」

「何者なんだ、その男?」

「わからない」

「彼に訊ねたことはないの?」

「二度ばかり話しかけたけど、応えないのよ。〝何かご用かしら?〟と訊いても〝いいえ〟と答えるだけで、そのあともうすこし見つめてから、ぶらぶら行ってしまうの。そんなだから、わたしもだんだん彼にいらいらしてきて。べつに害はないだろうけど、ともかく、どこかへ消えてくれないのよ」

「警察には通報したの？」

「どんな苦情を申し立てるの？　一人の男があるカフェをひいきにしていて、公道の小道を歩いている、って？　それじゃあ、むしろわたしのほうが加害者だと警察は考えるわよ」

「きみは被害者ってわけ？」

「そんなふうに感じるわ」

「たしかに彼を知らないんだね？」

「絶対に」

「どんな男？」

「ぞっとするような男」

「もうすこしうまく説明できるだろう」

「わかった。彼は……中年だと思うけど、でもちょっと子どもっぽいところもあるわ。成長しすぎた生徒といった雰囲気がある。変わり者で、社会にうまく順応できないような生徒ね。ダッフルコートを着てて、それにあらゆる種類の……バッジをつけてるわ」

「それなら、明らかに危険なやつだ」

「あなたがこのことを真剣に受けとめようとしないのなら……」彼女はつんと頭をそら

した。わたしにはお馴染みの仕草だ。

「ロジャーはどう言ってるんだ？」

「彼には話してないわ」それは彼女が告白したくないことのようだった、告げねばならないと承知してはいても。

「本当なのか？」

「ええ。ほんとよ」

今になって白状すると、裕福で、明らかにハンサムな彼女のフィアンセに、ジェニーが秘密にしていることがある——そして、それをわたしには打ち明けている——と知ったことで、わたしはそのとき小さなねじれた喜びを味わっていた。その喜びが、好奇心をかきたてる疑問からわたしの気を散らした。なぜ彼女はロジャーに話さなかったんだろう、という疑問から。すぐさま彼女のほうから答えを差しだした。

「ロジャーは仕事で旅行することが多いの。だから、彼にわたしのことで心配をかけたり、わたしのためにずっと家にいてもらったりするのはいやなのよ」

だがそれは本当らしく聞こえなかった。ジェニーはそんな言い訳はわたしには通用しないと承知しているはずだ。わたしは彼女をあまりにもよく知っている。彼女がなんと言おうが、ロジャーは独占欲が強いとは言わないまでも、過保護なタイプなのだとわたしは判断した。彼女が本当に心配しているのは、彼女の人生に新たにあらわれた男にストーカーから救ってくれと頼んだ場合、彼女の自立がおびやかされる恐れがあることなのだ。ジェニーは自分が自立していることを評価している。非常に高く。

「それに」彼女は言い足した。「彼に何ができるの？」

できることがいくつかぱっと頭に浮かんだが、あまり極端なものを口にするのは控えた。結局のところ、わたしだってご同様に、何ができるというのだ？「彼はその男を知ってるかもしれないよ」

「知らないわ」

「どうしてそう言い切れるんだ？」

「最近、わたしたちがいっしょのときに、その男がすれちがっていったの。さっき話した小道で。彼を知ってるのかどうか、ロジャーに訊ねたけど、知らないと答えたわ。きっぱりと」

「しかし、きみはその質問に重要な意味があることは説明しなかった」

「それはそうね。でもそれ以外にも……」

「なんだね？」

「その男とわたしとの繋がりがなんなのか、わかってるつもりよ。そしてそれはロジャーではないわ」

「じゃあ、なんだね？」

「誰ってことでしょ？」

「わかった、誰だね？」

「あなたよ、トビー」

「なんだって？」

二人とも足をとめ、相手のほうを振り向いた。帽子の陰になっているために、わたしには彼女の表情がはっきり見分けられなかった。けれども、彼女のほうはわたしの心が手に取るようにわかっただろう。彼女はいつだってそうだったから。彼女が読みとったにちがいないもの、それは不信だった。

「ぼく？」

「そのとおりよ」

「そんなことあり得ない。つまり……それじゃ筋がとおらないだろう」

「それでも……」

「どうしてそう断言できるんだ？」

「とにかく、できるの」

「いいだろう」わたしは折れた。「どうしてそう思うんだね？」

ジェニーは肩ごしに視線を投げた。若者のグループが近づいてくるのに、わたしより先に彼女は気づいた。わたしの腕にちょっと手を触れ、彼女は遊歩道のわきのほうへわたしを導いた。だが、いらざる用心だとわかった。若者たちはさっと道路を横切ってオデオン・シネマのほうへ走っていったから。それでも彼女は、話しはじめたときにまだ声をひそめていた。「〈ブリマーズ〉の店員のソフィーって娘が、その男が居座っているカフェへよく行くの。彼女も彼に気づいていたのよね。で、先週のことだけど、彼が買ってきたビデオを肘の横に置くところを、彼女が目にとめたの。彼はそれを袋からだして、見ようとしたのよ。それがなんのビデオだったか当ててごらんなさい」

暗い藍色の空に、黒いこぶのように浮かんでいる西埠頭の輪郭のほうへ視線を投げながら、わたしはちょっと考えこんだ。「『デッド・アゲンスト』」とわたしは呟いた。

「どうしてわかったの？」ジェニーは心底、驚いたようだった。十一年前に辛辣な批評と観客を動員できないことを理由に、わたしは契約を破棄されたのだったが、そのあまりにも短いハリウッド出演契約期間の最後の作品が『デッド・アゲンスト』だった。ヒチコックふうのスリラーで、わたしはそこで、ロサンジェルスの魅惑的な殺し屋の女を追跡するイギリスの私立探偵を演じたが、結局、『デッド・アゲンスト』からはなんのメリットも得られなかった。しかしながら、共演スターのニーナ・ブロンスキーはそのあとも順調に仕事を続けていった。それは、モイラによると、彼女の以前の映画の何本かがにわかにビデオショップの棚に並びはじめたからだというのだ。今後十八ヵ月間、印税の小切手が入ってくるのなら、わたしの憤懣《ふんまん》もやわらぐだろうが、そんなこともなさそうだ。

「いずれにしても、ぼくに結びつくようなビデオが何本も売られてるわけじゃないからね、ジェニー。それは『デッド・アゲンスト』にちがいないさ。だからといって、それになんの意味もありゃしない。その男はニーナ・ブロンスキーのファンなんだろうよ。彼は彼女を好みそうなタイプだもんな」

「まじめに聞いてよ、トビー。わたしはこの男のことで悩んでるのよ」

「そうだな、彼がもしもぼくのファンなら……」わたしは肩をすくめた。「ぼくにもなんらかの責任があるだろう」

「よしてよ、わたしはあなたを責めてるんじゃないわ。あの妙な男がわたしにつきまとわないように追い払いたいだけ」

「ぼくにどうやってそんなことができるんだね？」

「あすの朝、カフェへ行ってみて。彼に見覚えがあるかどうか確かめてほしいの。それとも、彼があなたに気づくかどうか」

「ぼくは十一年間でそんなに変わってはいない。彼はぼくに気づくはずだよ」

「それなら彼と話してみて。彼は何者なのかを探りだしてちょうだい。彼が何を望んでいるのかを。やってみてほしいの、あなたにできるかどうか……」

「彼を追い払うことが？」

「わたしが彼に望むのは、わたしをほっといてもらうことだけなのよ、トビー」

「それに、彼がきみにつきまとう理由をぼくに話すこと。彼がきみにつきまとってるのなら」

「それはあなたに関係のあることだわ。そうに決まってる。ビデオがそのことを証明してるわ。わたしたちが以前、結婚していたことを彼は探りだして――」

「ぼくたちはまだそうだよ、実際は。つまり、まだ結婚してるってこと」

ジェニーはその揚げ足取りにたいして、海のほうへちらっと視線を向け、ちょっと黙りこんだ。それからこう問いかけた。「やってくれる?」

「もちろん」わたしはにっこりした。「きみのためならどんなことだろうと、ジェニー」

わたしは本気だった。今もそうだ。しかしながら、ジェニーもじゅうぶん気づいていると思うが、この件にはそれ以上の何かがある。ビデオだけではなんの証明にもならない。わたしたちのダッフルコートの友達がわたしに関心があると仮定するのなら、彼がロジャーに関心がある可能性だってじゅうぶんにある。ジェニーは彼に心配をかけたくないと言う。だがおそらく、彼女はロジャーを完全に信用してはいないのだ。これが本当はどういうことなのかを、彼女は自分の思いどおりのやり方で見つけだしたいと思っている――それが帽子に病的に執着する者の日常的な習慣であるのならともかく、それ以外の何かにかかわっているのなら。そして、わたしが真実を探りだすことを当てにできると彼女にはわかっているのだ。なぜなら、わたしはまだ彼女を愛しているし、ふたたび彼女の愛をとり戻す望みを捨ててはいないから。彼女は危険なゲームをやっている、わたしのかつての、そして未来のジェニーは。

「ぼくは何時に姿を見せればいいんだね？」わたしは訊いた。

「彼は十時までそこにいるわ。間違いなく」

「今夜は早寝したほうがよさそうだな」

「店へはこないでね。わたしがあなたを送りこんだことを、彼に気づかれてはならないから」

「ベストを尽くすよ。即興演技はぼくのお手のものだからね」

「ありがとう、トビー」彼女の声には心からの安堵があった、おそらくは優しさも。ただし、そのことではわたしは自分を騙していたかもしれないが。「言葉では言いあらわせないほど感謝してるわ」

「電話しようか……そのあとで？」

「ええ。お願い」

「しかし、報告するために店へはこないでくれというんだね？」

「そういうわけじゃないけど。わたしは……」

「たぶんロジャーはおもしろくないだろう。そのことが彼の耳に入れば」

「このことはロジャーとはまったく関係ないわ」

ジェニーは帽子のつばの下に垂れた髪をさっとかき上げ、その仕草を利用してわたしの視線を避けた。「たまたまロジャーは仕事で、今はここにいないわ」

「そうなの？」

「ええ」彼女はそっけなく答えた。

「それなら、これはぼくたち二人だけの秘密だ」

「そんなふうにしておきたいのよ」

「わかった」わたしは了解した。今もわたしなりに了解している。わたしたちはたしかに合意した。だがそれは、すべてをあからさまにしないことによって成り立った合意だった。わたしたちのどちらもが完全に正直だったわけではない。

「もう行ったほうがよさそうだわ」ジェニーがふいに頭をぐいと動かして、そう告げた。「友人たちと待ち合わせして夕食をとることになってるの」

ジェニーはいつも友達をつくるのが上手だった。彼女がわたしの許を去り、友人のほとんどをいっしょに連れ去ってしまったときに、彼女がいかに上手だったかがはっきりわかった。

「じゃあ、これでね、トビー」

彼女が道路を横切り、映画館の前を通って、ウェスト・ストリートを歩いていくのを見送った。それから踵《きびす》を返して、パレス・ピアのほうへ、さらにその先の〈シー・エア〉のほうへ向かって遊歩道を歩きはじめた。

ホテルに戻ると、わたしがさっきより晴れやかに見えるとユーニスは言った。それが本当にしろそうでないにしろ、彼女はそう口にしたとき、かつてのロマンティックなバートンとテイラーの映像をわたしとジェニーに重ね合わせていたのだろう。けれども、玄関の鏡にちらっと目をやると、彼女が言ったとおりだとわかった。何週もの長い巡業中に、一度として目にしたことのなかったものがそこに映っていた。ちょっぴり楽観的な瞳のきらめきが。

ユーニスのステーキ・アンド・キドニー・プディングをたいらげたあと、わたしには散歩が必要だった。おやじがいつも言っていたように、下見に費やす時間がむだになることはめったにないから、レーンズへ出かけていき、うろつきまわって何度か行きつ戻りつしたあげく、ようやく〈プリマーズ〉を見つけた。しゃれたウィンドーの飾りつけや、単色の縞模様の色配合を眺めただけでも、ジェニーの趣味のよさがかなりはっきりと窺《うかが》えた。店の内部はあまり見えなかったし、ジェニーの指示にしたがうのなら、内部を目にするチャンスはなさそうだ。とはいえ、先のことは誰にわかるだろう？　わたしにはわからない。そんなチャンスを願うのみだ。

指定されたカフェも予想どおり閉まっていた。看板に出ている営業内容は、モーニング・コーヒー、軽いランチ、それにアフターヌーン・ティー。奥にはカウンターがあり、中央にはテーブルと椅子が配置され、ガラス張りの前面にはスツールつきの広いカウンターがめぐらされており、客はそこにすわって好きな飲み物を飲みながら、レーンズを行きかう世間の人々を眺めることができる。言うまでもなく、そこからならあなただって簡単に〈ブリマーズ〉を見張っていられる。けれども、あなた自身もどうしても向こうから見られてしまうのだ。見られることが、わたしのファンだということになっている男にとっての目的なのかもしれないし、そうではないのかもしれない。それについては、いずれわかるだろう。約束どおり明日になれば。

下見をすませてから、ブライトンでの興行のあいだ、たいてい最後に立ち寄るパブ――グレアム・グリーンがひいきにしたと言われている、ブラック・ライオン・ストリートの〈クリケッターズ〉――へぶらぶら歩いていき、考えこみながらビールを一パイント飲んだ。ブライトンでの日曜日はすでにわたしの予想を超えていたが、それは正直なところ、厄介なものではなかった。けれども、わたしを驚かせるものがまだ用意されていることには気づいていなかった。

わたしは入り口からは見えないバーの隅のテーブルに陣取り、中年の結婚している男と明らかに彼の妻ではない女がしだいに酔っていく様子を、ぼんやり眺めていた。日曜の夜はえてして、平日以上に病的状態をひき起こしかねない。その夜は現在のところ、わたしにとってその週でひと晩だけの自由な夜だったから、わたしはじゅうぶんに弁《わきま》えるべきだった。しかしながら、なにしろ今夜はすばらしく気分がよかった。

だから、一人の男がバーからにじり寄ってきて、「ごいっしょしてかまいませんか？」と言うなり、わたしの横にどすんと腰をおろしたとき、気が滅入らなかったのはその気分のせいだっただろう。

ひと目見るなり、パブでよく見かけるおしゃべりな男だという印象を受けた。背の低い、がっちりした体つき、涙っぽい青い目、静脈の浮き出た鼻と頬、薄くなった砂色がかった白髪、口のわりに大きすぎるように見える舌。明らかに腹のボタンがとまらない前立てのあるブレザーに、オフホワイトのシャツ、よごれたキャバルリーツイルのズボンという身なりだ。片手に赤ワインのグラスを持ち、もう片方の手には『気にくわない下宿人』の宣伝用ちらしを持っている。

「あなたはトビー・フラッドだよね、絶対にそうだ《アイム・ア・ダッチマン》」彼は言った。

「でも、あなたはオランダ人《ダッチマン》ではないよ」わたしはそう応酬した。

「酒をおごらせてもらえるかな？」

「今はけっこうだ、ありがとう」

「あなたを見て安心したよ、正直なところ」

「安心？」

「火曜の夜のチケットを持ってるんだ」彼はちらしをかざした。「だから、あなたがちゃんとやってきたとわかって嬉しいよ。おれはシド・ポーティアス。お会いできてよかった」彼は大きな、ソーセージのような指の手を差しだしてきたから、わたしとしても握手をするしかなかった。

「劇場へはよく行くの、シド？」わたしは思いきって問いかけた。

「いいや。すくなくとも、これまではそうじゃなかった。でも努力してるところ……視野を広げようと……自由になる時間が増えたから」

「退職したばかり？」

「かならずしもそうじゃない。むしろ……人員削減ってやつ。この町じゃ、そいつをうまくよけて、かわさなきゃならない。まあ、今じゃここも都市と呼ばれてるけどね。議員連中にはそのほうがけっこうなんだろうが、彼らの経費を負担してるおれたちには、なんの役にも立ちゃしない。とにかく、おれは今年、競馬より劇場(彼はそれをシーエイターと発音した)へ多く行ったとは、とても言えない。けど、たぶん来年は、ねえ？もうすぐ新年の決意のときがやってくるし、おれは心機一転、再出発したんだからさ……」

彼がしゃべりだした様子から、意識の流れのままの独り言をラストオーダーまで聞く羽目になりかねないと感じた。彼をその場に置き去りにする口実を実際に考えはじめたとき、彼のぐるぐる回るとりとめのない思考の世界に、ちょっとした沈黙の瞬間が訪れたのに気づいた。

「『ロング・オッズ』の新しいシリーズが始まる見込みは、トビー？」シドがいきなり問いかけてきた。「おれはあれにくぎ付けになってたんだ」

こう言うのは情けないが、そのことではシドはごく少数派だった。副業として秘密調査に首をつっこんでいる病みつきのギャンブラー（あるいは、これは逆かもしれない）を主人公とする、わたしの一九八七年のテレビシリーズは、エンパイア・デー（現在の連邦祝日コモンウェルス・デーの旧称）と同様、復活する見込みなどなさそうだ。「あるわけないよ」

「最近、テレビであなたをあまり見ないようだな」

「舞台に専念してるんだ。実演のほうがやりがいがあるからね」

「そうか、なるほど、たしかにそうだろうな。あなたのファンは本物のあなたを見られるもんね」

「そのとおり」

「この芝居であなたは多くの注目を集めるにちがいない。おれは楽しみにしてるんだ」

「それはどうも」

「おれは彼に会ったんだよね」

「誰に？」

「オートン」

おのれの正しい直感に反して、好奇心がかきたてられた。「ほんとに？」

「ああ、本当だとも」シドは芝居がかった様子で声をひそめた。「ここで。ブライトンで。彼が死ぬちょうど二週間前に。六七年の夏だよ」

オートンが一九六六年の十二月から、一九六七年の八月に死ぬまでつけていた日記を、わたしは熟知していたから、シドが言ったことはすくなくとも表面的には信用できると思われた。オートンとハリウェルは一九六七年の七月の終わりに、『戦利品』の共同制作者であるオスカー・ルーエンスタインといっしょに長い週末を過ごすために、ブライトンにやってきた。オートンはその訪問にほとほと退屈した。しかしながら、若き日のシドニー・ポーティアスがその場面にふらっとあらわれる話は記憶に残っていなかった。

「どうして彼と会うことになったんだ？」わたしはさりげなく訊ねた。オートンの性的嗜好を考えて、その場所として公衆便所が頭に浮かんだが、シドの返事はもっと当惑するようなものだった。

「ここのこのバーで彼と出会ったんだ。今みたいな日曜の夜だった。おれたちはどうってこともないお喋りをした。彼は自分が何者か言わなかった。言ったところで、その名前はおれにはなんの意味もなかっただろうがね。おれは無知な若造だった。だが、二週間ぐらいあとで新聞に載った彼の顔に気づいた。ちょっとしたショックだったよ、あれは。今、振り返ると、彼はおれに近づこうとしてたんだと思うな。奇妙だよね、そうだろう？」

「何がだね、はっきり言って？」

「ほら、彼と、そして、今はあなたと、日曜の夜に〈クリケッターズ〉で。それが奇妙でなきゃ、なんと呼ぶんだね？」

「偶然の符合と呼ぶよ」（それが事実だったのなら。だがその信憑性をわたしはむしろ疑っていた）「ほんのちょっとした偶然の符合と」

「それでも、あなたには用心してほしいね。おれ自身は迷信ぶかいたちじゃないが、あなたたち俳優は迷信ぶかいということになってる。スコットランドの芝居。スーパーマンのたたり。そういったすべてのたわごと」

「そんなこと気にしないようにしよう」

「あのね、おれは昔からのブライトンの人間だ。おふくろは『ブライトン・ロック』に端役で出たし、おれは『オー・ホワット・ア・ラヴリー・ウォー！』の群集シーンに出た。だから、俳優業界の名誉会員みたいに感じてると言っていい。あなたがここにいるあいだに、あなたのためにやれることがあったら――どんなことだろうと――ちょっと声をかけてくれ。おれの携帯の番号を教えとくからさ」彼はビールのマットに番号を走り書きして、それをわたしの手のひらに押しこんだ。「この町でおれの手にあまることとか、おれが見つけられないこととかは、あんまりないからね。どういう意味かわかるだろう？」彼はウインクした。

どういう意味か知りたいのかどうかはっきりしないまま、わたしは曖昧な笑みを浮かべてビールのマットをポケットに入れた。「その言葉、心にとめとくよ」

「そうしてくれ、トビー」彼はまたしても、さらにおおげさなウインクをしてみせた。「物知りにひと言、声をかけなかったばっかりに、あなたがトラブルに巻きこまれるなんてこと、考えたくないからさ」

シドを振り払うのは容易なことではなかった。彼はさらに〝どこかへ行こうぜ〟と、すっかりその気だった。彼を怒らせないように、わたしのとっておきの魅力をかなり引っ張りださねばならなかった。だがなぜか、彼がそう簡単に怒るとは思えなかった。その人柄のせいで彼は怒るわけにはいかないのだろう。

〈シー・エア〉に戻ってから、一九六七年七月終わりのオートンの日記を調べる機会に恵まれたが、それで問題が解消するどころか、さらに多くの疑問が生じた。彼とハリウエルは二十七日の木曜日にブライトンへやってきて、ショーラムのルーエンスタイン家に閉じこもって退屈な三日間を過ごしてから、三十一日の月曜日に立ち去った。奇妙にも、オートンが独りきりになれたのはまさしく日曜の夜だけだった。彼はハリウェルやルーエンスタインの家族といっしょに、新しいボンド映画『007は二度死ぬ』を観るためにオデオン・シネマへ出かけたものの、チケットが売り切れだった。ほかの人たちは代わりに『電撃フリント』を観ることにしたが、オートンは気ままなセックスを求めてぶらぶらすることを選んだ。彼は公衆便所《パブリック・コンヴィーニエンス》で異常に小さい男にフェラチオさせることに成功した。（オートンは〝コンヴィーニエンス（便利なところ）〟という語をきわめて自由に解釈しているようだ）そのあと彼は鉄道の駅でお茶を飲んでショーラムへ帰っていった。

そこには〈クリケッターズ〉についての言及はないし、シドニー・ポーティアスかもしれない無知な若造についての言及もない。オートンは彼自身やほかの人たちの話によると、あまりパブへは行かなかった。その出来事は事実のようには思えなかった。結局、シドは作り話をしたんだろうと結論をくだした。

だが、本当にそうだろうか？　明らかにオートンの研究家ではない彼が、どうやってあれだけ多くの正しい事実を手に入れたのだ？　たまたま彼がブライトンのパブで、そのあとまもなく故人になった偉大なジョー・オートンに出会うチャンスがあったのは、一九六七年七月三十日の日曜日の夜だけだった。

おまけにポーティアスの話には、すこしばかり不安をかきたてる要素があることも否定できなかった。海辺でのオートンの週末に迷信的な暗示がまったくなかったわけではない。彼のエージェントである伝説的な人物、ペギー・ラムジーはブライトンに家があった。彼女は土曜日の夜に偶然、彼らと出会って、彼らは夕食に出かける途中で彼女の家に立ち寄った。そこでオートンは、彼女が彼に見せたホルス——天国へ旅立つ者たちの霊魂に付き添うために、伝統的に墓に置かれる鳥に似せたエジプトの木の彫刻——について、彼らしい嘲笑的な批評をした。そうした無礼は運命に挑む所業だとペギーは考えた。案のじょう——あなたがそんなふうに考えたいのなら——オートンはその二週間後に死んだ。

もちろん、わたしはそんなふうに考えたくない。すくなくとも、考えないように努める。きょうの午後、わたしがユーニスに頼んでおいたので、彼女はきのうの《アーガス》をわたしの部屋へ持ってきてくれた。それを見ると、ちょうど今、オデオン・シネマで最新のボンド映画を上映している、一九六七年の七月と同じように。今夜、わたしはそれを観にいかなかった。ピアース・ブロスナンに羨望の眼差しを投げるだけだったとしても、観にいったところだが、いろいろ事情があって行けなくなった。ちょうどオートンが行けなくなったように。

そして今、わたし自身もある種の日記をつけている。まさしくオートンと同じように。

考えること、酒を飲むこと、話すこと。その三つとももうたくさんだ。自分に約束したように早めに寝なければならない。ところが、わたしの体内時計は、深更まで起きているほかの日々に合わせて調整されている。リラックスできそうもない。だが、話すのをやめることはできる。それはすくなくとも自分でコントロールできることだ。それにじつのところ、もうほかに話すこともない。今のところは。

月曜日

けさは八時半に——最近のわたしに関するかぎり意識のない時間《ホーラ・インカグニータ》に——目覚まし時計がわたしを起こした。そのめずらしい経験にも喜びはなかった。横目で窓の外を見ると、灰色の空と、風にあおられてハンバーガーの箱が道路をころがっていくのが見えた。髭剃り用の鏡で向き合った男は、ベストコンディションには見えなかった。

朝食をすませ、シー・フロントまで歩いていっても、まだしゃんとしなかった。しかし、守らねばならない約束があった。そしてそれは、わたしのバイオリズムがととのってくるまで待ってはくれない。わたしはレーンズに向かった。

指定された場所に到着したときには十時をまわっていたけれど、それほどの遅刻ではなかった。練習をつんだゆったりした歩き方でドアへ向かうあいだに友達を見つけたが、〈ブリマーズ〉の店内には目もくれなかったように、彼にもちらとも視線を向けなかった。目の隅から見たウィンドーのなかのダッフルコート姿の人影は、げんなりする早朝の出発が正しかったことを裏づけるにじゅうぶんだった。〈ブリマーズ〉の店主が見守っているかどうかわからなかったけれど、ジェニーには隠れているだけの分別があるよう願った。これは観客を必要としないショーだった。

　指定された時刻は、カフェインを求める労働者と足を休める買い物客で込み合う時間帯の切れ間だった。店は大陸ふうの雰囲気を目指していて、黒っぽい木がふんだんに使われ、第三共和制当時のパリのセピア色の写真が何枚も飾ってあったが、明るく快活な店員たちと大陸ふうではない客たちのおかげで、その狙いはあまり成功していなかった。友達がそのいい見本だった。ダッフルコートとジーンズにデザート・ブーツ（ゴム底でスエード革製の編み上げ靴）という身なりは、シャンゼリゼよりはむしろ核兵器廃絶運動の行進にふさわしかった。薄めのエスプレッソと贈呈本の『インディー』を持ってわたしが腰を落ちつけたところからは、なんのバッジか見分けられなかったけれど、彼の前のガラスにぼんやり映っているコートには、すくなくとも六個のバッジがつけられていた。彼はウィンドーごしに道の向こうの〈ブリマーズ〉をじっと見ている。目の前には開かれた本が置いてあったが、それは彼の注意をほとんど引きつけていなかった。

　彼の注意を引きつけないという点では、わたしも同様だったから、彼がジェニーに関心をもつ理由を解く鍵はわたしだという、彼女の主張が怪しくなってきた。それと同時に、彼がわたしに注意を向けないために、どうやって彼に近づいたらいいかという問題が生じた、わたしが前もって考えていなかった問題が。彼は『デッド・アゲンスト』のビデオを持っていなかったし、わたしが店に入っていったときにもなんら興味を示さなかった。わたしの方向へコートのボタンがぐいと動くことすらなかった。

横顔を眺めたかぎりのわたしの印象では、ジェニーは彼をほぼ正しく描写していた。中年のお母さんっ子、彼の母親がまだ生きているにせよ、いないにせよ。コートの下には明らかに手編みのセーターが見えている。茶と灰色が混じったもじゃもじゃのプディング型の髪の毛。十五年は流行遅れの、鼻の途中にちょこんとのっている眼鏡。コーヒーを飲むとき、両手でカップを持って用心しながら唇まで持っていく仕草。きのうの午後、わたしの列車がブライトンの駅に入っていったときに、彼がぶきっちょな手つきでノートを持ち、プラットフォームの端に立っていたとしても場違いではなかっただろう。

だが、すべての俳優が承知しているように、固定観念にとらわれるのは危険なことだ。それにとらわれると惑わされることになりかねないし、そんな経験をするのは惨めだ。わたしは注意ぶかくこれを扱わねばならなかった。エスプレッソのあと、さらにラッテを飲みながら、できるだけもっともらしい作り話をいそいででっちあげた。それから、ぶらぶら彼のかたわらへ近づいていった。

「失礼ですが」わたしは声をかけた。「地元の方ですか?」

「ええ」と彼は答え、ゆっくり頭をねじってわたしを見た。「そうですよ」動作と同じように、彼はゆっくりと舌足らずの発音で話した。わたしを認めた気配はちらとも彼の目をよぎらなかった。

「わたしはブライトンには不案内でして。ちょっと道すじを教えていただけるでしょうか？」

「たぶん、わかるでしょう」

ようやくわかったが、じつはバッジは、エルジェの漫画『タンタン』のキャラクターたちを描いた、エナメル塗りのブローチだった。キャプテン・ハドック、スノーイ、プロフェッサー・カルキュラス、トムソンの双子たち、そして当然ながら、額の上に前髪が突き出た伝説的な主人公、タンタンその人。「公共図書館を捜してるんです」わたしは続けた。(あまりうまくない口実だとわかっていたが、やむをえなかった)

「見つけるのは……むずかしいかもしれませんね」彼はかすかに笑みを浮かべた。「移転したんですよ」

「そうなんですか？」

「ニュー・イングランド・ストリートに移ってます」

「わかりました。で、それは……」わたしはなにげなく彼が読んでいる本に視線を落とした。それは皮肉にも、縁が黄ばんだ、セロファンのカヴァーがかかっている図書館の本だった。すぐにわたしはページの上に印刷された本の題名を目にとめた。『オートンの日記』わたしは何も言わなかったが、驚きのあまり目がまるくなったにちがいない。と、その瞬間――よりにもよってじつに都合の悪いときに――わたしの携帯が鳴りだした。「誰かがあなたを追っかけてるようですよ」わたしがあわててポケットから携帯を引っ張りだしているとき、友達はそう言った。

「すみません」と反射的に応じた。「ちょっと失礼」そのいまいましいものを、今は手に握っていた。わたしは向きを変え、電話に出るために自分がすわっていた席に戻った。「はい」つっけんどんに答えた。

「トビー、ブライアンだ。早すぎたんじゃなきゃいいが」

われわれ一座の根気強い舞台監督であるブライアン・サリスが、いつもの朝寝坊からわたしを起こしたのであれば、これほどの苛立ちは感じなかっただろう。いったいどうして彼はこんな真似ができるんだ？　それにたいする答えはすぐさま――わたしの気分にはおよそそぐわなかったが――返ってきた。

「きのう、あなたが快適な旅ができたか確かめたかっただけだ」

「ああ、できたよ」

「それはよかった」

「あのね、ブライアン――」

「きょうの午後のわれわれの記者会見を忘れてはいないよね？」それなら、彼が電話してきた本当の理由はそれだったのだ。記者会見からわたしが逃げる恐れはないか確認するため。「二時半だよ、劇場で」

「行くよ」

「そのあとは四時にテクニカル・リハーサルだ」

巡業中の毎週月曜日の午後は同じスケジュールだった。二時半に記者会見。四時に新しい舞台の感触をつかむためのテクニカル・リハーサル。わたしがそのスケジュールを忘れているとブライアンが考えたはずはなかった。おそらくわたしの精神状態のほうが彼の直接の関心事だろうが、それはじつのところ、けっしてよくなかった、彼がその理由を知るよしもなかったが。「ちゃんと行くから」わたしはくり返した。「いいだろう？」

「けっこうだ、ぼくはただ――」

「もう行かなきゃならないんだよ」

「具合はいいんだろうね、トビー？」

「だいじょうぶだ。じゃあ、あとで。バイ」

ブライアンにさよならを言う間も与えずにわたしは電話を切り、友達とふたたび話をするためにくるっと向きを変えた。

だが、彼はそこにいなかった。彼がすわっていたスツールは空っぽで、彼のコーヒーカップも空になって、置きっぱなしにされていた。『オートンの日記』とタンタンのバッジもろとも彼は消えていた。

ブライアン・サリスを呪いながら、わたしはコートをつかんで外へ走り出た。友達の姿は見えなかったが、細い、くの字形に曲がったレーンズでは、それも意外ではなかった。どちらの方向を選ぶかは五十パーセントの当て推量ということになる。

わたしは不安とともに希望をこめて〈ブリマーズ〉のウィンドーを覗きこんだ。ジェニーは何も見ていなかったのだろうか——その場合はわたしの手助けはできない——それとも、狼狽しながら見守っていたのだろうか——その場合は……

洗練されたパンツスーツ姿のジェニーは、客がいるときに許される、ただひとつの苛立ちの表情で——眉をひそめ、にこりともしない厳しい顔つきで——ウィンドーいっぱいの帽子の細い隙間からわたしをにらんだ。わたしは顔をしかめた。すると彼女は頭を右に傾けた。

わたしは左を向き、あたふたと次の角を曲がって、立ち並ぶ店や脇道に注意ぶかく目を走らせながら進んでいった。ダッフルコートは目に入らず、わたしの努力が報われないまま、数分後にはノース・ストリートへ出た、行きかう車と騒音とせかせか歩く通行人のなかへ。

そのとき、信じがたいことに、彼が見えた。道路の反対側の人々が群がっているバス停留所で、行きつ戻りつしている。彼は眼鏡を中指で鼻柱にぐいと押し上げ、バスのやってくる方向を待ち受けるように横目で見た。停留所の彼の道連れのあいだでも、バッグを集めたり乳母車をたたんだりする光景が見られ、バスがすぐにもやってくることを告げた。左のほうへ視線を向けると、二階建てバスが彼らのほうへ迫ってくるのが見えた。

バスがとまり、わたしがどうにか道路を横切ったときには乗客が乗りこんでいた。友達が乗りこみ、窓ごしに覗くと、二階席へと階段をのぼっていく彼のデザート・ブーツが見えた。「このバスはどこ行きですか?」と、わたしの前でいらいらしている母親に訊ね、列の先頭まで行ったときに、彼女の返事をそのまま運転手に伝えた。「パッチャムまで」ところが、バスは一ポンドの均一料金だとわかった。行き先は完全にわたし任せということだ。

もちろん、それは実際には友達任せだった。わたしは一階席のまんなかあたりにすわって、彼が下りてくるのを待った。バスはがたがたとロイヤル・パヴィリオンにまわり、さらに乗客を乗せて北へ向かった。

バスは十分間ゆっくり走り、デューク・オブ・ヨーク映画館が見えるところまでロンドン・ロードをのぼっていった。停留所が近づくと、数人が立ち上がった。そのとき、階段の隅にデザート・ブーツがあらわれた。友達が降りようとしていた。わたしは背中の広い若者の後ろに隠れるようにして立ち上がり、最後から二番目にバスを降りた。そのときには、友達は北に向かって歩きだしていて、前方の交差点の信号を目指していた。わたしは安全だと判断した間隔をとって彼のあとを追い、彼が交差点にたどり着いて信号が変わるのを待っているあいだは、店の戸口で足をとめてぐずぐずしてから、道路を横切る彼をいそいで追いかけていった。

彼は今ではヴァイアダクト・ロードを東に向かっていたが、その道路でははげしい車の流れが、みすぼらしいヴィクトリア朝様式のテラスハウスの前を、轟音をとどろかせながら行き交っていた。彼はうつむいて重い足取りで歩き、まわりにはまったく興味を示さなかったし、肩越しに振り返る気配もなかった。わたしが彼の疑惑をかき立てたために、あんなにも唐突にカフェを出ていったのなら、彼はもっと警戒するはずだと思われた。きっと彼は立ち去ろうとしていたところだったのだとわたしは決めこんだ、それだけの単純なことで、わたしは関係なかったのだと。

彼がポケットを探って鍵束を引っ張りだすのが見えた二、三秒後、近隣のほとんどの家よりさらにみすぼらしい家の戸口で彼は立ちどまり、なかに入っていった。近づいたとき、ドアのカチッと閉まる音が聞こえた。わたしはそのまま歩きつづけ、通り過ぎるときに番地を目にとめた。七七番地。それから足をとめて、もう一度もっとゆっくり眺めるために、歩調をゆるめて逆戻りした。

七七番地はありふれた階上、階下ふた部屋ずつの、ヴィクトリア朝様式の労働者階級の住居だった。青色に下塗りされた壁は、放置されているために汚れて黒ずんでいる。サッシの窓枠のペンキも剝がれ落ちていた。玄関のドアはもともとの鏡板張りのものではなく、無地板のドアにとり換えられていたが、家のほかの部分よりさほどいい状態でもなかった。

次にどうすべきかという難問に頭をしぼりながら、わたしはほとんど立ちどまるところまでペースを落とした。彼が住んでいるところは見つけた。それはお手柄だったものの、それでじゅうぶんというにはほど遠い。ノッカーを叩いてみるべきかもしれないが、彼が出てきたら出てきたで、べつの問題と取り組むことになるだけだ、自分の行為をどう弁明するかという問題と。

そのとき、ふいにドアが開いて、友達がわたしのほうをじっと見た。「なかに入りますか、フラッドさん？」彼は問いかけた。

「でも、わたしは……」

「わざわざこんなところまでいらしたんだから、そのほうがいいでしょう」

その言葉は筋が通っていた。それと同時に威嚇の響きもあった。だがそれは単に、わたしのほうに後ろめたさがあったからかもしれない。わたしは少々どころではなく当惑していた。「わたしが誰か知ってるんだね?」

「ええ」

「それなら、わたしのほうが不利な立場だな」

「わたしの名前はデリク・オズウィン」彼はまた眼鏡を鼻に押し上げた。「なかに入りますか?」

「わかった。お邪魔するよ」

わたしは彼のわきをすり抜けて窮屈な玄関に足を踏み入れた。すぐ前には狭い急な階段が二階へ通じている。右手には居間、突き当たりには台所。居間の家具調度は昔からのものに見えたが、きちんと片づいていた。家の外側の状態から不潔な光景を覚悟していたが、わたしの目にしたものは完全にその逆だった。

背後で玄関のドアが閉まった。「コートを預かりましょうか?」オズウィンが訊いた。

「えー……ありがとう」わたしはコートを脱ぎ、彼はそれを壁に取り付けた三つの掛け釘のひとつに、彼のダッフルと並べて掛けた。玄関の壁紙はある種の浮き出し模様になっていて、わたしにはなんとなく見覚えがあるような柄だった。それはわたしの大おばの一人が選んだであろうと思われるようなものだったし、実際にそうだったのかもしれない。

「お茶はいかがですか？」オズウィンが訊ねた。

「ええ、ありがとう」

「やかんをかけてきます。なかへどうぞ」彼はわたしの背後の開いているドアのほうへ手をひらひらさせた。わたしが向きを変えて居間に入っていくあいだに、彼は台所へ歩いていった。

部屋は狭くて、しみひとつなく清潔で、空間のほとんどをくすんだ緑色の三点セットが占めていた。横がタイル張りになった小さな暖炉の両側には、片側にテレビとビデオ再生装置が置かれ、もう片側に本棚が置かれている。壁には玄関と同じ浮き出し模様の壁紙が貼ってあり、デリク・オズウィンの両親は——それとも祖父母かもしれない——明らかにシンプルな内装にすることを選んでいた。

「あいにくビスケットを切らしていて」この家の主がふたたび戸口にあらわれて、そう告げた。

「そんなことは気にしないで」

「あなたは怪しんでるでしょうね……どうしてわたしがあなたを知っているのかと」

「それに、どうしてあなたは〈ランデヴー〉では知らないふりをしたのかと」

「ええ」彼はおずおずと微笑した。「そのとおりですね」そのとき、やかんが音を立てはじめた。「ちょっと失礼」

彼はふたたび姿を消し、もう一度、部屋を見まわしたわたしは、本棚の上に『デッド・アゲンスト』のビデオがのっているのを見つけた。しかしながら、それはプラスティックのカヴァーだけだとわかった。当のビデオはとりだされていた。カヴァーの表を飾っている写真は、黒い革の殺し屋の装いのニーナ・ブロンスキーで、わたしは頭と肩の写真が裏側にのっているだけだった。

「さあ、お茶がはいりましたよ」オズウィンがそう言いながら、またもや戸口にあらわれた。今回はティーポットと二個のマグとミルクの瓶をのせたトレーを持っている。彼はソファーの横の小さなコーヒーテーブルにトレーを置いた。「あなたが砂糖はいらないのならいいんですが。わたしは……砂糖はまったく使わないもので」

「ミルクだけでけっこう」わたしはビデオをかざした。「わたしの疑問のひとつが解けたよ」

「かならずしもそうじゃありません」

「ちがう？」

「あなたを見分けるのにそんなものは必要ありませんよ、フラッドさん。わたしは『ヘリウォード・ザ・ウエイク』のころのあなたを憶えてます」

これは正真正銘の驚きだった。それは、ノルマン人の征服に抗した伝説的なレジスタンスのリーダー、ヘリウォードを主人公にしたスタジオで撮影されたシリーズだったが、二十五年前にわたしがその作品でテレビデビューしたことは、今ではわたし自身にとってさえぼんやりした記憶になっている。

「わたしはずっとあなたのファンでした」オズウィンは言葉を切って、お茶を注いだ。「すわりませんか？」彼はアームチェアに腰をおろした。わたしはソファーの端にすわって、自分のマグにミルクを入れた。わたしのもオズウィンのもチャールズとダイアナの結婚記念のマグだった。「一ダース買ったんですよ」説明する必要があると感じたらしく、彼はそう言った。「投資として」

「それなら、使うべきじゃないよ」

「心配しないで。とてもお粗末な投資でした」

わたしはすこしお茶を飲んだ。「これはどういうことなのかな、オズウィンさん？」

「どうかデリクと呼んでください」

「わかった。デリク。あなたはどうしてわたしの妻を悩ませてるんだね？」ジェニーが彼のことをわたしに告げ口したのを隠したところで、もう無駄だと思われた。実際、デリクはこうした成り行きをことごとく予見していたようだ。

「それなら、あなたたち二人は今も結婚してるんですか？　彼女はコルボーンさんの家で暮らしてると思ってましたが」

「わたしたちの離婚はまだ最終的に認められていないんだよ」わたしは歯を食いしばる

ようにして答えた。

「ああ、なるほど」デリクはマグの縁ごしにわたしに視線をすえた。「それは興味ぶかいですね」彼は〝興味ぶかい〟という言葉を区切るようにはっきり発音した。わたしは悟ったが、彼は不器用さと緻密さ、自信のなさと鋭い洞察力が奇妙に混じり合った人間だった。

「どういう意味で興味ぶかいんだね、デリク？」

「すみませんでした……さっきまでの……おかしな芝居。たぶん、わたしは……あなたを引っ張ってくるのが楽しかったんです。それに……ここのほうが自由に話せると思ったもので」

「それなら、話してくれ」

「悩ませるつもりはなかったんです」彼は微笑した。「フラッド夫人を」

「あなたは意図的に彼女を悩ませている、彼女はそう感じてるようだ」

「彼女がそう考えるのはわかりますよ。でもそれは本当じゃありません。わたしはあなたと会えるよう工作するのに、ほかの方法を考えつけなかっただけです」

「わたしがここへやってきて、あなたにやめるように頼む、そうなることを願って、彼女を困らせていたというのかね？」

「ええ」彼はばつが悪そうに顔をしかめた。「そうだと思います。すみません」

わたしはもっと怒りを覚えるべきだった。けれども、オズウィンの傷つきやすそうな気弱な態度が、なんとなくわたしから敵意を奪っていた。おまけに、間接的にせよ、彼がお膳立てしてくれたもうひとつの出会いにたいして、わたしは筋違いではあったが、彼に感謝していた。「こんなことをするのはあまり賢明とは言えないね、デリク」

「たしかにあまりいいことじゃありません。フラッド夫人を苦しめたのなら、本当に申し訳ないです。でも、賢明ということに関しては……そう、じつを言うと、わたしは賢明だったと思います。だって、うまくいきましたから、そうでしょう？〈シアター・ロイヤル〉があなたがやってくることを予告したとき、すぐにわたしにはわかったんです、なんとかしてあなたに会わねばならないと。でもどうすれば、あなたはわたしと会うことを承知してくれるでしょう？わたしにできる確実な方法は？それが問題でした」

「あなたのだした解答は、かなり当たりはずれがあるものだったように思えるがね」

「たしかに。でもわたしには時間がありますフラッドさん。たっぷりと。だから、試してみる価値はありました」

「どうやって知ったんだね、妻が〈ブリマーズ〉を持っていることを？」

「店がオープンしたときに、《アーガス》に彼女のインタヴュー記事が出ました。あなたにほんのちょっと言及したところが一ヵ所だけありましたが、わたしはそれを目にとめたんです」

　彼なら目にとめただろう。デリク・オズウィンは明らかにある種の変人だった。あなたが寛大でありたいと思うのなら、ちょっと風変わりな人間。そうではないのなら、強迫観念にとり憑かれた、おそらく躁病患者。しかし、彼は危険だろうか？　わたしは危険ではないと感じた。それでも、厳重なチェックをまだおこなわねばならなかった。

「どうしてあなたはそれほどわたしに会いたかったんだね、デリク？」

「ずっと会いたいと思ってたからです。あなたがヘリウォードを演って以来ずっと。あなたはわたしのヒーローです、フラッドさん。あなたが演《や》ったものはすべて観てます。『気にくわない下宿人』でさえ。わたしはそれのオープニングの週に、マチネーを観るためにギルフォードまで行きました」

「どう思った？」

「すばらしかったです。じつにすばらしかった」

「残念ながら、それは世間一般の反応ではないようだ」

「ええ、そう、そうではありませんよね？　ほとんどの人はあまりにも鈍くて、かんどころがつかめないんです。プロットが彼らにはよくわからない。ジョークで笑うだけです」

「わかってくれればねえ」

「オートンは無作法で残酷なふりをしてましたが、本当は感受性が鋭くて、気持ちがやさしかった。わたしは彼の日記を読んで、そう理解するようになりました。ほら、ハリウェルが凶暴になりはじめたときでさえ、彼はハリウェルを見捨てる気になれなかったんです。そのために、自分の命で償う羽目になった」

「あなたがあの舞台を楽しんでくれたとは嬉しいよ、デリク」

「ええ、楽しみましたとも、フラッドさん、ほんとに。それにね、あの舞台装置はわたしに連想させたんです……そう、この家を」

わたしは周囲を見まわして、彼が言ったことを納得した。『気にくわない下宿人』の舞台装置は、イングランド中部地方の名もない町にある、ロワーミドルクラスの家族の小さな、なおざりにされた住居の、みすぼらしい居間。舞台の幕が開くと、エリオット家の三人のきょうだいと長男の妻が、彼らの母親の葬儀のあとでそこに集まっている。わたしは三人きょうだいのいちばん年長のジェームズ・エリオット役。わたしの妻のフィオーナはジョーカスタ・ヘイズマン。ひどく憤慨しているわたしの弟のトムがマーティン・ドナヒュー。そして妹のモーリーンがエルザ・ホートン。十五年前に父親が失踪し、そのあと今度は母親が亡くなったために、わたしたちきょうだいは自由に家を売って、その売却金を分配できることになった。母親の愛人だったのではないかと思われる、気にくわない下宿人、スタンリー・ケッジを追いだすことができしだい、そうしたいと、わたしたちは強く望んでいる。ジミー・メイドメントがスタンリーにははまり役だったが、フレッド・ダランスではそうもいかない。不動産ブームがこうした筋書きに辛辣さを付け加えるはずだったのに、ツアーのあいだに、それもほかの多くのものといっしょに消えてしまった。「じつのところはね」わたしは言った。「あの舞台装置を連想するには、ここはあまりにもきちんと片づいているよ」

「ありがとうございます」

「いつからここに住んでるんだね？」

「生まれてからずっと」

「ご両親は？」

「二人とも死にました」

「きょうだいは？」

「いません。わたしはひとりっ子でした」

「それなら、エリオット家と類似点はないね」

「ええ、まったく」彼は笑った――低い、いななくような声で。「けれども、わたしはあの家族についてのオートンの描写が本当に好きです。それに、あなたの演技が。あなたがたはいとも簡単にケッジを厄介払いできると考えているが、やがて彼はあなたがたを苦しめはじめる、それぞれのうしろめたい秘密をひとつずつあばきだしていって。あなたとフィオーナの結婚状態。トムの失業。モーリーンのレズビアン。わたしはある意味で、オートンがケッジにあなたがたを徐々にずたずたにさせるだけでなく、あまりにも多くのこっけいな場面を筋書きに導入したことが残念でした」

「それだとオートンというよりチェーホフになってしまうよ」デリクがジェームズ・エリオットについて語るとき、二人称でわたしに言及したのが気にさわった。快く感じるには、同一視がいささか度を超していた——度を超している。それでも、彼の戯曲分析が正確であることは否定できなかった。エリオット家の人たちを苛立たせても、あまり効果がなかったので、ケッジは一幕目の途中で、ためらうことなくチェーホフふうではない切り札をだす。十五年前、父親は失踪したのではなかった。母親が彼を殺害したのだ。ケッジの表現によると、〝切り分け用の大ナイフで、日曜の生焼けの肉の塊を突き刺すみたいに彼を刺した〟ケッジはカーペットの下の床板についた血痕を彼らに示し、彼が死体を庭に埋めたいきさつをくわしく話す。新しい持ち主が死体を発見し、警察が、彼らはそのことをすべて承知していたと推断する恐れがあるために、いまやもう彼らは家を売ることができない、そうだろう？　しかし、あえてその危険を冒そうとするほど切羽つまっているのなら、彼らは売るかもしれない。それとはべつに、一幕目の終わりで水道局の役人のモリソンがあらわれて、地元での水漏れを追跡したところ、彼らの庭の下にのびている本管にたどり着いたと報告する。そこを掘りおこさねばならない。〝だが、ご心配なく〟とモリソンは言う。〝その箇所が見つかったら、そのあとで、すべて元どおりにしますから〟

「あなたが以前、チェーホフに出たのを観ましたよ」デリクが言った。「『ワーニャ伯父さん』に。チチェスターで」

「わたしはジェームズ・エリオットを貪欲な男というより、苦悩する人物として演じるべきだと思うかね？」

「たぶん。つまりですね……あなたがたの誰ひとり、母親を……または父親を……なくして寂しがっているようには見えません。そこに……愛がないんです」

「あなたは母親と父親がいなくなって寂しいと思うかい、デリク？」

「ええ、思いますよ」彼は目をそらした。「いつもいつも」

「すまない。わたしはべつに――」

「かまいませんよ」彼はくしゃくしゃの笑みを浮かべた。「ありがとう……訊いてくださって」

「あの戯曲に愛がないことにたいしてはオートンを責めるべきだろうね」そして、愛を引きだせなかったことにたいしてはわれわれを、とわたしは思った。二幕目のはじめで、ジェームズは翌日の明け方に居間へよろよろ入っていって、そこの折りたたみベッドで夜を過ごしたトムを起こす。その場面で、トムを起こすのを遅らせて、写真や飾り物といった、すべての子ども時代を思いだささせるものを見まわしてもよかったのではないか、わたしはふっとそう考えた。短い間合いを有効に利用して、あの役に本当の感情を――なにがしかの愛を――注ぎこんでもよかったのではないか、こっけいな場面がまた始まるまえに。デリク・オズウィンはわたしに、自分の演技を向上させたいと思わせることに成功したようだった。理論的に分析すれば、そんな努力は無駄だったとしても。

「そうかもしれません。それでも……やさしい余韻をもたせて幕をおろそうと、主張することはできたでしょう」

「ああ、そうだな」二幕目の展開につれ、エリオット家の人たちのあいだに恐怖が高まっていく。その日は土曜日で、水道局は月曜日に作業員を連れてやってくることになっている。死体が埋められている正確な場所を教えるようにケッジを説得できるとして、それまでに死体を片づけることを計画すべきかどうかが議論される。ところが、ケッジはそれに代わる提案をする。彼はモリソンにたいしてある種の――それとなく匂わせたところでは、性的な――支配力があるというのだ。エリオット家の人たちが彼をこのまま住まわせてくれるのなら、彼は絶対に庭が掘り返されないように計らうと言う。彼らはしぶしぶながらこれに同意した。そのあと、彼らが立ち去ろうとしたときに老人があらわれ、長らく行方のわからなかった親類だと名乗る、じつは彼らの父親だと。死んだと思われていた彼が戻ってきたことでケッジのいんちきが露見し、それにはモリソンも加担していたことがわかる。形勢は完全に逆転したかに見えたが、そこでついに父親がこう告げる。家は今では自分のものだが、自分は売るつもりもなければ、ケッジを追いだすつもりもない、と。どうやら二人は以前の愛人同士で、母親がもう彼らの邪魔をすることができなくなったので、いまや遠慮なくそれを認めて、いっしょに暮らせるというのだ。

「でも、ダランスさんはあまりうまく演じてないようですね？」

「ああ、デリク。そうなんだ」

「メイドメントさんのほうがよかったですか？」

「ずっとね」

「そうだと思いましたよ」

「わたしがこの役を引き受けた理由のひとつが彼だった」

「ところが、彼は亡くなった」

「そうだ」

「そのことがすべてを変えた」

「そう、死とはそういうものだろう？」

「あなたは息子さんのことを考えてるんですね？」

わたしは仰天して、デリクをまじまじと見つめた。そのとおりだった。ピーターがいつものようにわたしの心に入りこんできて、わたしの思考がそっと押し開いたドアの隅から不安げに覗きこんでいた。デリク・オズウィンはピーターのことも承知しているだろうと気づくべきだった。だが、なぜか気づかなかった。

「今度はわたしが謝る番です」

「そんな必要はないよ」わたしはお茶を飲み干した。「いずれにしても、そろそろお暇しなければ」

「このあとまだ忙しい午後がひかえてますからね」

「ああ、けっこう忙しい」わたしは立ち上がった。「あなたは店のまわりをうろつくのはやめる、妻にそう報告してもいいんだね？」

「ええ、そうします。約束しますよ。もうそんなことをする意味がありません。こうしてお会いしたんですから」

「ありがとう」

「今週の公演がうまくいくよう願ってます」

「観にきてくれるのかい？」

「そのつもりは……なかったんです。チケットがないので」

「とってあげられるよ」

「それは……ほんとにご親切なことです。ありがとう」

「何曜日の夜がいちばん都合がいいのかな？」

デリクはちょっと考えた。「水曜日では？」

「では水曜日にしよう。チケットは切符売り場に預けとくから」

「わかりました。楽しみにしてます」彼は立ち上がり手を差しだした。「お目にかかれて光栄でした、フラッドさん」わたしたちは握手した。

「次からは、直接わたしに連絡をとってくれたまえ」

「次があるんですか？」

「あってもいいだろう」彼が子犬がせがむような、あまりにも期待に満ちた表情を浮かべたので、わたしは思わずこうつけ加えずにはいられなかった。「水曜日の公演のあとで、われわれの仲間に加わってもいいんだよ。われわれはみんなで連れ立って、どこかで食事をするから」

「本気ですか？」

わたしは彼を安心させるためににっこりした。「もちろんだよ」

「ウオー！　そいつはすごいや、ほんとに。ありがとうございます」

「じゃあ、水曜日に」

「ええ、水曜日に。それまでに」彼はにやりとした。「ほかのカフェを見つけますよ」

「そうしてくれ」

「フラッド夫人に謝ってくれますね？」

わたしは頷いた。「ああ、かならず」

最初、デリク・オズウィンにあれほど完全に騙されていたにしては、驚くほどの自己満足を覚えながら、わたしはロンドン・ロードを南に向かった。ジェニーのために問題を解決し、これで彼女の感謝につけこむことができると思った。よくわからないビジネスでロジャー・コルボーンが不在であることも、明らかに有利な状況だと考えた。実際には、わたしが願っていたようには、彼の信用を傷つけることは何も見つからなかったが、それでも、うまく処理したおかげで、ジェニーの目がふたたびわたしに向くだろうと考えても無理のない状況だった。レベルへ行くために露天市場を横切り、途中で果汁たっぷりのコックスオレンジピピン（甘いデザート用のりんご）を買って、運動場の近くのベンチにすわってそれをかじった。それから彼女に電話した。

「ハイ」

「ジェニー、ぼくだ」

「期待した以上にいいニュースがあるんならいいけど」

「じつのところ、あるんだよ」

「ほんと？」

「彼と話をしたよ、ジェニー。彼の名前はデリク・オズウィン。べつに害のない男だ。きみが言ったようにちょっと変わってるが、基本的にはオーケーだよ。彼はきみを困らせるのはやめるそうだ。そのことについてはちゃんと約束したよ」

「それにどんな価値があるのかしら？」

「彼に関してはもう面倒なことはないさ。彼だけじゃなく、ぼくも約束する」

「たしかなのね？」

「絶対に」

「そう……」彼女の口調がやわらいだ。「ありがとう、トビー。ほんとにありがとう」

「どういたしまして」

「デリク・オズウィンと言ったわね？　知らないわ、そんな名前」

「そうだろうね」

「どうして彼はこんなことをしたの？」

「長くなるんだ、その話は。もちろん、喜んできみにも教えるけどね。ランチを食べながらその話をしたらどうかな」

「ランチ？」

「いいじゃないか。きみだって食べるんだろう？」

長い沈黙があった。それから彼女は言った。「また会うというのは、いい思いつきだかどうだか」

「ロジャーはいつビジネス旅行から帰ってくるんだね？」

「あしたの夜。でも――」

「それなら、あしたのランチにしよう。きみに自由になる時間があるあいだに。きょうと言いたいところなんだが、二時半に記者会見をする予定になってるんで、あわただしいから」

「強引ねえ」彼女の口調は強い苛立ちを示していたが、その底には、かすかに残っている優しさがうごめいていた。彼女ははねつけようとしなかった。そうする気になれなかったのだ。それに彼女はわたしにたいして、すくなくともそれぐらいの借りがあった。

「さあね、わたしは……」

「たったの一時間かそこらだよ、ジェニー。隠された意図があるわけじゃない。ちょっとした友好的なランチ。それだけだ」

彼女は溜め息をついた。「わかったわ」

「よかった」

「十二時半に〈シー・エア〉へ迎えにいくわ」

「待ってる」

「オーケー。じゃあ、そのときに。でも、トビー——」

「なんだね？」

「これをなんとかしよう、そんなこと思ってないわよね？」

「ああ」わたしは嘘をついた。「もちろん、思ってないよ」


劇場へ行く途中、パブでいそいでランチをかきこんだが、感心にもアルコールはひかえた。到着したとき、記者会見にはいつも決まって引っ張りだされる二人のほかの出演メンバー、ジョーカスタとフレッド（ツアーの最初のころにわたしは、ドナヒューがこうした場に姿をあらわすことを阻止する手段を講じていた）のいずれよりも、わたしのほうがかなり晴れやかに見えたにちがいない。これがわれわれが記者会見をする最後の機会だったが、ブライアン・サリスが観客席に招じ入れた、活気があるとはいえない地元メディアの代表たちとのやりとりに、ツアー最後の陽気さが忍びこむ余地はなかった。

フレッドはいつものようにジョークをとばした。これは多少なりと彼の型どおりの行動で、そうしながら、テレビの連続放送コメディの契約が舞いこむことを夢想しているのだろう。ジョーカスタは平然とした顔を装って——あれ以上平然とした顔はできない——またブライトンへやってくることができて、とても嬉しいと述べた。わたしは彼女がギルフォードでも、プリマスでも、バースでも、モルヴァンでも、ノッティンガムでも、ノリッジでも、シェフィールドでも、ニューカースルでも、プールでも、ほぼ同じことを言ったのを思いだした。エリオット家の分裂した家族関係はオートン自身の家族関係を反映しているのかどうかという、これまで口にしたことのない考察についてわたしが語りはじめたとき、明らかに二人ともちょっと驚いていた。それが記事になるかどうか怪しいものだと思ったけれど、それがなんだというのだ？　奇妙だったが、わたしはそのことを話さねばならないと感じたのだ。

「きのう、あなたの精神科医に会いにいったのかい、トビー」そのあとで、お茶を飲みながらフレッドが問いかけてきた。「フロイト学者を訪ねるのはいささか手遅れだよ」

「あれこれ手を変えよう《リング・ザ・チェインジズ》としただけだ」わたしは答えた。

「現金箱をじゃらじゃらいわせる《リング・ティルズ》のが、レオがわれわれの芝居を打ち切りにするのを阻む唯一の手だよ。だが、そんなことは起こらなかった。だから、いまさら脚本のことでアーティストぶったことを言ってもむだだよ」

「自分を抑えられなかったんだ」わたしは肩をすくめた。「ぼくはアーティストだからね」それにたいしてフレッドは哄笑を浴びせただけだった。

フレッドと侮辱的なやりとりをしていたときに、わたしの手のなかにメモが押しつけられた。テクニカル・リハーサルが始まるまえに便所へ行くために自分の更衣室に立ち寄るまで、わたしはそれを読もうとしなかった。メモの内容は控えめに言っても、驚くべきものだった。〝ジェニーに電話してください。いそいで〟わたしはすぐに彼女に電話した。

「ハイ」その短い音節にさえ緊張が嗅ぎとれた。

「ジェニー、ぼくだ」

「あなた、いったい何をやってるのよ、トビー？」

「なんのことだね？」

「あなた、言ったわね……わたしにかまわないように……オズウィンを、または彼が自分をなんと呼んでるにせよ……説得したって」

「そうしたよ」

「いいえ。してないわ。彼は相変わらずあそこにいる。相変わらず〈ランデヴー〉のスツールにどっかりすわって、こっちを見てる。わたしを」

「そんなはずはないよ」

「でも、いるのよ。午後のあいだずっと、あそこにすわってる」

「そんなことはあり得ない。彼は請け合ったんだ――」

「彼はあそこにいるのよ、トビー。わたしの言葉を信じなさい。わたしがあなたの言葉を信じたように。おかげでわたしはすっかり安心したというのに」

束の間、わたしは言葉を失った。デリク・オズウィンのもくろみはなんだったのか？　ジェニーをそっとしておくと約束したとき、彼は心からそう言っているように聞こえた。それなのに、その舌の根も乾かぬうちに約束を破るとは二重の裏切りだ。

「わたしはどうすればいいのよ？」ジェニーが嚙みつくように言った。

「ぼくに任せてくれ。ぼくが——」

「あなたに任せる？」

「あと十五分でテクニカルが始まるんだ。それがすむまでは身動きがとれない。彼の家へもう一度、行ってみる。何が問題なのか見つけるよ」

「もうそうしたはずだけど」

「明らかにそうじゃなかった。だが、次にはぼくを騙すわけにはいかないさ。きみもそれを当てにしていい」

「わたしが？」

「ああ、そうとも、ジェニー」化粧台の鏡に映っている自分に向かって、わたしは顔をしかめた。「きみを落胆させたりしないさ」

テクニカル・リハーサルのことはぼんやりとしか憶えていない。わたしの思考は、デリク・オズウィンの一筋縄《ひとすじなわ》ではいかない動機を解明しようと、ひたすら無駄な努力を続けていた。舞台での立ち稽古が、にわかにどうでもよくなった。わたしが遅ればせながらもっといい舞台を目指すと言ったことについて、マーティン・ドナヒューが何か皮肉を言った。おそらくフレッドが記者会見でのわたしの発言を彼に告げ口したのだろうが、そうした発言はわたしの気持ちからは遠かった。リハーサルをできるだけ早く終わりにすること以外、わたしには何も言うことはなかった。そしてそのことでは、完全に意見が一致した。一時間もしないうちにリハーサルは終わった。

そのあと、わたしはまっすぐ楽屋口に向かった、オズウィンの家へ行ってみるまえに〈ランデヴー〉をチェックすべきかどうか考えながら。しかしながら、そのことをじっくり考えるまえに、その問題は解決した。リハーサルのあいだに、わたし宛の手紙が門番に預けられていた。「ダッフルコートを着た男からです」依然としてオズウィンは、すくなくとも一歩わたしに先んじていた。

ボンド・ストリートに足を踏みだしながら封筒を破いて、ボールペンを使って小さい几帳面な文字で記された手紙を読んだ。

親愛なるフラッドさんへ

さきほどはあなたを騙して申し訳ありません。あなたがあんなに早く接触してこられるとは思っていませんでした。わたしはちゃんと準備ができていなかったのです。だから、すべての事実を話しませんでした。だが今は、そうすべきだと思っています。これはコルボーンさんに関することなのです。もしもあなたがどういうことか知りたいのなら、今夜八時にホリンディーン・ロードの鉄橋の横でわたしと会ってください。それはあなたにとって非常に都合の悪い時間だとわかっていますが、あなたの善意の証《あかし》として、あなたに小さな犠牲を求めねばならないと思います。わたしはそこへ行きます。あなたもそうしてくださることを望みます。そうしてくださるのがいちばんいいでしょう。これがどういうことか知るチャンスをもう一度あなたに与えるつもりはありません。だから、このチャンスをはねつけると、あなたは後悔することになります、本当ですよ。のちほどお会いできるものと期待しています。

敬具

デリク・オズウィン

きのうの午後には、わたしはデリク・オズウィンについて何も知らなかった。けさもまだ、彼の名前は知らなかった。ところが今では、最初に会ってから六時間も経たないうちに、彼はわたしを自在に操っていた。わたしは人ごみのあいだを〈シー・エア〉のおおよその方角に向かってノース・ストリートを歩きながら、声にはださずに彼をはげしく罵り、彼のメッセージにどう応えるべきかという難問に必死で取り組んだ。〈ランデヴー〉がまだ開いているとしても、むろん彼はそこにはいないだろう。それに自宅にもいないだろう。彼はそこにはいないだろう。彼が選んだ時刻、午後八時までは、わたしに彼と話すチャンスを絶対に与えないようにするはずだ。そして、その時間に彼と話をするためには、七時四十五分に開幕だから、わたしは今夜の舞台をすっぽかさねばならない。そうすることが、彼独特の変わった表現によると、わたしの善意の証なのだ。彼の呼びだしなど無視すべきだと良識は告げていた。わたしのプロとしての誇りもそうすべきだと力説した。とはいえ、彼の手紙の結びの部分には明らかに脅迫のにおいがあった。彼に待ちぼうけをくわせたら、罰を受けねばならないのだ。それは確実だった。そして、それがどんな罰かは彼だけが知っている。

結局、〈シー・エア〉へは戻らなかった。ボンド・ストリートへ逆戻りして、楽屋口の反対側をこそこそ隠れるようにしてうろついた。わたしが立ち去るとき、ブライアンが、代役たちが役をちゃんとこなせるかどうかテストしていた。しかし、長くはかからないだろう。ロンドン行きの見込みのない興行の最後の週には、最小限の時間しかかけないはずだ。案のじょう、十分以上そこで待たないうちに、デニス・メイプルとグレニス・ウイリアムズが街灯の明かりのなかに姿をあらわした。

わたしはいそいで道路を横切り、二人が曲がり角まで行くまえに彼らに追いついた。彼らは無理もなかったが、わたしを見て驚いた。

「ハロー、トビー」グレニスが言った。「どうかしたの？」

「いや、べつに」とわたしは応じた。「ちょっと話せるかな、デニス？」

「いいよ」デニスはそう答えて、わたしにしかめっ面を向けた。

「わかったわ。お先に」グレニスが言った。「またあとでね」

まだしかめっ面をしているデニスを残し、彼女は気をきかせて足早に立ち去った。

「なかへ戻る？」彼はそう問いかけて楽屋口に顎をしゃくった。

「いいや。どこかでさっと一杯やらないか？」

「いい考えかな、それは？」

「ああ、そうだよ」ふつうの状況なら、開演間近に酒を飲むのは非常によくない考えだった。だが、この状況はふつうではない。およそちがう。「絶対に」

困惑しているデニスをノース・レーンにある若者向けのパブへ連れていった。そこなら間違いなく、二人の中年の俳優も無名の存在でいられる。デニスは心臓の病を患ったあと、ゆっくり慎重に舞台の仕事に戻ろうとしていたから、わたしが彼に押しつけようとしているストレスは、彼にはありがたくないものだとじゅうぶんわかっていた。わたしにできるせめてものことは、今夜はツアーのほかのすべての夜のようにはいかないのだという考えに、あらかじめ慣れておく機会を彼に与えることだった。

わたしはスコッチを注文し、わたしに付き合うように彼を説得した。それから、すぐそばでロックをがなりたてているスピーカーからできるだけ遠く離れた場所に——あまり遠くもなかったが——腰を落ちつけた。

「何かあるんだろう、トビー？」デニスが促した。

「ああ」ウィスキーをひと口飲んで、すぐさま肝心の話を切りだした。「今夜はあなたがジェームズ・エリオットを演ることになる」

「なんだって？」

「あなたはぼくの代役をつとめるんだよ、デニス」

「どういうことなんだね？」

「言ったとおりのことだ。ぼくは出演しない」

「しかし……あなたはどこも具合悪くないじゃないか」

「ほかのところへ行かなきゃならないんだ」本来なら苦労して声をひそめるところだが、音に囲まれているために大声で会話を続けねばならなかった。「しかたないんだよ」

「舞台をすっぽかすのか？」

「今夜だけだ。あしたからは、またいつもどおりさ」

「ちがうよ。本気だ、デニス。間違いなく」

彼はちょっとわたしを見つめてから言った。「ちくしょう」そして、がぶっとウィスキーをあらかた飲みほした。

「お代わりいるか？」

「やめといたほうがいい、今夜、ぼくが演ることになるんなら」彼はその見通しについて考えてから、前言をひるがえした。「考えたら、飲んだほうがいいかもしれんな」彼はグラスを差しだした。

わたしが二人ぶんのお代わりを持って戻ってきたときには、彼のショックはうすれ、戸惑いが透けて見えるようになっていた。「仲間を裏切るなんてあなたらしくないよ、トビー」

「ほかに方法がないんだ」

「くわしく話してくれないか？」

「できない」

「病気だと電話するつもりはないのか？」

「ない。レムシップ（熱湯に溶かして服用する粉末のかぜ薬）を注ぐより早く、ブライアンが〈シー・エア〉へやってくるよ。でも、ぼくはあそこにいない。だから、あれこれ考えて……」

「ぼくから彼らに話してほしいんだな？」

「そうしてくれるか？」

「ちくしょう」デニスは腹立たしげに顔をしかめた。「なんと言えばいいんだ？」

「起こったことをそのまま」

「そんなの、とおりっこないよ」

「そうだろうな」

「レオの耳にも入るだろう」

「当然」

「あなたには黒星になるぞ」

「はじめてってわけじゃない」

「それでも……」デニスは『ロング・オッズ』のシリーズで、何回かわたしと共演した。多くを語らなくとも、じゅうぶんわかり合える間柄《あいだがら》だった。わたしが舞台をすっぽかせば、厄介な結果になるにはちがいないが、『気にくわない下宿人』のきわめて乏しい将来性を考えれば、これ以上悪くなりようがなかった。ちょっとした地元の苦情というのが、われわれのどちらもが予想できるすべてだった。「自分のやってることがわかってるんだな、トビー？」

「そう思うよ。それに……」わたしは微笑した。「あなたはきっと大受けするよ、デニス」

デニスと別れたときには、デリク・オズウィンと会うはずの時刻まで、まだゆうに一時間以上あった。わたしは海岸通りまで歩いていって海を眺めた。そのときなら、まだ考えなおすことができた。事実、自分がやろうとしていることから付随的に起こる影響をじっくり考え、何度か気が変わった。レオはプロデューサーとして本気できびしくなじるだろう。わたしはそれに文句は言えない。たとえひと晩だけでも舞台をすっぽかすことは、俳優としてははなはだしい職務怠慢だ。わたしの一部は、自分がそんなことを考えることにすら仰天していた。

だが、つまるところ、それが実際にどうだというのだ？　彼らは好きなことを言えるし、そうしたければ、わたしの給料を減額することもできる。公演はここで打ち切りになるのだし、われわれはみんなそれを知っている。それに引き換え、わたしがデリク・オズウィンと会う約束は……

結局はどちらかを選択する必要などないのかもしれない、ふいにそう閃《ひらめ》いた。わたしはイースト・ストリートのタクシー乗り場までの道のりをほとんど駆けどおしに駆け、息を切らしてタクシーに飛び乗った。十分後にはヴァイアダクト・ロードに着いた。待っているように運転手に告げて、七七番地のドアに突進し、ノッカーで勢いよくドアを叩いた。

もとより返事はなかったし、明かりも灯っていなかった。じつのところ、それはわたしが予想したとおりだったが、ひょっとしてここでオズウィンをつかまえられる可能性に賭けて、試してみる価値はあったのだ。わたしの推測では、彼は自分が指定した会見場所で、すでにわたしを待っているものと思われた。わたしはまたタクシーに飛び乗り、その場所を次の行き先として告げた。


ホリンディーン・ロードはヴォーグ・ロータリー交差点から何本も出ている道路のひとつで、運転手が言ったように、ルイス・ロードにあるセインズベリーズ・スーパーストアの近くの公道のなかでも、わかりにくい待ち合わせ場所だった。運転手は中古車保管所の門のなかの鉄橋のすぐ手前で車をとめ、わたしはまたしても待っていてくれと彼に頼んだ。鉄橋の古びたレンガの壁のすぐそばで車から出ると、近代的な工業団地の立方形の屋根の輪郭が、わたしの上にぬうと立ちはだかった。ブライトンは埠頭と劇場ばかりの街だとあなたは思うだろうし、わたしの仕事ではその考えに疑問を投げかける必要もないが、オズウィンはもっと完全に沈滞した、もっとひどく不気味なブライトンにわたしを引っ張りこんだ。すぐにまたここから出ていけるように願うしかなかった。

鉄橋の下へいそぎながら、腕時計を確かめた。もう七時をまわっていた。引き返せない時点がわたしの見込みよりも速やかに迫りつつあった。道路は反対側で右へ急カーヴしていたが、進入路のほうはそのまままっすぐ、薄暗い明かりの灯った、だらだらとひろがった車庫や工場のほうへ通じていた。その上の西の後方には、二棟の殺風景なアパートがそびえている。わたしはあたりを見まわした。オズウィンの姿はなかった。一分が経過した。そして、さらにもう一分が。そのとき、わたしは悟った。オズウィンは時間より早くあらわれるつもりはないのだ。彼をつかまえることはできない。彼が決めた条件は絶対的なものだった。わたしはタクシーのほうへ引き返していった。

「今度はどこへ?」わたしがドアを開けて座席にどさっとすわると、運転手がそう訊いた。

わたしはふたたび腕時計を見た。七時五分。今からでも七時十分には劇場に行ける、出演者にとってぎりぎり許される到着時間には、というか、ともかくごくわずかな遅刻で。それがプロとして、分別にもとづいてわたしがなすべきことだった。オズウィンにめちゃめちゃにされるなんて、とんでもないことだ。そんな目に遭わされる必要はない。とにかく、わたしにはそんな気はない。が、それでも……〝これがどういうことか知るチャンスをもう一度あなたに与えるつもりはありません〟。

「街の中心部へ戻りますか?」運転手がせっついた。

「ああ」わたしは小声で答えた。「中心部へ戻ってくれ」

彼はきた道を引き返すまえに、まず車を道路にだしてから、門のなかへバックした。わたしはジェニーのことを、オズウィンが差しだすだろう本物のチャンスのことを考えた。

「待ってくれ」わたしは唐突に言った。「気が変わった。ここにいるよ」

七時二十分にはデニスがニュースを伝えたはずだ。たぶんジョーカスタとエルザはわたしのことを心配しているだろう。フレッドの反応はもっと皮肉なものにちがいない。ブライアンは耳を疑い、仰天して口もきけないでいるだろう。けれども、彼も信じるしかないのだ。ドナヒューがなんと言うかは……

七時四十分には、わたしの携帯や〈シー・エア〉へ電話をかけて、わたしを呼びだそうと無駄な努力をしたあげく、ブライアンは観客へのアナウンスを認可するだろう。

〝今夜の公演では、ジェームズ・エリオット役はデニス・メイプルが演じます〟

幕が上がった七時四十五分には、わたしはホリンディーン・ロードの鉄橋の下に立っていた、あたりに目をくばり、じっと待ちながら。わたしはひっそりとデニスに幸運を願った——そしてわたし自身にもいくらかの幸運を。

「フラッドさん？」オズウィンの呼びかけが聞こえたあと、進入路の暗がりからすっと出てきた彼の姿が見えた。「ここですよ」きっかり八時になっていた。

わたしは彼と向き合うために前へ進んだ。彼の顔はナトリウム灯の光を浴びて黄ばんだ仮面のようだった。その瞬間わたしは、自分が相手にしているのは狂気の男であることをほとんど疑わなかった。とはいえ、彼のは非常に奇妙な種類の狂気であることはすでに承知していた。むしろべつの種類の正気と言えるかもしれない。

「きてくださってありがとう」彼は言った。

「あなたはあまり選択の余地を与えなかったからね」

「あなたはレオ・S・ガントレット・プロダクションとの契約を守ることもできましたよ。わたしがフラッド夫人にかまわないという約束を守ることもできたように」

「それなら、どうして守らなかったんだ?」

「手紙で説明しました。あなたはわたしの不意をついた。わたしは……うろたえたんです」

「まだうろたえてるのかね?」

「すこしだけ。あなたはきっと……怒ってるだろうと思ったから」

「怒るさ」わたしは彼に近づいて、まともに目をすえた。「これが本当はどういうことか、今ここで話さなければ」

「ああ、話しますよ。もちろんです、フラッドさん。何もかも」

「まず最初に、われわれはこんなところで何をするんだね？」

「わたしは以前、このあたりで働いてました。わたしの父もそうです。そのまえはわたしの祖父も。われわれのころには、みんなコルボーン家のために働いたんです」

「どんな仕事をしてたんだね？」

「やれと命じられたことを。敷地をお見せしましょう」彼は先に立ってゆるい傾斜地をのぼりはじめ、わたしも彼のかたわらに並んだ。「あれが食肉卸売市場です」彼は右手の低くて長い建物を指さし、わたしたちはそのまま、さらにその上へと上っていった。「そして、これは市議会の技術局の倉庫です」彼は左手のくすんだ黄褐色の、だらだら横にのびている建造物を指し示した。「ここに以前はコルボナイト有限会社の入り口がありました」

いったいこのすべての真意はなんだろう、とわたしは考えた。南京錠のかかった金網の門にたどり着いた。その門が、一群の屋根が斜めの掘っ立て小屋や荒廃した作業場、それに破片が散らばっている中庭への侵入を阻んでいる。わたしはオズウィンの向こうの暗い陰鬱な中景に目を凝らしたが、すこしでも意味のあるものなど何も見つからなかった。

「会社はここと鉄道線路のあいだの全域を占めていました」彼は続けた。「かつては倉庫のための専用側線もあったんですが、わたしが一九七六年に学校を出てすぐ働きはじめたときには、使われなくなっていました。わたしのAレベルはコルボナイトではあまり役に立ちませんでしたが、おやじは……役に立つはずだと考えてました」

「コルボナイトはどんなことをやってたんだね？」

「物を作ってたんです、フラッドさん。プラスティックのありとあらゆるものを。台所用品。ガーデン用具。ラジオとテレビの外箱。そして箱。たくさんのいろいろな箱です。コルボーンさんの曾祖父が一八八三年に会社を創設しました。そしてコルボーンさんの父が、それから百六年後に会社をたたみました。わたしはそれ以後定職がありません。あそこで働いたのが十三年。やめてからが十三年」

「でも、わたしには……」

「たいして見るべきものはありませんよね？」

「ああ、しかし――」

「そんなもの、あるはずがないだろう？　それがあなたの考えてることです。会社は誕生しては消えていく。それとともに、多くの暮らしも。だから、なんだというのだ？　誰が気にする？」

「明らかにあなたは気にしてるよ、デリク」

彼は暗闇のなかでわたしを振り返った。彼の顔にどんな表情が浮かんでいるのかわからなかったし、そもそも表情が浮かんでいるのかどうかもわからなかった。背後の橋の下を車が行き交う音が響いてくる。どこかで犬が吠えた。風が、かつてはコルボナイト有限会社の小屋だった建物の波形の屋根を、カタカタと鳴らしている。

「そろそろ肝心の話をしたらどうだね？」わたしは自分の声からなんとかじれったさを追いだそうとしながら促した。

「ええ。すみません。そうですよね。歩きつづけてもかまいませんか？」

「今度はどこへ行くんだね？」

「ヴァイアダクト・ロードのほうへ戻ります。十三年間、わたしの通勤日の帰宅ルートでした」

小道はわれわれの前方で左へ急カーヴしていて、片側の高い塀と反対側のコルボナイトの敷地のあいだを上っていく。人っ子一人、目に入らなかった。〈シアター・ロイヤル〉のステージに立っているはずの時間に、ほとんど頭のいかれてる男に付き合ってこんな場所をうろつきまわっているとは、まったく何をやってるんだろう、わたしは？　これまでのところ、不必要な、求めてもいないデリク・オズウィン個人についての情報と、彼の短い常雇いだった期間以外に何も手に入れていない。かつて彼はコルボナイトで働いていたが、今はもう働いていない。彼自身が言ったように、〝だから、なんだというのだ？〟。

「両親が亡くなってからは」彼は続けた。「自分だけの時間がたっぷりあります。たぶん、たっぷりすぎるほど。独りで暮らしていると、だんだん……生き方が凝り固まっていくものです」

それは否定できなかった。だが、生き方にもさまざまあるし……それにデリク・オズウィンなりの生き方というのがある。「そろそろ肝心の話をすると言ったね」

「してますよ、フラッドさん。話してます。コルボナイトが肝心の話なんです。わたしはそこの歴史を調べました。それについての専門家になりました」

「本当かね？」

「それについては、わたしはおそらくコルボーンさんよりも精通しているでしょう。コルボーンさんのことを話してほしいですか？　わたしが言ってるのは息子のコルボーンさんのことです。あなたは望んでると思いますが。彼はフラッド夫人にふさわしいのだろうか？　その疑問があなたの心をよぎったはずです」

「あなたの意見はどうだね？」

「ふさわしくないでしょうね。彼は……不誠実な人柄です」

「しかし、会社を閉めたのは彼の父親だろう？」

「息子から圧力をかけられたからです。ロジャー・コルボーンは最初に経営に参加したときから、廃業したがってました。コルボナイトは染色技術で貴重な特許を所有していました。彼は会社を続けていくよりはそれを売るほうが儲かると考えたんです。たぶん彼は正しかったでしょう」

「それを不誠実というのかね？」

「ええ、そうです。従業員はコルボーン家が特許を売却した収益の分け前にあずかれなかった。彼らが手に入れたのは……解雇手当だけだった」

「それでも――」

「そこにはそれ以上のことがあるんです。ずっと重要なことが。そんなわけで、わたしはあり余る余暇をすこし利用することにしたんです。コルボナイトの詳細な歴史をまとめあげ、全歴史を書きました。最初から……終わりまで」

小道は今ではべつのカーヴを曲がって、われわれは街に通じる人通りの多い道路に出た。煌々と明かりの灯ったタンカーがはるか遠くに見えていて、くさび形の真っ黒な海をゆっくりと横切っていく。われわれはそっちの方向へと丘をくだりはじめた。

「これはディッチリン・ロードです」デリクが言った。「ここから、セント・ピーターズ教会まで、さらにパレス・ピアまでまっすぐ見渡せます。いつもそれを見ながら帰宅しましたが、すばらしい眺めでしたよ」

「そうだっただろうね、きっと。でも――」

「わたしはその歴史が出版されることを望んでるんですよ、フラッドさん。それが肝心の話です。あれだけの手間隙《てまひま》かけたものが無駄になると思うと耐えられません。コルボーンさんに援助を頼みました。彼なら話をもちかける適当な人たちを知っているでしょう。それとも、彼自身が出版の費用を負担できます。彼にはそうする資力がじゅうぶんあります。ところが、彼はその提案を考えてみようともしませんでした。もちろん、そこに書かれているすべてが……彼の名誉になるわけではありません……しかし、それは真実です。そこが重要じゃないでしょうか？」

「たしかにそうだよ、デリク」

「もちろん、すべての真実というわけではありません。そうは主張できません。そこには書かれていない……わたしの知っていることが……コルボーンさんの知っていることがあります。彼が読めば、それがわかるでしょう」

「だが彼は読まなかったんだろう？」

「そうは思いません。彼にコピーを送りました。じつを言うと、一度だけじゃないんです。最初のが紛失してしまったかもしれないと思ったので。だが彼はわたしのメッセージに応えてくれません。だから、彼の注意を引くためにべつの方法を試そうとしたんです」

ロジャー・コルボーンが嘘をついたことがわかった。彼はデリク・オズウィンを知っている。むしろ、よく知っているのではないかとわたしは疑った。もとより、それはたいした嘘ではなかった。どうしてそんな話をわざわざ婚約者に告げるだろう？　文筆の世界に取り次いでほしいと言って、さだめし読むに値しない会社の歴史を持ちこんだ、すこし頭のおかしい元従業員。誰だろうと、そんな男を自分の知り合いから消してしまっても当然かもしれない。コルボナイトを閉鎖したことや、特許を売り払ったことにしても、それは正当な事業上の常套手段だと考える者もいるだろう。そう、冷静な現実主義者ではあるが、とくに冷酷とは言えない。

「コルボーンさんに関するかぎり、わたしは無駄な努力をしていることがはっきりしました」デリクが言った。

「そうかもしれないね」

「それで、あなたのほうが見込みがあると考えたんです、フラッドさん」

「本気かね？」

「あなたのエージェントのモイラ・ジェニングズは、俳優だけでなく作家の代理もつとめてますね？」

「わたしのエージェントが誰か、どうやって知ったんだね？」

「見つけるのはむずかしくなかったですよ。時間があれば、いろんなことが簡単に見つかります」

「わたしをとおして、あなたのコルボナイトの歴史を出版させたいのかね？」

「それは『ザ・プラスティック・メン』という題名です。その題名をどう思いますか？」

「悪くはないよ。しかし――」

「いずれにしても、あなたが奇跡をおこなうとは期待してませんよ、フラッドさん。わたしはただ、あの本を……本気で検討してほしいのです。市場性がないと判断されれば、それを受け入れます」

「ほんとに？」デリクがにわかに現実主義にかたむいたことがわたしを面食らわせた。

「そうするしかないでしょう」

「そうか、ああ、そうだな。あなたは――」

「それを見てもらうようにジェニングズさんに頼んでくれますか？」

「そうしてもいい」わたしは足をとめた。デリクはもう二、三歩、歩きつづけてから、振り返ってわたしを見た。「ひとつの条件つきで」

「フラッド夫人を悩ませるのはやめると約束します」

「けさだってそう約束したじゃないか」

「ええ。すみません。二度と約束を破りませんから」

「どうして信用できるんだ？」

「わたしが約束を破ったのには――あなたを今夜の公演に出られない羽目に追いこんだのには――非常に明確な理由があったのです。あなたの役に立つためでした」

「わたしの役に立つ？」

「そうですよ」

「いったいどんな役に立ったというんだね？」

「推測できませんか？」

「ああ、デリク。できないね」

「それなら、説明したほうがよさそうです」

「そうだな」

「ちょっとばかり……こみいった話なんです」

「だいじょうぶだ、ちゃんと聞くから」

「わたしが言ってるのは……どうですか、わたしの家へ行って話をしませんか？　ココアならありますよ」


断れないほどすばらしい申し出というのもあるが、デリク・オズウィンのココアはそういう類のものではなかった。だがとにもかくにも、われわれはそのあとすぐ、彼の家のきちんと片づいた居間で、二つの、湯気のたっている砂糖のはいっていないココアのマグと、ダイジェスティヴ・ビスケットがのっている皿をはさんで、向かい合ってすわっていた。わたしの昼前の訪問のあと、彼はそれらを買いこんだようだ。わたしはコーヒーテーブルごしに期待をこめて彼を見た。

「これがおいしいといいけどね、デリク」

「ご心配なく、フラッドさん。キャドベリーのココアですよ。どこかのスーパーマーケットの製品じゃありません」

この男はジョークを言う。うまいジョークではないが。それに、しじゅう言うわけではないが。それでも、どんなユーモアでもないよりはましだろう。わたしのジョークのほうはというと、今ごろは〈シアター・ロイヤル〉では幕間の休憩時間になっただろうと考えて、陰気なものになりがちだった。

「あなたがどれぐらい真剣かを試すために、われわれが会う時間を決めたわけではありません」彼は引き攣《つ》れたような笑みを浮かべて続けた。「あなたは妻を助けるためにできるかぎりのことをするつもりでいる。それを疑ってはいませんでした」

「それなら、どうして？」

「そら、きょうの午後、わたしがまた〈ランデヴー〉に姿を見せたとき、どんなことが起こりましたか？」

「彼女がわたしに電話してきた」

「そして、われわれがこうしてまた会ったら、何が起こるでしょう？」

「それはまだわからないよ」

「でも、あなたはかならず結果を彼女に知らせるでしょう？」

「ああ」わたしは用心しながら認めた。

「それをやり遂げるために、あなたは仲間の俳優たちを裏切り、レオ・S・ガントレット氏を怒らせた」

「それがわかってるとは嬉しいね」

「わかってます。そして、それはフラッド夫人も同じじゃないですか？」彼の微笑がやわらいだ。「わかりませんか？　わたしはあなたにたいする彼女の感謝の気持ちをふくらませたんです。彼女があなたにいっそう恩義を感じるようにしたんです。あなたが……彼女を取り戻すのを簡単にしたんですよ」

「そんなこと信じられないな」わたしはそう応じた。けれども、本当は信じていた。ブライトンでもっとも男女の仲など取り持ちそうもない男、デリク・オズウィンは、自分の原稿を無視したことにたいしてロジャー・コルボーンに罰を与えようと――自分に考えつけるかぎりの方法を用いて彼に罰を与えようと――決心していた。

「あなたの奥さんにたいして悪意はありませんよ、フラッドさん。まったく。しかし、あなたが……彼女といっしょにもっと時間を過ごすために……わたしには悪意があると彼女に思わせたいのなら」彼は唇を結んで、親切そうにじっとわたしを見た。「わたしはそれでもかまいませんよ」

わたしは溜め息をつき、ココアをひと口飲んだ。この男にたいして腹を立てるのは簡単だったが、怒りを持続させるのはむずかしかった。「こわれた結婚はそう簡単には元に戻らないよ、デリク。本当にそういうもんだ」

「試してみなければわかりませんよ」

「わかった。だがね」わたしは彼に向かって指を突きだした。「今後は、わたしに試させるにしろ――試させないにしろ――わたしが妥当だと思うやり方にしてくれ。わかったね？」

「完全に了承しました」

「あなたは彼女にかかわってはならない」

「通りで偶然すれちがう場合をのぞいては、フラッド夫人は二度とわたしを見かけることはないでしょう。〈ランデヴー〉へは行きません。〈プリマーズ〉の前も歩きません」

「それを守ってもらうよ」

「もちろんです」

「わたしはエージェントにあなたの本を検討させることができる。だが同時に、それを断わることもできるんだ」

「わかってます、フラッドさん」

「いいだろう。じゃあ、それを渡してもらおうか」

とたんに目を輝かせて、彼はぱっと立ち上がった。「きょうの午後、あなたのためにコピーをとったんです。取ってきますから、ちょっと待っててください」

彼は部屋から出て階段を上っていった。わたしはもうひと口ココアを飲んでから、椅子にすわったままくるりと体をねじって、背後にある本棚の中身を調べた。ずらっと並んでいる薄い真っ赤な本の背で『タンタン』の漫画本が見分けられた。彼はシリーズのフルセットを持っているようだ。わたしはでたらめに一冊――『ザ・カルキュラス・アフェア』――を抜きだし、題名のページを開いた。そこには、前述の教授が田舎道をぶらぶら歩いている絵が描かれていて、その横に万年筆で贈呈の言葉が記されていた。

〝わたしたちのいとしいデリクへ、ママとパパより、一九六七年クリスマス〟

「あなたも『タンタン』のファンですか？」戸口から質問が投げかけられた。振り返ると、デリクが写真コピーした原稿を持って、いぶかしげにこっちを見ていた。

「ちがうよ。ちょっと……」わたしは『ザ・カルキュラス・アフェア』を閉じて、ほかの本のあいだに戻した。「見てただけだ」

「べつにかまいませんよ」だが、かまわないようには聞こえなかった。声がこわばっている。彼は今ではわたしの向こうの、本の列に目を凝《こ》らしていた。原稿をどさっとテーブルに置くと、わたしの椅子の後ろをまわって、本棚から『ザ・カルキュラス・アフェア』をそっと取りだした。それから、すっかりそのことに夢中になって歯のあいだから舌を突きだしながら、ほかの二冊の本を指で脇にずらすと、そのあいだの隙間にそれを押しこんだ。「あなたは順番どおりに戻さなかったんですよ、フラッドさん」彼は説明した。「『ザ・カルキュラス・アフェア』は第十八巻です」

「そうか。なるほど」

「順番は大切だと思いませんか？」

「ああ、そうだろうね。ある程度は」

「しかし、その程度は正確にはどのあたりか？　それが問題です」

「で、その答えは？」

「われわれはめいめい自分でそれを見つけなければなりません」彼はまっすぐ体を起こすと、踵を返した。「そのうえで、それを守らねばなりません。というか、危険にさらされた場合には、防がねばなりません」

「すると、これが『ザ・プラスティック・メン』なんだね」わたしはそう言って、前かがみになり原稿を眺めたが、それまでの話題が本当はどういうことにしろ、話しにくい事柄だっただけに、話題を変えることができて心からほっとした。

「ええ。そうです」

原稿はわたしが恐れていたほどぶ厚くはないようだった。千ページもの大作ではなかったから、モイラのためだけだったにしても、それがありがたかった。だが、〝ザ・プラスティック・メン　コルボナイト有限会社とそこの従業員の歴史　作者デリク・オズウィン〞という言葉が記された最初のページから判断して、原稿は手書きだった。ページの中央部分に細長い罫線が引かれている痕跡があった。ページをくっていくと、どのページも同じだった。デリクは薄い罫線入りのA5の用紙に原稿を書き、それをA4の用紙に写真コピーしたために、広くて白い余白のなかに文字が散らばったのだ。かならずしも通常の売り込み原稿ではなかった。

「あなた自身もそれを読まれますか、フラッドさん、それとも、すぐにあなたのエージェントにそのまま送りますか？」

「たぶんあなたは、早く返事がほしいのだろう」

「ええ、そうです」

「それなら、すぐに送ったほうがよさそうだ」うまくやったな、とわたしは考えた。誰かにいそいで読ませるようにモイラに頼もう。彼女は金を払って、そういうことをやらせているのだ。「そうすれば、クリスマスまえには何か返事が聞けるだろう」

「おお、すごい。それはすばらしいです」

「わたしからは、あなたに正直な意見を言うよう彼女に頼むことしかできないよ、デリク。それがどういうことかわかってるんだね？」

「彼女は断るかもしれない。ええ、わかってますとも。そのことははっきりと。当然のことですよ。わたしが頼んでいるのはそれだけです」

「彼女が断ったら、あなたがまた〈ランデヴー〉にあらわれたなんて話は願いさげだからね」

「そんなことはありませんよ」

「そう願いたいね、デリク。本当に」

「わかってます、フラッドさん。だいじょうぶです」彼があまりにも深く悔いているように見えたので、わたしは思わず彼に同情した。なんて情にもろいバカなんだ、わたしは。

「きょうの午後、あなたがこうするのがいちばんいいと考えたのは、わたしにもわかるし、あなたの心遣いには感謝してる。それでも愚かだったよ、こういうことをしたのは。こんなことが二度と起こってはならないんだからね」

「起こりませんとも」おそらくわたしを安心させようとして、彼はにっこりした。「請け合います」

「わかった」

「でも……」

「なんだね？」

「ちょっと考えたんですが……」

「うむ？」

「あのう、次はいつ……奥さんと話すつもりですか？」

「それはあなたには関係のないことだ」

「ええ。もちろんそうです。でも、わたしが手助けできるんなら……」彼の消えかけていた笑みがまた浮かんだ。「コルボーンさんは今はここにはいません」

「知ってるよ。でもどうしてあなたが知ってるんだ？」愚かな質問だった、じつに。けれども、彼がたくわえている豊富な情報を、彼はどうやって手に入れるんだろう？

「わたしは、えー、世間の噂につねに注意を払っているんです。いずれにしても、ふっと考えたんですよ……あなたは……ウィックハースト・マナーを訪ねたいと思ってるかもしれないと。コルボーンさんが屋敷にいないあいだに」

「それはあまりいい考えとは思えないね」

「そうですか？　まあ、それはあなたの判断にかかってますよ、フラッドさん、完全にあなたの判断に」

「そうだな」

「わたしはあそこを〝マーリンスパイク・ホール〟と呼びますね」そこで彼のいななくような笑い声がひとしきり響いた。「むろん、あなたが『タンタン』のファンでないのなら……」

「それはあの本のなかでタンタンが住んでいるところだ。それぐらいはわたしだって知ってるよ、デリク」

「はい。おみごと。じつはキャプテン・ハドックがその家の所有者なのですが、タンタンとプロフェッサー・カルキュラスもそこに住んでます。でも彼らはずっとそこに住んでたわけじゃありません。そこはもともとは邪悪な古物商、マックス・バードのものでした。『ザ・シークレット・オブ・ザ・ユニコーン』のなかで――」彼はふいに話をやめて顔を赤らめた。「すみません。こんな話に興味ありませんね。けれども、そこには奇妙な偶然の符合があるんです。コルボーンさんはウィックハースト・マナーから事業をとりしきっています。マックス・バードがマーリンスパイク・ホールからそうしていたように。それに彼らは二人とも、目の前の正しいことにつねに目をつむる傾向があります」

それは偶然の符合でもなんでもないとわたしは思った、それがすべて本当のことだとしても。けれども、感心にもそれを口にするのはひかえて、わたしは立ち上がった。

「もう、そろそろお暇したほうが――」

「その家の写真をご覧になりたいですか？」

「ウィックハースト・マナーの？」

「ええ」

わたしはその申し出を断るべきだった。それなのに、自分がこう応えるのが聞こえた。「見せてもらうよ」

「すぐに戻ってきますから」彼はふたたびドアを出て階段を上っていった。

わたしはデリクの大切な原稿を眺めた。廃業したプラスティックの会社の歴史。おお、なんとまあ！　題名のページをめくると、驚いたことに、デリクはT・S・エリオットの詩『ザ・ホロウ・メン』の最初のくだりを、彼の大作のための、ある種の題辞として引用していた。

われわれはプラスティックの男たち
われわれは型に入れて造られた男たち
ポリマーを頭部に詰められて
寄り集まっている

そうだな、ひょっとしたらモイラは、本当にこれにほれ込むかもしれない。わたしはそう思った。

そのとき、デリクが写真の入った紙入れを持って戻ってきた。彼は腰をおろすと、テーブルの原稿の横に中身を注意ぶかく並べた。家の写真と彼は単数形で言ったが、実際はフィルム一本をまるまる使用して、すこし離れたところから撮った、二十四枚のさまざまなウィックハースト・マナーの写真だった。

それは、赤レンガのネオ・ジョージ王朝風の、サイズもスタイルもかなりの邸宅で、どの角度から見ても、二人の人間が住むにはとてつもなく大きな住まいだった。中央棟の両脇に、左右釣り合った、高いサッシの窓がはまったペディメントつきの翼棟があり、中央棟の舗装されて壺が並んでいるテラスに突きだした入り口には、四本の円柱で支えられたポルチコがある。裏側にも翼棟があり、そのひとつは、菜園のように見えるものをぐるりと囲んでいる建て増し部分につながっている。裏には広い芝生があり、カーヴしている私道で二分されている表側の小さいほうの芝生とは、木立によって区切られている。家をはさんで菜園とは反対側に駐車場があり、ほとんどの写真に十台か十二台の車が写っていた。

木立はこんもりと葉が茂っていて、陽光が車の屋根をきらめかせ、裏庭のクローケーの弓形小門の白いカーヴをくっきりきわだたせている。これは真夏のウィックハースト・マナーだった。写真を撮影する者が近づいても、ごまかすのがいちばん容易な季節だろう。

「わたしはそのほとんどを通行権のある公道から撮りました」デリクが言った。わたしは彼の〝ほとんど〟という微妙な言い回しを心にとめた。「その家は一九二八年にコルボーンさんの祖父によって、中世の荘園の廃墟に建てられました。それまで一族はブライトンの、プレストン・パーク・アヴェニュー沿いの家に住んでました。事業は明らかに急成長してましたが、コルボナイトの賃金レートは依然として当時の最低の水準でした」

「今、コルボーンはどんな仕事をしてるんだね？」

「一般投資です。日々、彼の金を動かして、そこからできるかぎりの利益を得る。そして、ほかの人々にも同じことをするように助言する。そのためにスタッフがいるんです。それは集中的な売買操作です。コルボーンさんはどんなにわずかだろうと、すこしでも利益のあがるものに投資するのがいいと信じてます」

「たぶん、そうする必要があるんだろう、この家を維持するために」

「そうでしょうね」

「あなたには便利なものだね、通行権というのは」

「通行権というのは便利だという意味です。せいぜいそれを利用すべきだとわたしは信じてます」

「そうらしいね、たしかに」

「それはデヴィルズ・ダイクから通じる小道で、ファルキング・ロードを横切り、ウィックハーストの近くの森のなかを抜けて、北西のヘンフィールドのほうへ向かってます」

「道順を教えてくれてるようだな、デリク」

「あのう、もしも道案内が必要なら――」

「そのときは訊ねるよ」わたしは立ち上がった。「さてと、もうお暇したほうがよさそうだ」

「わかりました」デリクは写真を集めて紙入れに戻した。「ところで……」彼はおずおずとわたしを見た。「水曜日の夜のチケットをとってくれるというあなたの申し出は、まだ有効ですか？」

わたしは微笑した。「もちろんだよ。ただし、きょうのあなたの愚かな策略が経営陣を怒らせて、わたしの特権が取り上げられることにならなければね」

「ええっ！」彼の目が恐怖でまるくなり、そのために眼鏡が鼻の途中までずり落ちた。「そうなると思いますか？」

「結局は……」わたしは無頓着をよそおった。「そうならないだろうよ」

わたしはセインズベリーのショッピングバッグに入れた『ザ・プラスティック・メン』の原稿と、わたしの夜の残り時間をたずさえてオズウィン家をあとにした。劇場はもうじき空っぽになるだろう。ブライアン・サリスは、おそらくわたしの携帯に十回以上はメッセージを残しているだろうが、どれひとつ聞きたくなかった。それに、ふだんの宿に戻る時刻よりすこしでも早く〈シー・エア〉へ帰りたくて、気がせいているわけでもなかった——そこにはさらに多くのメッセージが待っているにちがいない。わたしはロンドン・ロードの途中にあるパブに立ち寄ってスコッチを飲みながら、このあとどう過ごすか選択肢を比較検討した。〝次はいつ奥さんと話すつもりですか?〟デリクはそう訊いた。彼女はできるだけ早く、わたしがやり遂げた成果を知りたがっているはずだから、それはたしかにいい質問だった。それにたいする答えがひとつだけあった。わたしは一気にスコッチを飲みほすと、鉄道の駅のタクシー乗り場に向かった。

半時間後、わたしは丘陵地の向こうのいちだんと寒くて暗い世界に立っていて、ウィックハースト・マナーに通じる私道の進入口のところで、黒い桟のある高い門の支柱に設置された、インターホンの横のボタンを押していた。

ガーガーと音がした。そのあと、不安げな緊張したジェニーの声が聞こえた。「はい?」

「ぼくだよ、ジェニー」

「トビー?」

「そうだ」

「こんなとこで何をしてるの？」

「なかに入れてもらえるかな？」

「どうして電話しなかったのよ？」

「きみはぼくの口からじかに話を聞きたいだろうと思ったんだ」

「まあ、そんな」ちょっと沈黙があった。それから、彼女はこう応じた。「そうね、もうきてしまったんだから……」そしてブザーが鳴り、門がさっと開きはじめた。

わたしは後ろにさがってタクシーの運転手に料金を払ってから、いそいで門を通り抜け、私道を歩きだした。

タクシーのエンジンの音が遠ざかっていった。そのあと聞こえるものといったら、木立のなかの風のざわめきと、アスファルト舗装の私道に響く自分の足音だけだった。低木の遮蔽林をまわると、芝生にこぼれている家の明かりが目に入った。そのあと、家そのものが見えた。あかあかと明かりの灯ったポーチに立つ人影がわたしを待っていた。

ジェニーはジーンズにスエットシャツという身なりで、〈プリマーズ〉の店内にいる彼女をちらっと見たときの服装とはまるきり対照的だった。近づくにつれわかったが、彼女の表情もほぼ同じだった。微笑すら浮かんでいない。そのとき、犬が吠えながら彼女の横にあらわれた——ほっとすることに、穏やかな顔つきのラブラドルだった。

「きみの犬、それともロジャーの？」わたしを迎えるためにテラスをのそのそやってくる犬のほうへわたしは顎をしゃくった。

「もともとはロジャーのお父さんの犬」とジェニーは答えた。「こっちへいらっしゃい、チェスター」チェスターは従順に引き返した。「なかへ入ってもらったほうがいいわ」

「ありがとう」わたしは彼女と犬のあとについて、明るい色の鏡板をはりめぐらし、あざやかな模様の敷物をあちこちに置いてある広い玄関ロビーへ入った。

「ここへやってくるべきじゃなかったわね、トビー」静かだが、きっぱりした口調でジェニーが言った。「こないように言ったでしょう」

「そうだったかな？」

「わたしたちのあいだでは了解ずみのことだわ」

「でもね、ぼくたちはかならずしも、おたがいをちゃんと理解してたわけじゃないだろう、ジェニー？」

彼女は溜め息をついた。「どうしてここへきたの？」

「起こったことを話すためだ」わたしはショッピングバッグをかざしてみせた。「これが、デリク・オズウィンにきみを悩ますのをやめさせるためにぼくの払った代償の一部だ。今度こそ永久に」

「彼を追い払ったのは確実？」

「確実なことなんてありっこないだろう。でもね、ぼくには確信があるよ。これのおかげで」

「そのバッグには何が入ってるの？」

「きみがこれを信じるかどうかわからんが」

「試してみたら？」

「なかへ入って……腰をおろさないか？」

「これは単なる口実だったんでしょう、ここを嗅ぎまわるための？」

「そうじゃない、ちがうよ」

「わかったわ。階上《うえ》へ行きましょう」彼女は先に立って、優雅にカーヴしている階段を上った。「一階の応接室はロジャーがオフィスとして使ってるの。わたしたちはほとんど二階で生活してるのよ」

階段と踊り場は趣味よく贅沢に飾りつけられていた。やわらかな色調の壁紙が貼られた壁の上のスペースには、モダンな抽象芸術作品がぎっしり並び、壁にはもっと古い時代の風景画や肖像画がかかっている。横幅の広い暖炉で薪がパチパチ音を立てている応接間にわたしたちは入っていった。チェスターがもう暖炉の前にどっかり陣取っている。家具調度はインテリアデザイン雑誌の表紙の写真のようだった——掛け布、敷物、壺、テーブルに置かれたぶ厚い本、マントルピースの上にのっている脚の細い蠟燭立て。ジェニーの好みはもっと簡素なスタイルだとはっきりわかっていたから、これはおそらくライフスタイル・コンサルタントが、コルボーンのために持ちこんだものだとわたしは判断した。彼に反感を抱くのはしごく簡単であることが、はやくも判明しつつあった。

「一杯いかが？」ジェニーがそう問いかけて、ラフロイグの瓶をかざした。

「ありがとう」

彼女はウイスキーを注いで、わたしにグラスを渡した。

「ロジャーはグレンフィディックが好みだろうと思ったがね」

「あなたはロジャーに会ったことはないわ」〝それにけっして会うこともないわ〟と彼女の瞳が言い添えた。

「デリク・オズウィンは彼に会ってるよ。何度も」

ジェニーが何か反応を示したとしても、彼女はすわる動作でうまくそれを隠した。自分の向かいのアームチェアのほうへ彼女が手を振り、わたしはそこに腰をおろした。それから彼女は言った。「とにかく話を聞かせてもらうわ、トビー」

「いいだろう。オズウィンは以前はコルボナイトで働いていた。きみもその会社は知ってるだろう？」

「もちろん。ロジャーのお父さんが閉鎖したわ……何年もまえに」

「十三年まえだ」

「それなら、そうなんでしょうよ。昔の話だわ。ロジャーはそこの一人の従業員を憶えてなんかいないわよ……どれだけの従業員がいたにしても」

「彼はこの男は憶えてるさ。本当の話、きみがヒストリーという言葉を口にしたとは奇妙だよ。なぜなら、それがバッグのなかに入ってるものだから。オズウィンの書いたコルボナイトの歴史《ヒストリー》。彼はそれを出版するのに力を貸してくれるように、ロジャーを説得しようとしてきた。ロジャーはそれを知りたいとは思わなかった。しかしながら、オズウィンはノーという返事を受け入れる男ではないから、彼のきわめて独特な途方もないやり方で、ロジャーに圧力をかけて考え直させようとした……きみを困らせるというやり方で。彼がぼくのファンだという事実は……まったくの偶然でしかない」

ジェニーはこの説明を聞いてほっとしたように見えた。微笑さえ浮かべた。「なるほど。それでロジャーはわたしを心配させまいとして、オズウィンを知らないふりをしたのね。かたやわたしのほうも、彼を心配させないためにオズウィンのことを話さなかった」

「たぶん」しぶしぶわたしもそう認めた。

「どうしてあなたがその原稿を手に入れたの？」

「これはぼくがオズウィンと結んだ取引の一部なんだ。ぼくはモイラに頼んで、これの評価をしてもらう。その代わりに彼はきみから手を引く」

「でも、きっとそれは出版されないわよ」

「たしかに。だが、本気で考慮してもらえれば、彼はそれで満足するだろう。ロジャーの間違いだったと思うよ、それを見ようともしなかったことは」

「おそらく彼は、オズウィンは昔から哀れな役立たずだと知ってるんでしょうね」

わたしたちは雄弁な眼差しを交わした。世の中からはみだした人々にたいするジェニーの同情は、かつてはわたしを苛立たせたこともあった。だが今は、そんなものはみじんもあらわれていなかった。これは、プラスティック会社の経営者から、さや取り売買をやる土地持ち紳士に転じたロジャー・コルボーンと交際したことによって、彼女があらたに身につけた冷酷さなのだろうか、とわたしは訝った。

「モイラがその本を断っても、オズウィンはあなたがたの……取引を……重んじるかしら？」

「彼はそうすると言ってる」

「で、あなたは彼を信じるの？」

「ああ。彼だって承知してるさ、それ以上彼にできることは何もないと」

ジェニーは完全には信じかねるように見えた。「まあこれで、すくなくとも息つく暇はあるようね。そのことに感謝するわ。あなたはどうやってこんなに早くこれを処理できたの？」

「ぼくは今夜の舞台をすっぽかしたんだ」

「なんですって？」

「オズウィンは今夜一回きりしか、ぼくに会うつもりはないと言ったんだ」

「いったいどうしてそんな人の言うなりに——」

電話が鳴りだした。わたしはそれをじっと見つめた。そしてジェニーも。誰からかかってきたのか二人ともはっきりわかっていたと思う。ジェニーが椅子の腕に体をのりだして架け台から受話器を取り上げた。

「ハロー？」彼女はにっこりした。「ハロー、ダーリン……ええ……ええ、とても静か」彼女は今では移動しはじめていて、連結ドアを通って隣の部屋へすっと抜けだした。ドアが閉まり、彼女の声が小さくなって、はっきりしないかすかな音になった。チエスターが片目を開けて彼女がいないのを確かめてから、また眠りにおちた。

わたしはひねくれた眼差しで部屋を見まわしながら、わたしたちが別れたときに彼女が持っていた物が何か見つかるかなと考えた。だが何もなかった、見覚えのあるものなど何ひとつ。いちぶのすきもなく構成された、牧歌的なカントリーハウス生活の中身がさらに目につくだけだった。「これが本当にきみの望んでるものなのか？」とわたしはつぶやき、明白な答えを差しだすのは控えた。

そのとき、サクラ材のハイファイ装置の箱の上に額に入った写真があるのが目にとまった。立ち上がって、ちょっと見てみようとそっちへ行った。そこにはジェニーがいた、彼女の人生の新しい男に腕を巻きつけ、カメラににっこりしている、屈託のない楽しげなジェニーが。彼女といっしょに写っているのがロジャー・コルボーンにちがいなかった。二人はヨットの舵柄《だへい》にいっしょに寄りかかり、彼らの上には三角形の帆が見えていて、背後の海がキラキラひかっている。コルボーンは細身で筋肉が発達しているように見え、吐き気がするほどハンサムだった。額のあたりが白髪になりかけている、ふさふさした黒っぽい髪。青い瞳。がっちりした顎。たくましい男っぽさを示すさまざまなもの。事態をさらに悪くしているのは、彼とジェニーがすごく愛し合っているように見えることだった。溜め息をついて向きを変えたとたん、マントルピースの上の鏡に映った自分の映像と向き合う羽目になった。コルボーンに比べると、髪は薄くなっているし、白髪も多い。ウエストラインもたるんでいるし、明らかに筋肉が発達していない。わたしはしょんぼり肩をすくめるしかなかった。

カチッと音がしてドアが開き、ジェニーが部屋に戻ってきた。「ごめんなさい」彼女は謝った。「ロジャーは家を留守にしているときには、いつも今ぐらいの時間に電話してくるの」

「思いやりがあるんだな」

「あのねえ、トビー――」

「推測するに」わたしは写真を彼女のほうへ突きだした。「彼はぼくと同じぐらいの年齢のようだな」

「ええ」ジェニーは唇をきっと結んだ。「そうよ」

「でも若く見える」

「こんなゲームはごめんだわ、トビー。デリク・オズウィンに関しては、あなたのやってくれたことに感謝してる。けれど――」

「ロジャーに彼のことを話したんだろう？」

「いいえ。もちろん、言ってないわ」

「ぼくがきみなら、話すがねえ。この段階で内緒にしたのでは、厄介なことになりかねない」

「彼が戻ってきたら、たぶんそのことを話し合うわ」本当は余計な干渉はしないでと言いたいのだと感じた。けれども、わたしが彼女のために尽力したために、彼女はそんな態度をとれないのだ。「そのことはわたしに任せてくれればいいの」

「ああ。そのとおりだな。すまない」わたしはにっこりして、彼女が微笑み返すように仕向けた。「きみに助言する習慣がなかなか抜けないようだ」ほかのいくつかの習慣にも同じことが当てはまると、付け加えることができた。たとえば、彼女に触れること。

それはわたしがやりたくてたまらないこと——だが、今は許されないこと——だった。

「感謝してるわ、トビー」

「ぼくにできるせめてものことだ」

「このせいで舞台をすっぽかす羽目になって申し訳ないわ。もしかして、かなり面倒なことになるんじゃないの？」

「ぼくならだいじょうぶだ」

「そうでしょうけど」

「あしたのランチの約束はまだ有効？」

「じつは、だめなの」彼女はちらっと困ったような微笑を浮かべた。「ロジャーが予定より早く戻ってくることになったのよ。彼が言うには……迎えにいくから、いっしょにランチをとろうって」

気がつくと、ちゃんとした理由もないのに、わたしは怪しんでいた、ロジャーはなぜかわたしがジェニーに近づいていることを嗅ぎつけ、いそいで帰宅してわたしの計画の邪魔をしたほうがいいと決心したのではなかろうかと。言うまでもなく、それはばかげた疑いだったが、その瞬間には不思議なことに、ありうることに思われた。「三人いっしょでもいいんじゃないかな」わたしは失望を隠すために、そんな嫌味を口にした。

ジェニーはしばらく無言でわたしを見てから、こう言った。「あなたをブライトンへ車で送っていったほうがよさそうね」

ジェニーは魚のような目をしたミニの新車を買っていた。彼女はずっとミニが好きだった。わたしたちがはじめて会ったときに彼女が持っていたミニを、わたしは今でも憶えている。今夜、モダンなパワーアップしたミニでドライヴしていると、わたしたち二人にとってのすくなからぬ思い出がよみがえってくるのだった。だが二人ともそれを口にしなかった。わたしの心は、もつれた、口にするのがむずかしい事柄と格闘していた。わたしはそれを告げたかったし、告げねばならなかったのだが――結局、言わなかった。時間がにわかに短く感じられた。でもわたしにできるのは、時がいたずらに過ぎていくのを見守ることだけだった。

ついには、ブライトンを去るまえにわたしたちがもう一度会うことはないだろうと考えてふさぎこんでしまったが、プレストン・サーカスに近づいて前方のデューク・オブ・ヨーク映画館が目に入ったとたん、思わずこう口にした。「デリク・オズウィンはヴァイアダクト・ロードに住んでるよ。七七番地に」

「わたしがそんなこと知る必要があるの？」ジェニーがそう言い返した。

「あるかもしれん」

「ないように願うわ。オズウィンがわたしをそっとしといてくれるんなら、こっちも喜んで彼をそっとしておくわ」

「ロジャーに彼のことを話すときには、ぼくのことも話すんだろう？」

「何を考えてるのよ、トビー？」

「べつに」

「ほんと？」

「ああ。ほんとだ」

「へえ、それなら、また口をだすんだ」

「でも、そうなんだろう？」

彼女の返事はなかなか返ってこなかったから、わたしは答えないのだろうと考えはじめた。それでも、彼女は何か言わねばならなかった。「オズウィンがわたしに関心を持つ理由はあなただと、わたしは本当にそう思いこんでたから、あなたに彼に近づくように頼んだの。でも事実はそうでないことを突きとめてもらって、あなたには感謝してるわ。でも、もうあなたには……」

「引っこんでほしい」

またもや無言の間が続いた。このときには、わたしたちはセント・ピーターズ教会を通り過ぎて、グランド・パレードのほうへと南に向かっていた。ジェニーが歯を食いしばったり緩めたりするたびに、顎の筋肉が動くのをわたしは見守っていた。やがて彼女が口を開いた。「別居とはそういうことなのよ、トビー」彼女はわたしのほうにちらっと視線を向けた。「もうそっとしときましょう」

〈シー・エア〉に戻ったときには、ユーニスは玄関のテーブルにわたし宛の手紙を残して、ベッドへ行っていた。

ブライアン・サリスが電話してきました。電話してください、自分で。あなたは悪い子だったようですね、トビー。自分のしていることがわかってるように願います。物事にはすべて初めてのときというのがあるはずですよ、そうでしょう?

E.

楽しいどころではない状況だったにもかかわらず、いかにもユーニスらしい事件にたいするきびきびした見解に、わたしはくっくっと笑い声を洩らした。あしたはすこし関係修復に努めねばならないだろう。そのことに疑問の余地はなかった。

わたしは二階の自分の部屋に上がって、緊急のウィスキー補給をしてから、ジェニーの別れぎわの頼みについて考えた。〝もうそっとしときましょう〟よく言うよ、そんなこと、とわたしは思った。彼女は助けを求めてわたしのところへやってきて、わたしはそれを引き受けた。ところが今度は、デリク・オズウィンが彼女から手を引いたように、わたしにも手を引けと言う。人生はそんなに簡単なもんじゃないよ、ジェン。恋人のおかげで、きみが最近はどんなに幸せで安らかな人生だと感じていようが、わたしはこのままそっとしておくつもりはない。とにかく今はまだ。あすには『ザ・プラスティック・メン』をモイラに郵送する。そのあとで……わたしたちは会うだろう。

ところで『ザ・プラスティック・メン』はどんな作品だろう？　わたしには眠りにいざなってくれる、面白くない読み物が必要だ。名もない男の力作に深夜に目を通してみるとするか。題名のページと題辞はとばして、何が書いてあるか見てみよう。なんと驚くなかれ〝序文〟まである。

オクスフォード英語辞典はプラスティックを次のように定義している。〝全体、または一部分が、広範なさまざまな種類の有機物質で構成された重合体の合成物で、製造または使用過程で型に入れられたり、押し出し成形されたり、もしくは他の方法によって、恒久的な形を与えることができる〟

たいていの人々は重合の化学作用を理解する必要もなく、その言葉が意味するものを知っている。アクリル。アルカシーン。アラルダイト。ベークライト。バンダラスタ。ビートルウェア。セルロイド。セロファン。エボナイト。アイボライド。ジャクソナイト。ライクラ。メラミン。モールデンサイト。ナイロン。パークシン。パースペックス。プラスティシーン。ポリシーン。ポリスチレン。ポリ塩化ビニル。レーヨン。スティロン。テリレン。タフノル。タッパーウェア。硬質ポリ塩化ビニル。ビニル。ビスコース。ヴァルカナイト。ザイロナイト。われわれはみんな、これらのうちのすくなくともいくつかはよく知っている。

硝酸セルロースをベースとした最初の半合成のプラスティックは、一八五〇年代にアレクサンダー・パークスによって発明された。彼はその物質をパークシンと命名し、一八六二年の万国博覧会でそれを展示した。一八六六年にその物質を使って作られた製品を市場で売るために、彼はパークシン・カンパニーを創《はじ》めた。パークスはすぐれた発明家だったが、事業家としての才に乏しかった。一八六九年、彼は特許権をザイロナイト・カンパニーに売ることを余儀なくされた。しかしながら彼は諦めなかった。その特許権が失効したとき、彼はふたたび事業にのりだし、弟のヘンリーと協力して一八八一年に、ロンドン・セルロイド・カンパニーを創設した。この事業も失敗した。

パークスの工場長、ダニエル・コルボーンは独力で仕事を続けようと決心した。彼は生まれ故郷のブライトンに帰って、ドッグ・ケネル・ロード（ホリンディーン・ロードのもともとの名称）に工場を建設し、そこで一八八三年にコルボナイト有限会社として商売を始めた。コルボナイトの従業員は最初はごくわずかだった。けれども、会社が成功するにつれ、すぐに増えはじめた。労働力は地元でじゅうぶん供給された。熟練工の住む大きな居住区が（のちにスラムに分類された）南のほうにあった。第一次世界大戦が勃発するころには、コルボナイトの従業員はほぼ百人になっていた。その百人のうちの一人がわたしの祖父のジョージ・オズウィンで、彼は一九一〇年、十四歳のときに時給一ペニー半で、コルボナイト酸性薬品作業場で週に五十五時間半はたらく仕事についた。彼が自分の作業生活についてわたしに話したことが、この歴史を編集するにあたってわたしが頼った主な情報源のひとつである、とくに初期の時代に関しては。この時期のコルボナイトでの労働状態や、そこでのプラスティック製品製造に適用された生産工程について記述をはじめるまえに、所在地についてくわしく説明するべきだろう。

コルボナイトの土地建物は、ブライトンとルイスを結ぶ鉄道線路と、市営の食肉処理場と、フローレンス・プレースにあるユダヤ人墓地とに囲まれた、ほぼ三角形の区画を占めていた。食肉処理場は、以前そこにあったユニオン・ハント・ケネルズの跡地に建てられ、一八九四年に開業した。ホリンディーン・ロードのもともとの名称、ドッグ・ケネル・ロードは、ここにユニオン・ハント・ケネルズがあったことからそう名づけられた。

その南には主として中産階級が住むセント・セイヴィアの小教会区があり、さらにその南にはセント・バーソロミューの教会区があって、そこの密集したテラスハウスにほとんどのコルボナイトの従業員が住んでいた。

それらの家は一九五五年から六六年にかけてのスラム撤去計画であらかた取り壊された。写真と記憶だけが、当時のその地域の外観をわれわれに語ってくれる。イギリスの教区教会のなかでもっとも高い身廊があるセント・バーソロミュー教会は、そこの貧困に喘ぐ教区民を鼓舞するものとして、ファーザー・アーサー・ワグナーの教唆によって、一八七二年から七四年にかけて建立された。それは狭い通りの上に高くそびえ、畏怖の念を覚えさせる効果があったにちがいない。それは今も、それらの跡地にある駐車場や空き地の上に高くそびえ立っている。

わたしの祖父母は、文字どおり教会の陰になっているセント・ピーターズ・ストリートの家で結婚生活を始めた。祖父は通勤日には毎朝、コルボナイトへ行く途中で六時半ごろにセント・バーソロミューの前を通り、七時にはコルボナイトに着いてタイムレコーダーで就業時間を打刻することになっていた。ロンドン・ロードから道程のほとんどをカヴァーする路面電車に乗ることもできたが、彼は悪天候のときしか利用しなかった。たいていはロンドン・ロードを横切り、オクスフォード・ストリートを通りぬけてディッチリン・ロードへ出ると、そこから北に向かって、コルボナイトの敷地に通じるホリンディーン・レーンへと丘をのぼっていくのだった。
わたしは想像する――あなたにも想像してほしい――その通勤コースの最後の段階にいる彼を。一九三〇年ごろの寒い三月の朝、彼が目的地に近づくにつれ、ブライトンの上に夜明けが広がっていく。彼にはお馴染みの周囲の光景。背後には切り通しからあらわれてくる鉄道線路。列車がロンドン・ロード駅を出てスピードを上げながら蒸気を吐きだし、軌道を東へがたごと走っているかもしれない。左手には、ユダヤ人墓地を取り囲むツタのからまったレンガ塀。前方の低い土地には食肉処理場があり、その時刻にはおそらく、コルボナイト専用の分岐線に移動した無蓋貨車の列から、動物たちがおろされているだろう。食肉処理場の後ろでは、地方自治体のいわゆるごみ焼却炉の煙突から煙が立ちのぼっており、そこでは収集されたブライトンの廃棄物が、毎日、灰になっている。それは楽しい眺めではないが、わたしの祖父のような男にとっては、どんな眺めでも楽しいだろう。彼は第一次大戦中――彼はそれをいつも大戦争と呼んでいた――西部戦線で四年間生き抜いた。（初代の社長のコルボーン氏が戦争中、彼のために仕事を空けたままにしておいてくれたことを、彼はつねに感謝していた）
彼が小道のカーヴを曲がりながら右手を見ると、波形鉄板の屋根を葺いたレンガ造りの、コルボナイトの作業場が目にはいる。彼は会社の看板——コルボナイト有限会社、プラスティック製造業、一八八三年創立——の前を通って敷地のなかへ曲がる。門番に頷いて、彼の厚底靴とレギンスをしまってある小屋へと中庭を横切って足を進める。彼は到着した。

この歴史の第一章では、わたしの祖父のような、この時代のコルボナイトの平均的な従業員が、平均的な作業日に経験したであろう事柄をくわしく再現するつもりだ。そのあとの章では、プラスティック工業の世界的変化に遅れをとるまいとする会社の努力と、それが従業員にどんな影響をもたらしたかについて考える。結びの章では、一九八九年に会社を閉鎖するにいたった情況と、その結果、職を失った人々の運命を分析する。

うーむ。閉鎖されたプラスティック会社の七十年以上前の〝平均的な従業員〟の〝平均的な作業日〟か。わたしはそれを知りたいのかどうかわからなかった。知りたがる人がいるのかどうかもわからなかった。モイラがすすんでこれを売ろうとしてくれるかどうかとなると、もっとわからなかった。すまないな、デリク。これを出版してくれそうな人が見つかるとは思えないよ。

わたしはふいに疲れを覚えた。今夜、いつものように劇場で自分の仕事をやったとしても、これほどの疲れは覚えなかっただろう。長い一日だった。それに奇妙な一日。もうここらで今夜はおしまいにしよう。

火曜日

昨夜はあんなに疲れていたのに、けさは早くに目が覚めた。舞台をすっぽかしたことから生じるはずの、わたしへのバッシングについていやな胸騒ぎがして、驚くほどはっきりと目が覚めた。シャワーを浴び髭を剃っているあいだに、ある種の戦略が芽生えてきた。それはつまり、先手を打って下手《したて》に出ることだった。

だが、まず最初に『ザ・プラスティック・メン』をわたしの良心から払いのけたかった。モイラ宛に説明の手紙を走り書きして（それは当然ながら、最近の出来事をすべてひっくるめた説明ではなかった）セント・ジェームジズ・ストリートの郵便局が開いた直後に、そこへ持っていった。大きいジフィーバッグを買って手紙と原稿を詰めこみ、簡易書留でわたしの尊敬するエージェント宛に発送した。あしたの正午までに彼女は受け取るだろう。

その朝はからっとはしていたが、憂鬱になるほど雲におおわれていた。ブライトンが最高にすばらしい街に見えるには陽射しが必要なのだ。太陽が顔をださないでいるなか、わたしは海岸通りへおりていき、ブライアン・サリスが宿泊している（表向きは、マンディ・プリングルといっしょに。だが実際は、彼女が〈メトロポール〉で、ドナヒューといっしょに寝具にくるまっているのはほぼ確実だった）〈ベルグレイヴ・ホテル〉のほうへと、西に向かって歩きだした。わたしの計画はブライアンを早朝につかまえることだった、たぶん朝食をとっているところを、わたしにたいしてどんなに立腹しているかを彼がはっきり思いださないうちに。

ところが、彼の一日はわたしが予想したよりずっと先に進んでいた。〈ベルグレイヴ〉に近づいたとき、遊歩道でわたしの前方にいる彼が目にとまった。ジョギング・スーツに身をつつみ、海岸通り沿いのさわやかな数マイルをよろよろ走りだすまえに、遊歩道の手すりを使って日課の膝のストレッチ運動をやっている。わたしは彼に呼びかけた。

彼の最初の反応は驚きだった。次には当惑。そのあとすぐに、すごい苛立ちが続いた。「おはよう、トビー」彼は嘲りの笑みを浮かべて言った。「くそったれが！」

「昨夜は申し訳ない、ブライアン」わたしはそう応じた。

彼はわたしをにらみつけてから、片手で片方の耳をかこった。「それでスピーチは終わりなのか？」

「ほかになんと言えばいいんだ？」

「あなたがすっぽかしたというのは、ぼくの空想だったと言いくるめたらどうなんだ。われわれはあなたに出演料を支払ってる——しかもその点では、非常に気前よく支払ってる——にもかかわらず、説明も予告もなしの契約不履行という、じつに許しがたいあなたの行為、あれはぼくの空想の産物にすぎなかったと言ったらどうなんだ」

「言えないよ」

「その代わりに、どうせあなたには上手にでっちあげられないと思ってるが、適当な作り話をもちだしてもいいんだぞ。われわれみんなを裏切るに足る、ごりっぱな言い訳を。だが、それもできないと言うのなら、事実を話すことはできるだろう。そうさ。あれこれ考え合わせたうえで、ぜひともそうしてもらいたいね」

「個人的な問題だったんだよ、ブライアン。危機的な状況だった。ほかの場所へ行かねばならなかった。ぼくには選択の自由がなかったんだ」

「その危機的状況とやらがどんなものだったのか、話す気はないんだな？」

「ああ。だが、もう終わった。完全に解決した。それについては、ぼくの言葉を信じてもらっていい」

「きのうの午後なら、あなたの言葉を受け入れただろうね、トビー。われわれを見捨てることになるという予告の言葉を」

「デニスには予告したよ」

「あなたはデニスのために働いてるんじゃない。レオのために仕事をしてるんだ。だからレオの代理として、ぼくには説明を聞く権利がある」

「そうだな。さっきも言ったように、本当に申し訳ないと思ってる。払ってもらえるとは思ってないよ、昨夜の――」

「もちろん、そうだろう。じつのところ」彼は頭をぐいと上げ、手の付け根で手すりをばしっと叩いた。「レオはこの週の残り、あなたを解雇して舞台からはずすことに大乗り気だった。でも結局、ぼくが彼を説得したんだ。なんとかあなたを寛大に扱ってほしいと願ったからじゃない。まったくその逆だ。しかし――」

「チケットの売れ行きが落ちるからだろう」

「そうだ」ブライアンはしぶしぶ認めた。

「レオも罵るのをやめたとたん、そのことにすぐさま気づいただろうよ。ぼくにはわかるさ。われわれは商業ベースでしっかり結びついてるんだから」ひたすら下手に出る場合だというのに、この言葉はわたし自身にすら傲慢に聞こえた。すぐにわたしはそれをやわらげる努力をした。「この週の残り、まちがいなく責任を果たすよ」

ブライアンは溜め息をついた。「そいつはありがたいことだな」

「それがぼくにできる精一杯のことだ」

「とにかく、近い将来、レオから出演依頼があるとは期待しないでくれ」

「わかった」

ブライアンは眉をひそめてわたしを見た。彼はもともとは気立てのいい男だから、怒りを振り払ってしまえば、心にもっと優しい気持ちの入りこむ余地があった。「何かのトラブルに巻きこまれてるのかい、トビー？」

「あなたに助けてもらえるようなことじゃないんだ」

「どういうことなのかな？」

「ぼくにもよくわからん」わたしはなんとか笑みを浮かべた。「おおまかにいって、中年の危機だ。それに加え、ぼくが夫婦のままでいたいと強く望んでる女性とは、現在離婚係争中。ウェスト・エンドの一流の興行主を怒らせるというおまけがなくても、じゅうぶんなトラブルだよ」

「そうだなあ」ブライアンはわたしのくどくどした泣き言についてちょっと考えこんでから、あとを続けた。「これはジェニーと何か関係があるのかな？　たしか彼女は、今はブライトンに住んでると思うが」

「ああ、そうだ」

「それで？」

「それでと言われても、何もない。公演はどんな具合だったか話してくれないか……ぼく抜きで」

「訊かれたから言うけど。デニスはりっぱに難局に対処した。彼はすばらしい演技をやったよ」

「それなら、ぼくは彼に恩恵を施したのかもしれんな」

「たぶん。だが、はっきりさせとこう。こんなことは一回きりだ。くり返すようなことがあったら……レオがどうするか保証できない」

「くり返すことはないよ」

「表向きは二十四時間のインフルエンザということになってる」

「それなら、ぼくは予定よりも早く回復したってわけだ」

「ただ、けっしてぶり返したりしないでくれ。今夜は早めに劇場にきてほしい。六時半ごろには」

「よし、わかった」

「そのときまで……」

「うむ？」

「危機的状況には近づかないでいるように」

「かならずそうする」

「オーケー」彼はその場でならしジョギングを始めた。「あなたもランニングを始めるべきだよ、トビー。そうしたトラブルには役立つかもしれない」

「考えとくよ」

「じゃあ、あとで」彼は向きを変えると、ホーヴのほうに向かって走りだした。

「ああ、あとで」わたしは彼の背中に叫んだ。

実際のところ、わたしがその夜、ジェームズ・エリオットを演じることは、わたしの前途にある、その日でただひとつの確実なことだった。ゆうべは、空っぽの胃にウィスキーを流しこんだために頭がくらくらしていたし、おまけに疲れすぎていたせいで、ロジャーとジェニーの関係をこわすようなものを見つけたいと願うあまり、ロジャー・コルボーンの秘密を探りだしてみせると自信をもって断言したのだった。もちろん、言うは行うより易しだ。ブライアン・サリスの走り去った方角に向かってゆっくり歩きながら、そうした秘密が存在すると信じるだけの、正当な理由すらないことを認めざるをえなかった、秘密を見つけだすための、はっきりした方策は言うにおよばず。

わたしは足をとめて手すりによりかかり、灰色の海の物憂げな動きをむっつりと眺めた。ユーニスにさっと朝食をととのえてくれと頼むのに、まだ間に合う時間だ。滋養物をとれば元気が出るかもしれない。わたしは〈シー・エア〉へ引き返すことに決めた。わたしが決めたとおりに行動するまえに、携帯が鳴りだした。モイラからだろうと思った。わたしが舞台をすっぽかしたというニュースが、もう彼女に届いたのかもしれないと考えたのだ。だが、モイラからではなかった。電話があるかもしれないと期待していたほかの人からでもなかった。

「ああ、トビー。デニスだ」

「デニス？　どうしてもう起きてるんだ？　ブライアンの話では、とてもりっぱに――それに感動的に――ぼくの代役をつとめてくれた直後なんだから、しっかり睡眠をとるべきだよ」

「舞台はうまくいったよ、たしかに。よかった……またあそこに出られて」

「それなら、どうしてそんなに元気がないんだ？」

「会って……ちょっと話せないかな、トビー？　よかったら……いますぐ？」

「いいよ。けど……どういうことなんだね？　今夜の舞台のことなら、かならず出ると請け合えるけど」

「芝居とは関係のないことだ」

「じゃあ、なんだね？」

「会ったときに話すよ」

わたしはそれで満足するしかなく、十五分後に〈ランデヴー〉で会うことにした。もちろんデニスには、その場所を指定したことに意味があると考える理由はなかった。デリク・オズウィンが本当にジェニーから遠ざかったか確かめるのは、理にかなったことだとわたしは自分に言い訳した。けれども、本当はジェニーの近くへ行けることに心を惹かれたのだろう。

わたしのほうが先に到着し、デニスが姿をあらわすまでにデーニッシュをがつがつ食べた。ほっとしたことにデリクの姿はなかった。わたしはデニスのためにコーヒーを買い、二人で隅のテーブルに腰をおろしたが、彼は緊急の用件であることをうまく隠せないまま、煙草に火をつけた。

「くるのはやめにしたのかと思ったよ」わたしはわざと気づかぬふりで言った。

「ぼくもそうしようかと思った」

「これが、ゆうべ舞台に立ったことの反応ではないよう願うよ。ぼくは過度の負担をかけるつもりは——」

「芝居のことは忘れてくれ、トビー。これはそのあとで起こったことと関わりがあるんだ」

「そのあとで?」

「あなたに話すかどうか決めかねてるんだ。でもね……あなたは知っておいたほうがいいと思って」

「何をだね?」

「正直なところ、ぼくは自分を恥じてるんだ。あんな状況を発生させるべきじゃなかった。だが……昨夜はとてもうまくいったもので、ずんずんよくなっていくような気がしたんだ」彼は頭を振った。「ばかだよ。ほんとにばかだ」

「なんの話をしてるんだね、デニス？」

「わかった。肝心の話をしよう」彼は声をひそめ、内緒話をするように前かがみになった。「舞台がはねたあと、仲間と数人で一杯やりに〈ブルー・パロット〉へ行ったんだ。知ってるだろう、あの店？　劇場のちょっと先にある。それはとにかく、あそこへ行って五分も経たないうちに、その娘が――すごい美人だったよ、彼女――ぼくの横ににじり寄ってきて、すばらしい演技だったとお祝いを言ってくれた。彼女はぼくをトビーと呼んで、あなたに会えるなんて、すごく光栄だわと言った。ぼくがあなたの代役をつとめるというアナウンスを彼女は聞きのがしたんだろうと考えたよ。なぜかわからないが、ぼくは……彼女の間違いを指摘しなかった。いや、もちろん、なぜかわかってるよ。そんなことをすれば、彼女を追い払ってしまうかもしれないと恐れたんだ。つまりさ、彼女はとてもゴージャスだったし……ぼくに色目を使ってたし……」

「こいつはめっけものだと考えたんだな」

「そうだ」デニスは憂鬱そうにそれを認めて頷いた。「そんなところだ。彼女はあまりうまく英語が喋れなかった。それが思い違いをした原因だと考えたよ。だが、ぼくは気にしなかった。どうして気にするかね？　若い魅惑的な美人がぼくに言い寄ってくることなんて、めったにないものね。彼女は自分の知ってるクラブへ行こうと誘った。ぼくは酔ってたし……かなり自己満足してたんだ。それでほかの連中はその場に残して、オルガと——それが彼女の名前だ——ノース・ストリートのこっち側にある地下のジャズクラブへ行った。ぼくたちはそこに長くはいなかった。つまりね、彼女はぼくにべたべたまつわりついてたんだよ、トビー。スターに会って興奮して……その気になってたんだ」

「これが悪い結末につながるだろうと感じるのは、どうしてなのかな？」

「ぼくが、そう感じるような話し方をしてるからだよ。ジャズクラブの次に立ち寄ったのは彼女のフラットだった。彼女はエンバシー・コートに住んでる。そう、それが彼女がぼくを連れていった場所だ。知ってるかい、あそこを？　海岸通りのアールデコ調の建物だ。昼間ならもっとはっきり見えただろう。本当だ、ずっとはっきりとね。外側は老朽化してるだけだが、内部ときたら……ごみためだ。ぼくはくるりと向きを変えて、すぐに出ていくべきだった」

「だが、そうしなかった」

「ああ。ぼくたちはやっと彼女のフラットにたどり着いた。そのときには……ぼくは相当に酔っ払っていた。彼女がぼくの飲み物に何か入れたにちがいないと思うよ。ぼくは……やる気満々だった。オルガもそうだった。ぼくが何が起こっているか気づくまえに、彼女は服を脱ぎはじめた。それで、ぼくも彼女に手を貸した。あの状況でそうしない者がいるかね？　ぼくの幸運な夜のように思われたよ。だが、けっしてそうではなかったと判明した。ぼくが彼女のバタフライをおろしたそのとき、隣の部屋のドアがぱっと開いて、あの大男が――ほんとにものすごくでっかい男なんだ――いきなりぼくたちを引き離した。彼はおっそろしく力が強かった。それに怒っていた。だが、ぼくにたいしてというよりオルガにたいして怒ってたんだ。『こいつはちがう男だ』彼は彼女にどなった。『これはトビー・フラッドじゃない、この間抜けが』それから彼はぼくを放りだした。文字どおり放りだした。打ち身のほかに、何本かあばら骨が折れなくて幸運だったよ。ぼくは廊下の反対側の壁からはね返って――そう、まさしくはね返って――背後でフラットのドアがぴしゃっと閉まったのがわかった。なかでオルガが悲鳴をあげるのが聞こえた。彼が……彼女を殴ってたんだと思う」デニスは頭を垂れた。「ぼくはとっとと逃げだしたよ」

最初、わたしは言うべき言葉が見つからなかった。巻き添えになったことははっきりしていた。誰かが、その娘にわたしを誘惑させて、エンバシー・コートへ連れこむように企んだのだ。どうして？　彼らはわたしをどんな罠にはめようと企んでいたのだろう？　そして、彼らは何者なんだ？　もっと要を得た言い方をすれば、彼らは誰に雇われていたのか？

「たぶん、ぼくは助けを呼ぶ努力をすべきだったろう」デニスが続けた。「ぼくがこそこそ逃げたあと、あのでっかい男がオルガに何をしたにせよ、そのことにたいしてぼくは責任を感じている。結局のところ、彼女に誤解させたのはぼくなんだから」

「だが彼女のほうだってあなたの飲み物に何かを入れた、あなたはそう考えてるんだよ、デニス。そのことを忘れないで」

「それでも……」

「それにこんな場合、どこに助けを求めるんだよ？　警察？」

デニスは目をくるっとまわした。「ぼくのB&Bにこそこそ戻って、そんなことは起こらなかったってふりをしたのが、むしろ賢明だったようだな」

「たしかに」

「でもね、あなたにはそのことを話しておいたほうがいいと思ったんだ。誰かがあなたを標的にしたんだよ、トビー。そのことに疑問の余地はない。たぶんオルガは未成年だろうな。だってね、最近は見分けがつかないもの、そうだろう？　はなからまともな考え方ができないときにはとくに。それで厄介なことになりかねないんだ。ひどく厄介なことに」彼は煙草の煙ごしにぞっとする笑みをわたしに向けた。「ただし、あなたなら〈ブルー・パロット〉で彼女に肘鉄をくらわせるだけの良識があっただろうがね」

「そう思いたいよ」

「こんなことが起こるとわかってたのか？　それで、ゆうべは舞台に出なかったのかい？」

「絶対にちがうよ。信じてくれ、デニス。ぼくには自分が……標的にされていると考える理由はなかった――今もないよ」

「でも、されてるんだよ、きみ。ぼくの言葉を信じろ」

「オルガはあなたに苗字は教えなかったんだろうな？」

「ああ。それに彼女の国民保険番号もね。彼女はおそらく不法入国者だ。それと、訊かれるまえに言っとくが、フラットの番号をメモしようとは思わなかった。どの階にいたのかもはっきりしない。きわめて注意ぶかく観察できる状態ではなかったからね。たとえそうだったとしても、それがあなたの役に立つとは思えない。大男については、ぼくがあなたなら、遠回りをしてでも、彼に会うのを避けるよ」

「そうだな、しかし――」携帯が鳴りだしたので、話を中断してポケットから電話機をつかみだした。今度こそモイラかな？　またしてもちがった。

「ハロー、トビー」

「ジェニー。やあ」

「そこで何をしてるの？」

「ああ。うむ、ぼくを見つけたんだね？」窓ごしに〈ブリマーズ〉を見ようとして首を伸ばしたが、煙やガラスの曇りやさまざまな通行人に阻まれて、ほとんど見分けられなかった。「じつは、デリク・オズウィンが約束を守ってるかどうか確かめるべきだと思ってね。守ってると報告できて嬉しいよ」

「そのようね」

「心配しないでくれ。これを習慣にするつもりはないから」

「いっしょにいるのはデニス・メイプル？」

「そうだ。話したいか？」

「いえ、いい。でも……よろしく言って（直訳すると〝彼にわたしの愛をあげて〟となる）」

「オーケー」

「じゃあね、トビー」

電話は切れた。デニスがわたしに片眉を上げてみせた。「ジェニー？」

「彼女はブライトンに住んでる。じつを言うと、ここの向かいの帽子店を経営してるんだよ」

「本当かね？」彼は〈ブリマーズ〉のほうを覗いた。「だからあなたは、会うのにこの店を選んだんだな？」

「ある意味では。ところで彼女、よろしくと言ってたよ」便利に使われてるけど、奇妙なものだな、愛とは。わたしは思った。友人たちや知り合いにふんだんにばらまかれているのに、別居している配偶者には、申し訳程度にすら与えられない。

「あなたは彼女をいかせるべきではなかったよ」

「よくわかってるさ、それは」

「もう遅すぎるのかね……ダメージを修復するには？」

「おそらく」

「だが、完全にってわけじゃないだろう」

「ああ。完全にではない」

「それなら今週いっぱい、そのことに取り組まなければ」

「そうしてる」

「そうか！」突然、デニスに事実がちらっと見えたようだった。「それが、昨夜あなたがやってたことだったんだね？」

「たぶん」

「それなら、オルガがまちがった男をつかまえて、かえってよかったよ。あのフラットで何が起こるように企まれていたにせよ、そのことで警察があなたを追及したりすれば、ジェニーにあまりいい印象を与えなかっただろうからね？」

「ああ、デニス。たしかにそう言えるだろうな」

昨夜の経験のあとだけに、できるだけ彼の気持ちが落ち着くように、わたしはデニスをカフェに残したまま独りで海岸通りへ引き返し、エンバシー・コートに向かった。三〇年代のアールデコ調の人目を引く建物として、ぼんやりそこを記憶していた。白い漆《しっ》喰《くい》を塗ったバルコニーが、きれいな輪郭のウェディングケーキのように並んでいた建物だった。だが今は、それをなぞらえるウェディングケーキといったら、ミス・ハヴィシャム（ディケンズの小説のなかの登場人物で、結婚当夜恋人に逃げられた、男性を恨む女）のウェディングケーキぐらいのものだろう。大量の漆喰が剝がれ落ち、いくつかの窓には板が張ってある。バルコニーには錆が滲みだしていた。

わたしは道路の海側の平和の像の横に立って建物を見上げ、ひょっとしてオルガがわたしを見下ろしているだろうかと考えた。デニスがどのフラットへ連れこまれたのか憶えていなくて、かえってよかったのかもしれない。たとえわたしが彼女を見つけだすことに成功したとしても、何が起こるかわからなかったから。

けれども、誰かが彼女に昨夜のわるさをやらせた。それは明白だった。わたしに汚名をきせることで、誰が利益を得ることになるのか？　該当する人間は一人しか考えつけなかった。けれども、わたしが彼にすこしでも脅威を与えたと考える理由はないうえに、彼はブライトンにはいないことになっている。

　そのとき、べつの考えが頭に浮かんだ。その考えはそれなりに不安を覚えるものではあったが、奇妙に元気づけられるものでもあった。どうしてわたしは舞台をすっぽかしたのか？　デリク・オズウィンがむりやりわたしにそうさせたからだ。わたしの善意の証として、と彼はそう言った。だが彼は本当は、わたしがほかの場所で危害を加えられないようにするために、わたしをホリンディーン・ロードへおびきだしたのか？　彼はわたしの守護天使を買って出たと考えられるだろうか？

　そうだったとすれば、彼は誰がわたしを狙っていたか知っていたことになる。わたしはいそいでウェスタン・ロードへ向かい、やってきた次の五番のバスに乗りこんだ。

　バスがロイヤル・パヴィリオンの停留所を発車したとき、携帯が鳴った。三度目の正直、モイラからだった。

「とてもいい朝ね、トビー。おつむの具合はどう？」

「きわめて明晰だよ、モイラ。そうじゃないわけないだろう？」

「それなら、恥じて首を吊ったんじゃないのね。〈シアター・ロイヤル〉の外の釘にぶらさがってはいないのね」

「そうか。レオから連絡があったんだね？」

「ええ。それにきょう、彼の弁護士からも連絡があるだろうとじゅうぶん覚悟してるわ」

「いや、だいじょうぶだ。彼はぼくが舞台に戻ったと聞いたら、手下どもに攻撃をやめさせるよ。ぼく抜きでは、あまり興行収益があがらないだろうからね。深く反省してる。でも、まだ首はつながってるから、あなたも手数料のことを心配する必要はないよ」

「わたしが本当に心配してるのはあなたのことよ。あなたは以前から芸術家肌で有名だったわけじゃないわ。何があったの？　何もかも耐えられなくなったの？」

「個人的な危機が突発したんだ。でももうおさまったよ。それだけの単純なことだ」

「単純には聞こえないけど」

「今度いっしょにランチをとるときに、それについてすっかり話すよ」

「約束よ」

「話は変わるが、あなたにひとつ、えー、頼みがあるんだ」

「あなたの職業上の評判を守ることとはべつに、ってこと？」

「そうだよ、モイラ。それとはべつに」

ロンドン・ロードのてっぺん近くでバスを降りたときには、モイラも困惑ぎみではあったものの、『ザ・プラスティック・メン』を受けとりしだい、代理店の文学部門の専門家の一人に、迅速に真剣にそれを検討させることを承知した。彼女はまた、わたしにたいするレオ・ガントレットの評価に生じたひびを繕うために、レオにたいするこびへつらいにも等しい、己の非を認める《メイア・カルパ》電話を彼にかけるようわたしを説得した。そんな電話をかけるには、そのまえに数杯の強い酒をあおる必要があるとわたしは考えたが、それはいやな仕事を先延ばしにするための、ていのいい口実にすぎなかった。

デリク・オズウィンと問題解明のために会話を交わすチャンスとなると、話はべつだった。ところが、ヴァイアダクト・ロード七七番地ではまったく応答がなかった。〈ランデヴー〉で居座る代わりに彼が何をやっているにせよ、それは明らかに家にいる必要のないことだった。それに、わたしは彼の携帯の番号も知らなかった。じつのところは、彼が携帯を持っているかどうかも疑わしかった。地上電話線ですらあるのかどうかきわどいところだ。あの家のなかで電話機は目にとまらなかった。文明の利器で連絡がとれないというのは、まさしく彼にふさわしいだろう。

気がつくと、オープン・マーケットを通り過ぎて、ディッチリン・ロードづたいに街へ引き返していた。『ザ・プラスティック・メン』の序文のなかで、デリクが彼のおじいさんの通勤路を記していたのを思いだしながら、ロンドン・ロードを通り抜け、オクスフォード・ストリートを歩いていった。まっすぐ前方には、セント・バーソロミュー教会のそそり立つ巨大な側面が見えている。わたしは、おじいさんの時代のそのあたりを想像しようとした。路面電車、ガス灯、そして、ガソリン車と同数ぐらいの馬が引く乗り物。男たちはみんな帽子をかぶり、女たちはみんなスカートをはいている。それは現在とは、はなはだちがう光景ではなかった。かならずしも。

けれども、セント・バーソロミューの外に立ったとき、それは本当ではないと気づいた。すべての家はどこへいってしまったのだ？　何列にも立ち並ぶ〝熟練工の住まい〟は？　なくなってしまった。一掃された。消えてしまった。そうしたことは市の行政命令の適用範囲だ。とはいえ、その範囲は無限ではない。それは過去を変えることはできない。現在をつくり直せるだけだ。そして未来にたいしては、それは口先だけの空手形を差しだす。

突然、シド・ポーティアスのことを思いだした。〝あなたがここにいるあいだに、おれにやれることがあったら——どんなことだろうと——ちょっと声をかけてくれ〟彼の携帯の番号ならわかっている。なんでもこいだという彼の地元についての知識に、ちょっと当たってみたらどうだろう？　ほんとに、そうしてみようか？　わたしはコートのポケットから、彼の番号を書きつけてあるビールのマットを引っ張りだして、彼に電話した。

「ハロー？」

「シド・ポーティアス？」

「ホール・イン・ワン。その声は……待ってくれ、ちょっと待ってくれ、脳の灰色の物質にマジックをやらせるからさ……トビー・フラッドだ、巡業中の俳優の」

「そのとおりだ」

「でも、だいじょうぶなのかい、トーブ？　それが問題だよ。あなたはゆうべ観客をがっかりさせたそうだね。案内係の業界にいるおれの情報源が教えてくれたよ。おれは今夜のチケットを持ってるよね。金を返してくれと要求すべきなのかい？」

「いや、だいじょうぶだ。今夜は出るよ」

「すごいニュースだ。この個人的な保証にはおおいに感謝するよ。すばらしい保証だ、トーブ」

「それだけじゃないんだ……電話した理由は」

「それだけじゃない？」

「あなたは言ったね……わたしのために何かできることがあれば……」

「何か役に立てるんなら——大小を問わずどんなことだろうと——喜びであり、光栄だよ。わかってるだろう、それは？」

「また……会ってもらえるかな？　いくつかのことをちょっと調べたいんで」

「いいとも。いつがいいと思ったんだね？」

「できるだけ早く。きょうのランチタイムにでもどうかな？」

「おれはだいじょうぶだ。また〈クリケッターズ〉で？」

「それでいいだろう？」

「オーケーだとも。正午でいいかな？」

「そうだな、わたしは……」

「すっばらしい《グーレイト》」シドが本気でケロッグのコーンフレイクスのキャラクターで有名な〝トニー・ザ・タイガー〟の声色を真似ようとしているのかどうかわからなかったが、たしかにそんなふうに聞こえた。「じゃあ、その時間にそこで」


シドからのさまざまな質問をかわすための作り話をでっちあげるのに、ちょうど一時間ばかりの余裕があった。インスピレーションを求めて、というより、考えるための静かな場所を求めて教会に入っていったが、気がつくと、英国教会というより東方正教会の廃墟のような、だだっ広い奇妙な無人の場所に立っていた。ファーザー・ワグナーは賢明にも教区民たちに、考えられるかぎり自国の環境とは対照的な場所を提供していた。幼いころのデリクも両親や祖父母とともに日曜日にはここへきたのだろうか？　遠くの屋根を見上げて、空に手を触れることを夢みたのだろうか？　そのときふいに、作り話をでっちあげるまえに、それはやめにしようと心が決まった。シドにはほぼ真実に近い話をしようと心が決まった。

彼の火曜日のランチタイムの行動も、日曜日の夜と同じパターンだったが、ワインをビールに変えていて、わたしにも一杯おごると申し出た。「ただし」彼はウインクしながら言った。「舞台のある日はメソジスト教徒になるんなら、べつだがね」

「ビールならだいじょうぶだ」彼の言わんとするところをくみとって、わたしはそう応じた。

われわれは二パイントのハーヴェイズを持って、暖炉わきのテーブルに引っこんだ。

「こんなにすぐにまた会えるなんて、ほんと、思いがけない喜びだよ、トーブ」極上のビターをひと口飲んでから、彼はそう言った。わたしは〝トーブ〟という呼びかけにすくなからず辟易《へきえき》しながら、電話で聞き間違えたわけではなかったことがわかり、まあ、受け入れるしかないかと諦めた。「なんのおかげなのかな、これは？」

「じつは、そのう……微妙な問題でね」

「微妙な事柄ってのはおれの得意分野だよ」

「妻とわたしは数年前に別れた」

「それは残念だな。職業につきものの危険だと一般にそう言われてるけどね」

「たしかに、俳優の業界ではけっこうよくあることだ。いずれにしても、わたしたちの離婚はまだ正式には成立していない、だが――」

「ここで話してるのは、どたんばでの和解のことかね？」

「いや、ちがう。ジェニーは男といっしょに暮らしてる。二人はできるだけ早く結婚するつもりだ。わたしは……そう、じつを言うと、二人はブライトンの近くに住んでる。肝心なことは、ジェニーとわたしは友好的に別れたという点なんだ。わたしは今でも……彼女のことが気にかかる。だから、どうしても確かめたいんだよ、この男が……」

「悪い男ではないことを？」

「そうだ。そのとおり。彼は地元の人間だ。だから日曜の夜にあなたが言ったことを考えて、もしかしたら……あなたは彼について何か知ってるかもしれないと思ったんだ」

「何かスキャンダルを見つけだしたいと思ってるんだろう、トーブ？　ジェニーに彼と結婚するのを考え直させるようなことを？」

「スキャンダルを見つけだせたらけっこうだ。見つからなかったら、それはそれでけっこうだよ」

「たしかにそうだ」シドは腹が邪魔になるぎりぎりのところまでテーブルに体をのりだした。「で、誰なんだね、その男は？」

「ロジャー・コルボーン」

シドは思案するように眉をひそめた。「コルボーン？」

「名前を知ってるのか？」

「たぶん。彼についてほかにどんなことを聞いてるんだ？」

「何かのビジネスマンで、ファルキングの近くの大きな家に住んでる。ウィックハースト・マナーという」

「やっぱり」シドはにやっとした。「プラスティック製品会社の創業者」

「そうだ。コルボナイト有限会社」

「それそれ。コルボナイト。ウォルター・コルボーンが――彼はサー・ウォルターになったがね――ロジャーのおやじだった。ウォルターには弟がいた。ロジャーの叔父にあたるガヴィンだ。ガヴとおれはブライトン・カレッジで同じ学年だった」

「あなたが？」

「そんなに驚いた顔をすることないだろう。おやじはおれに高い望みをかけてた。たまたま彼にとってタイミングがよかったんだ。彼が破産したのは、おれが卒業した翌年だった。しかし、それはべつの話だ。ガヴは最上級生で級長になってオクスフォードに進み、それが彼にはたいそう役に立った。けれども、時がおれたちの得点を五分五分にしちまったと言っていい。彼も最近はおれと同じように稼がねばならなくなってるが、彼にはその気がない。年をとりすぎ、怠惰になりすぎ、いつも酔っ払っていて、努力をしない。彼を要約すると、そんなところだ」

「どの程度、彼を知ってるんだね？」

「かなりよく知ってるよ。親密というわけじゃないが」

「それで、甥のほうは？」

「二、三度、会ったことがある。それだけだ。ガヴは彼のことをよく言わない。それがおれの話せることだ。甥のせいであの男が不運な境遇におちいってるのかどうかは……なんとも言えんがね。ガヴは一族の事業からは何ひとつ手に入れられなかった。彼の父親はすべてをウォーリーに残した、たぶん、ちゃんとした理由があったんだろう。そのことが長年にわたってガヴを苦しめてきた。だから、財産を相続した甥が彼のいちばんのお気に入りのわけはない」

「それなら……ガヴィンはロジャーに関しては……かなり協力してくれそうだな」

「たぶんね」

「もしかして……」

「彼と会って、ちょっと話ができないかな、って言うんだろう？　そう手配できると思うよ、トーブ。なんてったって、あなたの頼みだからね」

「そうしてもらえたら、すばらしいよ」

「それほど難しいはずはないさ。ロジャーの結婚計画をつぶすことが、共通の重要な目的になるかもしれない、彼にそう教えてもいいんだろう？」

「そうしたほうが、彼が話すことに乗り気になってくれるんならね」

「そりゃそうだよ、きっと」

「感謝するよ、シド。本当に」

「それは言わないでくれ。おれが代わりに頼みごとをしなきゃならないときに、そう言わせてもらうからさ」シドはげらげら笑った。「心配しないでくれ。王立演劇学校に裏口入学させてくれなんて頼まないからさ。あいにく、スターの世界にあこがれてる姪っこはいないんでね。あまってる招待券、せいぜいそんなところだよ、おれがねだりそうなのは」

「いつでもどうぞ」

「じつはね、今、思いついたんだけど……」彼は思いつきとやらを考えこみながら、ばつの悪そうな顔つきになった。

「どんなことを？」

「あのう、おれは、えー、おれは……今夜の芝居に客を連れてくことになってるんだ。レディを。あなたはすでに、おれはいつだってそんなふうだと承知してるから、あけっぴろげに話すけどね、トーブ、オードリーは未亡人になってからまだそんなに経ってないから、おれは慎重にやってるんだよ。点数を稼ごうとして。もしもあなたが……舞台がはねたあと、おれたちが軽く夕食をとるのに付き合ってくれたら……おれにたいする彼女の評価がぐーんとアップすると思うんだがな」

状況が状況だけに断るわけにいかなかった。これが初めてではなかったが、わたしはシドにだし抜かれた、彼への頼みごとが実行されるまえに、わたしがお返しをすることになるのは明らかだったから。「いいとも、シド、喜んで」

「すっばらしい」彼は勝ち誇ったようにわたしににっこりした。「おれたちはレーンズにある〈ラテン〉へ行くことになってるんだ。知ってるかな、その店？」

「ああ、わかると思う」

「あなたは着替えをすませてから、そこでおれたちに合流してくれればいい。わかってるだろうけど、彼女には不意打ちをくらわせるんだからね」

「オーケー」

「そしてそのときには」彼はウインクした。「おれの昔の学校友達についても報告できると思うよ」

シド・ポーティアスと、彼の結婚相手として望ましい未亡人、オードリーといっしょに夕食をとるのは、わたしが深夜の楽しみとして選ぶことではなかったものの、それはすくなくとも安全だと思われたから、デニスの災難を考えれば、安全というのは明らかにけっこうなことだった。わたしが今夜にそなえ俳優として最高の状態でいることを、シドも望んでいるはずだというもっともらしい口実で、わたしは〈クリケッターズ〉での長引いた一杯から抜けだして、フィッシュ・アンド・チップのランチをとりに出かけた。ガヴィン・コルボーンは貴重な、もしかしたら、計り知れぬほど貴重な接触相手になる見込みがあった。裕福でハンサムな甥について、もっとも悪いことを話してくれる、恨みと憎しみをたぎらせている叔父。というか、視点によっては、もっともすばらしいことを話してくれる叔父。

その夜にそなえるために、わたしには二時間ばかりの昼寝が必要だった。その午後のただひとつの望みをみたすために〈シー・エア〉へ向かった。ところが、マデイラ・プレースの中ほどでわたしは待ち伏せされた。

ぴかぴかの紺のポルシェが道路の反対側に駐車しているのが目にとまった。わたしはそれにはちらっと賞賛の眼差しを投げただけで通り過ぎた。ところがそのとき、ドアのぴしゃっと閉まる音がして、わたしの名前が呼ばれた。「トビー・フラッド?」わたしは振り返った。

すると、そこにロジャー・コルボーンがいた。ジーンズに革のジャケットとスエットシャツという身なりで、運転席のドアにもたれて、じっとわたしを見ている。誰かわからないふりをするつもりかねと挑むように、かすかな笑みを浮かべている。

「ちょっと話せますか?」

わたしは道路を横切って彼のそばへ行ったが、車の流れを念入りにチェックしながら、彼が何を企んでいるのか考えるチャンスを脳に与えようとした。うまくいかなかった。「ロジャー・コルボーンですね」わたしはあたりさわりのない口調で言った。

「お会いできて嬉しいです、トビー」彼が片手を差しだし、わたしたちは握手した。

「今しがたジェニーとランチをとってきました」

「ほう、そうですか」

「あなたが彼女を助けてくださったことを聞きました……あのくだらない野郎、オズウィンのことで」

わたしは頷いた。「ええ、そうです」

「きょうはスケジュールに余裕があるので、あなたにお礼を言いに行こうと思ったんですよ。じかに」

「それにはおよばなかったのに」

「誰かがわたしのために格別の努力をしてくださったときには、そのことに謝意をあらわしたいのです」

「しかしわたしは……あなたのために格別の努力をしたわけじゃありませんよ」

「わたしのため。ジェニーのため。同じことです」彼の微笑が大きくなった。「きょうの午後はお忙しいですか？」

「いいえ、とくには」

「それなら、いっしょにドライヴしましょう。われわれは……おたがいを知らねばならないと思いますから」

「そう思うんですか？」

「そうすれば……将来の誤解を避けられます。さあさあ。この美しい車は、わたしがいないあいだ、狭いところに閉じこめられてました。ちょっと走らせてやらねば。いっしょに行きましょうよ。みちみち話し合うことができます。現実を直視しましょう、トビー。われわれは話し合う必要があります」


コルボーンに分があった。それに、彼のうすっぺらな、おもねるような愛想のよさの下に、呵責《かしゃく》のない鋭さが感じとれた。わたしは理由をつけて彼の誘いを断ることもできた。けれども、彼に同行してどんなことが見つけだせるにしろ、それを探りだしたい欲求のほうがはるかに強かった。

車は北へ走りだした。ポルシェは低く太いうなりをあげながら街の通りをゆっくり走り、そのあと競技場のほうへと東へ向かった。コルボーンにとってもっとも重要な用件は、デリク・オズウィンに関して、彼とジェニーがおたがいに相手に内緒にしていた理由を説明することのようだった、とはいえ、彼がなんと言おうが、わたしがそれについて自分なりの解釈をすることは、彼にもわかっていたにちがいない。

「おたがいのコミュニケーションが欠けてたんですよ、トビー、それが今回の件でのいちばんの理由です。わたしたちはどちらも相手を心配させたくなかった。もちろん、わたしはずっと以前からオズウィンを知っています。彼が去ってくれるように願って彼を無視してきました。彼がジェニーを苦しめるなんて考えもしなかった。彼があなたの古い映画のビデオを持っているのを見て、彼女は当然ながら、彼女にたいする彼の関心はあなたと関係があるのだと考えた。あなたにもそれはわかるでしょう」

「よくわかりますよ」

「それを聞いて安心しました。それに、さっきも言ったように、わたしもあなたに感謝してます。正直なところ、こんなふうにお会いできてよかったと思いますよ。あなたとジェニーはかなり長いあいだ、いっしょにいました。彼女とあなたの関係がなかったふりをしても無意味です。それは彼女の一部なんですから。われわれは大人です、あなたとわたしは。うまくやるすべは心得ています。そのことをきちんと扱えるはずです」

「同感です」

「すばらしい。で、この芝居のあとはどんな予定がはいってるんですか?」

「ああ。見込みのあるものがいくつかあります」自分の仕事の状態をコルボーンと話し合うつもりはなかった、われわれがどんなに大人で良識があることになっていようと。

話題を変えるほうがよかった。「オズウィンのことを知りたいのですが。彼について何か話してもらえますか？」

「彼は以前、わたしの父の会社、コルボナイトで働いてました。わたし自身もしばらくそこで働きました。オズウィンの同僚とは明らかにちがう地位で。会社が閉鎖されて以後、彼が何をやっているのか誰にもわかりませんよ」

「有給の仕事にかぎって言えば、何もやっていません」

「そのことは意外ではありませんね。あの男は落ちこぼれですから」

「しかし、彼はあなたに連絡をとってたんでしょう？」

「ええ、悲しいことに。彼が書いたあのコルボナイトの歴史のことで、わたしにせっせと手紙や電話をよこし、あのひどい代物のコピーまで送ってきましたよ」

「読みましたか？」

「わたしは多忙な人間ですよ、トビー。デリク・オズウィンのとりとめもない思い出話を苦労しながら読むのは、時間的にも無理だし、そんなことをする気もありません。わたしの父は十三年前にコルボナイトを閉めました。それはつまらない中くらいのプラスティックの会社にすぎなかった。英国製造業のゆるやかな死のなかに埋もれたひとつの犠牲。いったい誰が気にするでしょう？」

「オズウィンは金銭的価値のある特許について何か言ってましたが」

「彼が？」そこでコルボーンはちょっと眉をひそめたが、そのあと、東を目指してA二七に合流するためにミラーに意識を集中した。一気に加速したおかげで、ポルシェは本来の好ましい走行スピードをとり戻した。だが、その運転者の会話は失速してしまった。

「それは貴重なものだったのですか？」

「うむ？」

「特許です」

「まあ、ほどほどに。それは陽射しによる退色を防ぐための処理方法でした。会社の二、三の貴重な財産のひとつでしたが、それを売っても、父は大金を手に入れたいという夢を叶えただけで、金持ちにはなれませんでしたよ、実際のところ」

「でも、解雇された工員たちよりは金持ちになったと思いますが」

「彼らは支払われるべき金は受け取ったんです。そのことでオズウィンが文句を言う筋合いはありませんよ」

「彼が文句を言ってるのかどうかわかりません。とにかく、それについては」

「あなたのエージェントはその本をどうするんですか？」

「読んで断る、そういうことになるでしょうね」

「それでオズウィンが満足するように願いましょう」

「満足すると思いますよ」

「このことが手に余るまえに、わたしが同様の手配をすべきだったとあなたは考えてますね。ええ、あなたの考えは正しい」コルボーンはわたしをちらっと見た。「わたしがみずから掘った穴から救いだしてもらって、感謝してますよ、トビー。あなたはジェニーのみならず、わたしにも恩恵を施してくださった。そのことを忘れません」


彼のなんという度量の広さ。そしてわたしの。このぶんだと、彼はそのうち自分のクラブでのゴルフのワンラウンドに、わたしを招待することになりかねなかった。ジェニーの過去と未来を合体させるための矛盾や妥協を巧みによけながら、われわれは世にも礼儀正しい二人の男を演じていた。

むろん、完全なナンセンスだ。ロジャー・コルボーンが実際にやっていたのはリスクを査定することだった。わたしはもうすぐ自発的に立ち去ってしまう、いらいらさせられるだけの存在なのか？　それとも、彼が敢然と立ち向かわねばならない挑戦者なのか？

ルイスの先で彼はメイン・ロードからそれ、ダウンズの険しい坂道を登っていった。頂上には駐車スペースがあり、あらゆる方角に広大な眺望がひらけていた。北にはキルト模様の野原と森林地帯。南には灰色にひろがる海。

「ちょっと歩きませんか、トビー?」エンジンを切ったあと訪れた静寂の瞬間に、彼は問いかけた。「外気はわたしの思考をはっきりさせるのに役立つと思うんですよ。じつのところ、わたしにははっきりさせたいことがあるので」

ほとんど熱意のないまま、わたしは賛成した。われわれは身を切るような冷たい風のなかへ出た。ダウンズの頂のほうを眺めた。目にはいる人間は頂のあたりにいる二人のハイカーだけだった。行く手には寒さとぬかるみがひろがっているようだった。わたしは勧められて予備の長靴に足をねじこんだ。われわれは歩きだし、コルボーンは彼の考えを語りはじめた。

「ジェニーはわたしを以前よりもいい人間にしてくれましたよ、トビー。たぶん彼女はあなたにたいしてもそうだったでしょう。それなら、彼女を失うことは大きな痛手だったにちがいありませんね。たしかにわたしは、彼女と出会うまえの自分には戻りたくありません。これはわたしの人生で最高の、思いもかけない幸運でした。わたしは彼女を傷つけるようなことはいっさいしません。そのことについては約束します。わたしは彼女を愛しています。いつまでも愛しつづけると心から信じています。そして、つねに彼女を護ります。わたしといっしょにいれば彼女は安全です。それをあなたに理解してもらうことが重要なんですよ。彼女がわたしにとって最高であるのに匹敵するほどには、わたしは彼女にとってすばらしくないかもしれない。それは仕方のないことでしょう。

でも、わたしだってけっこうちゃんとやってますよ。じゅうぶんにね」

「きっとそうでしょうね」わたしは嘘をついた。

「しかし、あなたはどうなんです、トビー？　どこを目指してるんです？　ジェニーによると、状況はあなたにとってあまり明るくないようです。そう言いたければ、余計なお世話だと言ってください。ですが、わたしの理解しているところでは、今、あなたが出ている芝居は、遠慮なく申しあげて、失敗作です」

「たしかに、われわれが望んでいたほど成功していません」

「そして、映画の仕事もかなり途絶えてますね」

「わたしはそうは――」

「そのことで、むきになって弁解するにはおよびません」彼は片手を上げてわたしを黙らせた。「要点は、わたしには映画界につてがあるということです。たしかにハリウッドではありませんが、ヨーロッパに。いわゆる共同制作というのがその仕事です。わたしはいくつかのプロジェクトに関与しています」

「何を言おうとしてるのですか？」

われわれは足をとめた。彼がわたしのほうを振り向くと、風が彼の髪をかき乱した。

「どれかの仕事にあなたを起用できると言ってるんです。スクリーンに復帰させられると。かなりトップクラスのものに。あなたにふさわしい場所に」

彼は本気だった。それは明白だった。世話になったお返しをしようとしていると考えようが、彼の靴のなかの小石を取り除こうとしていると考えようが、結果は同じだった。これによってわれわれ双方の問題が解決するのだ。これがビジネスマンというものだとふいに悟った。魅力的な申し出をすること。生産的な取引をすること。費用効率。利益率。収支決算。

「われわれはおたがいに相手を好きになる必要はないんですよ、トビー。相互尊重、必要なのはそれだけです」

「あなたは勝者になれるときに、どうして損な役まわりを引き受けるんです？　あなたが言ってるのはそういうことでしょう？」

「まあ、そんなところです」

「それなら、あなたの申し出を断ったのでは、わたしは愚か者ということになりますよ」

「そうでしょうね。だが、わたしは大勢の愚か者に出会ってます。双方にとって有利な提案をぴしゃっと投げ返されることに慣れてますよ」

「わたしは雇われ俳優ですよ、ロジャー。〝ノー〟とは言えません」

「それなら、あなたが〝イエス〟と言えるような有利な仕事が手元にあるかどうか、確かめたほうがいいですね」

「わたしのエージェントの耳には、これは妙なる調べに聞こえるでしょう」

コルボーンは微笑した。「実務に携わるのは好きじゃないんですね？」

「これはわたしにとって目新しいことなんです」わたしは冷ややかに応じた。

「じきに慣れます」彼の微笑が大きくなった。「請け合いますよ」

われわれは車に戻り、ブライトンに向かって出発した。コルボーンは彼の利益のあがる実利的なビジネスの性格について簡潔に要領よく説明した。

「すべてはタイミングなんですよ、トビー。何かに関与するとき。そこから手を引くとき。タイミングを知るこつは、神が人間に自由を与えたさいの条件と同じです。たえず警戒をおこたらないこと。それが、わたしのスタッフがわたしのためにやってくれていることです。たえず警戒しながら観察する。そのおかげでわたしは自由に休みをとることができる。心を解放することができる。何事もよく考えずに退けてはならないことを、わたしは学んできました。さらには、躊躇《ちゅうちょ》なくすべてを退けることを。それがたいそうわたしの役に立ちましたよ」

「扶養する身内や家族はいるんですか？」

「元妻や子どもたち、ってことですか？　いません。もちろん、それで助かってますよ。気にかけねばならない者がいなければ、リスクを冒すのはより簡単ですからね。白状しますが、ジェニーと出会ったことで、わたしはそれまでよりもちょっとリスクを避けるようになりました、〈プリマーズ〉を成功させたことが証明しているように、彼女は完全に自立できる女性だとはいえ。正直に言うと、わたしは長期にわたる恋愛関係をずっと避けてきました。ひとつには、それがわたしをより慎重な経営者に変えるだろうとわかっていたからです。しかし、すこしは慎重になってもいい段階になりました。そして、わたしの人生を調整しなければならなかったにしても、ジェニーにはじゅうぶんそうする価値があります」

いかにももっともらしかった、コルボーンが差しだしている、巧みにまとめあげた彼自身についての話は。とはいえ、それはわたしを納得させなかった。わたしが信じたくなかったからというだけではない。彼の論理のなかにわたしはひとつの疵《きず》を見つけていた。抜け目なくタイミングをとらえた投資で彼が得たという利益と、彼が父親から相続したであろう大金――〝つまらない中くらいのプラスティックの会社〟の残余財産――とは、正確にはどれぐらいの比率だったのか？　それはタイミングというより編集の問題だった。話を編集するさいには、二、三の曖昧な切れっぱしがそのままになっている危険がつきまとう。そのひとつをぐいと引っ張ることにした。

「ウィックハースト・マナーを相続するまえ、あなたのオフィスはどこにあったのですか、ロジャー？」

「じつのところは……ビジネスを現在のような体制にしたのは父が亡くなったあとでした」これで一本とった。彼にもそれがわかった。彼の方針転換はすばやかったものの、いささか不自然でぎこちなかった。それとも、意図的にぎこちなく見せかけただけかもしれない。「ところで、昨夜の舞台をすっぽかしたために、あまり厄介な立場に追いこまれなければいいのですがね」

「なんとか切り抜けますよ」

「けっこうです」あとを続けるまえに、彼はちょっと間合いをはかった。「あなたの代役はうまく対処したのですか？」

それは妙な質問だった。どうして彼が気にしなければならないのだろう？　どうしてわざわざそんなことを訊ねるのだ？　頭に浮かんだただひとつの答えは、ひどく不安をかきたてるものだった。デニスは、わたしのために仕組まれた、失敗に終わった企みの被害者だったが、その企みは、たった今、断るにはすばらしすぎるオファーを差しだした男の指示によるものだったのかもしれない。それは考えるだに不快な推測だったが、さらに不快な、もっとはるかに不快な推測も成り立つのだ。あの企みは失敗ではなかったのかもしれない。デニスが出遭った災難は、わたしにたいするメッセージとして、入念に考えだされた企みだったのかもしれない、わたしが愚かにもオファーを拒絶した場合に、わたしに襲いかかる事態を見せつけるために。

「彼はあまりいい演技はしなかったと確信しますよ」コルボーンは含み笑いをしながらあとを続けた。「あなただって、あなたは……いなくてもいい役者だという考えがひろまってほしくないでしょう」

そのあとすぐ、われわれはマデイラ・プレースに戻った。「ありがとう、同乗させていただいて」車からおりながら礼を言った。「どういたしまして」と彼は応えた。助手席のドアをぴしゃっと閉めて、彼が走り去るのを見送った。車は通りの端までの短い距離を疾走し、ブレーキライトをひからせてから、マリン・パレードにさっと曲がって見えなくなった。

わたしは道路をまっすぐ横切った。眠ることはもう問題外だとしても、ちょっとした休息がどうしても必要だった。〈シー・エア〉の一階の張り出し窓を見上げたとき、それすら与えられない定めだと悟った。わたしがただ一人の宿泊客であることを考えれば、当然、宿泊客用のラウンジには誰もいないはずだった。それゆえ、わたしは一瞬、こっちを覗いているように見えた顔は、ある種の幻影かもしれないと考えた。だがちがった。メルヴィン・バッキンガムが実際にそこにいて、外を見るために椅子の背の袖から首を伸ばしていた。われわれの有名な演出家がわたしを訪ねてきたのだ。

玄関ロビーで、ラウンジへお茶のトレーを運んでいくユーニスと出会った。彼女は小声で謝った。「こんなことになって本当にごめんなさい、トビー。でも、彼を追い返すわけにはいかなかったの、そうでしょう？　わざわざここまで出向いてくれたのに」

「彼のためにケーキを焼く必要なんかなかったよ」お手製の、ぶ厚く切ったダンディーケーキから立ちのぼる香りを嗅ぎながら、わたしはぶつくさ文句を言った。

「これはあなたのために焼いたのよ。そら」彼女はトレーをわたしに渡した。「わたしは自分の仕事に戻るから、これを持っていってちょうだい」

わたしはしかめっ面で、不機嫌に地下室へおりていく彼女を見送ってから、大きく深呼吸をして、演出家の面前へと進んでいった。

メルヴィンは、都会的なライフスタイルを好んでいるにもかかわらず彼が愛用している、田舎の地主ふうのツイードの服に身を包んでいた。彼の表情は——それはリハーサルのあいだ、よしよしという薄ら笑いから腹立たしげなしかめっ面へとすばやく変化するのだが——今は怒りか、または当惑を示す渋面をはりつけていた。

わたしはトレーをどすんとおろし、彼に笑顔を向けた。「ブライアンは言いませんでしたよ、あなたがここへくるつもりだとは」

「これは抜き打ちのはずだった」メルヴィンは答えた。「レオがこの芝居をロンドンへ持ちこむ気はないと告げて以来、どこでまずくなってしまったのかを自分の目で確かめるつもりだった。ちょっと陽を浴びるために先週はカナリア諸島へ出かけていたから、これがわたしにやりくりできる、もっとも早い機会というわけだ。きのうランチをとりながら、レオにこの旅行のことを話した。想像がつくだろうが、それはわたしが予想していたより適切なタイミングだったと判明した。レオはけさ、とんでもない時間に電話をかけてきて、わたしに頼んだんだ——いや、強要したんだ——彼のためにあなたの奔放な行為について調べるようにと」

「彼は過剰反応してるんですよ。わたしは公演を一回休んだ。それだけの話です」

「おそらく。しかし、出演料を払いすぎている彼には、過剰反応する資格があるよ」

「お茶はいかがですか?」

「強いジンがほしいね、きみ。だが、それがないのなら、気を静める葉っぱで間に合うかもしれん」

わたしは紅茶を注いでカップを彼に渡してから、言い足した。「このケーキはお勧めですよ」と、とっておきの心をそそる口調で。

「うまそうだな」メルヴィンの大食癖はつねに彼のプロとしての判断を鈍らせてしまうのだ。彼の負けだった。「よし、もらおう」

わたしはそれも渡して、彼がひと口ほおばるのを見守った。彼が明らかに満足しながら、まだ最初のひと口をむしゃむしゃ嚙んでいるとき、ユーニスがさっと部屋に入ってきて、もう一切れのっている皿をわたしの椅子の肘掛けにバランスをとりながら置くと、ふたたびさっと出ていった。

「レオが強く望んでいるのは、今週の公演がなんの混乱もなく順調に運ぶことだ」メルヴィンは干しブドウを嚙みながらもごもご言った。

「だいじょうぶです」

「幸い《アーガス》はあなたの……体調不良をとりたてて問題にはしていない」彼は椅子の横の床に置いてある新聞に顎をしゃくった。「インフルエンザがはやってるからな」

「でも、わたしはもうよくなりました」

「もちろん、そう願うよ」

「レオが心配するようなことは何もありません」

「彼はそれを認めそうもないな。あの手紙が彼を怯えさせたようだ」

「なんの手紙ですか？」

「知らなかったのかね、それについて？」

「あなたが何を言ってるのか見当もつきませんよ」

「ほう」彼は唇についたケーキのくずを拭った。「それなら、あなたも見ておいたほうがいいだろう」苦労しながら、彼はジャケットのポケットから紙切れを引っ張りだして、それを渡した。「それはけさ、レオのオフィスに届けられた」

紙切れをひろげたとたん、手書き文字が誰のものかわかった。ある意味では、差出人は意外ではなかった。が、べつの意味では……

ヴァイアダクト・ロード七七

ブライトン

BN1 4ND

二〇〇二年十二月二日

ディア・ミスター・ガントレット

ミスター・フラッドが今夜の『気にくわない下宿人』の公演を休んだことをお聞きになったときに、あなたを心配させたくないのです。ご存知かもしれませんが、ミスター・フラッドの別居中の妻はこのブライトンに住んでいます。昨日ミスター・フラッドが到着して以来、わたしはミセス・フラッドと和解するための彼の努力をできるかぎり手助けしてきました。あなたもそうした成り行きの邪魔はしたくないと、お考えになるにちがいありません。結局のところ、それはミスター・フラッドをより満ち足りた男に、したがって、より堂々とした俳優にするでしょう。たまたま、ミスター・フラッドは今夜、〈シアター・ロイヤル〉以外の場所にいなければなりません。彼はおそらく自分の休演の理由を説明することを拒むでしょう。それゆえわたしは、彼の将来の幸福が保証されるべきであるなら、それはどうしても避けられないことである旨を、断固として申し述べるためにこの手紙を書いています。そうした事情ですので、あなたの会社に迷惑をおかけすることを、あなたは大目にみてくださるものとわたしは確信いたします。

ついでながら、この機会を利用して次のように言わせていただきます。今度の芝居がツアーで期待はずれの成績に終わっているのは、わたしの意見では、主としてミスター・バッキンガムの共感を誘わない演出のせいです。それは実際には家族生活にたいする冷酷な風刺であるにもかかわらず、彼はむしろある種の応接間喜劇としてそれを扱うことを、強く求めてきたのです。

敬具

デリク・オズウィン

手紙を読みおえたとき、エドナ・ウェルソープという名前がふっと頭に浮かんだ。エドナ・ウェルソープというのは、その尊大さにたいして苦言を呈さねばならないとオートンが考えた会社や団体にたいして、からかうような偏向的な手紙を書く目的で、オートンが創りだした架空の人物のペンネームだった。ときには彼女はオートン自身の戯曲に関してさえ、新聞に上品ぶった苦情を送った、なんであれ世間の目を集めることがいい宣伝になったから。わたしは即座に直感的に悟った。デリクはエドナ・ウェルソープの気持ちになってレオに手紙を書いたにちがいない、わたしにはそのジョークがわかるだろうと計算して——だが、それはレオにもメルヴィンにもわからないだろう。しかし、わたしにそのジョークがわかったところで、わたしがその被害者であることに変わりはなかった。デリクは本当に頭がいかれている、オートン的な意味で。彼が次に何をやるかわからなかった。わたしが状況をコントロールできると考えていたのなら、それは完全な勘違いだったことをこの手紙が証明している。

わたしはメルヴィンにそれを返して、「わたしがふざけ屋の急所を握ってるかのようですね」と作り笑いをしながら言った。「でも、これにはむしろ困惑してしまいますよ、ねえ?」

「ミスター・オズウィンを知ってるのかね?」

「ええ。でも彼はわたしの仲立ちをやってくれてるわけじゃないし——」

「それなら、舞台をすっぽかした理由はなんだね?」

わたしの微笑がこわばった。「まいったな」

「何者なんだね、彼は？」

「あなたが気にする必要のない者です。事実、それがまさしく彼の実体です。取るに足りない男」

「レオがあなたと同意見ならいいが。彼はこの不愉快なくだらないやつが要点をついたと考えてるようだ」メルヴィンの顔が赤くなった。「わたしの演出に関して」

「オズウィンはわれわれを刺激しようとしているだけです」

「それにしても、あなたはどうして舞台をすっぽかしたんだね？」

「わかりましたよ」わたしは降参して両手を上げた。「それはジェニーと関係がありました……それに、離婚をやめるように……彼女を説得するための……わたしの努力と。でもオズウィンは……わたしの手助けなんかしてません……いかなる形だろうと」

「それなら、彼はどうしてそんなによく知ってるんだろう、ねえ？」

「よわったな」わたしは立ち上がって、窓のかなたに視線を向けた。ゆっくりと夕闇が迫ってくる光景のほうが、メルヴィンの視線を受けとめるより好ましかった。「エドナの手紙にすぎませんよ、それは」

「エドナ？」

「気にしないで。デリク・オズウィンのことは忘れてください。彼のことはわたしに任せてもらいましょう」

「喜んでそうするよ」

「わたしが彼の問題は処理します」その言葉を確認するように、ぼんやりガラスに映っている自分の姿に、わたしはこっくり頷いた。「きっぱりと」

ついにわたしは、公演のまえに休息をとらねばならないという理由で——それにはメルヴィンも抗議できなかった——彼を促して立ち去らせた。それは明らかに本当のことだった。しかしながら、部屋の明かりは、いちばん近い街灯から降り注ぐ霧雨のような琥珀《こはく》色の光だけにしてベッドに横たわったものの、休息は手にはいりそうもなかった。デリク・オズウィンはいったい何をやろうと考えたんだろう？　その疑問を考えるだけでもじゅうぶん頭が痛いのに、それに加えて、ロジャー・コルボーンが図々しくも、わたしを買収しようと企てた厄介な状況があった。しかもそのかげには、もっと乱暴な手段も辞さないという脅迫がひそんでいる可能性があった。いったいぜんたい、わたしは自分を何に巻きこんでしまったんだろう？　そしてさらに重要なのは、どうやってそこから抜けだせばいいのかという問題だった。

ヴァイアダクト・ロードへ突進して、七七番地の手紙の差出人の喉を締め上げたところで無駄だと判断した、それがどれほど心をそそられることだろうと。わたしを寛大に扱うようにレオを説得したいと心から願って、手紙を書いたのだとデリクは主張するだろう。そもそもはジェニーにわたしを評価させるためだけに、彼はわたしを巧みに誘導して芝居をすっぽかさせたというのだが、まさにそれと同じ理屈だった。それは本当かもしれない。わたしは自分が彼を過大評価しているのか――それとも過小評価しているのかわからなかった。わたしが彼の命令に従うかどうかもわからないうちに、彼はレオに手紙をだした。そのことは彼が自分の戦術に絶大な自信を持っていたことを示唆している。けれども、自信と狂気は往々にしてつながっているのだ。

だが、ロジャー・コルボーンの場合はそうではない。彼はきわめつきの合理主義者だ。おまけに自信家。彼とデリクは奇妙に似通っていると、ふとそう思った、二人の明らかな相違にもかかわらず。彼らはどちらもわたしを見抜いていると考えている。二人とも正しいのかもしれない。それに引き換え、わたしが彼らを見抜いていないのはたしかだ。今はまだ。

ガヴィン・コルボーンがわたしを真実へ導いてくれるかもしれない。シド・ポーティアスが彼と会う手はずをととのえてくれるのが、今は頼みの綱だった。したがって、舞台がはねてシドと彼の女友達といっしょに夕食をとるまでは、前へ進むことができなかった。デリクには待ってもらわねばならない。しばらくは何もかも保留だ。舞台に戻って自分の仕事をちゃんとやってのけるまでは。わたしがまだやれるかどうか疑っている連中もいるようだから。

しかしながら、わたしはその連中の一人ではなかった。事実、今夜の『気にくわない下宿人』の公演はわたしにとっての解放だった。複雑に絡み合ったジェニー、ロジャー、デリクの三人組について頭を悩まさずにすんだし、ジェームズ・エリオット――慎重に管理してきた人生が自分のまわりでばらばらに崩れていくのに突然気づく、中年の中産階級の、評判のいい男――としての自分を楽しむことができた。わたしはむりやり効果を狙うのはやめ、自分の思ったままにそれを演じた。はじめて、自分が演じることになっていた人物はこれでいいのだと確信していた。オートンは深刻な意味がひそんでいる喜劇を書いたのではなかった。彼はあなたが笑わずにはいられない、うら悲しい悲劇を書いたのだ。

そして、観客がどんなに笑ったことか。ブライトンの観衆はわれわれが公演をおこなってきた観衆のなかでも、もっとも目の肥えた人々であるはずだったが、それでも彼らの反応には驚かずにはいられなかった。ツアーのはじめのころにこんなふうだったなら、われわれは全員、ウェスト・エンドでの新年を楽しみにしていたことだろう。われわれの調子の出るのが遅すぎたのだ。

なにはともあれ、われわれの調子が出たのは、興奮しすぎ、酔っ払いすぎたメルヴィン・バッキンガムによれば、わたしがこれまでよりもはっきりとジェームズ・エリオットのキャラクターを観客に伝えたおかげだった。そしてそのあと、飲み物と居残った人々が、主役や共演者の楽屋をつぎつぎにまわったとき、メルヴィンは喜んで耳をかたむける者をつかまえては、今夜の成功は、これまでにわれわれが徹底的な役柄の検討をおこなってきた成果なのだと語った。

「妙だな」わたしは微笑しながらジョーカスタにささやいた。「わたしはまったく憶えてないがね、そんなこと」

「何かがあなたを奮い立たせたのよ、トビー」彼女は言った。「それがメルヴィンではなかったにしても」

「昨夜、デニスが好演したという評判がひろまったせいかな。そっちのほうが可能性が高いよ」

「たしかに彼は好演したわ。それでも彼はあなたには及ばない、とにかく、あなたが本当に好調のときには。あの二幕目のはじめの部分だけど、あなたはあそこでトムを起こすのを遅らせて、苦悩している様子でセットを一巡したわね——あの演技はどこから出てきたの？」

「わからんよ。ふっと……出てきたんだ」

もちろん、はっきりわかっていた。人もあろうにデリク・オズウィンが、これまでよりすぐれたジェームズ・エリオットにわたしを変えたのだ。彼の影響を歓迎すべきか、それとも腹立たしく思うべきかわからなかった。いずれにしても、彼は通常の芸術的助言者ではない。事実、どんな見方をしようと、彼は完全に心をかき乱す人物でしかなかった。

メルヴィンは明らかにブライトンでの彼の一夜を記憶に残るものにしようとしていた。彼がみんなでやろうと計画しているパーティからちょっと苦労して抜けだすと、わたしはレーンズにある〈ラテン〉へと向かった。

レストランは四分の三ほど席が埋まっていて、イタリア流の最高にすばらしい深夜営業でにぎわい活気づいていた。歩いていく途中でわたしに注がれる多くの視線やささやきから判断して、大勢の客が〈シアター・ロイヤル〉からそこへ流れてきていた。彼らのなかにシド・ポーティアスもいたが、いつもの服装にネクタイが加わっていた。それは一見して昔の学生時代のものに思われるほど、擦り切れて薄くなっていた。彼は何年来の知己であるかのようにわたしを迎え（奇妙にも、実際にそうであるかのように感じられた）、その場面にふさわしく、びっくりした様子の彼の連れにわたしを紹介した。

「シドニーったら、なんてことなの」彼女は驚きの声をあげた。「わたしたちが会うのはトビー・フラッドさんだなんて、あなた、言わなかったじゃない」

「おれといっしょの夕べは思いがけないこととの遭遇なんだよ」シドが目をぐるっとまわして応じた。「トーブ、この美しいレディがオードリー・スペンサーだ」

オードリーは美しかった。十五年前なら彼女に似合うとほめられただろうが、今ではそう言っても、愛情のこもった皮肉にしか聞こえない服装だったにもかかわらず。それは、ブラジャーのレースの房かざりと、胸をたっぷり見せるデザインだった。そしてピンクのズボンは——あとで彼女がトイレに立ったとき、目をとめずにはいられなかったのだが——強調するよりはむしろカモフラージュしなければならない尻に、ぴっちり張りついていた。けれども、年齢がしなびさせることも膨らませることもできないものは、彼女の瞳のきらめきであり、彼女のいたずらっぽい歪んだ笑みであり、彼女のいきいきした人を惹きつける個性だった。

「いつからかわからないぐらい、わたしは劇場で楽しんだことがなかったんです」彼女は熱っぽく語った。「あのオートンって、すごい人だったんですね？　でも、あなたがあんなにうまく伝えなかったら、台詞もたいして効果がなかったでしょうよ、トビー。シドニーから聞いたんですけど、彼は以前、実際にオートンに会ったことがあるんですって。彼、そのことをあなたに話しました？」

「ああ、話したよ」わたしはそう答えて、シドをちらっと見た。

「彼があんな酔っ払った連中のなかに入ってくるなんて、思ってもみなかったよ。彼は謎を好む男だったことがようやくわかってきた。おれが楽しい謎を好むのと同じように、そうだろう?」

そう言いながらシドはネクタイをまさぐり、自己満足の薄ら笑いに謎めいた効果を与えようとした。

そうした冗談を交わしながら、わたしたちは食事を注文し、ピエモンテ産のワイン・リストへと着実にすすんでいった。シドはレディや俳優にけちけちするたぐいの人間ではなかった。これまでで最高の『気にくわない下宿人』の舞台だったと評価すべき夕べのあとで、わたしはおおいに自己満足を感じていたから、喜んでわたしの招待者の楽しみに付き合った、とりわけ、わたしが望んでいる見返りのことを考慮して。

それは、オードリーが最初に化粧直しに立ったあいだに届けられた。シドはわたしに体を寄せ、声をひそめて唸るようなしゃがれ声で告げた。「約束どおりガヴ・コルボーンに連絡をとったよ、トーブ。彼は喜んで会うそうだ。あすの正午に〈クリケッターズ〉で。それでいいかな? 同じ時刻に同じ場所でってことで? ことを簡単にしたほうがいいと思ってね」

「そこへ行くよ」

「けっこうだ。だがね、たまたま、コルボーン一族に関する興味深い情報をそのときまで待たずにすむんだよ」

「待たずにすむ？」

「そうだよ。オードが戻ってくるまで待ってくれ。彼女がそれをぶちまけるからさ」

「オードリーが？」

わたしはその返事として、シドのこっけいなわざとらしいウインクで満足するしかなかった。けれども数分後には、オードリーがふたたびわれわれに合流し、そこでシドは、さっき口にしたことをすっかりわたしに話すよう、彼女に頼んだ。

「ああ、そのことね」オードリーは同情するような眼差しをわたしのほうに投げた。「トビーは本当に聞きたいと思うかしら、シドニー？　実際、あまりわくわくするような話じゃないし、楽しい話でもないわ。わたしたちは愉快に過ごそうってことになってるんでしょう？」

「きみには愉快に過ごしてほしいと願ってるさ、ダーリン」わたしが思いだせるかぎり、シドははじめて〝ダーリン〟という呼びかけを使った。「でもね、トーブは興味をもつよ、まちがいなく」

「それなら、いいわよ」彼女はわたしのほうを向いた。「シドニーはわたしに、コルボナイトというプラスティックの会社について、聞いたことがあるかどうか訊ねたんです。でも、わたしが聞いてるかもしれないと、どうして彼が考えたのか……」

「求める者は与えられる」シドがつぶやいた。

「じつはね」オードリーは続けた。「奇妙なことだけど、わたしはその名前を知ってるんです。わたしは王立サセックスの顧問医の秘書をしてますが、彼は癌の専門医でね。長年にわたって、コルボナイトで働いてた大勢の人たちの治療をしてきたんです。問題は——」

わたしの携帯の呼び出し音が鳴った。それは今のわたしの聞きたくない音だった。早口で謝りながら、すぐに相手を振り切るつもりで、ポケットから電話機を引っ張りだした。一杯機嫌のメルヴィンが、パーティに加わるようにわたしを説得する気なんだろうと考えた。だが、メルヴィンからではなかった。

「トビー、デニスだよ。どこにいるんだ？」

「レーンズのレストランだ」

「もしかして……ぼくと会ってもらえないかな……今すぐに？」

「食事中なんだけどな、デニス」

「ぼくだって頼んだりしないよ、これほど……必死でなきゃ」たしかに彼は必死の声音だった。声が不安げに震えている。

「何があったんだ？」

「エンバシー・コートからぼくを放りだした大男が、ぼくの宿にあらわれたんだ。彼らに追われてるんだよ、トビー。なぜだかまったくわからん。だが、怖いんだ。そう認めるよ、ああ。どうしたらいいかわからない」

「今どこにいるんだ？」

「ノース・ストリートのバス停だよ、大学へ戻る十二時のバスを待っている大勢の学生といっしょだ。大勢のなかにいれば安全だと思うんだ。でもバスがやってきたときには、安全でいられるだけの人数じゃなくなるよ」

わたしは懸命に苛立ちを抑えこんだ、デニスが厄介な状況におちいっているのなら、それはおそらくわたしのせいだとわかっていたから。「オーケー、オーケー」わたしは言った。「できるだけ早くそこへ行って、あなたと落ち合うよ」

わたしは電話を切り、呆気にとられているわたしの連れに残念そうにほほえんだ。

「こんなことになって、まことに申し訳ない。わたしの友達が……厄介な状況に追いこまれてるんだ。どういうことなのか、すぐに見にいってやらねばならない」

「おれたちを置き去りにするのかい、トーブ？」明らかにシドはひどく動揺していた。

「そんなこと言わないでくれ」

「ほかにどうしようもないんだ、残念だが」

「わかったわ、トビー」オードリーが言った。「緊急の場合に助けてあげないんなら、なんのための友達かしら？」

「たしかに」シドもしぶしぶ同意した。

「コルボナイトのことを話してしまう時間はあるのかしら？」オードリーが訊いた。

「じつのところ、たいして話すことはないんだけど」

「そうだな……」わたしは腕時計に目を走らせた。もうすぐ十二時十五分前だ。ということは、差し当たってはデニスは安全だった。「数分ならだいじょうぶだけど」わたしはコルボナイトのことを聞きたかった。ああ、たしかにそうだった。「あなたのボスは大勢のコルボナイトの工員の治療をしたと言ったね。癌の治療？」

「ええ。主に膀胱癌。でも、〝大勢〟かどうかはわからない。つぎからつぎへと途切れなく、と言ったほうがよさそう。たいていは末期癌だったようね」

「そしてそれは会社が閉鎖して以後……ずっと続いたんだね？」

「ええ。原因物質に触れたあとずいぶんたってから癌になることがよくあるんです……原因物質がなんであれ」

「で、原因物質はなんなの……それらの患者の場合？」

「わかりません」

「だがガヴならわかるかもしれない」シドが口をはさんだ。

「そうだな。そうかもしれない」わたしはオードリーを振り返った。「わたしたちが話してる患者ってどれぐらいの数？」

「はっきり言えないわ」

「言ってくれ。当て推量でいいんだ。そのことに関して、あなたを引き合いにはださないから」

「そうね……」彼女はちょっと考えてから答えた。「すくなくとも数十人」さらにもうちょっと考えてから言い足した。「たぶんそれ以上」

レーンズの〈ラテン〉を出たのは、考えていたより遅かったにちがいない。ノース・ストリートに着いたときには十二時を五分過ぎていた。シティセンターの大通りは冷え冷えとして空っぽだった。キャンパスへ戻るバスを待つ騒がしい学生の群れはいなかった。そして、デニスの姿もなかった。

電話機をだして彼の携帯番号を引きだし、それにかけた。返事はない。もう一度かけてみた。やはり返事はない。

無人のバス停留所に立って、このあとどうすべきかと考えた。デニスは学生のバスに乗りこんだのかもしれない。だがファルマーまで行ったところで、どうやって戻るかという問題が残るだけだ。それとも、彼は気をとり直して、宿に戻ったのかもしれない。

しかし、そこでも行き着くのは情報の欠如だった。わたしは彼がどこに泊まっているか知らなかった。

ほかに頼れるものを思いつかないまま、ブライアン・サリスに電話をかけた。電話に出たとき、彼の発音は不明瞭だったし、背後からもはっきりしない騒がしさが聞きとれた。彼はメルヴィンや出演者のほとんどといっしょに、どこかのレストランにいるんだろう。それに、彼らはおおいに楽しんでいるんだろう――わたしとちがって。

「トビー？　どこにいるんだ？」

「ノース・ストリートのバス停留所だ」

「なんだって？　おい、ここへこいよ。おれたちはシップ・ストリートの〈キング・アンド・アイ〉にいる。大宴会だぞ、言わせてもらうが」

「けっこうな提案だな、ブライアン。だが、デニス・メイプルを見つけなきゃならないんだ。知ってるかな、彼がどこに泊まってるか？」

「彼は今ごろはベッドで毛布にくるまってるだろうよ」

「そうは思わないね。これは急を要することだ。彼はどこに泊まってるんだよ？」

「怒鳴ることはないだろう、おまえさん。いずれにしても、その情報はここにはないよ、トビー。ケンプ・タウンのどこかだと思うね。ちょっと待ってくれ。訊いてみるよ」だが、訊ねても成果はなかった。誰の記憶もあまり定かではなかった。なおも仲間に加われとわたしを誘うブライアンを途中で振り切って、もう一度デニスの携帯にかけた。

やはり返事はない。「どこにいるんだよ、デニス?」わたしは声にだして問いかけた。「いったいどこだよ?」

彼が〈シー・エア〉に向かった可能性はあるだろうか? それはかなり簡単に確かめられる可能性だった。それに、〈シー・エア〉は彼の宿とだいたい同じ方角だったから、そこにはわずかながら筋のとおった論拠があった。わたしは歩きはじめた。急ぎ足で。

数分でオールド・スタインにたどり着いた。車の流れはまばらで、バスの姿もまったくなかった。右も左も停留所はすべて空っぽだ。わたしはセント・ジェームジズ・ストリートのほうへ歩きだしながら、携帯をリダイヤルした。だが、やはり返事はなかった。

ところが、諦めかけたそのとき、わたしの携帯の発信音と重なり合って、妙なステレオの着信メロディーが聞こえた。わたしはヴィクトリア噴水を囲む庭園の北側を走る舗道の中ほどにいたが、はっと足をとめ、自分が聞いているものが信じられずに、もう一度耳をすました。電話が鳴りやんで、メッセージ・サーヴィスが割りこんできた。いったん通話を切ってからリダイヤルした。着信メロディーがまた鳴りだした。わたしは右手の噴水のほうを向いた。

噴水の台座の近くの地面に、人の姿らしいものが横たわっている。茂みや、ベンチの端や、鋳鉄製のイルカが投げるいくつもの濃い影と見まちがえそうな人影が。そこにたどり着くまえに、わたしにはそれがデニスだとわかった。彼は両膝を曲げて横向きに倒れていた。わたしが屈みこんで、彼を仰向きに転がすと、彼の手から携帯が落ちた。「デニス？　デニス、だいじょうぶか？」だが彼はどう見ても、だいじょうぶどころではなかった。口は開いているが、呼吸はしていない。わたしを見上げている瞳はうつろで、白目に街灯の光が当たっている。脈をみるために耳の下に指を触れ、ついで手首に触れた。脈はなかった。わたしは携帯の9のボタンをぐいと押した。周囲の暗闇と静寂のなかに空白の時が流れた。ついに応答があった。救急車を要請し、居場所を早口で告げる。「彼は呼吸をしてません」わたしは叫んだ。「心臓がとまってるようです。すぐにここへきてください」

救急車は病院からまっすぐ駆けつけてきた。通りは空っぽだったから、たぶん五分以内に到着しただろう。もちろん、それは限りなく長い時間に感じられたが。わたしは基本的な応急処置を記憶から掘りおこし、人工呼吸や胸部の圧迫をおこなって、デニスに生き返るはずみを与えようとした。しかし、おそらくわたしの技術があまりにも未熟で、なんの役にも立たなかった。自分は愚かな、どうしようもないやつだと感じた。それに、これは自分の責任だと。そうだ。そのことをひしひしと感じていた。

死は何にもまして最大の絶対的事実だ。それなのに、奇妙なことに、死がやってきた瞬間がひどく曖昧な場合がある。心臓の鼓動がとまる。体の動きがとまる。そのあと、ついに不本意ながら脳の働きが停止する。正確にはそれがいつデニス・メイプルに起こったのか――正確には何時何分についに彼は死亡したのか――それを議論しても無駄だ。わたしが彼を見つけるまえだったのか？　それとも、わたしが無駄に彼を動かしていたあいだなのか？　それとも、救急車に乗っていたあいだ？　それとも、もっとあとに病院で？　わたしにはわからない。けっしてわからないだろう。

だが、死の宣告。それははっきりしている。看護婦が病院の待合室にいるわたしのところにやってきた。「手遅れだったようです」彼女は告げた。「わたしたちは彼を救うことができませんでした」デニスは死んだ。心臓発作というのが仮の診断だった。わたしが彼の心臓病のことは話してあったから、医者たちにはそれが直接の死因と思われたにちがいない。虚弱な健康状態にある男にとって、それはつねに起こりうることなのです。アルコール、ストレス、過労。どんなことでもその引金《ひきがね》になりかねません。それが起こったとき、彼が独りきりだったのが不運だったのです。

不運？　そう、デニスはたしかにそうだった。たぶん彼の最大の不運はわたしの友達だったことだ。わたしは彼を代役の仕事に推薦した。ゆっくり俳優の仕事に戻るために、彼にはきびしくない仕事が必要だった。それに、金が必要だった。だから、わたしは彼の手助けをしたのだ。

いまや、これだけは絶対にはっきりしている。昨夜、舞台で演技したことの緊張。そのあとで彼がおちいった厄介な事態。そして、これについては彼に話してくれとも説明してくれとも頼めないが、今夜の出来事。わたしがそれらを彼の身にもたらしたのだ。そして彼の心臓に。

ブライアンに電話をしたにちがいない。でなければ、わたしに代わってそうしてくれと看護婦に頼んだにちがいない。どうしてそうなったのかはっきり憶えていないが、ある時点で、ブライアンがメルヴィンやジョーカスタやマンディといっしょに病院にいた。彼らはみんなそこにいた。そして、わたしもいた。

けれども、デニスはいなかった。彼はどこにもいなかった。

「何があったんだ？」と彼らはわたしに訊いた。わたしは話そうとしたが、本当のところはわからなかった。わたしにわかっていることでは、ほとんど筋のとおった説明にならなかった。事情がよくわからない電話。捜索。発見。死亡。あなたに強い関心があれば、そこから情況や意味をしぼりだせたかもしれないが、結局、あなたに残されるのは医学的な事実だけだ。デニスの心臓がとまった。そして、彼の命もとまった。

ショック状態のわたしを独りにしてはおけないと気遣って、彼らはわたしを〈シー・エア〉まで送ってきた。もうだいじょうぶだからと彼らを説得するだけの気力を、わたしはどうにか奮い起こした。ようやく彼らは立ち去った。

明朝には、ブライアンが残りの出演者と会社に知らせるだろう。それからデニスの近親者に連絡をとる。〝悲劇的な不幸〟彼はおそらくそんなふうに表現するだろう。ジミー・メイドメントの自殺とはちがう。これは縁起の悪い公演だと考える理由はない。われわれほかの者たちにとっては……人生は続いていくのだ。そして、芝居も続いていくにちがいない。事態を冷静に判断しよう。デニスは具合がよくなかった。勇敢な男だったが、病人だった。代役でさえ彼にとっては荷が重すぎたのだ。こんなことになってじつに悲しい。ほかに言うべきことがあるだろうか？

わたしはウィスキーとテープレコーダーを前にして、今、自分の部屋にすわっている、起こったはずだと思われることを、頭のなかでつなぎ合わせようとしながら。二幕目が始まったあとで、デニスはグレニスと食事に出かけたのだろう。（明朝、そのことは彼女に確かめられる）そのあとは何を？　どこかで独りで酒を飲んだ？　（グレニスは宵っ張りではないので）そして、映画を観に行ったんだろうか？　わたしが調べていたなら、彼のポケットにオデオン劇場の半券が見つかったかもしれない。もちろん、そんなことは些細なことだ。重要なのは、十一時ごろにデニスが宿に戻り、エンバシー・コートの大男が彼を待っているのを見つけたことだ。それとも、大男が待っているのに気づいて、逃げだしたのかもしれない。でもたぶん、彼はつけられたのだ。彼がバスの列に逃げこんだ理由がそれで説明がつく。それとも、つけられていると思っただけかもしれない。実際にはどちらでも同じことだ。そこで彼はわたしに電話した。彼の話を本気で受けとめてくれるただ一人の人間に。けれども、わたしがあらわれるまえにバスがやってきた。彼は乗らなかった。わたしを待っていた。だが、そんなに長くではない。おそらく彼はまた大男を見たのだ。それとも、パニックに襲われただけかもしれない。これまた、同じことだろうか？　いや、そうは思わない。わたしは五分遅れただけだった。それぐらいなら、彼は待っていられたはずだ。わたしの推測では、彼はそうせざるを得ない状況に追いこまれたから、その場を立ち去ったのだ。彼はつけられていた。またば追われていた。苦痛が彼を襲ったとき、彼は走っていたのだろうか？　彼にはその苦痛の正体がわかっていたはずだ。休むために彼は噴水のそばのベンチに向かった。それとも、隠れるために。そして、電話するために携帯を取りだした。たぶん救急車を呼ぶために。または、わたしに電話するために。どちらにしても、彼は番号をダイヤルするところまでいかなかった。彼は倒れた。そして、そのままになった。彼の追跡者は夜の闇に消えた。貴重な何分かが過ぎていった。長すぎる何分かが。わたしが彼を発見するまでに。

いまやわたしは何をすべきなのか？　彼らはわたしに手を引けと警告するために、彼らがどんなことができるかをわたしに見せつけるために、デニスを脅していた。彼を殺すつもりだったとは考えられない。彼が心臓が弱いことを彼らが知っていたとは思えない。だが、彼は弱かった。そのせいで彼は死んでしまった。それに、彼らのせいで。それに、わたしのせいで。誰かがその仕返しをしなければならない。そうだ。誰かが本当にやらねば。

水曜日

けさ目覚めたとき、デニス・メイプルの死は夢にすぎなかったという束の間の錯覚にとらわれた。しかしながら、すぐにぐいと現実に引き戻された。七時間ぶっ続けで眠ったのに、体の奥に疲労が残っている感じだった。時刻は十時をまわっていた。正午にはガヴィン・コルボーンと会うことになっている。それにほかにも、まず会わねばならない人がいた。

すでにきょう一日はわたしの手にあまりそうだった。わたしのこれまでのツアーの日々は、ゆっくりと、あっけなく、無為に過ぎていった。ところが、ブライトンにやってきたとたん、それが変わってしまった。

シャワーを浴びて髭を剃り、いそいで身支度をした。それからジェニーに電話をかけた。彼女はわたしの声を聞いて嬉しくなさそうだった。〈ブリマーズ〉へはこないでくれと言った。電話で用件を話せるだろうと。だが話せなかった。ついに彼女にもそれがわかったのだと思う。わたしたちは十一時十五分に〈ランデヴー〉で会うことになった。

鉛色の空からはげしい雨が降っていて、海から吹きつける風によって、雨はマディラ・プレースを斜めに運ばれていた。この天候のなか、風雨の吹きつける海岸通りを歩き、ブラック・ライオン・ストリートを通って〈ランデヴー〉へ行くルートを採るのは、途方もない選択だった。けれども、わたしにはまだスタインを横切り、デニスを見つけた噴水の近くを通る覚悟ができていなかった。とにかく、今は答えを捜しているのではなく、むしろ避けようとしていた。

〈ランデヴー〉のスタッフは、デリク・オズウィンがこなくなったことに気づきはじめただろうか？　あるいは、わたしを常連客と認めはじめただろうか？　しかし、わたしがコーヒーを買ってジェニーのテーブルに加わったとき、彼らからはどちらの気配も嗅ぎとれなかった。

ジェニーはきびしい顔つきで、いらいらしている様子だった。彼女は、わたしがデリクにおとらぬほど迷惑な存在になる恐れがあるかどうか、自問していたのかもしれない。明らかに、わたしが何を話すつもりなのか、まったくわかっていなかった。

「デニス・メイプルが亡くなった」

「まあ！」ショックが一瞬、彼女を沈黙させた。が、すぐに問いかけてきた。「何があったの？」

「心臓発作だ」

「やりきれないわね。気の毒だわ、トビー。あなたと彼はとてもうまが合ったから、たいへんな打撃よね。会社にとっても。ジミー・メイドメントに引き続き……ですもの。いつ、それが起こったの？」

「昨夜の真夜中すぎ」

「それで、あなたはいつそれを聞いたの？」

「彼が死んだとき、ぼくはその場にいたんだよ、ジェニー。というか、その直後に。彼はぼくに電話してきた。彼は不安だったんだよね。不安で怯えてたんだ。誰かが彼をつけていた。彼を追っていた」

「まさか」

「まちがいない。きのうの朝、彼とぼくがここで会った理由がわかるかい？　デニスがぼくにあることを話したかったからだ。彼がぼくに話しておかねばならないと考えたことを」

「なんなの、それは？」

デニスの話や昨夜の出来事について語りながら、わたしはジェニーの顔をじっと見守った。もちろん、話の内容は適当にぼかした。シド・ポーティアスのことや、彼がわたしのために、ジェニーの婚約者の叔父と会う手はずをととのえてくれたことには、いっさい触れなかった。それに、彼女の婚約者が映画出演の話をわたしにもちかけてきたことも話さなかった。雨が背後の窓を流れ落ち、エスプレッソのマシンからは湯気が立ちのぼる。そんななかで手早く話をすすめながら、ジェニーの口がぴくっとひきつったり、瞼《まぶた》がぱちぱち瞬きするたびに、わたしはそこに疑惑のきざしを読みとった。こんな話はまったく無意味なのかどうか彼女にはわからないのだ——確信がもてないのだ。

「デニスが亡くなったのは本当に残念だわ」わたしが話し終わったあとの沈黙を破って、彼女はそう言った。「彼はすばらしい人だったもの」

「ああ。それだけでもじゅうぶん悲劇なんだがね。彼は死ぬ必要はなかった。そのために単なる悲劇ではすまないんだよ、これは」

「彼と話したあと何があったのか、あなたにはわからないのよ。わかりっこないわ。彼は自分の宿でその男が待ちぶせしてると……想像しただけかもしれない」

「ちがうよ。デニスはとても冷静な男だった」

「彼は病人でもあったのよ。自分で言っていたより病気が重かったのかもしれない」

「それは認めるよ。そうかもしれない。完全にありうることだ。しかし、彼の想像ではすまないものが彼に襲いかかったのは事実だ。そして、それは今度はぼくを襲う」

「何を言ってるの？」

「ぼくが推理することになっている結論を、正確に推理してるんだ、ジェニー。その結論とはすなわち、デリク・オズウィンに注意を払うべきではない。ぼくは手を引くべきだ。余計なおせっかいはやめるべきだ」

「デニスは自分でも認めてるように、月曜の夜は酔ってたし、たぶん薬も飲まされてたのよ。彼がエンバシー・コートで自分の身に起こったと考えた事態から、結論を引きだすことなんてできないわ」

「できると思うね」

「いいえ、できない」彼女はわたしをにらみつけた。「そんなのばかげてるわよ」

「すべてはぼくの誤解だと考えてるんだね？」

「ええ、そうよ。いったい誰がどういう理由で、あなたがデリク・オズウィンと話すのをやめさせたがるっていうのよ？」

「たぶん彼らは恐れてるんだ、デリクがぼくに何を話すかを」

「彼があなたに何を話せるの、トビー？　彼はプラスティックの会社で働いてたのよ、軍事情報部じゃなく。お願いだから冷静になってよ」自分があまりにも大声で話していることにはっと気づいて、彼女は顔を赤らめ周囲を見まわした。前かがみになって声をひそめた。「聞いてちょうだい。あなたはデニスのことで気が動転してるのよ。このことを歪めてしまってる。陰謀なんてありっこないわ。あるのは……生と……死だけ」

「心臓発作は癌よりはましだと思うよ」

「それはどういうことなの？」

「コルボナイトの従業員の多くが癌で死んだ。たぶん答えられなかったんだろう。そのことは知ってたのか？」

彼女は答えなかった。わたしを見すえ、今の発言は、ロジャー・コルボーンに関する最悪の噂を信じたがっている、わたしの願望のあらわれにすぎないのかどうか、いそいで判断しようとしていた。当然ながら、彼女が信じたいのは彼に関するもっともいい噂だ。わたしたちのどちらも公平な立場とは言えなかった。そのために真実を手に入れるのはむずかしかった――というより、たとえ手に入れても、それを認めるのはむずかしかった。

「きのう、ぼくはロジャーに簡単に買収できそうな印象を与えたかもしれない。そのことについて、ぼくに代わって、きみから彼に誤りを正してもらえないかな、ジェニー？

〝取引はなし〟だと」

いまや彼女は腹を立てていた。こっちがすこし踏みこみすぎてしまったのだ。彼女を当惑させてしまった。「誰もあなたを買収しようとしてないわ、トビー」彼女は椅子の脚を床にギーとこすりながら後ろに引いて立ち上がった。「こんなこと、これ以上聞く気はないわ。それは――」彼女は気持ちを落ち着けるために、両手を上げて目を閉じ、深呼吸した。それから目を開けてわたしを見おろした。

「ジェニー、ぼくは――」

「やめて」彼女はもう一瞬、わたしに視線をすえてから言った。「もうたくさん」彼女は向きを変えてドアに向かった。

残されたわたしはコーヒーを覗きこみながら、どうやればもっとうまく会話を運ぶことができただろうかと愚《ぐ》にもつかないことを考えはじめた。ウェイトレスがジェニーのカップを片づけるためにやってきた。取り上げたはずみに、受け皿からスプーンがカタンとテーブルに落ちた。

「失礼しました」彼女は謝った。

「いや、べつに」わたしはもごもご呟いた。

その数分後、わたしがまだコーヒーの残りかすの上にかがみこんでいたとき、携帯が鳴った。

「トビー、ブライアン・サリスだ。けさは気分はどうだい？」

「昨夜と同じようなもんだよ、ブライアン。あなたはどう？」

「じつを言うと、すこししゃんとしたよ。だが、ええー……あなたはオーケーかどうか……ちょっと確かめたくてね」

「今夜の舞台にはちゃんと出るよ。心配する必要はないから」

「そういう意味じゃなかったんだ。つまり……おおざっぱに言って調子はどうかってことだよ」

「おおざっぱに言って？　すこしきびしいが、まずまずオーケーってとこかな」

「ニュースを聞いて、みんなはっと息をとめたよ、トビー。午前中ずっと……いろんな人に知らせてたんだ。たいへんだった……嘆き悲しみで」

「デニスは人気者だったからね」

「そうだった。ねえ、そのことで、ちょっと頼まれてくれないかな？」

「言ってみてくれ」

「さっきデニスの弟と話をしたんだ。イアン・メイプル。きょう、ここへやってくる。彼は何があったか知りたがってるんだが、そう、あなたが誰よりもよく知ってるから」

「ぼくから彼に話してほしいというのかね？」

「ぼくが駅まで彼を迎えにいって、葬儀社へ連れていく。そのあと、彼が何をやりたいと思ってるかわからないんだがね。午後にあなたに電話して、手はずをととのえてもいいだろうか？」

「いいとも」

「ありがとう。感謝するよ。かなりひどい一日になりそうだ。正直なところ、マスコミとの対応もあるし……ほかにも何やかや。ところで、メルヴィンはロンドンへ戻ってしまった。そりゃねえ、最初っからそういう計画だったとはいえ——」

「われわれのほうも、メルヴィンに計画を変更してもらいたいとは思わないよ」

「そうだな」いつもならブライアンは、すぐさまわれわれの演出家の弁護にまわっただろうが、今回はそんな努力をする気もなさそうだった。「もう一度、礼を言うよ、トビー。あとでまた連絡する」

〈ランデヴー〉を出たときには正午近くになっていた。大雨のなかを雨よけから雨よけへ突進しながら〈クリケッターズ〉にたどり着いたが、悪天候のためにそこにもごく少数の客しか入っていなかった。

けれども、雨だろうと晴れだろうと、シド・ポーティアスにとってはほとんど違いはなかった。すでに一パイントのビールとくしゃくしゃの新聞を手にして席にすわっていた。彼は心配そうなしかめっ面でわたしを迎え、気遣うように肩をぽんと叩いた。

「気の毒に、劇団員の一人を失ったそうだな、トーブ。予期せぬ災難だね、それは」

そんなにも早くニュースが広まったことに虚を突かれて、わたしはすこし動揺しながら彼を見た。「どうしてわかったんだね？」

「けさのローカルニュースでやってたよ」

「なんと言ってた？」

「たいしたことは言ってない。デニス・メイプルというのが彼の名前だったんだろう？代役の俳優で、心臓発作だったらしいと」

わたしは頷いた。「ああ、そうだった」

「その名前に聞き覚えがあったんだ。余計なお世話かもしれんが、ゆうべ、あなたがおいそぎで会いにいった相手が彼だったんだろう？」

「そうだ。そう認めるしかないよ」

「それで……何があったんだね？」

それは当然の質問だった。だが、たとえ答えたくても、ちゃんとした答えは差しだせなかった。シドはすでにわたしに関して、彼のためにならないほど多くのことを知っている。わたしが彼について知っているよりずっと多くのことを。すこし慎重に事実を刈り込む必要があった。「わたしがデニスと話したとき、彼は明らかに気が動転していた。すでに具合が悪かったんだろう。わたしが彼のところへ行ったときには、彼は倒れていた。わたしにできることはもう何もなかった」

「彼は『ロング・オッズ』で胴元をやったよね？」シドがそう訊ねた。

「よく憶えてるね」

「名前や顔」彼は額をとんとん叩いた。「そういうのは頭にこびりついてるんだ。あなたがあんなふうに飛びだしていかなきゃならなくなって、オードとおれは残念だったよ。もしもおれたちが——」ちょうどそのとき、わたしの背後のドアが開き、彼はそこで言葉を切った。「気をつけてくれ。ガヴがきた」それから、いそいで小声で言い足した。「彼にはこの場と関係のないことは言わんほうがいい、いいね？　彼を苛立たせるかもしれんから」

シドがにこにこしながら紹介しはじめたとき、わたしはまだ彼の言葉に戸惑っていた。ガヴィン・コルボーンのほうは微笑を返そうともしなかったが、微笑するまえに彼には練習が必要なようだとわたしは感じた。彼の細い骨ばった顔には、突き出た額の下に陰鬱なしわが刻まれていた。棒のように細くて、すこし猫背だった。ハロルド・ウィルソンがかつて着ていたようなレインコートの下に、すりきれたグレイのスーツと黒のタートルネックを着こんでいる。髪の毛はほとんどなくなっていて、彼の甥とたったひとつ似ているところは、くぼんだ眼窩の奥の、奇妙なほど美しいサファイア色の瞳だった。彼を苛立たせないように気をつけねばならないというのは、まったくばかげた考えに思われた。

「会えてよかったよ、ガヴ」飲み物を注文するという実際的な手順の合間に、シドが感激を抑えられない様子で言った。「久しぶりだな。ほんとに久しぶりだ」

「最近はあまり出かけないんだ」コルボーンはそう応え、彼の息から酸っぱいウィスキーの臭いが漂ってきた。

「〈ロイヤル〉のポスターでトーブの顔は見てるだろう？」

「最近、あっちのほうは通ってないよ。わたしは劇場へは行かない人間なんでね、ミスター・フラッド」

「誰もが好むってわけではありませんからね」わたしはそう応じながら、ガヴィン・コルボーンが好むものはいったいなんだろうと、ぼんやり考えた。

「わたしの甥について話し合いたいということだが」

「ガヴは世間話が得意じゃないんだ」早くもわれわれの定席になりつつある暖炉わきのテーブルに飲み物を運んでいるときに、シドが言った。「それがレディたちとうまくやるコツだと教えたんだが、彼は無視してるよ」

「あなたは忙しい人だと思うんでね、ミスター・フラッド」煙草に火をつけながらコルボーンが言った。「あなたを退屈させたくはない」

この発言がシドを黙らせるための嫌がらせだったとしても、それは明らかに失敗だった。「われわれはここではファーストネームで呼び合ってるんだよ、ガヴ」シドが言った。「そうだよね、トーブ？」

「ああ、そうだよ、シド」わたしは気後れを感じながらも調子を合わせた。

「そうか、それなら……トビー」コルボーンが言った。「わたしが状況を正しく理解しているかどうか確かめさせてくれ。シドから聞いたところでは、あなたはわたしの甥のロジャーが、あなたの元妻の夫としてふさわしいかどうか見きわめようとしているそうだ、彼女の幸せをあなたは今でも……心にかけているので」

「そのとおりです」

「彼には会ったのかね？」

「ええ」

「彼をどう思ったのかな？」

「彼らは殴り合いにはならなかったんだ、ガヴ」シドが口をはさんだ。

コルボーンは無言で、シドが得意げに高笑いをするあいだ、彼の質問をそのまま保留した。「彼は明らかに知的でした」ついにわたしはそう答えた。「それにチャーミングだった。女性にも魅力的だろうと思いますよ」

「そうだな」コルボーンはゆっくりと答えた。「たしかに彼にはそのすべてが当てはまる」

「しかし、彼は正直ですか？」

「あなたがいちばん調べたいのはそれだろう……トビー？」（彼はまだわたしのクリスチャンネームを気軽に口にできないようだった）「ロジャーが高潔な男かどうか」

「それで、どうなんですか、彼は？」

「どう思うかね？」

「わたしはそれに……疑問を投げかけたいですね」

「そうすべきだよ」

「とくに何か……理由でも？」

「いくつか理由がある。しかし、それはわたしに関わりのあることだと認めねばならない。というより、わたしが不満を抱いていることだと。わたしはロジャーのおかげで現在の状況に追いこまれた。貧困というのは惨めな経験で、それは年をとるとともにますます惨めになる。若ければ、貧しくても幸せでいられる。とにかく、世間の人はそう言う。だが、年をとって、貧しくても幸せでいられるかね？　そんなことはあり得ない」

「あんたは長年にわたって、おれの情報にもっと賭けるべきだったよ、ガヴ」シドが口をはさんだ。「金を増やすために投機をすべきだった」

「ロジャーがおれを騙さなければ、そんな必要はなかったさ」いまやコルボーンの声には苦々しさが感じられた。彼は甥を溺愛する叔父ではなかった。

「彼はどんなふうに騙したんですか」

「彼の父親——わたしの兄のウォルター——を巧みにあやつって。兄はわたしたちの父が会社を退いたとき、一族の会社コルボナイトの経営を引き継いだ。彼はわたしが役員に加わらないほうが仕事がやりやすいと考えた。わたしは……辞めさせられた」ざっと計算すると、今、ガヴィンが話しているときには、ロジャーはまだ子どもにすぎず、人をうまくあやつれる立場ではなかったはずだが、わたしはその点を問題にしなかった。すぐにもっと肝心の話になるだろうと感じたから。「わたしは会社の株をすこし持っていて、父親の存命中はそれは信託財産にされていたが、そのあとはわたし自身が好きに扱うことができた。わたしの姉のディーリアにも同じ手立てが講じられていた。それらの株にはたいした価値はなかった。というか、わたしはそう思っていた。ロジャーは大学を出るとすぐにコルボナイトに入った。八〇年代の半ばに彼は……わたしの持ち株を彼に売るようにわたしを説得した。彼はうまく時機を選んだ。わたしはそのころ……不運な目に遭って、金を必要としていたんだ。あとになって、彼はディーリアにたいしても同じ手を用いたことを知った。わたしたちのどちらもが知らなかったことは、彼がすでに事業をやめるようウォルターに勧告しはじめていたことだった。コルボナイトを閉鎖したことによって、彼らは会社のもっとも価値ある財産——染色の特許——を自由に売ることができた。そのおかげでロジャーはすばらしい資産家になった。わたしの持ち株もディーリアの持ち株も買いとったことで、彼の利益はそのぶんさらに大きくなった。だが、ディーリアとわたしはまったく分け前にあずからなかった。わたしが彼と対決したとき、彼がなんと言ったかわかるかね？　〝あれは個々の人間とはなんの関係もなかったんですよ、叔父さん。単なるビジネスの問題だった〟彼はそう言ったよ。ビジネスの問題だと？　あの野郎。あれは二百五十万ポンドの問題だったんだ」

「ウエッ！」シドはビールにむせた。「それほど高額だったとは知らなかったよ」

「今、わかっただろう」

「あんたが本気で腹を立てたのも無理ないよ」

「わたしには法的な支払い請求権はなかったんだよ、トビー」コルボーンは続けた。

「ロジャーが施しと呼んだものを要求するしかなかった。懇願するしかなかった。だからそうした。無駄だった。彼は一ペニーたりと払おうとしなかった」

「あなたのお兄さんはどうだったんですか？」

「ウォルターはすべてロジャーに任せてあると言ったよ。結局のところ、わたしの持ち株を買ったのはロジャーだった。そういうしだいで、ウォルターはウィックハースト・マナーで快適な引退生活に落ち着き、ロジャーは国税局から逃れるために、こっそりジャージーに拠点を移し、わたしは……せいいっぱい、なんとかやってきたってわけだ」

「ディーリアもそうだったんでしょうね」

「いいや。ディーリアはついていた。金持ちの男と出会って結婚した。彼女も豊かな恵まれた日々を送ってきた。わたしだけがかつかつの乏しい暮らしだった。いまだにそうだよ」

「以前はちょっとあこぎな取引をすることも辞さなかったと、ロジャー自身がほぼ認めましたよ」わたしはそう告げた。「だがジェニーに出会ってからは、心を入れかえたと言ってます」

「善良な女性との恋は奇跡をもたらすこともあるからな」シドが薄ら笑いを浮かべて言った。

「それを信じたければ信じればいい」ガヴィンが言い返した。「ロジャーは明らかにあなたにはそう信じてもらいたいんだろう。彼は邪悪な子どもだった。成長すると、狡猾な、自己の利益のみをはかる人間になった」

「ここからは性格は直らないという問題になるのかな、ガヴ？」シドが訊いた。

「こんなふうに言うとするか」ガヴィンが声をひそめ、ざらざらした耳障りな音声になった。「ロジャーが突然、気持ちが優しくなったのなら、どうしてこれまで彼がやってきたあこぎなことを何ひとつ正そうとしないのかね？　十六年前に彼がわたしから騙しとった手口を考えれば、彼の貧乏な叔父に施しをしてもいいだろうに、そんな気配はまったくない。それに、コルボナイトで働いたために命を縮めた、あのすべての気の毒な人たちのことはどうなんだ？　彼らのために彼が何をしたんだよ、ええ？」ガヴィンは親指と人差し指で円をつくった。「そういうことだよ」

「あなたが話してるのは……癌になった人たちのことですか、ガヴィン？」わたしはおそるおそる訊ねた。

「思ってた以上にあなたは情報に通じてるんだな」彼はそう応じて、意味深長な目つきでじろっとわたしをにらんだ。

「おれが話したんだ」シドが言った。

「あんたが知ってたってことも、おれは気づかなかったな」友達にはふさわしくないガヴィンのきびしい眼差しが、昔の学校友達にくるりと向けられた。

「おれはいつも世間の動きや噂に注意を払ってるんだ。驚くほどのことが嗅ぎだせるぞ」（とくに、ガールフレンドが腫瘍《しゅよう》コンサルタントの秘書である場合は、とわたしは思った）

「それらの癌患者とコルボナイトのあいだには明確な繋がりがあるんですか？」わたしは訊ねた。

「いや、科学的に立証されたわけではない。ウォルターとロジャーは論争を混乱させるために、大学の化学の専門家を雇った。いずれにしても、癌に冒された人たちのほとんどはもう死んでいる。むろん、彼らの近親者はいるがね。彼らがこの問題を立証できれば、彼らには賠償金を受ける権利が生じるわけだ」

「二百五十万以上になるのかな？」シドが割りこんだ。

「もっとずっと多額になるにちがいない。わたしの理解しているところでは、発癌物質は染色過程で用いられたキュアリング剤だった。特許をとった方法だと、危険な不安定な形でそれを使用しなければならなかった。長年にわたってその蒸気を吸いこむことは……死刑宣告にひとしい」

「ロジャーとあなたのお兄さんはそのことを知ってたんですか？」わたしは訊いた。

「ああ、そう思うな。最初のうちは知らなかっただろうが、終わりごろには。彼らが特許を売って会社を閉鎖したのは、利益があがらなかったからではなく、癌騒ぎで会社の価値がなくなることを恐れたからだ。表向きはコルボナイトは廃業したのではなかった。そのあとまもなく解散することになったペーパー会社に売却された。ロジャーの考えだったのはまちがいない」

「そうした手法は大型金融操作にあたると、あんたは説明しようとしてるのかな、ガヴ？」シドが訊いた。

「つまりこういうことだ。たとえ賠償問題に結論が出ても、ロジャーのところに請求書がまわされることはない。なぜなら、責任をとるべき当事者であるコルボナイトは、最終的にはほかの者の会社だからだ」

「それで彼は責任を免れることができるのですか？」わたしは問いただした。

「かならずしもそうではない。彼がそうしたリスクを承知していながら、特許の買い手にそのことを伏せておいたのなら、彼は詐欺罪になる」

「で、買い手は誰なんです？」

「韓国の複合企業だ」

「そこだって同じように、なんとか賠償問題をのがれようとするでしょう」

「そのとおりだ」

「それなら、彼らがロジャーを訴えることはまずありませんよ」

「ああ。しかし、この国で彼にたいして刑事訴訟がおこされる可能性はあるよ」

「理論上はね」

「そうだな、たしかにそんなことは……おこりそうもない」

「あんたは夢を見つづけるしかないようだな、ガヴ」シドが言った。

「まったくだ。だが、あなたが関心があるのはそのことじゃないはずだ、そうだね……トビー？　あなたは、あの男が道義をわきまえた人間かどうか知りたかったんだ。これでわかっただろう」

「これで奥さんを彼から引き離せると思うかね、トーブ？」シドが問いかけてきた。

「ああ、彼女がそれを信じればね」

「それなら、あなたが彼女を納得させられるように願うよ」ガヴィンが言った。

わたしは問いかけるように彼を見た。「何か証拠があれば役に立つんですがね」そこでふっと、『ザ・プラスティック・メン』のことを思いだした。そして、ロジャーが頑なにそれを読むのを拒否したことを。およそ当てにならないことだが、ひょっとして、あそこに証拠があるかもしれない。

もちろん、ガヴィンはデリク・オズウィンについては、彼が苦労して書き上げたコルボナイトの歴史については、知るはずもない。だからといって、彼がわたしになんの助言も与えられないわけではなかった。「どんな証拠があなたの奥さんの心を揺り動かせるのかわからないが。わたしがさんざんな目に遭わされてきたように、ロジャーには人を騙す才能がある。彼女はおそらく、わたしの言うことは信じないだろうよ。ディーリアに彼女と話すように頼んでみたらどうだね？　女同士でじかに。とはいえ、ディーリアが把握している事実は……ごく限られているがね」

「どうやって彼女と連絡をとればいいでしょう？」

「彼女の電話番号を教えよう」彼は手を伸ばしてシドの新聞の第一面の隅を破りとり、それに名前と番号を書きとめてから、わたしに手渡した。「彼女に連絡がとれたら……よろしく言ってくれ」

明らかにコルボーン家の人々は、愛情豊かな仲むつまじい一族ではなかった。わたしがメモをポケットにおさめたとき、シドがわたしに片眉をぐいと上げてみせた。短い沈黙が流れた。

やがてガヴィンが口を開いた。「ほかにもあなたの奥さんに話せることがある。ウォルターの死は……多くの答えの出ない疑問を残した」

「車がぶつかったんだよね？」シドがちょっと顔をしかめて訊いた。「ウィックハースト・マナーの近くの小道を歩いていたときに、ウォルターは車に轢《ひ》かれた。運転者が故殺罪で告発された」

「それは知らなかったな」シドが言った。「単なる……事故だったと思ってたよ。だが……故殺だったのか？」

「事件は法廷には持ちだされなかった。裁判を待っているあいだに運転者が死んでしまったんだ」

「どうしてそのことが、ロジャーが癌との繋がりを隠蔽《いんぺい》した事実を、ジェニーに信じさせる役に立つんですか？」わたしはそう訊ねた。

「その運転者は癌で死んだんだよ」ガヴィンが答えた。「彼はコルボナイトの元従業員だった。そして、ウォルターを轢いたとき、彼は末期癌だった。わたしの見解を言わせてもらうと、彼は、ウォルターには彼の病気にたいする責任があると考えたんだ」

「つまりあなたは……彼はあなたのお兄さんを殺害したと言ってるんですね？」

「事実上そうだ」

「驚いたな」

「彼を責めるわけにはいかない」

「そうかもしれないが。でも……いつなんですか、それが起こったのは？」

「一九九五年の十一月だ」

「彼らの……雇用関係は……当時、報じられたのですか？」

「憶えてないね。わたしはそのことを承知してたし、ほかの者たちも承知してた。それが《アーガス》に掲載されたかどうかは……」ガヴィンは肩をすくめた。「裏に手をまわすのは、ロジャーのお手のものだからな」

「でも、それは調べられるよ、トーブ」シドが言った。「《アーガス》は一八〇〇年のからちゃんと保管されてるから。あなたがいつ図書館へ行けるのかわからんが」

「そうだな」わたしは考えこんだ。「図書館にはあるだろう」

「わたしがすこしでも役に立ったのならいいが」ガヴィンが言った。

「ええ、もちろんですとも。ありがとう」わたしの心はデリクの本の内容へと移っていった。序文の最後はどんな文章になっていただろう？　〝結びの章では、一九八九年にガヴィンの暴露話と照らし合わせ、〝運命〟という語がいっそう深刻な意味を帯びた。デリク会社を閉鎖するにいたった情況と、その結果、職を失った人々の運命を分析する〟クは癌のことを知っていたはずだ。そのことを書かないわけにはいかなかったはずだ。彼のコルボナイトの歴史は、実質上、サー・ウォルターとロジャー・コルボーンにたいする告発書にもひとしい。ロジャーが、それが出版される手助けをしたくなかったのも不思議ではない。わたしはそのとき、あれを読まずにモイラに送るべきではなかったと悔やまずにはいられなかった。もちろん、彼女からとり戻すことはできる。さらにそれより早く、当の作者と話すこともできるのだ。

「コルボナイトには年金制度はあったのかね？」突然、シドが問いかけた。

「知らんな」ガヴィンが無愛想に答えた。「それがなんか重要なのか？」

「それは補償回避者であるサー・ウォルターとロジャーにとって、有利な交換取引だったのかもしれんと考えたんだ。従業員の半数はその金を受けとれるようになるまえに、癌に冒されたんだろう？　まるで長い貢献期間みたいだよ」

「あなたのお兄さんは」わたしは意見を述べた。「あなたの甥と同様、良心的ではなかったようだと言わねばなりませんね、ガヴィン」

「ウォルターはわたしの株を騙しとったりしなかった」

「ええ。でも彼は大勢の従業員を騙して、長い健康な引退生活を彼らから奪いとりましたよ」

「ロジャーの影響だ。息子が悪いことをやるはずがないと彼は考えていた。彼には息子の本当の性格が見えなかったんだ。それに……」ガヴィンはぐっと深く煙草を吸いこんだ。「ウォルター自身も長い健康な引退生活を楽しめなかった、そうだろう？　彼は自分がやったことにたいする罰を受けたんだよ」

「ロジャーとちがって」

「そう。ロジャーとちがって」ガヴィンは気難しい顔つきで自分のグラスを覗きこんでから、目を上げてわたしを見た。「これまでのところは」

その場から抜けだすために、劇場で人と会う約束をでっちあげ、シドとガヴィンにその気があるのなら二人で昔話でもすればいいと、わたしは彼らを店に残してイースト・ストリートのタクシー乗り場に向かった。タクシーはすぐにわたしを乗せて北を目指し、駅の向こうの高層ビルへと、そこの一階にあるブライトン中央図書館へとわたしを連れていった。

ところが残念なことに、わたしが乗ったタクシーの運転手は、いつも図書館を利用する人間ではないことがわかった。それとも、彼はひどく意地の悪い人間だったのかもしれない。なぜなら、彼に料金を払ってから階段をのぼっていくと、ドアはしっかりロックされていた。ブライトン中央図書館は水曜日は休館日だったのだ。

ポーチで雨宿りしながら、こんな呆れるほど不便な決まりをつくった役人を呪った。そのあと、南側のセント・バーソロミュー教会の高くそびえる屋根の輪郭が目にとまり、自分が今、ヴァイアダクト・ロードのすぐ近くにいることに気づいた。結局は、ここまでやってきたことも無駄ではなかったのかもしれないとわたしは思った。

　七七番地のドアをノックしても、すぐには返事がなかった。しかし、一階の窓のサッシのてっぺんが数インチ開いていた。デリクはけっしてそんなふうに開けっ放しにしたまま出かけたりしないだろう。わたしはふたたび、さらに強くノックした。ドアの向こう側からデリクの声が聞こえたような気がした。だがトラックが轟音を響かせて通り過ぎ、数秒間、ほかのすべての物音をかき消してしまった。わたしはもう一度ノックした。すると、彼の声が聞こえた、パニックで上ずった声が。

「行ってしまえ。わたしにかまうな」

「デリク」わたしは叫んだ。「わたしだよ。トビー・フラッドだ」

　ちょっと沈黙があった。それから「フラッドさん？」と問いかけてきた。パニックはおさまりつつあるようだった。

「なかに入れてくれ、デリク。ここにいると濡れてしまうよ」

「あなたは……独りですか？」

「わたしだけだよ。ほかには一分ごとに五十台の車」

　ドアが開いて、氾濫《はんらん》している川を不安げに眺めるミズハタネズミさながら、彼はわたしを覗き見た。「すみません、フラッドさん」彼は謝った。「まさかあなたとは……そう、彼が戻ってきたと……思ったんです」

「誰が？」

デリクはいそいでわたしを招じ入れてドアを閉めた。掛け金をぐっと押して、ちゃんとかかっているかどうか確かめてから、居間のほうをわたしに指し示したが、明らかにこっちの質問は彼の耳に入っていなかった。

「誰が戻ってきたと思ったんだね、デリク？」

「コ、コルボーン……さんです」

「ロジャー・コルボーンがここへきたのか？」

「は、はい」以前のボスが訪ねてきた緊張で、すでに途切れがちだったデリクの口調に、明らかに吃音《きつおん》までが加わっていた。

「なんの用だったんだね？」

「どうぞ……なかに入って」彼はまだ居間を指差したままだった。

わたしは居間に入り、下げられた窓のほうに顎をしゃくった。「また訪ねてくるのが心配なら、あれを閉めるべきじゃないかな？」

「おお、ほんとだ、はい」彼はわたしの横を通って、窓をぐいと上げて閉めると、おずおずとした微笑をわたしに向けた。「すみません、ちょ、ちょ、ちょっと……ぴりぴりしてるんです」

「そのようだね」

「コルボーンさんは……わたしに怒鳴りました。わたしは怒鳴るのは……きらいなんです」

「わたしは怒鳴ったりしないから」

「ええ。もちろんですとも。どうか……すわってください」すくなくともそのときには吃音はおさまっていた。われわれは暖炉の両側にすわった。デリクは両手をもみ合わせ、顔をしかめてその手を見おろした。それから、わたしのほうに視線を向けて訊ねた。「本当ですね……メイプルさんが死んだのは？」

妙な言い方だった。はっきりわからないのか、それとも、それを確信しているのか、どちらかだった。「ああ」わたしは用心しながら答えた。

「おお、やっぱり。すまないと……思います」

「まるであなたの責任みたいな言い方だね」

「た、たぶん……そうなんです」

「彼は心臓発作で亡くなったんだ、デリク。誰の責任でもないよ」

「さあ、どうでしょうか」

「どうしてそんなことを言うんだ？」

「あんなふうに……コルボーンさんが話したからです」

「どんなふうに？」

「彼は、えー、その話を持ちだしました……そして言いました」

「なんと言ったんだよ、デリク？」

デリクは気持ちを落ち着けるために深呼吸をしてから答えた。「彼はここにやってきて、面倒を起こすのはやめろと言いました。わたしの〝コルボナイトの歴史〟のことは忘れろと。彼の……あなたの奥さん……にはかまうなと。そして、あなたにもかまうなと。数日間、わたしはどこかへ行くべきだと彼は言いました。『気にくわない下宿人』の興行が終わるまで。わたしはどこへも行きたくないと答えました。そのときです、彼がメイプルさんの……死を口にしたのは。それは、人が深みにはまったらどうなるかという見せしめなのだと、彼は言いました。それはわたしにたいする……警告になるはずだと言ったんです」

「警告？」

「そうです。メイプルさんは……どんな死に方だったんですか、フラッドさん？」

「わからない。彼は心臓発作を起こしたとき追われていたんだと思う。彼はじょうぶな男ではなかった。月曜の公演のあと、彼はある人に出会ったが、その人は彼をわたしだと思い違いをしたようだ。その連中は、彼が代役だったことを知らなかったんだ。彼らはわたしにたいして何かひどいことを企んでいたんだろう。だが、自分たちの間違いに気づいて、デニスを外へ放りだした。ところが昨夜、彼がわたしに寄こした電話によると、彼らはまたもや彼を追いかけていたようだ」

「彼らは……コルボーンさんに雇われていたと思いますか？」

「あなたはどう思う？」

「わかりません」

「言ってくれ、デリク。どんなことが企まれていたにせよ、それからわたしを救うために、あなたは、わたしが月曜の夜の公演をすっぽかすように仕組んだのかね？」

彼はぽかんとした顔でわたしを見て首を振った。「いいえ。知りませんでしたよ……何か企まれていたなんて」

「あなたがレオ・ガントレットに書いた手紙だが……」

「あれは役に立ちましたか？」彼は期待をこめて訊いた。

「かならずしもそうじゃなかった」

「彼に理解してほしかったんです。あなたが無責任だったわけじゃないと」

「ほんとかね？　あれにはちょっとばかり……皮肉がこめられてなかったかな？」

「そうですね……」デリクはきまり悪そうに顔を赤らめた。「たぶん……」

「あれはエドナ・ウェルソープの手紙を思いださせたよ」

それを聞いて彼はにっこりした。「あれは宝物ですよ、フラッドさん。完全に宝物です。彼女がリトルウッツと交わした手紙を憶えてますか？」

「わたしの仕事仲間にもう手紙を書いたりしないでくれ、いいね？」わたしは彼にたいしてもっと断固とした態度をとってもよかったのだが、コルボーンが彼をあまりにも弱々しい状態にしてしまったので、これ以上、口調をきびしくする危険は冒せないと感じた。「あんなことはやめなきゃね、デリク」

「はい。そのとおりです」彼は悪いことをした学童のように頭を垂れた。「申し訳ありません」

「もう人を欺く策略はやめるんだ。度肝を抜く行為はやめるんだ。わかったね？」

「もうやりません」彼は真摯《しんし》な眼差しでわたしを見つめた。「約束します」

「いいだろう」

「それがここへこられた理由ですか？　手紙のせいで？」

「いくらかは。気がついたら……この近くにいたんだ」

「図書館へ行くところだったんじゃありませんか？」

「どうしてそう思うんだね？」

「だって……月曜日に〈ランデヴー〉で会ったとき、図書館への道順を訊ねたでしょう？」

「そうだった。そしてあなたは、ニュー・イングランド・ストリートにあると教えてくれた」

「そのとおりです。でも、じつを言うと……水曜日は閉まってます」

「知ってるよ。今、あそこへ行ってきたんだ」

「おやおや。それはさぞむかついたでしょうね。何を見つけるつもりだったんですか？　わたしが手助けできるようなら……」

「《アーガス》のバックナンバーを見たかったんだ」

「そうか。じつを言うと、ニュー・イングランド・ストリートには《アーガス》は置いてありません。それにはチャーチ・ストリートにあるローカル・スタディーズ図書館へ行かねばなりませんよ」

「やはり水曜日は閉まってるのかな？」

「そう思います。あしたまで待たねばならないでしょう」

「そうともかぎらないよ。あのね、あなたに手助けしてもらえると思うんだ、デリク。実際、そのことには確信がある。じつはわたしが読みたいのは、《アーガス》のサー・ウォルター・コルボーンの死に関する記事なんだ」

「ああ、そのことですか」

「そう。そのことだ。わたしが理解しているところでは、彼はコルボナイトの元従業員が運転する車に轢かれた。その従業員はそのとき、末期癌だった」

「どうやら……そのことについてはすべてもうご存じのようです」

「染色過程で使用された発癌性のキュアリング剤を扱ったあとで、大勢のコルボナイトの作業員が膀胱癌を発症したというのは本当なのか？」

「ええ」デリクの返事はほとんどささやきだった。「クロロアニリンのひとつ。はなはだ危険な物質です」

「むろん『ザ・プラスティック・メン』のなかで、そのことには触れてあるんだね？」

「ええ、そうです、フラッドさん。全部書いてありました。詳細に」彼は弱々しい笑みを浮かべた。「染色作業場のドアには標示が貼ってありましたが、あるとき誰かが染色《ｄｙｅｉｎｇ》のｅの文字にスプレーをかけて消しました。（ｄｙｉｎｇとなり、死の作業場という意味になる）かなり悪意に満ちたジョークです」

「あなたもその物質を扱ったの？」

「いいえ、ありがたいことに。わたしは文書係でした」

「今では扱った人たちのほとんどは死んでいるのかね？」

「ええ。彼ら全員について調べました。彼らを『ザ・プラスティック・メン』の巻末の付表に載せてあります。名前。年齢。死因」

「彼らのうちのどの男がサー・ウォルターを殺害したんだね？」

「彼は故殺罪で告発されたにすぎません」

「彼は誰だったんだね、デリク？」

「ケネス・オズウィン」デリクはわたしにじっと視線をすえた。「わたしの父です」

ようやく本来の姿が鮮明になった。彼はコルボナイトを閉鎖したことにたいして、ロジャー・コルボーンを責めたのではなかった。すくなくとも、それだけではなかった。ロジャーに責任を負わせるべき、はるかにひどいことがそこにはあったのだ。「どうして話してくれなかったんだね？」

「あなたが……尻込みするかもしれないと思ったんです」

「おたがいの家族のあいだに反目があったからかね？　そうだな、明らかにそのことが視点を歪める。それはたしかだ」

「ありませんでしたよ……反目なんて」

「あなたは本のなかで、キュアリング剤がどれほど危険であるかを承知していたとして、コルボーン親子を非難しているのかね？」

「かならずしも……彼らを非難してはいません。しかし……」

「そのことをくわしく述べている」

「そうだと思います。はい」

「それは誹毀《ひき》文書だよ」

「彼がわたしを訴えてもいい。かまいませんよ」

「あなたはその本を出版する手助けをしてくれとコルボーンに頼んだ。なぜだね？　あなたにはわかってたはずだ、彼はどんなことをしても、それが出版されるのをとめようとするだろうと」

「どんな反応があるか……確かめたかっただけです」

「それで、反応はあったというわけだな？　わたしがここにやってきたときのあなたの状態から判断すれば、あなたが予期した以上の反応が」

デリクは椅子のなかでもじもじした。「彼はまんまと逃げおおすつもりです。どうしてそんなことが許されるのかわかりません」

「父親のまねをする気なのかね？　あなたのお父さんも明らかに、サー・ウォルターにそんなまねはさせないと決断した」

「あれはそういうことじゃなかったんです」

「じゃあ、どういうことだったんだ？」

「おやじはあの日、死んだ男たちの家族や、彼のようにもう末期状態にある者たちを救ってくれとサー・ウォルターに頼むために、ウィックハースト・マナーへ出かけていったんです。彼はコルボナイトが閉鎖したあとまもなく癌で倒れましたが、回復しました。でも、そのあと再発したんです。彼は若いころ職場代表でしたから……責任を感じていました。彼はサー・ウォルターを説得できると考えたんです。おふくろが彼を病院へ送り迎えできるように、数年前に車を買ったばかりでした。いずれにしても、彼がウィックハースト・マナーへ行ったときに何があったのかを、彼はそのあとでわたしに話いしました。サー・ウォルターはその問題を話し合うことを拒否し、彼の敷地から出ていけとおやじに命じました。それから、彼の犬を散歩させるために出かけていきました。おやじはかっかしながら、しばらく車のなかにすわっていましたが、そのあと、サー・ウォルターを追いかけて、彼を説得するための最後の努力をしようと決めたんです。サー・ウォルターが、ウィックハーストから北のストーンステープルズ・ウッドのほうへ通じる小道を、歩いていったのは見ていましたから、彼もそっちへ向かいました。彼はスピードをだしすぎてましたし、とにかく、運転もうまくありませんでした。おまけに、そのころにはかなりの痛みがあったのです。彼は急カーヴを曲がったとたんサー・ウォルターを目にしたのですが、停まろうにもよけようにも遅すぎました。あれは事故でした、フラッドさん。それが事実です。単なる事故でした」

「警察は明らかにそう思わなかった」

「それは、おやじが……自分の病気についてすこしばかり事実を話したからです。彼は故殺罪で告発してほしかったんですよ、それとも、もっと望ましいのは殺人罪で。彼は世間の注目を集める裁判を望んでいたんです。サー・ウォルターが彼の従業員たちにたいして何をしたかを告げるチャンスを。だが本当のところは、あれは事故でした」

「ロジャーはそれを信じてるのかね？」

「彼が何を信じてるのか知りません。ですが、彼が裁判を遅らせるように手をまわしたのはたしかです。彼には大勢の友人がいます。大勢の影響力を持つ友人が。彼のおかげで、おやじは生きているうちに法廷に立てませんでした」

「大切な人を失って、気の毒に思うよ、デリク」

「ありがとうございます、フラッドさん」

「あなたのお母さんはいつ……」

「おやじのあとまもなく。おやじの看病をしたことが彼女にはたいへんな負担でした。父が亡くなったあと、おふくろはすぐに……弱っていきました」

「独り残されたあなたは、ロジャー・コルボーンのことを考え、いかに彼に仕返しするかを考えてるというわけだ」

「復讐を求めてはいません」

「求めてない？　そうだな、彼はあなたの父親のときと同じように、あなたを法廷には立たせないだろうね、デリク。それはたしかだ。あなたはその本が誹謗文書だと事実上認めた。どの出版社もそれには手をださないだろう。これをなんとかうまくやり遂げる唯一の方法は事件を立証することだ——科学的に。だが、それでも……」わたしは言いよどんだ。コルボナイトがペーパー会社に売却されたことを、それによってどういう結果がもたらされるかをデリクが知らないのなら、そのことを自分の口から彼に教えるべきかどうかためらったのだ。

「コルボーンさんはあらゆる不測の事態にそなえて予防措置を講じました。彼はとても利口です」

「これが慰めになるかどうかわからないが、彼に恨みを抱いてるのはあなただけではないんだよ。わたしは彼の叔父に会った。ガヴィン・コルボーンに。彼はサー・ウォルターの死についてすべてを話してくれた。ただし、車を運転していたのがあなたのお父さんだったことは言わなかったがね」

「たぶん名前は忘れたんでしょう。彼が憶えていなければならない理由はありませんから。われわれは会ったことはありませんでした。二、三度、コルボナイトで彼を見かけましたが、わたしは……彼の目にはとまりませんでした」

「けれども、あなたたちには共通するものがある。ロジャー・コルボーンの邪魔をしたいという願いだ」

「すばらしいでしょうね……何かやれたら」

「そうだな。わたしは邪魔できるんだよ、そうだろう？　もしジェニーをとり戻すことができたら……」

「コルボーンさんはさぞかしうろたえるでしょう」

「それはかならずしも彼が受けるべき報いではない。だが、何もないよりはましだ。ただ問題は、はたしてわたしにそれがやれるかどうかだ」

「でもきっとフラッド夫人は、コルボーンさんがわたしの父のような人々に何をしたか理解すれば……」

「彼女が理解すればね、デリク。ああ、そうだよ。彼女はそんなことは我慢できないだろう。しかし、どうやって彼女にそれを証明するんだ？　わたしが彼らを引き裂くために、根拠のない非難を浴びせてるのではないことを、どうやって彼女に信じさせたらいいんだ？　論争の余地のない確固たる証拠がどこにあるだろう？」

デリクは唇をきっと結んで、われわれが共有している困難について考えこみながら、すわっている椅子をちょっと前後に揺らした。それから、どうにもならないことを意気地なく認めて降参した。「何もありません」

「そうかな？」

突然、デリクは椅子を揺らすのをやめた。もうちょっと考えこんでから言った。「そんな証拠はないけど、証人だけはいます」

「あなたやガヴィン叔父さんのような人たちのことを言ってるのなら、無垢の証人とは言えない。彼は姉のディーリアに頼めと言ったが、彼女がジェニーの心を揺さぶれるだけのことを知っているとは思っていないようだ」

「そのことでは、まず間違いなく彼が正しいと思います。知識に関してなら、わたしが提案できるのはドクター・キルナーだけです」

「何者だね？」

「キュアリング剤によって引き起こされる危険について、コルボナイトが〝相談した〟生化学者です。ドクター・モーリス・キルナー。彼はサセックス大学の学部長でした」

「でした？」

「それ以後、引退しました」

「おそらくコルボーン親子からかなりの報酬をもらって」

「さあ、それはどうですか。コルボーンさんに欠点があるとすれば、それはけちなことです。数ヵ月前にウェートローズでドクター・キルナーを見かけましたが、贅沢に暮らしているようには見えませんでした」

「ちがうのか？」

デリクは頭を振って、言葉にする必要もなく、わたしの頭に概念を吹きこめたことにちらっと微笑を浮かべた。「ええ」

「あなたがこのことについて彼と話をしなかったとは意外だよ」

「彼はコルボナイトの以前の従業員とは何も話し合う気はないでしょう。ことの重大さに怯えていると思いますよ」

「コルボナイトで働いていなかった者ならどうだろう？」

「それはちがうでしょうね」

「方法がひとつだけ見つかったようだな」

「はい、フラッドさん。そうですね」デリクは咳払いした。「ドクター・キルナーがどこに住んでいるか、知りたいでしょうね？」

わたしは、訪ねていったときよりもずっと冷静になったデリクを残して立ち去った。彼にはそれがわかっていたし、それを受け入れていた。けれども、われわれのロジャー・コルボーンに立ち向かう作戦は——それが作戦であり、われわれ二人の作戦だとして——まだこれからも続くのだ。わたしがドクター・キルナーに接触してみて、何か成果があれば、今夜の公演『ザ・プラスティック・メン』は結局、うまくいかないだろう。が終わったあとでデリクに報告することになった。

雨はやんでいた。雨のあがったどんよりした昼過ぎにロンドン・ロードを歩きながら、デリク・オズウィンと手を組んだことで、わたしはどんな仲間をしょいこんだんだろうと考えた。事柄によっては彼は信頼できたが、ほかの事柄ではそうではなかった。それに彼はロジャー・コルボーンを恐れている——無理もないことではあったが。おそらくわたしだって同じはずだが、ほかのやむにやまれぬ事情が恐怖を消していた。たとえジェニーを取り戻せないとしても、彼女をあの男と結婚させるわけにはいかない。それに、デニスに起こったことを無視するわけにはいかないのだ。

トラファルガー・ストリートの〈グレート・イースタン〉ではまだ食事の注文を受けていた。薄暗い、居心地のいい片隅にすわって遅いランチをもぐもぐ食べながら、次の行動について考えこんだ。ドクター・キルナーの住所はわかっていたが、電話番号はわからなかった。バーの奥にある電話帳を借りたものの、彼は番号を載せていなかったからなかった。じかに訪ねていく以外、彼に近づく方法はなかった。電話帳をブライトンのAからZの地図と取り替えて、ホーヴのクロムウェル・ロードにあるペンシルヴァニア・コートを見つけた。郡のクリケット・グラウンドのすぐ後ろだった。ぐずぐずしていては何も得られない、心変わりするチャンスを自分に与えたいのならべつだが。わたしは与えたくなかったから、もう一杯やりたい誘惑を我慢して、駅のタクシー乗り場に向かった。

タクシーがわたしの目的地までの道のりのほとんどを走ったところで、運命が邪魔をした。ブライアン・サリスがわたしの携帯に電話をかけてきたのだ。

「今、イアン・メイプルといっしょなんだよ、トビー。イグリモント・プレースのデニスの宿にいるんだ。あなたもここへきてわれわれに合流してくれないかな？」

明らかにドクター・キルナーには待ってもらうしかなかった。

ブライアンから電話がかかったときには、すでにタクシーのなかにいたおかげで、わずか十分でイグリモント・プレースに到着した。ブライアンは、北の端に近い六五番地の、張り出し窓のある狭い表構えの家の外で、わたしを待っていた。彼の説明によると、イアン・メイプルは家のなかで兄の持ち物を整理しているという。

「彼はかなり心が乱れているようだよ、トビー、きみにも察しがつくだろうが。それに、答えを求めてるよ」

「なんの答えだね？」

「昨夜、彼がデニスから受けとったメッセージによってわき起こった疑問の答えだ。彼はねえ、あなたがデニスを発見したことや、あなたたち二人の長い付き合いを知ってるんだ。何があったのかくわしく話すのは……あなたに任せてもいいかな？」

「あなたはなかに入らないのか？」

「ぼくは劇場に戻らなきゃならない。とにかく、できるだけ多くのことをあの気の毒な男に話してやってくれ。ダン夫人がなかへ入れてくれるよ。彼女があなたを待ってる」

その言葉どおり、ダン夫人がわたしを待っていた。彼女は長年のあいだに一度ならずデニスを泊めていて、明らかに動揺していた。「なんてひどいことでしょう、フラッドさん。彼は若すぎますよ、逝ってしまうには、わたしをこんな目に遭わせるには」

「わかります」

「彼の弟さんは階上《うえ》にいます。三階の表の部屋。さきほどの話、わたしのほうはけっこうですと、彼に伝えてくれますか？」

「わかりました」


階段をのぼっていくと、デニスの部屋のドアがすこし開いていた。わたしの亡くなった友人兼同僚を、もうすこし若くして、頭髪を薄くして、体をがっちりさせたような男が、ベッドの端にすわって宙に目をすえていた。ブルージーンズをはいて、スエットシャツの上にグレイのフリースを着ている。彼は自分ではおよそタフだとは感じていないときでも、タフガイに見えるタイプの男だった。

彼がわたしの存在に気づくまでに数秒かかった。彼はたわんだベッドのスプリングをギーといわせながらゆっくり立ち上がると、澄んだ瞳でじっとわたしを見つめた。

「トビー・フラッド？」

「そうだ。お会いできて嬉しいよ」われわれは握手した。彼の手は大きくて力強かった。「とは言っても、もちろん、こんな状況で会うのは残念だがね」

「ええ」

「ダン夫人からきみに伝えてくれと頼まれたんだが……さっきの話……彼女のほうはけっこうだそうだ」

「二日ほど泊めてもらえるかどうか訊いたんです」

「しばらく滞在するつもりなのかね？」

「デニスが何に巻きこまれたのか見つけるまで。ブライアン・サリスは、あなたが知ってるかもしれないと考えてましたよ」

ありがとうよ、ブライアン、とわたしは思った。恩にきるぜ。「彼の話だと、きみはデニスからのメッセージを受けとったそうだね」

「ええ。おれの留守電に」彼はポケットから小さなテープレコーダーを引っ張りだし、ベッド脇のキャビネットの上に立てた。「聞きたいですか？」

「差しつかえなければ」

彼は再生ボタンを押した。機械の声が告げた。〝次の新着メッセージ。本日午後十一時五十三分受信〟つづいてデニスがわれわれに話していた。押し殺した不明瞭な声だ。

〝ハイ、イアン。兄さんだよ。おまえがつかまらなくて残念だ。おれはちょっと厄介なことになっている。どれぐらい深刻な事態かわからない。非常に深刻かもしれない。おれには助けが必要なようだ。悪い予感がして……おふくろとおやじによろしく言ってくれ、頼むな？二人に電話するにはもう手遅れだ。おまえにとって、すべてが順調であるよう祈る。バイ〟

イアン・メイプルはテープを巻き戻してからスイッチを切った。「これはいったいどういうことなんですか、トビー？」と彼は問いかけた。

「簡単には言えないんだ」わたしは部屋にある一脚きりの椅子に腰をおろして時間かせぎをしたものの、役には立たなかった。わたしがほとんど知らないこの男を、ロジャー・コルボーンとの面倒ごとに巻きこんではならない、本能がそう告げていた。とはいえ、何も教えないというわけにもいかない。グレニスに前夜の出来事を確認しておくべきだった。自分自身もちゃんと準備をしておくべきだった。だが、どちらもしていなかった。いかなるリハーサルもなしで役柄を演じるのは危険なことだ。だが、それがわたしのやらねばならないことだった。「デニスはきみにそのメッセージを残すすこしまえに、わたしに電話してきた。誰かに……追いかけられていると彼は言った。あまりくわしく話さなかった。彼はノース・ストリートのバス停留所にいた。わたしはそこで十二時に彼と会うことを承知した。だがわたしがそこに着いたときには、彼はいなかった。彼はわたしの宿のほうへ向かったんだろうと考えて、わたしはそっちの方角へ歩きだした。そうして、スタインの噴水のかたわらで彼を見つけることになった」

「もう死んでた？」

「そう思う」

イアンはふたたびベッドに腰をおろし、またもやスプリングをギーときしませた。

「誰かが彼を追いかけてたと思いますか？」

「彼はそう言ったよ」

「彼の言葉を信じたんですか？」

「そうだ」必死ではぐらかそうとしていても、わたしはデニスが幻想を抱いたとは言えなかった。

「誰だったんです、それは？」

「わからないよ」（たしかに本当だ）

「まったく心当たりはない？」

「全然」（本当とは言えない）

「おれは見つけだすつもりです」

「幸運を祈るよ。難しいだろうがね」

「だからって、思いとどまったりしません。おれのような弟がいるのは、かならずしも楽なことじゃなかった。デニスにたいして、おれにはそうしなければならない借りがあるんです」

「ご両親はこのことをどんなふうに受けとめておられるかね？」

「彼らはひどく打ちのめされてます。おれだってそうですよ。また心臓発作に襲われる危険はつねにあった。でも、実際にそんなことが起こるとは思っていなかった、そういうもんでしょう？」

「ああ。そうだね」

「最後にデニスと話したのはいつですか？　面と向かってってことです」

「きのうの朝、いっしょにコーヒーを飲んだ」

「そのときにはどんな様子でしたか？」

「いつものように快活だったよ」

「サリスが言ってましたが、デニスはその前夜にあなたの代役をしたそうですね」

「そうだ。わたしがインフルエンザにかかったんでね」

「ほんとですか、それは？」彼の口調には疑うような響きがあった。彼の視線が、どぎまぎするほどまっすぐわたしを見すえている。わたしは何か隠している、彼がそう疑っているのはもうはっきりしていた。「トビー、何か思いだしたら、どんなに小さなことでも、どんなに……つまらないと思えることでも、役に立つかもしれないから……」

「すぐに知らせるよ」

「あなたが彼をこの仕事に推薦してくれたとデニスは言ってました」

「ちょっと口ぞえしたが、それだけだよ。わたしにできるせめてものことだった。デニスはほんとにいいやつだったから」

「ええ。そうでした。だから、こんな最期を迎えねばならないなんて、ほんとに口惜しくてならないんですよ」

最後に彼が口にした感情にたいして、わたしは異を唱えることはできなかった。かといって、デニスの弟にわたしの知っているすべてのことを教えて、復讐心をかきたてることもできなかった。デリクはイアン・メイプルから訊問されなくても、ただでさえ弱々しい状態だったし、ロジャー・コルボーンについては、イアンが彼に太刀打ちできるとは思えなかった。デニスにたいする償いとして、わたしがやらねばならないことは、彼の家族のもう一人のメンバーをわたしの厄介ごとに引きこまないことだった。できるだけ。

〈シー・エア〉へ引き返すころには、もう日は落ちていた。もう一度、ドクター・キルナーのところへ行くだけの時間はないと断定しかけたとき、ちょうどセント・ジェームジズ・ストリートにたどり着いていて、ホーヴ行きのバスがわたしのほうへ走ってくるのが目にとまった。次の停留所まで全力疾走してバスに乗りこみ、クロムウェル・ロードへ行きますかと喘《あえ》ぎながら運転手に訊いた。彼が、はい、と答えたので……料金を払って腰をおろした。

　呼吸がおさまるとすぐに、ブライアンに電話をかけた。

「イアン・メイプルとはどうだった、トビー？」

「考えられるかぎりうまくいったよ。デニスが何に巻きこまれたのかはぼくが知ってる。あなたが彼にそう告げたことを考えればねえ」

「あのテープを聞いたら、あまり選択肢がなかったんだ。それに、あなたはほんとに知ってるんだろう？　そんな印象を受けてるよ」

「イアンに勝手にやらせたら、彼までそれに巻きこまれてしまうんだ。それは防ぎたいからね」

「そのことではあなたの力にはなれないよ、トビー。あの男には訊きたい人に訊きたいことを質問する権利がある。実際、このことはレオ・S・ガントレット・プロダクションが正式に関わることじゃないんだ」

「ごりっぱ」

「すまない。だが、そういうことだ」

「ああ。当然だよ。あのね――」わたしはグレニスの携帯の番号を訊ねるつもりだったが、ふいに気が変わった。ゆうべデニスが何をしたか、あるいは、彼女に何を言ったかがわかったところで、いまさらどんな意味があるのだ？　わたしのためにイアン・メイプルには内緒にしておくよう彼女に求めることはできない。カードは落ちたときのままにしておくしかないのだ。「いいんだ。気にしなくていい。じゃあ、あとでな、ブライアン」

　ポケットに戻しきらないうちに、携帯がまた鳴りだした。わたしがすごく腹を立ててはいないか確かめるために、ブライアンがまたかけてきたのだろうと、最初はそう思った。なにしろ、わたしにはもう代役はいないのだから。だが、ブライアンではなかった。

「ヤッホー、トーブ。わめいてるのはシドだよ。おれの昔の学友、いつもにこにこしてるガヴから、あなたの欲しいだけのものが手に入ったのかどうか確かめたくてね」

「彼に会えて大助かりだったよ、シド。お膳立てしてくれてありがとう」

「彼の姉を訪ねるつもりかい？」

「たぶん」

「じつはね、あなたが訪ねるんなら、おれが同行すれば、いちだんとスムーズにいくんじゃないかと思ってさ。ディーリアとおれには、あなたが歴史と呼ぶようなものがあるんだよ」

「ほんとに？」

「ただの思いつきだけどさ、トーブ。結果がまるでちがってくるかもしれんだろう」

「しっかり心にとめとくよ」

「いつでも電話してくれ」

「そうする」（というより、そうしない、というほうがはるかに本音だった）

「あともうひとつ」

「ああ」

「これは実際はオードの提案なんだがね。もちろん、おれもそれに大賛成だよ。あなたはいつブライトンを去る予定なんだ？」

「日曜日」

「去るまえに、どこでランチをとるか、もう考えてあるのかな？　オードはねえ、すばらしい骨付き肉のローストをつくるんだ、本当だよ。おれがあなたを彼女の家へ車で連れていって、そのあと駅まで送っていくからさ。たっぷりの栄養と水をとったあとで、あなたを見送るからさ。おれの言ってること、わかるだろう？　この週がどんなふうに過ぎたかを振り返るチャンスだ」

ふいに日曜日が信じられないほど遠い先に感じられた。この週はどんなふうに過ぎていくんだろう？　その瞬間には、どんなに漠然としたものだろうと、あえて推測することはできなかった。けれども、彼の提案にさからっても無駄なようだった。そのときが近づけば、なんとか逃げることができるだろう。「オーケー、シド。そうしよう」

「すっばらしい」


ペンシルヴァニア・コート。豪華とみすぼらしいのちょうど境目と言っていい、ありふれた赤レンガの五階建てのアパートメント・ビル。わたしは二八号のフラットのベルを押して、八十対二十の確率で返事があるというほうに賭けた。冬の夕方に退職した学者が自宅以外のどこにいるだろう？　思ったとおりだった。

「ハロー？」

「ドクター・キルナーですか？」

「ええ」

「ちょっとお話しできないかと思いまして。フラッドという者ですが」どんなふうに話して家のなかに入れてもらうかが問題だったけれど、相手が絶対に断れない口実をわたしは考えつけなかった。「じつは……」

「俳優のトビー・フラッド？」

「ええ、そうです。わたしは――」

「あがってきてください」

ブザーが鳴ってドアのロックがとけた。言われたとおり、わたしはドアを押してなかに入った。

モーリス・キルナーは小柄でがっちりした、げじげじ眉の男で、脂っぽい頭髪に、流行遅れのぶ厚いフレームの眼鏡をかけていた。しわくちゃのカーディガンとだぶだぶのズボンからしても、流行に敏感な人《オム・ア・ラ・モード》とは言えなかった。彼は歓迎の笑みを浮かべてわたしを招じ入れたが、その笑みは彼の涙っぽい灰色の目にまではひろがっていなかった。フラットは大学の特別研究員社交室ふうの居心地のいい住まいだったが、家具はおおむね、その持ち主と同じようにすりきれていた。だがそこからは、クリケット・グラウンドがよく見えただろう。本棚が数個並んでいたが、そのひとつの二段の棚に『ウィズデン』（英国のクリケット年鑑）がぎっしり詰まっていることが、それこそがキルナーも認めるだろう、このフラットの目玉であることを示していた。

それに引き換えよくわからないのは、彼がこんなにもすぐにわたしを受け入れた理由だった。もしかして、ファン？　だがなぜか、そうは思えなかった。

「ロジャー・コルボーンがあなたが訪ねてくるだろうとわたしに警告したんだよ、フラッドさん」

「彼が？」（小ざかしいロジャーのやつめ）

「しかし、これはわたしが予想したよりも早かった。飲み物はどうかな？　よかったら、スコッチでも？」

「いいえ、けっこうです」

「今夜の公演にそなえて頭をはっきりさせておくのかね？　賢明だよ。わたしが一杯やってもかまわんかな？」

「もちろんです」

彼はジョニーウォーカーをたっぷりと注いだ。彼は自分を勇気づけようとしているのだろうか、とわたしは訝ったものの、それはむしろ独身男の夕方の習慣なのだろうと考えなおした。「劇場には何時に入らねばならないんだね？」彼は腰をおろし、手を振ってもう一つの椅子にすわるようわたしに合図した。

「七時過ぎです」

「それなら時間を引き延ばさないほうがいいだろう。あなたは明らかにコルボナイトのことをわたしと話すために訪ねてきたんだから」

「ええ、そうです」

「どんなことを聞いたんだね？」

「運悪く染色作業場で働いた人たちが、発癌性のキュアリング剤のために膀胱癌にかかったということを。そして、ロジャー・コルボーンと彼の父親はそれを防ぐために、なんの手も打たなかったということを」

「わたしはすこし調査をするためにコルボナイトに雇われただけだ」

「知ってます」

「それは喜ばしい。実際にそれだけだったんだからな。調査についてだが。厳密に入念におこなわれたよ」

「なんの調査です？」

「芳香性のアミン、とくに、悪名高いキュアリング剤である、メチル化したクロロアニリンにさらされたために起こる、発癌の仕組みについて調べた」

「あなたはそれに、健康に障害なしというお墨付きを与えたんですね？」

「もちろん、ちがうよ。それはほぼ四十年前に発癌物質だと突きとめられている」

「それなら、どうしてコルボナイトはそれを使ってたんですか？」

「すぐにそれに代わるものがないからだ。それは今日でも、いまだにちゃんと使われているよ、フラッドさん。問題は危険の度合いだ。扱う量や現場での実際の作業にもとづいてわたしが調査した結果、コルボナイトは従業員を受容できないレベルまで薬剤にさらしていないことがわかった」

「それなら、どうして彼らはみんな死ぬことになったんですか？」

「〝みんな〟というのは誇張だ。どんな統計でも、その集団の一定の割合の人々が癌になる運命なんだよ。残りの人たちについては、安全な手順を勝手に無視したのが原因ではないかと、わたしは疑いたいね。危険な産業で働く人々は、自分自身がおのれにひどい害を与える当事者になることがしばしばある。道路工事をする作業員が、耳覆いをつけずに空気ドリルを操作しているのを、あなたも見たことがあるにちがいない」

「じゃあ、それは彼ら自身の落ち度だったと言うのですか？」

「ひとつの可能性だ。もうひとつは、コルボナイトが日常的に、わたしに報告したより多量にその物質を使用していた可能性だ。だが、それはありそうもないことだと思う。サー・ウォルター・コルボーンは道徳的で信頼できる雇用者だった」

「彼の息子はどうなんです？」

「彼にも同じことが言えるだろう」

「あなたの調査が不完全だったのかもしれない」

「さらにありそうもないことだ」キルナーは微笑した。「あなたの職業ではほぼ役柄に近づけば、それでとおるかもしれないがね、フラッドさん。わたしの職業ではそれではとおらない」

「このことを再確認させてください。コルボナイトの従業員は、彼ら自身が原因をつくった以外、いかなる危険にもさらされていなかった、そういうことですね」

「そうは言わなかったよ。医療関係者が発見した〝かもしれない〟、膀胱癌の平均以上の発症率にたいして、推測に基づく説明として、彼らが適切で安全な手順を怠ったのではないかとの意見を述べたまでだ。それが公式にわたしの注意を喚起しなかったのはたしかだから、わたしは〝かもしれない〟と言ったのだ。コルボーン氏はあなたがこの件に関心をもっていることをわたしに説明した。その関心は公平無私なものとは言えないようだ、どうだ、ちがうかね？」

「あなたのほうはそう言えるんですか？」

「当然だよ」

「彼らはあなたにどれぐらい支払ったんですか？　ロジャー・コルボーンは今もどれぐらい支払っているんです？」

「そのときには適正な報酬を受けとった。それだけだ」

「わたしがそれを信じるとは思っておられないでしょう」

「わたしは自分が知っている事実を述べているだけだ」

「死んだ人たちのことは気にならないのですか？」

「彼らはわたしのほうの落ち度で死んだわけではなかった」

「それなら、良心に恥じるところはないのですね？」

「ああ、そうだ」

「それとも、良心などまったく持ち合わせていないのかもしれない」

キルナーはウィスキーをすすり、あたかもわたしが、セミナーのときに、彼にはその手にのるつもりのない挑発的な発言をしている学生であるかのように、寛大な笑みをわたしに向けた。「ロジャー・コルボーンはビジネスマンだ、フラッドさん」彼は穏やかに言った。「彼と取引をするように勧めるよ」

ペンシルヴァニア・コートを立ち去ったあと、わたしは海岸通りまで歩いてから、東のブライトンと〈シー・エア〉の方角に向かった。夜になって寒くなっていたが、それがありがたかった。モーリス・キルナーに会ったあとでは、わたしには冷気と暗闇が必要だった。彼がロジャー・コルボーンとどういう取引をしたのかは問題ではなかった。彼は自分にふさわしい取引をして、ほかの者にも自分の例にならえと忠告したのだ。デリクは、コルボーンの守備陣のなかでは、キルナーがウィークポイントかもしれないと言ったが、実際は彼はきわめて堅固だった。それゆえ、なおさらなさけなかった。デリクはわたしが何を見いだすかをはっきり知っていたのだろうか？　つねに取引を好むロジャー・コルボーンと取引することによって、人が誘いこまれる道徳心の崩壊の実例として、彼はキルナーを選んだのだろうか？　その可能性は非常に高いと思われた。デリクは策略を弄することはやめると約束した。しかし、彼はこれを策略とは考えていないのかもしれない。これは当然の帰結だったのかもしれない。

公演は続けていかねばならなかった。多くの決まりきったことと同様、それはきびしい現実だった。デニスはとても人当たりのいい人気のある男だったから、『気にくわない下宿人』の関係者全員が今夜は沈みこんでいた。冗談はまったく途絶え、空虚な隙間は陰気なやりとりや感傷的な眼差しで埋められた。フレッドのいつもの皮肉な短いジョークも口にされることはなかった。ジョーカスタは目を腫らして、だんまりを決めこんでいた。ドナヒューの自己本位の性向すら影をひそめていた。けれども、われわれはきちんと時間には顔をそろえた。演技をする覚悟ができていた。

十五分のリハーサルのすぐあと、わたしの楽屋に訪問者があった。グレニス・ウイリアムズ。

「お邪魔して申し訳ないんだけどね、トビー。イアン・メイプルがゆうべの……デニスの精神状態について話を聞くために、今夜、わたしに会いたいと言ってるの。そのことを知らせておかねばならないと思って」

「きみはデニスといっしょに夕食をとったんだろう？」

「ええ」

「どんなだつた、彼？」

「元気だと思ったわ。でも、振り返ってみると、彼はすこしいらいらしてたようね。彼は言ったわ——いえ、実際はほのめかしたの——あの前夜にあなたの代役をしたことが……彼を何か面倒なことに追いこんでしまったって。くわしく話そうとはしなかった。でも彼は言ったの……それについてはあなたがすべて知ってるって」

「なるほど」

「それでも、彼の弟はきょうの午後に電話をかけてきたとき、あなたは彼の力になれなかったと言ったのよ。だから、デニスが言ったことをあなたは彼に話してほしくないのかもしれない、そう推測してるんだけど」

「ああ。そうだ」

「でも、イアンには知る権利があるんじゃない？」

「そうだな。でもぼくは、最後にはかならず彼にきちんと教える。グレニス、きみに嘘をついてくれと頼むことはできないが……ただ、今のところは……」

「あなたのために伏せておいてほしいのね」

わたしは頷いた。「どうだろうか？」

彼女はすごみのある薄ら笑いをわたしにふるまった。「デニスはいつも言ってたわ、あなたには〝ノー〟とは言えないって」

われわれは昨夜の最高の演技にはおよばなかったとはいえ、誰もが認めたように、非常にりっぱに演じた。わたしはしばしば気が散ったり、応じるのがわずかに遅れたりした。それでも、集中力がどこかへいってしまったというほど、演技に集中できないわけではなかった。観衆は完全に魅了されるところまではいかなかったものの、楽しんでいた。

幕あいのときに、ふっと直感のようなものがひらめき、楽屋から切符売り場へ電話して、デリクが招待券を取りにきたか確かめた。だが答えは、いいえ、だった。彼はきていなかった。

二幕目は一幕目よりまだもっと気が散っていて、どんなに努力しても、ほかの人たちの台詞の合間に、どうして彼は姿を見せなかったんだろうと考えずにはいられなかった。彼はくると言っていた。楽しみにしていると言った。何があってこられなかったんだろう？

わたしがステージからおりたあと、彼のチケットは請求されずに封筒に入ったままになっていることを、切符売り場が確認した。わたし宛のメッセージはなかったし、デリク・オズウィンからの連絡もなかった。彼はこなかった。くるつもりはなかったのだ。

幕がおりてから二十分後に楽屋口で彼と会う手はずになっていた。ほかの出演者たちからレストランへ場所を移そうとくり返し誘われたのを断り、わたしは三十分が経つまでそこで待った。そのあと、タクシーを呼びとめてヴァイアダクト・ロードに向かった。

そこは夜遅くにはいちだんと静かな場所だった。車の流れはプレストン・サーカスの信号によって管理されながら、なおも活発に行き交っていたが、その量は昼間よりは減っていた。ほとんどの家は暗闇につつまれていた。歩行者はまったく見当たらない。驚いたことに、七七番地には玄関に明かりが灯っていた。居間の開いたカーテンごしにかすかな光が見える。部屋自体は無人のように見えた。わたしはドアをノックして待った。応答はなかった。そこでやむなくノッカーを使って、もっと強く長くドアをたたいた。たとえデリクがベッドで眠っていようと、彼をそのままにしておくつもりはなかった。

やはり返事はない。かがみこんで郵便受けごしに目を細めて覗いた。すると、玄関と階段の下半分と、明かりの灯っていない台所の出入り口が見えた。さらにフックに掛けてあるデリクのダッフルコートの厚ぼったい裾の部分が目に入った。あれを着ないで彼が出かけたとは思えない。彼はうちにいるにちがいない。

だがそのとき、ほかのことに気づいた。階段の手すりの小柱二本が折れていて、そのポキッと折れた半分が四十五度の角度で突き出ている、階段に立っている誰かに蹴られたかのように。おそらくは玄関の敷物をくしゃくしゃにしたのと同じ誰かに。つまずかずにその敷物の上を歩くことはできなかっただろう。

「デリク！」郵便受けごしに大声で呼びかけた。しかし、何も動く気配はなかった。わたしは居間の窓のほうへ移動し、なかを覗きこんだ。わたしにわかるかぎりでは、おかしいところは何もなかった。カーテンが、レースのもふくめ、開いたままになっているのが妙だったけれど。そういえば昼間、デリクが窓をぴしゃっと閉めたとき、レースのカーテンは開いていた。もしかしたら――

案のじょう、彼は掛け金をちゃんと掛けていなかった。わたしが彼の気を散らしてしまったにちがいない。そのあと彼はそのことを忘れてしまったのだ。窓には錠がかかっていなかった。

わたしはあたりを見まわした。見えるところには誰もいない。ひと続きの車の流れが通り過ぎるのを待ってから、サッシを押し上げた。木のきしむ音が大きく響くように思われたが、べつに異常な音ではないだろう。もう一度通りを見渡したあと、窓枠に片脚をかけて家のなかへ這いこんでから、背後の窓を閉めた。

台所で時計が重々しく時を刻む音が、ことさら大きく響く静寂のなかで、他人の家につきものの、いわく言いがたいにおいがわたしを迎えた。その場に立っているあいだに目が薄暗がりに慣れてきた。そのとき、デリクの本が本棚の下の床に散らばっているのが目にとまった。部屋のなかは、ほかには何も乱れていない。けれども、こんな状態にしておく必要はなかった。デリクがこんなことをするはずはない。彼なら『タンタン』のコレクションを乱雑に床に放り出すことはおろか、その一ページたりとも折り目をつけたりしないだろう。

玄関へ出ていって、階段を見上げた。踏み段のいくつかに泥の靴跡がついている。デリクのもの？　そうは思えなかった。踊り場へのぼっていったが、そこにも明かりがついていた。浴室と、寝室が二つあり、表側の寝室にはダブルベッドと鏡台が置いてあった。そこはデリクの両親の寝室で、彼らがいなくなってからも、そのままにしてあるのだろう。裏側にある彼の部屋はドアがすこし開いていて、なかには明かりが灯っていた。

ドアをいっぱいに押し開けた。ベッドで眠った形跡はなかった。窓のそばにデスクがあって、その真ん中に、インクのしみのついた吸い取り紙がきちんと置かれ、その両側には、アングルポイズランプと地球儀がのっている。デスクの引きだしは引き開けられていた。部屋の中央には木製の収納箱が、ふたが開いたまま仰向けになって床にころがっていて、中身が暖炉の前の敷物の上に散乱している。写真のアルバム、古い子ども向けの年鑑、大切にされてきた古いテディーベア、そして大量の紙。

わたしは部屋に立って、散乱したデリクの記念の品々を見下ろしながら、残されたこれらの手がかりから事件を再現しようとした。踊り場へ出ていき、階段を見下ろした。壊れた手すりの小柱、くしゃくしゃになった敷物。それらは何を意味するだろう？　訪れた見知らぬ脅迫者たちに応えてドアを開けたデリクは、あわてて二階へ引き返そうとして追いつかれ、もがいて脚をばたばたさせながら下へ引きずりおろされた。たぶんそういうことだろうとわたしは推測した。そのとき、下のドアマットの上でキラキラひかっている金属が目についた。そばでよく見るために、ばたばた階段をおりていった。

　それは裏返しになってころがっている、デリクの『タンタン』のブローチのひとつだった。ひっくり返すと、キャプテン・ハドックがもじゃもじゃの真っ黒な顎鬚《あごひげ》の奥から、にやっとわたしを見上げた。それを持って立ち上がったとき、デリクのダッフルコートが破れているのが目にとまった。ブローチは明らかにそこからはぎ取られたのだ。玄関は狭かった。それがはがれ落ちたことは誰にも、デリクにすら気づかれなかっただろう。

　ここで短時間の、だが焦点をしぼった捜索がおこなわれた。それは明白だった。標的は本棚と、寝室の収納箱とデスク。彼らはそのどこかで捜していたものを見つけたのだろう。わたしの推測では『ザ・プラスティック・メン』を。原稿――そして、その関連書類。それが答えにちがいなかった。わたしは階段の靴跡のひとつを振り返った。小さな泥まみれの樫《かし》の葉っぱがカーペットに踏みつけられている。ヴァイアダクト・ロードにいちばん近い樫の木はどこにあるだろう？ もちろん、わたしにはわからなかった。手がかりはなかった。しかしながら、ウィックハーストになら何本も樫の木がある。それはたしかだ。

彼らが目的のものを手に入れたあと、いったい何があったのか？ どうしてデリクは傷つき震えながら、ここにいないのだろう？ 彼らが連れ去ったからだ。それが理由だ。たぶん彼らはどこかで待っていたヴァンの運転手に電話して、車をここへ呼び寄せ、デリクを放りこんで走り去った。本だけが彼らがここへやってきた目的ではなかったのだ。その著者もだった。

外の舗道に適合する靴跡が見つかるだろうか？ ヴァンが猛スピードで走り去った場所には、車の横滑りの跡もあるのでは？ わたしはちょっと見てみようと、玄関のドアをじりじり小刻みに開いた。

ふいにドアがぐいと開いて、つかんでいた掛け金が手から滑り落ち、ドアが胸にぶつかって、わたしは背後の壁に押し戻された。大きな図体の男が押し入ってきて、わたしの横をすり抜け、ドアが彼の背後でぴしゃっと閉まった。

「ハイ」と言ったのはイアン・メイプル。すぐそばで目をきらきらひからせて、わたしを見つめている。

「きみか」わたしがなんとか口にできた返事はそれだけだった。

「ええ。そうですよ。おれです。劇場からあなたをつけてきたんです。グレニス・ウイリアムズは嘘をつくのがうまくないし、あなただってあまりうまくない。だから……いったい何が起こってるのか、話してくれたらどうなんです？」

わたしに選択肢はないようだった。われわれがデリク・オズウィンのアームチェアにすわっているあいだに、台所の時計はデリクの不在の秒を、分を、時を刻みつづけた。わたしはイアン・メイプルに、彼の兄を死にいたらしめたすべてのことを話した。何かを隠したところで無意味だった。グレニスが言ったように彼には知る権利があった。そしていまや、彼はその権利を主張していた。

「デニスはあなたとロジャー・コルボーンの板ばさみになって、窮境に追いつめられたんだ」彼はずばりときびしい結論をくだした。「ほかの見方はあり得ません」

「ああ」わたしも認めざるを得なかった。「そうだな」

「そして今度は、コルボーンはこのオズウィンという男をさらっていった」

「そんなふうに見える。本人が手をくだしたわけではないだろうが」

「ええ。彼が雇っているならず者が彼のためにやったんです。デニスを追いかけたのと同じならず者が」

「おそらくそうだ」

「あまり善良な男ではないようだ、コルボーンというのは、ねえ？　あなたの奥さんの意見はべつとして」

「彼女はこのことについては何も知らない」

「そろそろ知らせる時期じゃないですか？」

「彼女はわたしの言うことなんか信じないさ」

「おれが話しても彼女は信じないでしょうね」

「たぶん」

「オズウィンについてはどうしたいと思ってるんです？」

「わからない。警察に通報するかな？」

イアンは本気かねと訝るようにわたしを見た。「あなたにはコルボーンに不利な証拠などこれぽっちもないんですよ。たとえ警察がオズウィンが誘拐されたことを信じたとしても、彼らはウィックハースト・マナーへ彼を捜しに行ったりしません。それに、行ったところで、何も見つからないでしょう。あなたが話したことから判断して、コルボーンはまちがいなく自分の足跡を隠してしまいますよ。現状では、警察はほかの人間ではなく、われわれを逮捕することになりそうだ。それにおれの推測では、コルボーンはオズウィンに畏怖の念を植えつけたいだけでしょう。朝までに彼はオズウィンをここへ戻しますよ」彼は肩をすくめた。「そうでない場合は、おれは彼を訪ねていく。そして、彼が実際にどれほど手ごわいかを、この目で確かめる」

そういうことで合意をみた、わたしのほうはしぶしぶだったとはいえ。われわれはデリクが戻るのを待ち、彼に何が起こったのか確かめてから、どう対処すべきかを決めることになった。イアンは彼が戻ってくると確信していたが、わたしにはそれほどの確信はなかった。コルボーンは愚か者ではないとわたしは自分に言い聞かせた。デリクに重大な害を与えたりすれば、みずから面倒を招くことになるのだ。だがそれでも……

わたしは台所の引きだしのひとつで玄関の鍵を見つけ、立ち去るときにそれをポケットに入れた。星をちりばめた寒いブライトンの夜のなかを、われわれは南へ歩いていった。ほとんど言葉は交わされなかった。すでにデリクの家でとことん話し合っていたし、それに、どちらも相手を完全に信用してはいなかった。

われわれはエドワード・ストリートの裁判所のそばで別れた。「午前中の半ばごろにヴァイアダクト・ロードへ行ってみる」わたしは言った。「デリクが戻ってるかどうか知らせるよ。そして戻ってる場合は、彼がどんな状態かを」

「電話を待ってます」

ああ、わたしからの電話をね。けれども、寒さに広い肩をまるめながら、一度も後ろを振り返らずに、きびきびと通りを歩いていく彼を見守りながら、次には、わたしからではなく、彼のほうから指示してくるだろうと、わたしははっきりそう感じていた。

それは、わたしが日曜日に到着して以来、ずっとそんなふうだったからだ。最初がジエニー、次がデリク、今度はイアン・メイプル。それに、言うまでもなくロジャー・コルボーン。彼らはみんな、それぞれにちがうやり方で、わたしの予定に割りこんできて指図をした。彼らはみんな、わたしがなすべき最善のことを勝手に決めた。あるいは、最悪のことを、それはあなたの見方しだいだ。

あしたは昼興行がある。昼食時間からあとは『気にくわない下宿人』にたいし劇的で喜劇的な挑戦をする以外、何も考えるべきではなかった。とはいえ現在の状況では、演技をすることは、わたしにとってもっとも考えられないことのようだった。

あまりにも疲労がはげしくて、自分に問いかけるべき疑問を論理的に整理できなかった。ヴァイアダクト・ロード七七番地での光景を、わたしは正確に解釈しただろうか？　デリク・オズウィンは本当に彼の意思に反して、どこかに拘束されているのか？　ある種の冷酷なタイプのビジネスマンには、誰しも欺瞞や不正行為は当然予期するだろう。だが誘拐だとか、ひょっとしてもっと悪いこととなると、どうだろう？　コルボーンはそんなことをするにはあまりにも利口だし、狡猾だし、自信家だから、もっと目立たない方法のほうが、彼にはふさわしいはずだ。わたしは思い違いをしているのかもしれない。

そうだとすれば、わたしが心配しなければならないのはデリクだけではない。ジェニーのことも考えねばならない。彼女はどんな男とかかわってしまったんだろう？　彼女はいつもは人柄の判断が的確なのだ。彼が本当はどんな人間か彼女にはわかっているはずだ。彼がそれほど完璧に彼女を騙したとは考えられない、そうだろう？

わたしにはわからない。はっきりしない。そのことについても、ほかのことについても。まっすぐ目を向けてもそこには見えない、目の隅の外にある何か、そんなものを見ているような感じなのだ。コルボーンの卑劣な策略や、もっと卑劣な取引以外に、何かが起こっている。あまりにも多くのさまざまな矛盾する話を聞かされたために、わたしにはっきりしていることはひとつしかなかった。それは、自分が真実には近づいていないということ。自分にはちらっとも真実が見えていないということ。

だが、わたしはかならず見つけだす。

木曜日

ついに避けられない時がやってきた。けさ、ユーニスの心のこもった朝食をとってから──それはなぜかわたしを元気づけなかったが──〈シー・エア〉をあとにしたとき、太陽は雲ひとつない空の水平線近くから寒々とした光を投げていた。身を切るような東風と、自分が発見するだろう状況にたいするはげしい不安に震えながら、わたしはグランド・パレードを北へ歩いていった。

オープン・マーケットの近くでは、七十年か八十年前に、彼の毎日の通勤ルートをたどったデリク・オズウィンの祖父の足取りに、わたしはいつしか歩調を合わせていた。けれども、彼の足取りがコルボナイトに向かって、そのまま丘をのぼっていったとき、一方のわたしのほうは、ヴァイアダクト・ロードへ曲がり、七七番地のドアへと向かった。

ノックに返事はなかった。わたしの恐れていたとおりだった。デリクは戻っていなかった。なかへ入ると、昨夜と変わりない静寂がわたしを迎えた。フックに掛かったデリクのダッフルコートの横には、折れた手すりの小柱が階段の手すりから垂れさがっていたし、居間の床には本が散らばっていた。

台所をちょっと覗いてから寝室へ向かった。そこも何も変わっていなかった。デリクがずっと家に戻っていない以上、変わっているはずもなかった。ベッドに腰をおろして、イアン・メイプルに電話をかけた。

「はあ？」彼の応答はじつにそっけなかった。

「トビー・フラッドだよ、イアン。打ち合わせどおりきてみたが、彼が帰宅した気配はない」

「わかった」

「これからどうするつもりだね？」

「われわれの友達を訪ねますよ」

「用心してくれ」

「あとで電話します」そして、用心することについては請け合うこともなく、彼は電話を切った。

イアンは、わたしのその日の計画はどうなっているのか訊かなかった。おそらく彼は、わたしは劇場の仕事で手一杯なので、ロジャー・コルボーンのことは彼に任せ、どんな方法だろうと彼にもっともふさわしいやり方で自由に探らせるつもりだと考えたんだろう。しかし、マチネーのために劇場へ行かねばならなくなるまで、まだ四時間の自由に使える時間があったから、わたしはそれを有効に利用するつもりだった。

収納箱の散乱した中身のあいだから写真のアルバムを取り上げ、硬い革表紙を開いた。ページは黒の厚紙で、写真の下に添えられた説明は、白インクのカッパープレート書体で記されていた。オズウィン家のカメラに捉えられた思い出は、一九五五年七月のセント・バーソロミュー教会でのケネスとヴァレリーの結婚式で始まっていた。ケネスは痩せて胸のへこんだ、カーリー・ヘアの青年で、歯をいっぱいに見せて笑っていた。ヴァレリーはもっと痩せていて、細い骨格の、優美な、驚くほど美しい女性だった。(そのことがなぜわたしを驚かせたのかわからないが、実際、わたしは驚いた)新郎の付き添い役と新婦の付き添いの娘たちの写真も撮ってあり、名前も記されていて、新郎の付き添いの男は、ページを繰っていくと、ほかの写真にもたびたび出てきた。ケネス・オズウィンよりがっしりしていて、髪をべったりなでつけ、きびしい目つきをしている。レイ・ブラドック、または、もっとあとの説明には〝レイおじさん〟と彼に言及してあり、彼がしばしば出てくることから判断して、家族の親しい友人か親戚だと思われた。一九五八年の夏に赤ん坊のデリクがレンズの前に初登場したときにも、彼が乳母車のそばに立っていた。祖父のオズウィンはレイよりも登場数のすくない被写体だったが、ケネスをそっくり年寄りにしたような男で、ときどきは出てきたものの、祖母といっしょに写ってるものはなかった。彼女はおそらく一九五五年よりまえに死んだのだろう。ヴァレリーの両親ときょうだいたちは、もっとまれにしか出てこなかった。たぶん、どこか遠くに住んでいたんだろう。明らかにオズウィン一家はカメラを持って遠くへ旅行することはなかった。ビーチー・ヘッドが彼らにとってもっともエキゾティックな場所と言えそうだった。よく出てくる背景は、ブライトンの海岸通り、プレストン・パーク、ヴァイアダクト・ロード七七番地の裏庭といったところ。一九七二年ごろに、添え書きがちがう書体で書かれはじめたが、それはデリクの筆跡だと見分けられた。それはオズウィンじいさんが死んだころでもあった、彼がにわかにアルバムから姿を消したことが判断の基準になるとすれば。しかしながら、レイおじさんは相変わらず登場し、八〇年代はじめに写真が尻つぼみになって、未使用の数ページを残したまま終わりになってしまうまで、アルバムにとどまっていた。けっして多作な写真撮影者ではなかったオズウィン一家は、写真を撮ることを完全にやめてしまったようだった。

そのころには、ケネスとヴァレリーとレイおじさんは、二十代から鈍い感じの中年へと移行していたし、デリクは幼児から、もじゃもじゃの髪の、おずおずした態度の若者になっていた。それ以後の年月のあいだに彼はほとんど変わっていなかったが、その間に彼の両親は、彼の子どものころからのこの家に彼を独り残して二人とも死んでしまい、家族の家は彼の避難所であると同時に彼の幽閉所になってしまった。レイおじさんについては……

番号案内に電話すると、ブライトン地区にブラドック、R．という名前が載っていることを、先方は確認した。おまけに彼の住所まで教えてくれた。ピースヘイヴン、バターミア・アヴェニュー九番地。わたしはその電話番号にかけてみた。誰も出ない。留守番電話もない。まあ、いいさ、あとでまた簡単に試せる。

つづいてわたしは、デリクが『ザ・プラスティック・メン』の原本をしまってある、または隠してあると思われる、ありきたりの隠し場所すべての捜索をおこなった。洋服だんすの上と裏。ベッドの下。階段の下。台所の戸棚。もちろん、見つかるとは期待していなかった。それが彼とともに持ち去られたことには絶対的な確信があった。案のじょう、見つからなかった。

そのあと、モイラに電話をかけ、人差し指の上に中指を重ねて、協力的な気分の彼女がつかまるようにと願った。

「何かご用、トビー？」その口調からは、じれったいほど彼女の気分を判断できなかった。

「きのう、原稿を受け取ってくれただろう？」

「ええ。でも、それにたいする返事をもう用意してあると思ってるんなら──」

「いや、ちがうよ。そういうことじゃない。じつはもうひとつ頼みがあるんだ」

「デニスのニュース、すごくショックだったわ」明らかにわたしの最後の言葉は気にとめずに、彼女はそう言った。「彼がいなくなったら、ほんとに寂しくなるわ、めったに会わなかったとはいえ。彼はいつもとても朗らかだった」そのときようやく、デニスも彼女の事務所に所属していたことを思いだした、彼女がかかえているもっとも有名なタレントではなかったが。「ブライアン・サリスの話では、あなたが彼を見つけたんですってね。そうなの？」

「ああ。そうだ」

「わたしにできることがあれば……」

「じつは、あるんだよ。あの原稿とかかわりのあることなんだ」

「あれがデニスとなんの関係があるの？」

「話せば長くなるんでね、モイラ、そのことはべつの機会にくわしく話すよ。要点を言うと、あれを返してもらう必要があるんだ」

「あの原稿を？」

「そうだ」

「でも、わたしのところへ送ってきたばかりじゃない」

「わかってる。でも、今は返してもらわねばならないんだ。大至急」

「なぜなの？」

「ものすごく込み入ってて簡単には説明できない。だが重要なことなんだ、信じてくれ」

「あなたの言うこと、まるでわけがわからないわよ、トビー。最初はわたしにこれを送ってきて、これを……なんだっけ、プラスティックなんとか？　……すぐさま評価してくれと頼みこみ、そのあとすぐ、今度は返してくれと要求する」

「むちゃくちゃなことに聞こえるだろうね、それはよくわかるよ、モイラ。そうするだけのちゃんとした理由があるとぼくが言う以上、ぼくを信じてもらうしかないよ」

「あなたとデニスが昔からの友達だったことは知ってるわ。あなたはきっと気が動転してるのよ。でも――」

「どうしてもあの原稿を見る必要があるんだってば」

「わかったわよ。わかった。気を静めてちょうだい。あれが必要だから、取り戻さなきゃならないのね」

「ありがとう」

「きょうの午後、あなた宛に送らせるわ。あなたのブライトンのアドレスは？」

「じつを言うとね、モイラ……」

「なあに？」

「じつはね、誰かがぼくのところまで届けてくれないかなと願ってたんだ。きょう」

「冗談なの？」

「ちがうよ。あなたのところにはあなたの意のままに動く若者が大勢いる。その一人が数時間いなくても、どうってことないだろう？　ぼくはあまり郵便を信用してないんだ。それにこれは本当に、すごく急を要することなんだよ」

「思いだしてほしいけど、あのとんでもない代物は、あなたがわたし宛に郵送したからここに届いたんでしょう、トビー？」

「それはわかってる。でも――」

「作者にもう一部コピーをとってくれと頼めないの？」

「不可能だ」

「どうしてと訊ねても無駄？」

「まあね。ぼくの信用度の点数をかき集めて、それとこの頼みを差し引きにしてもらうしかない」

「どんな信用度の点数よ？」

「聞きわけてくれよ、モイラ。ぼくはあなたに、ここの深い穴から助けだしてくれと頼んでるんだ」

「誰が掘ったのか、訊いてもいい？」そう問いかけて彼女はちょっと間をとったものの、わたしが答えをひねりだせるほどの間ではなく、すぐに言葉を続けたときには、その口調はふいにやわらいでいた。「ごめんなさい。あなたがかなりのストレスにさらされてるのはわかってるの。おそらくわたしにわかる以上の」そのあとの間合いのあいだに、彼女がぐっと煙草を吸いこむのが聞こえた。「いいこと、トビー。きょうは本当にそっちにまわせる人がいないのよ。でもね、あしたはわたしは自宅で仕事をすることになってるの。それを、原稿を持ってブライトンまで日帰り旅行することに取り換えるわ。そうすればランチをとりながら、モイラおばさんにあなたのトラブルを話してもらえるでしょ。それでいい？」

正直に言うと、それで仕方がないというところだった。わたしはすぐにも『ザ・プラスティック・メン』を手に入れたかった、起こった事態を解き明かす手がかりと、ロジャー・コルボーンをやっつける証拠を探しだすために。しかしながら、原稿を取りにロンドンまで出向く時間がない以上、モイラが届けてくれるまで待つしかなかった。マチネーはわたしがブライトンを離れられないことを意味する。代役もいないのに、わたしがまた舞台をすっぽかしたらどうなることか、考える勇気もなかった。モイラが自分からすすんで使いの役目を引き受けたのは、わたしの精神状態を確かめて安心したいからではないだろうか？　彼女はこの『気にくわない下宿人』の興行中に二人の所属タレントを失った――ジミー・メイドメントもそうだった――だから彼女はぴりぴり神経をとがらせているのだろう。

そうだとしても、それは彼女一人だけではないようだった。わたしはデリクの家を出て、街の中心部へ戻るバスに乗るため、角をまわってロンドン・ロードに向かった。停留所で待っているあいだにブライアン・サリスから電話がかかった。

「おはよう、トビー。調子はどうだね？」

「心配しなくてもいいよ、ブライアン。十二時には劇場に行くから」

「いや、確かめようとして電話したわけじゃない。そんなこと考えないでくれ」

「考えないようにしよう」

「本当だよ。じつはね、えー……」

「さっさと言ってくれよ、頼むから」

「わかった。すまない。レオとメルヴィンがマチネーを観にやってくるんだ。あなたにも知らせておくべきだと思ってね」

「二人そろって？」

「そうだ」

「どうして？」

「われわれがどんなふうにやってるか見るため、それだけだと思うよ」

「そんなでたらめは言わないでくれ。公演終了まであと二日しかないんだよ」

「うむ、しかし、そうかな？」

「どういうことだ？」

「メルヴィンから火曜日の夜の公演についての報告を聞いて、レオは打ち切りを考え直す気になったのかもしれん。そんな感じがしてるんだ」

「まさか本気じゃないだろう」

「ほかにどう解釈したらいいかわからないよ。きょうの午後も、火曜日の夜のように演じてくれ。そうすれば……誰にわかるかね？　それがものすごくいいニュースに繋がるかもしれん」


ブライアンのいいニュースについての定義とわたしの定義には、その瞬間にはかなりの隔たりがあった。わたしは自分が置かれた皮肉な状況にとまどいながら、南へがたがた走っていく五番のバスの上階にすわっていた。レオが本当に『気にくわない下宿人』の打ち切りをどたん場になって考え直し、ロンドンへ舞台を移すことをそれとなくにおわせているのなら、わたしは説得力のある、観客を引きつけるスターとして、ジェームズ・エリオット役を気合を入れて演じなければならなかった。ほかの配役陣も全力を尽くすものと当てにできた。手を伸ばせばつかめるところに、チャンスがあった。

だがそのチャンスは、わたしにとってはさらなる重荷だった。現在の状況では、演技にあまり思考をさけなかった。事実、まったくさくことができない。現実が俳優の人生に押し入ってくることはめったにない。ステージを離れてもステージの上と同様、見せかけがすべてなのだ。だがわたしにとっては、それが変わってしまった。完全に。

わたしが抱えているひとつのむずかしい問題は、ほかの人たちにわたしの窮境を、彼らがなるほどと納得がいくように説明することだった。だがそれは説明することがかなわない問題だとわかっていた。

そのことを強調するかのように、わたしがまだバスをおりないうちに、ブライアンからまた電話がかかってきた。

「今、メルヴィンと話をしたところだよ、トビー。彼とレオといっしょに〈オテル・ドゥ・ヴァン〉でランチをとってるんだ。シップ・ストリートにあるホテルだよ。そら、ヘネキーズがいつも利用してたところ」

「あなたもきっとすばらしい時をすごせるさ」

「でもね、あなたもここに加わったらどうかとレオが言ってるんだよ。それで電話をしたんだ。もちろん、まるまる食事に付き合えとは言わないよ。あなたのリズムを狂わせたくないからさ」彼の笑いはわたしに伝染しなかった。「一時でいいかな？　劇場までは歩いてたったの十分だから」

むろん、わたしは承知した。高い評価を受けているプロデューサーからのランチの誘いを断ったりすれば、彼が給料を払っているわたしの仲間の出演者たちはどう受けとめるだろうと考えて、承知せざるをえないと観念したのだ。レオとメルヴィンに取り入るのは、わたしの望んでいることではなかったし、そんなことをしている暇もなかったが、それでも一時になれば、わたしはそうしているだろう。

スタインでバスをおり、オリンピック競技場ふうの遊歩道を折り返して、チャーチ・ストリートのローカル・スタディーズ図書館へ向かった。なかに入ったとたん、マイクロフィルムリーダーを見つめている典型的な図書館通いの常連たちが目に入ったが、幸いにもいくつか空いている場所があった。機械を使っているそれらの人たちのなかに、《アーガス》の一九九五年十一月版を調べている人がいないように願うしかなかった。

ところが、案内所のほうへまわったとき、ほかのものを調べにきたとは考えられない人物と鉢合わせすることになった。

「トビー」ジェニーはそう言って、黒地に白で印字されているためにひどく目立つ写真コピーのページの一枚を、いそいでほかのものとひとまとめにした。「こんなとこで何をしてるの？」

〝こっちからも同じ質問をしてもよさそうだ〟と答えたいところだったが、あまりにも露骨な応酬だったから、わたしはあえて口にしなかった。黙って彼女を見てから、彼女が手にしている紙切れに視線を落とした。ひと目で、それは新聞のページの見出しとコラムであることがわかり、いちばん上にある一枚の日付までが読みとれた。一九九五年十一月十七日、金曜日。わたしは彼女に視線を戻すと、あっさりと「それだよ、それ」と答えた。

数分後、わたしたちはロイヤル・パヴィリオンの敷地内の、美術館の入り口近くに立っていた。外は、立ち聞きされる恐れがないことを保証するに充分な寒さだった。陽射しが届かない芝生にはまだうっすらと霜がはりついていて、ジェニーがしゃべると、彼女の息が大気のなかでかすかなもやになって広がった。冷気とともに怒りが彼女の頬を赤く染めていた。

「あなた、わたしをはめたのね？　わたしがどっちのほうに跳ねるか見るためのテストだったんだわ。どうも、おめでとう、トビー。紐をぐいっと引っ張って、わたしを走らせたんですものね」

「なんの話をしてるのか、さっぱりわからんよ」

「わたしは気づくべきだったわ、もちろんあなたが、イアン・メイプルをそそのかしてやらせたんだってことに」

「何をやらせたんだね？」

「とぼけるのはやめて、トビー。そんなこと無駄よ」

「イアン・メイプルと話をしたのかい？」

「知ってるくせに」

「いいや、知らない。いつのことだね？」

ジェニーは視線をそらし、ゆっくり深呼吸した。黒地に白の写真コピーが彼女の手にぎゅっと握られている。わたしは手を伸ばして、そっとそれを引っ張った。彼女は手を放した。

「印刷がきみの指にうつってるよ」わたしは関係のないことを口にした。彼女はぶるっと体を震わせ、一瞬、わたしは彼女の肩に腕をまわして温めてやりたいという衝動を感じた。が、もちろん、そんなことはしなかった。「どこかでコーヒーでも飲まないか？」

「本当のことを言って、トビー」彼女はまっすぐわたしの目を見た。「あなたがイアン・メイプルをわたしに会いにこさせたの？」

「ちがうよ」

「彼は開店直後に店にやってきたわ」ということは、わたしがヴァイアダクト・ロードから彼に電話するまえだ。彼はそのことを話してくれるべきだった。「彼はすごく――しつこかった。それに、彼がロジャーについて言ったことといったら……」彼女は頭を振った。「あんなこと、いっさい信じない」

「彼には言ったんだがね、きみは信じないだろうと」

「じゃあ、やっぱりあなたが彼を寄こしたの？」

「ちがうよ」

「でも、彼が知ってることはすべて……」

「ぼくが話したんだ。それは認める」

「オズウィンが誘拐されたという、あのたわごとも含めて？」

「実際のところ、それはたわごとじゃないよ」

「そうに決まってるわ」

「そんなに自信があるんなら、どうしてこんなものを調べたんだ？」わたしは手にした写真コピーを扇のように広げた。

「事実を思いだすためよ。ロジャーが話してくれたのはずっと以前だったから。あなたが怪しんでるかもしれないので、念のため言っとくけど」

「で、その事実とはどんなものなんだね、ジェニー？」

彼女はわたしに向かって片眉を吊り上げた。「あなたが自分で読むべきだわ」

「どうして、ちょっと話してくれないんだね？」

「あなたはわたしの言うことを信じないでしょうから」

「事実はどういうことか、それに関してわたしたちの意見が一致すれば、おたがいを信じるしかないんだよ、ジェニー」

彼女の口がぎゅっと引き結ばれ、用心深く、目の焦点がすこし遠くへそらされた。それから彼女は答えた。「わかったわ。話し合いましょう。でも、あなたはまず、《アーガス》の記事を読まなければ。そうすれば、どちらも自分たちが何について話し合ってるのかわかるから。美術館のなかにカフェがあるの。そこで待ってるわ」

わたしは周囲の建物が陽射しではなく風を遮ってくれるベンチに腰をおろして、写真コピーの紙を日付順にそろえた。

全部で七枚あり、最初の五枚が一九九五年十一月の日付だった。十一月十四日付の、サー・ウォルター・コルボーンの死を報じる、短いが、ぱっと目を引く記事には、警察のテープで封鎖された田舎道にとまっている、一台の車の不鮮明な写真が添えられていた。見出しはこうなっている。〝有名な地元の実業家、車と衝突して死亡〟さらに記事の内容は……

ブライトンに本社があったプラスティック会社、コルボナイト有限会社の元会長で、取締役社長だったサー・ウォルター・コルボーンが、昨日、ファルキングの近くの自宅、ウィックハースト・マナーのそばの小道を歩いていたとき、車にぶつかって死亡した。事故は午後三時過ぎに発生した。車、紺のフォード・フィエスタの運転者の名前は発表されていない。彼は勾留されており、警察の取り調べに協力している。

その翌日には《アーガス》は次のように報じていた。〝サー・ウォルター・コルボーンの死に続く、驚きの故殺の告発〟

警察は昨日、有名な地元の実業家であり、政治家だった、サー・ウォルター・コルボーンの月曜日の死亡事故に関連して、一人の男を告発した。ケネス・ジョージ・オズウィン（ブライトン在住、六十三歳）は故殺罪で告発され、明日、ルイスの治安判事裁判所に出廷する。

同じ日のべつのページには、高名な死者についての、べた褒めの死亡者略歴が掲載されていた。

ウォルター・コルボーンは一九二一年にブライトンで生まれた。ブライトンのホリンディーン・ロードに本社があったプラスティック会社コルボナイト有限会社の創立者の孫だったが、会社は一九八九年に閉鎖された。ウォルター・コルボーンはブライトン・カレッジで学び、第二次大戦中に軍務に服して手柄を立てたのち、オクスフォードのペンブルック・カレッジに進んだ。彼は一九五五年に、コルボナイトの会長ならびに取締役社長を父から受け継ぎ、そのあと長年にわたり西サセックス州議会議員をつとめ、その終わりのころには保守派グループの代表補佐をつとめた。彼はまた慈善事業の主催者として精力的に活動し、ブライトン・ソサエティーの著名なメンバーであるとともに、ウェスト・ピア・トラストの顧問だった。彼の社会奉仕のめざましい実績が認められて、一九八七年にはナイト爵に叙せられた。彼は一九五三年にアン・ホプキンソンと結婚し、夫妻にはひとり息子のロジャーが生まれた。彼がサー・ウォルターのただ一人の遺族である。アン・コルボーンは一九八二年に亡くなっている。

翌日の、ページのいちばん下に近い目立たないところに載っている短い記事によると、ケネス・オズウィンはルイスの治安判事裁判所によって再勾留を命じられた。ところがその翌日には、誰かが彼とコルボナイトの繋がりに気づき、事件の側面を取り上げていた。〝サー・ウォルター・コルボーン故殺容疑で告発された男は元従業員〟という見出しが掲げられ、その下の記事のなかでロジャー・コルボーンが、その行為にたいする彼の見解を明らかにしている。

故サー・ウォルター・コルボーンの息子であるロジャー・コルボーンは、昨日、サー・ウォルターが月曜日に車にぶつかって死亡したあと故殺の罪で告発された、車を運転していた男、ケネス・オズウィンは、コルボナイト有限会社の元従業員であったことを確認した。同社はブライトンに本社があったプラスティック会社で、サー・ウォルターの祖父が創立者だったが、一九八九年に閉鎖された。父親を助けて会社の経営に携わっていたコルボーンさんは、オズウィンさんがサー・ウォルターに悪意を抱く理由はまったくわからないと話した。彼はさらにこう述べている〝会社を閉鎖したときには、オズウィンさんもすべての社員と同じように、充分な慰労金を支払われたし、事業をやめたことにしても、しだいに激化する外国との競争によってもたらされた、残念ではあるが避けられない成り行きだった〟と。

なんとご立派で、なんとそつがなくて、なんと理路整然と聞こえることだろう、ロジャーの話は。クロロアニリンについても、癌についても、ペーパーカンパニーについても、巧みにかわした賠償問題についても述べられていない。一般の何も知らされていない読者がなんらかの推断をくだすとすれば、ケネス・オズウィンは恨みを抱いている、ちょっと頭のおかしい男ということになるだろうが、その詳細は彼の裁判で明るみに出るはずだった。

けれども、一九九六年二月七日水曜日の《アーガス》の記事が明らかにしているように、裁判がおこなわれることはなかった。

ケネス・ジョージ・オズウィン（六十三歳。住所、ブライトン、ヴァイアダクト・ロード）は——彼はさる十一月にサー・ウォルター・コルボーンを故殺したかどで裁判を待っていたが——昨日、ブライトンの王立サセックス州病院で死去した。彼は以前から癌を患っており、最近、ルイス拘置所からそこへ移されていた。

しかしながら、それでかならずしもことが終結したわけではなかった。二ヵ月後におこなわれた検視審問では、明らかに裁判においては徹底的に審議されたであろう問題が、おおざっぱな形だけの審理で片づけられていた。〝サー・ウォルター・コルボーンの死は不法な殺人、検視官が判定〟《アーガス》の見出しにはそう記されていた。

検視審問は昨日、サー・ウォルター・コルボーン故殺のかどで起訴されたケネス・オズウィンの裁判において、検察側が主張するはずだった申し立ての審問をおこなった。その申し立てとは、オズウィンさんが昨年十一月十三日の午後、ブライトンの北のサー・ウォルターの自宅近くの静かな田舎道で、フォード・フィエスタで彼を轢いたとき、オズウィンさんには明らかに、サー・ウォルターに重大な、生命にかかわる危害を加える意図があったというものである。

サセックス警察のテレンス・ムーア警部は検視官に次のように述べた。衝突はまっすぐで見通しのいい小道で発生し、車を調べたところでは、オズウィンさんは最初、サー・ウォルターに斜めにぶつかって彼を地面になぎ倒し、そのあと車をバックさせて彼を轢いた。オズウィンさんの精神状態に関して疑問があったために、謀殺罪ではなく故殺罪が採択されたもので、それは限定責任能力（精神障害のため、理非善悪を弁識する能力や弁識に従って行為する能力が著しく減退した状態で、減刑の対象になる）の訴えを充分に正当化したであろう。オズウィンさんは当時、癌を患っており、その後、裁判を待っていたあいだに癌により死亡した。ムーア警部はさらにこうつけ加えた。オズウィンさんはサー・ウォルターを故意に殺害したことは終始否定したが、問題の午後に何があったのかは、いっさい説明しなかった、と。

検視官は事件要点の説示のなかで、オズウィンさんの裁判の結果は疑問の余地のないものとは言えないし、言うべきでもないが、サー・ウォルターの死に関しては不法殺人という評決が明らかに適切であったと述べた。さらに検視官は個人的に死者を悼む言葉をつけくわえ、彼を失ったことは社会にとって大きな損失だったと述べた。

わたしは美術館へ行き、二階のカフェへのぼっていった。ジェニーは美術品展示室を見渡せるテーブルでわたしを待っていた。そこからはわたしがやってくるのが見えたはずだが、目の前のカプチーノの泡の残りを凝視している様子が、おそらくわたしを見逃したことを示唆していた。わたしも自分のコーヒーを買って、彼女のテーブルに行った。

「オーケー。ざっと事実を把握したよ」わたしはそっと声をかけて、わたしたちのあいだのテーブルに写真コピーを置いた。「とにかく、これが《アーガス》に載ったことだ」

「ケネス・オズウィンがロジャーの父を殺害した」ジェニーはそう言って、テーブルに体をのりだし、じろじろ詮索するような眼差しをわたしに浴びせた。「そのことは認めるのね？」

「ああ」認めざるをえなかった。衝突は事故だったというデリクの言葉は、どう考えても、そうであってほしいという願いとしか思えなかった。事件についての彼の説明は事実とはひどくいちがっている。「しかし、問題はなぜかということだよ」

「彼が癌で死ぬのはサー・ウォルターの責任だと非難するためよ」

「りっぱな理由だな」

「ええ、トビー。りっぱな理由よね」彼女はわたしに目をすえたままだった。「コルボナイトの従業員の健康にたいする父親の傲慢な態度に、ロジャーは責任を負うべきだと考えてるんでしょう？」

「そうした結果を引き受ける責任を回避するために、ロジャーは父親を助けたし、そそのかしたと考えてるよ、ジェニー。ぼくが言ってるのは金銭的に責任をとることだ。それに、そのことでデリク・オズウィンを黙らせるために、ロジャーは極端な手段をとったのかもしれない、ぼくはそう考えてる」

「ばかばかしい。ロジャーがオズウィンに会いにいったことすら、まったく信じてないわ」

「それなら、デリクはどこへ行ったんだ？」

「どうしてわたしが知ってるの？」

「ずっと以前に、ロジャーはこのことをすべてきみに話したと言っただろう？」

「ええ」

「それなら、ぼくがきみに話したとき、どうしてきみはデリクの苗字に気づかなかったんだね？」

「ロジャーは父親を殺した男の名前を実際には口にしなかったわ、わたしが憶えているかぎりでは。口にしたのなら、わたしがきっと忘れてしまったんでしょう。それが重大なことだとは思ってなかったから。今でも思ってないけど」

「癌患者たちのことはどうなんだね、ジェニー？　──ペニーの補償も支払われていない。ロジャーはどうやって彼の良心をなだめてるんだ？　きみはどうやって？」

「サー・ウォルターは会社をたたむとき、明らかによからぬ方策に頼ったわ。ロジャーはそのことを秘密にしてはいない。彼はそのとき、それに抗議して、その結果、父親と仲たがいしたのよ」

「そのことに関しては、こっちには彼の言葉しかないようだ」

「わたしは彼を信じるわ」

「当然だな。そして、それが事実だと仮定しよう、議論のためだけに。本当にロジャーはクロロアニリンのことを白状しようと主張したのに、彼のおやじさんに押し切られたと仮定しよう。それなら、サー・ウォルターが亡くなって、長らく遅れていた補償を支払うために必要な資金を相続したとき、なぜ彼はそのことで何もしなかったんだね？」

「彼もそれは考えたわ。でも忠告を受け入れたの」

「へえ、そうなのか？」

「一人の患者に支払うことは全員に支払うことを意味したでしょう。そんなことをすれば彼は破産したわ」

「そうか、誰だってそんなことはできないってことか？」

「じつのところは……」

「なんだね？」

「彼は……助けたのよ……絶望的な患者数人を。ホスピスの費用とかそんなものを。でも彼は……そのことを内緒にしなければならなかった」

「すべての責任を認めるのを避けるために」

「そうよ。じゃあ、あなたは、そのことで彼を非難してるのね、トビー？　彼が自分は破産しないようにしながら、父親の与えたダメージをいくらかでも償おうとしたことを？」

「ちがうよ。本当は彼が企んだことだとぼくは疑ってる。それをそんなふうに言い繕ってるだけだ。そして、そう疑ってるのはぼくだけじゃない」

「イアン・メイプルが言ってたけど、あなたはロジャーの叔父と話をしたそうね」

「ああ。情報提供者のガヴィンとね。彼とはよく会うのか？」

「会ったことはないわ。でも、この件についての彼の話は信用できないとわかってる」

「どうしてだね？　たぶんロジャーがきみにそう言ったからだろう？」

「ガヴィンの姉のディーリアも同じことを言ってるわ」

「彼女が？」

「そうよ。なんなら、彼女があなたにも話すように手はずをととのえてもいいわ、あなたにこの……ばかげた作戦行動《キャンペーン》をやめさせるために、そうする必要があるのなら」

「デニスは死んだんだよ、ジェニー。そして、デリク・オズウィンは行方不明になっている。そんなことをこれ以上起こしてはならない。ロジャーは付き合うには危険な男だと思うね」

「へえ。それなら、あなたはわたしを護ろうとしてるんだ」

「どうしていけないんだよ、そうしては？」

「どうしてかしら、本当に？」彼女は前かがみの姿勢から体を起こし、わたしに頭を振ってみせた。「あなただってわかってるはずよね、トビー、自分が思い違いをしてることは？　デニスは心臓発作で亡くなった。悲しいことだけど、それはいつ起こっても不思議ではなかった。デリク・オズウィンに関しては、彼が家を散らかしたまま、ぶらっとどこかへ出かけたんだとしたら、どうなの？　あなたはそのことでロジャーを非難することはできないわ」

「そうかな？」

「あなたはわたしの話すことをいっさい信じる気はないのね？」

「きみはぼくの話すことを信じる気はあるのか？」

ジェニーは溜め息をついた。「お願いだから……」

「それはどちらの側にも当てはまるんだよ。きみはぼくが思い違いをしていると考えてる。でも、ぼくもまさしく、きみこそそうだと考えてるんだ」

「そうね」そこで彼女はほとんど笑顔になった。昔の、腹を立てながらも、ぼくにたいして抱いた優しさのいくばくかが、ふっと頭をもたげたのだ。「そうだわね」

「言ってくれ、どんなものなら、きみは証拠として認めるのか」

「証拠？」彼女はちょっと考えてから、ふたたび体を前にのりだした。「わかったわ。ディーリアにも文句がないわけじゃないの。だから、そのことは明らかにロジャーの不利になるはずだわ。ロジャーは彼女のコルボナイトの持ち株をガヴィンのぶんといっしょに買いとり、結局はその株でかなりの利益を得たのよ。そういうわけだから、彼女はそのためにロジャーを恨んでるはずだわ。そうでしょ？」

「そうだね」にわかに用心しながら、わたしは応じた。ガヴィンは彼の姉をロジャーの策謀の被害者同士と表現した。彼女に自分の話を確認するように頼めとさえ勧めた。ところがジェニーは奇妙にも、その件についてのロジャーの説明を、ディーリアは裏づけるだろうと確信しているように見える。もしそうなったら、わたしは自分の言い分を立証できなくなる。事実、それが誤りであることを立証するために、わざわざ出かけていくようなものだ。

「わたしといっしょに彼女に会いに行きましょう。彼女はこのすべてのいきさつを知ってるわ。それに、とても正直な人よ。そのことは保証できる。彼女がもしもあなたの側につくようなら……わたしはそれを真剣に受けとめねばならないわ」

「逆の場合は？」

「あなたがそれを真剣に受けとめるべきよ」

「どうやってわかるんだね、これが仕組まれた罠ではないと？」

「わたしを信じてもらうことね、トビー。それしかないわ」

わたしはコーヒーを飲みながら、カップの縁ごしにジェニーの顔をじっと眺めた。むろん、彼女の言うとおりだった。彼女を信じるしかない。そうしなかったら、わたしの負けだ。だがいずれにしても、彼女はわたしを誤解していた。こっちをはめようと企んでいるのではないかと、わたしが疑っている人物は彼女ではなかった。とはいえ、実際にはそれはもうどうでもいいことだった。わたしはすでに逃げ道のない状況に自分を追いこんでしまったのだから。「わかった。そうしよう」

「いつ？」

「そうだな。きょうはマチネーがあるんで時間をとりにくいが、なんとかはめこめるだろう」

「ディーリアに前もって知らせとかないとね。きょうの午後はどうかしら――公演の合間に？　彼女はパウイス・ヴィラズに住んでるのよ。劇場からは歩いてすぐだから」

「彼女の住んでるところは知ってるよ。ガヴィンが彼女の住所を教えてくれた」

「わかった。彼女に電話して説明しとくわ」

「どうして今すぐ電話しないんだ？」

「どうしてかって？」ジェニーは挑むようにわたしに向かって微笑してから、携帯電話をとりだし、番号をダイヤルした。数秒が過ぎた。それから彼女は喋りはじめたが、いそいで訪ねたいというメッセージを残しただけだった。彼女は電話を切った。「手はずをとりつけたら知らせるわ。やはり、あしたになるかもね。ディーリアはいつが都合がいいのかわからないもの。もう行ったほうがよさそうだわ。けっこう長くソフィーに店を任せてしまったから」彼女は立ち上がって写真コピーに手を伸ばしたが、すぐに気が変わった。「それはあなたが持ってればいいわ」

「ありがとう。そうすれば、きみはこれをロジャーから隠す努力をしなくてもすむからね」言ったとたんに後悔した。が、引っこめるすべはなかった。

ジェニーは呆れたような憐れみの表情でわたしを見下ろした。「あなたって本当にわかってないのねえ、トビー？」

「ぼくが？」

「そうよ。だからどうしてもわたしが、そのことをあなたに証明しなければならないようだわ」

ジェニーが去ったあとでレイ・ブラドックにまた電話してみた。やはり応答はない。もちろん彼の住所は知っているが、彼が家にいないのなら、出かけていっても無駄だ。わたしは寒くて澄みきった昼近い大気のなかへ出ていった。そこでは彫りこんだようにくっきりと影が長く伸びていた。わたしはロイヤル・パヴィリオンのいくつもの尖塔や、たまねぎ形の丸屋根に目をやり、哀れをそそる年老いたでぶのジョージ四世にたいして、こみ上げる同情心を抑えこんだ。彼が本当に望んだのは、フィッツハーバート夫人とともに心地よい家庭生活を楽しむこと、それだけだった。彼女にしても結局は、どう考えても彼の妻になるのが当然だった。（ジョージ四世は一七八五年、まだプリンス・オブ・ウェールズだったときにフィッツハーバートと結婚したが、彼女がカトリック教徒であったために無効とされた）にもかかわらず、彼らは別居することを余儀なくされた。二人が別居したのは多くの点でジョージ自身の過ちだった、ジェニーを失ったのがわたし自身の過ちだったように。だがそれを認めたところで、そうした人生の過ちに耐えるのが楽になるわけではない。実際はまさにその反対だ。

時刻は正午になったばかりで、三人の愉快な仲間のランチに合流するまえに、時間を有効に利用できるようなことはほとんどなかった。どうして自分が〈クリケッターズ〉に引き寄せられたのかわからない、それがほぼお昼の習慣になってしまったと考える以外。わたしがうっかり見過ごしていたことは、わたしの友人を自任しているシドニー・ポーティアスにとっても、それがお昼の習慣だったことだ。

「あなたに会えるとはすばらしいよ、トーブ。離れてはいられないってことだよ、なあ？」

「そんなとこだ」

「あなたに一杯おごる喜びを認めてくれよ。ハーヴェイズ・ベストを一パイントでいいかな？」

「トマトジュースにするよ、ありがとう。きょうの午後はマチネーがあるんでね」

「そうなのか。賢明だよ」彼はヴァージン・メアリーと自分のビールの追加を注文した。「暖炉のそばへ行こうか？　きょうはばかに冷えるよ」

飲み物を持って、われわれは暖炉のそばへ行って腰をおろした。シドがまたひと口ビールを飲んで唇をなめているかたわらで、わたしはウスターソースよりもまずいトマトジュースをすすり、辟易しながら、ジュースよりもさらにお粗末なクリスマスの飾り物を見まわした。

「まるまる一ヵ月、やられるんだよな？」明らかにわたしの考えを読みとってシドが言った。「流れるクリスマスキャロルに、オフィスでのパーティ。そんなもの誰が必要なんだよ、なあ？　行くべきオフィスもない異教徒には必要ないさ、たしかに」

「そのとおりだ」

「それでも、オードがあらわれてからは、おれのクリスマスも、息の根のとまりそうな憂鬱がちっとはましになったがね。ついでだけど、彼女は日曜日にあなたに会うのをほんとに楽しみにしてるよ」

「日曜日？」

「彼女があなたにランチをつくるのさ、憶えてるだろう？」

ようやくわたしも思いだした。ああ、もちろんそうだった。シドとオードといっしょの日曜日のランチ。どうしてそんなことを承知したのかな？　それはいい質問だったのに、わたしがその代わりに実際に口にした外交用語は「どうして忘れるはずがあるんだ？」だった。

「あなたは考えることが山ほどあるからね、トーブ。つい忘れたって無理ないさ」彼は内緒話をするように声をひそめた。「作戦行動《キャンペーン》はどうなってる？」ジェニーがわたしの行動を描写するのに用いたのと同じ言葉を、彼が使ったのは奇妙だと思った。それはわたしにはキャンペーンとはまるでちがうことに感じられたから、なおさら奇妙に思われた。「着実にすすんでるよ」

「それはすばらしい。かぐわしきディーリアを訪ねるときに、おれがいっしょに行く必要があるかどうか、もう決めたのかい？」

「あなたの善意につけこむ必要はないよ、シド」

「善意につけこむんじゃないさ」

「それでも……」

「いつでも言ってくれ、トーブ。ひたすら待機してるから」

「そう言ってくれるのはありがたいが……」

「むしろ独りでやりたいんだな。わかった。おれは旧交をあたためる口実を手に入れようとしてただけかもしれんよ」

「どんな旧交だったんだね？」

「うむ、そうだな、学生のころにガヴが二、三度、ウィックハースト・マナーへ招待してくれたんだ。ディーリアはおれたちより二歳年上で、最初会ったときはたしかローディーン校の六年生だった。すごくレディ然としてた。彼女は学校を出たあと、さらにオクスフォードを――それともケンブリッジだったかな、どっちかまるで思いだせないが――卒業してから、ローディーンでかなり長いあいだ教えてたんだよね。おれはずっと彼女に惹かれてたが、おれが二十代の終わりで、彼女が三十代のはじめのころに……」

彼は両手をひろげた。「おれのチャンスは消えちまった。そういうことさ。けど、たいしてチャンスがあったとは思えない。実際のところ、おれは彼女と同じ種族じゃなかったからね。彼女の義理の姉が彼女にそれをはっきりわからせたことには一点の疑いもない。アン・コルボーンはいつもおれを嫌ってた。そして、彼女とディーリアはこんなふうだった」シドは人差し指と中指を重ね合わせた。

「アン・コルボーンは若くして死んだんだろう？」

「まあね」

シドがくわしく話すのを待ったが、彼はそうしなかった。そんな寡黙さは彼らしくなかった。「《アーガス》のサー・ウォルターの死亡記事を調べたよ、シド」わたしはあとを促そうとして、そう言った。

「そうか。じゃあ知ってるんだね？」

「ああ、彼の妻は一九八二年に死んだ。サー・ウォルターの年齢から判断して、そのとき彼女は五十をあまり越えていなかったはずだ」

「書いてなかったのかね……彼女がどんなふうに死んだのか？」

「書いてなかった」

「それなら、知らないんだ」

「何を？」

「自殺だったんだよ、トーブ。アン・コルボーンは自殺した。車を運転してビーチー・

ヘッドからとびこんだ。すばらしい車ごと。ジャガーのツー・ポイント・フォー」

「自殺したのか？」

「そう、明らかに殺人ではなかった」

「どうして彼女はそんなことをしたんだ？」

「鬱病、たしかそういうことだった。そらね、〝そのころ、彼女は心のバランスを崩してた〟ってやつ。率直に言って、ジャガーをいっしょに持っていっちまうなんてこと、そうでなきゃ、できっこないよ。でもさ、フォード・フィエスタの車輪に轢かれるよりは高級な死に方だよ」

わたしはそのあとで、シドのその最後の言葉について考えた。きのう彼は、サー・ウォルターを死なせた車の運転者が故殺罪で告発されたことは知らなかったと言った。それなのに、それにかかわった車の車種を憶えているとは妙だった。〈クリケッターズ〉で話していたあいだに彼がそれを口にしたときには、わたしはロジャー・コルボーンの母親が自殺したことを知って、まだ動揺していたために、それをなんとも思わなかった。しかしながら、あとになって振り返ったとき、それは、すでにわたしが抱きはじめていた疑いを裏づけるものだと思われた。シドの饒舌《じょうぜつ》さは事実を暴露するよりもむしろ隠蔽《いんぺい》するのが目的ではないかという疑いを、彼はこれまでに打ち明けた以上のことを知っているのではないかという疑いを。

「そのときには、ディーリアはまだウィックハースト・マナーで暮らしてたと思う。アンの死は彼女にとって、たいへんな打撃だったにちがいない。もちろん、それ以後、彼女は結婚した。そしてガヴによると、夫とはうまくいってるそうだ。だから、あなたが理由を調べるつもりなら、彼女に訊けばいい。彼女だって二十年もたって、いまさらあの出来事で動揺しないだろうよ」シドはちょっと考えてから、こう続けた。「ねえ、アン・コルボーンの自殺が……このすべてと繋がってるとは思ってないだろう？」

「ああ。あなたは思ってるの、シド？」

彼は肩をすくめた。「わからんよ。ありそうもないけどさ、ねえ？　たしかにおれはそれに大金は賭けないよ。いや、それとも……」彼はにやっと笑った。「五ポンド賭けるかもしれんな」


情報を手に入れるためのシドとの話し合いのおかげで、十分遅れて〈オテル・ドゥ・ヴァン〉に着いた。わたしはまだ昔のコルボーン一族の謎に気をとられていて、ブライアン・サリスとメルヴィン・バッキンガムと、ウェスト・エンドの神格化された大物、レオ・シモンズ・ガントレットの三人組に加わって、四人組を結成するには心もとない状態だったし、そんな気分でもなかった。

わたしが着いたときには、大きな活気のあるレストランで彼らはもうテーブルについていた。メルヴィンは食前のジンを数杯飲んで、にこにこして、すっかり〝ごきげん〟になっていたが、レオは潰瘍《かいよう》がまた彼を苦しめているとでもいった顔つきだった。はなはだ劇場向きではない――興行主というより会計士といった――外見の男だったが、必要とあらば、誰にも負けないぐらい魅力を振りまいたり、むだ話をしたり、それとなく探りを入れたりするすべを心得ている。しかしながら、彼の本来の気性は無難で実利的なほうへ傾きがちで、ときとして完全に悲観的になってしまうのだった。彼が高い期待をかけてブライトンへやってきたのでないことは、ひと目で明白だった。とはいえ、実際に抜け目のない投資家である彼は、どうしてもそうせざるをえないのでないかぎり、どんな投資だろうと簡単に見切りはつけないはずだった。したがってこれはわたしにとって、今回は見切りをつける必要はないと彼を説得するチャンスだった。だがあいにく、わたしはその挑戦に立ち向かえそうもないばかりでなく、その結果にもまるで関心がないのだった。

「メルヴィンは火曜の夜の公演で、あらたなものを発見したと思ったそうだ」わたしが彼らの仲間に加わるために最初の料理とミネラルウォーターを注文したあとで、彼は医師から指示されたサラダを食べながら、そう切りだした。「きみにも、そこにあらたなものがあったように感じられたかね、トビー？」

「わかりません」

「こんなにぎりぎりになって、わからないでは説得力がなさすぎる」

「わたしに言える精一杯のことです」

「デニスの死がわれわれみんなにショックを与えてるんですよ、レオ」ブライアンが口をはさんだ。

「ああ、そうだろう」メルヴィンがワインをすすりながら言った。「死は——偉大なる平等主義者だ」

「死についてはわからん」レオが言った。「わたしに関心があるのは『気にくわない下宿人』に命があるのかどうかということだ」

「ずっとありましたよ」わたしは応じた。「われわれがうまく見つけられなかっただけです」

「はっ。きみの友達のアンウィンと同じ意見のようだな。あれは完全に共感できない演出になっている、とね」

メルヴィンはむせて、もうひと口ワインをすすった。「あのいやな男と彼の差しでがましい手紙《レターーズ》を追っぱらうことはできないのかね？」

「実際は彼の名前はオズウィンですよ、レオ」わたしは指摘した。「アンウィンではなく」さらに、メルヴィンが複数形を用いたことが頭にひっかかっていた。「あなたは手紙に複数形を用いましたね？」

「ああ、そうだよ」メルヴィンは答えた。「けさ、もう一通届いたんだ」

「きみはおそらく、自分宛のファンレターのなかに、一定の割合で妙な人間のものが混じっているのに慣れてるんだろう」レオが言った。「だがわたしにとっては、あれは目を見はるようなものだった」

「その手紙にはなんと書いてあったんですか？」

「自分で見てみろ」レオはおおげさな身振りでジャケットの内ポケットから紙切れを取りだして、わたしに渡した。「なんなら、きみがそれを持っていてくれ」

それは明らかにデリクの筆跡で、そのことに疑問の余地はなかった。もうしないとわたしに約束しておきながら、彼は二通目の手紙を送った。いや、そうだろうか？　おそらく、彼は手紙をだすのはやめると約束するまえに、きのうの朝これを投函したのだろう。実際に約束を破ったわけではないのだ。それでも、二通目をもう送ってしまったと彼はわたしに告げなかった。初めてではなかった、彼が事実を出し惜しみしたのは。それはこのあたりの習慣みたいなものらしい。それにしても、どうしてデリクはレオにまた手紙を書くことにしたのだろう？

ヴァイアダクト・ロード七七
ブライトン

BN1 4ND

二〇〇二年十二月四日

親愛なるミスター・ガントレット

わたしの前回の手紙の続きですが、ミスター・フラッドについて非常に重要なことを言い忘れておりました。彼のキャリアを押し上げるのにある程度責任のある方として、あなたは次のことにお気づきになるべきです。ミスター・フラッドが大切にされるべきであるのは、彼のかなりの演技力のためばかりではありません。彼はそれと同時に、わたしの個人的な経験からもわかるように、尊敬すべき高潔な人物です。わたしが彼を助けようとしたように、彼もまたわたしを助けようとしてくれました。ほかのミスター・フラッドのように有名な人が、わたしにこれほど多大な関心を向けてくれるとは考えられません。それは彼の性格の高潔さの反映であり、わたしはそれに謝意をあらわしたいのです。それが彼の不利益にならないように願うのみです。しかしながら、もしそれが不利益になる場合には、あなたが可能なかぎりの援助を彼に与えてくださるようお願いします。あなたが彼に与えることができる厚意を彼は当然受けるべきです、彼が自分自身の利益に関して最善の判断をくだせないときがくるでしょうから。

敬白

デリク・オズウィン

「彼は二度と手紙を寄こさないだろうと請け合ったよね、きみ」わたしが手紙をたたんでポケットに入れるあいだに、メルヴィンがなじるように言った。「これが毎度のことになるのかね？」

「いいえ。けっして」

「最初は、彼はメルヴィンの演出に疑問を投げかけた」レオが言った。「今度はきみの評価ときたよ、トビー。なんとも差しでがましい男じゃないかね？」

「ええ、そのようです。でも、手紙はもうこれが最後です」

「ほんとかね？」

「ゆうべ、あなたは彼にチケットをとってやったね、トビー」ブライアンが口をだした。「彼は取りにこなかった」

「彼は町から出ていったにちがいない」

「いい厄介払いだよ」メルヴィンがつぶやいた。

ある点では、わたしはその感情に共鳴したかった。わたしが信じているように彼が面倒に——大きな面倒に——巻きこまれているのなら、それは彼自身が招いたことだ。とはいえ、わたしはジェニーを取り戻すためだけに、彼をそこから救いだそうとしているわけではなかった。彼は彼独特の奇妙に鋭いかたちで、ことを把握しているように見えたから、彼が感じているはげしい怒りのせいで、わたしはデリクを助けようとしているのだった。一部の人たちの意見では、わたしはすでに自分自身の利益について、最善の判断をくだせなくなっていた。そして、そのほかの人たちの意見では、これまでわたしに最善の判断がくだせたためしはなかった。だが、あいにく、重要な判断をくだす人間はわたししかいないのだ。

けれども『気にくわない下宿人』の未来に関しては、そうではなかった。それはレオ・ガントレットの判断にかかっていた。

「わざわざやってきたのが無駄にならなければいいんだが」彼はチェリートマトにフォークを突き刺しながら、不機嫌につぶやいた。

「心配いりませんよ、レオ」わたしはすこし虚勢をはって、自分は多才な俳優ですよとばかりに同席者たちににっこりしてみせた。「あなたは弾む足取りで、歌いだしたい気分で、ロンドンへ戻られるだろうと請け合います」

レオは意地の悪い目つきでちょっとわたしを見つめてから、こう言った。「きみはあれをいまいましいミュージカルに変えようとしてるんじゃないだろうな？」

ブライアンとわたしはコーヒーを飲むレオとメルヴィンを（メルヴィンのほうはブランデーだったが）残して、二時までに劇場に着くようにその場を立ち去った。クリスマスの買い物客の群れのあいだを縫うようにしながらノース・ストリートを歩いていたとき、ジェニーが電話をかけてきた。

「ディーリアに話したわ、トビー。午後遅くに会えるそうよ。何時に体があくの？」

「五時十五分ぐらいに終わるから、パウイス・ヴィラズに……六時十五分前には行けるだろう」

「わかった。あなたが着くころには、わたしもそこへ行ってるわ。一五番地よ」

「知ってる。それでけっこうだ。だがねえ……」わたしは一軒の戸口のほうへにじり寄りながら、ブライアンに先に行けと手を振った。彼は足を進めたものの、盗み聞きできないところまで離れただけだった。「ジェニー、ぼくがディーリアと話をするときに、どうしても持ちださねばならないことがあるんだが、きみが……そのことを知ってるかどうかわからなくて」

「あら、そう。どんなこと？」

「ロジャーのお母さん、アン・コルボーンのことだ」

「ふうん？」

「彼女は自殺したんだよ、ジェニー。彼女とディーリアはかなり親密だったようだ。ぼくは……そのう、きみにそのことを……だしぬけに聞かせたくなかったんだ」

ジェニーが応じるまえにごく短い間があったが、それは説明もいらないぐらいの、わずかな間だった。「もちろん、ロジャーのお母さんのことは知ってるわ、トビー。それはべつに秘密ではないから」

「それならいいよ」〝ぼくは今、きみに大きな恩恵を施したんだぞ、ジェニー〟と内心ひそかに考えた。〝きみにはそれがわかってるのか？　これでぼくが着くまえに、きみはディーリアとこの問題をきちんと整理できるんだ。ぼくのおかげで〟「ちょっと……確かめたかっただけだ」

「そう、これではっきりしたわね」

「ああ。オーケー。じゃあ、あとで」


わたしはブライアンに追いついて、舞台が終わったらすぐに劇場を出なければならないことを彼に説明した。レオとメルヴィンといっしょに結果についての話し合いをする時間はないことを。ブライアンはこれを聞いて明らかに狼狽した、彼らは夜の公演までここにいるわけではなかったから。だが、わたしは彼にこう告げた。「あなただってわかってるように、どうするのがビジネスにとっていちばんいいかは、レオが決めるよ、ブライアン。ぼくが何を言っても言わなくても」

自分の更衣室という避難所にたどり着き、わたしはようやくほっとして、ある意味では、これからステージに立つことに安らぎを覚えた。いつものように公演中にアドレナリンが体じゅうを駆けめぐることはないだろうが、コルボーン家とオズウィン家の過去と現在にかかわってしまった今のもつれた複雑な状況を、二時間のあいだ心から押しておくには充分だと確信した。

舞台衣装に着替え、ちょっとメーキャップをほどこしてから、静かにすわって、ジェームズ・エリオットの人格ならびに思考のなかに自分を投入しようとした。開演十五分前のアナウンスがあり、そのあと五分前が告げられた。そのとき、いつもはスイッチを切ってある携帯が鳴りだした。心の準備をするための慣例にしたがってそれを無視すべきだった。だが、言うまでもないが、わたしはそうしなかった。

「はい？」

「イアン・メイプルです、トビー。どうしても会わねばなりません」

「あと五分でステージに出るんだよ」

「事態が……思いがけない方向に展開したんだ」

「待ってもらうしかないよ、イアン」

「できません」

「だが、そうするしかない」

「いつ会えますか？　どうしてもきょうの午後でなきゃ」

「わかった。今から一時間後に劇場へきてくれ。楽屋口から入るように。きみをわたしの更衣室へ案内してもらうように伝えておく。幕間のあいだに話ができるよ」

「わかりました」

彼は電話を切り、わたしはドアに向かった。


一幕目のあいだ、わたしは完全に集中力を失っていた。だがそれは、その言葉が与える印象ほどひどい状態ではないのだ。自分をコントロールするのをやめて、成り行きのままに自然に演じたとき、わたしは最高の演技をすることがある。そのマイナス面は、自分ではそうした演技を分析できないこと。それが偽りのないところだ、良かれ悪しかれ。ほかの配役陣は、レオとメルヴィンが観客席にいると知って意気込んでいただろうが、彼らがそれでどうなると考えたのか、というより、さらに重要なのは、レオはどうする意向だと考えたのか、わたしにはまったくわからない。

打ち合わせどおり、イアン・メイプルがわたしの更衣室で待っていた。彼は憂鬱そうに見えたが、意外なことに、昨夜よりはくつろいでいた。わたしが入っていったとき、彼はカウチにすわったままだった。足元の床には、わたしが数回、店の前を通ったことがあるチャーチ・ストリートの金物屋、ドッカリルズの名前入りのショッピングバッグにくるまれた、細長いものが置いてある。

「けさの電話のときに、わたしの妻のところへ行ったことを話してくれてもよかったのに」会話のとっかかりとして、わたしはそう言いながら鏡台の前の椅子のほうへまわり、彼と向かい合って腰をおろした。

「彼女と会ったんですか？」

「ああ」

「そうか」彼は髭を剃ってない顎をこすった。「あなたが会うつもりだとは知らなかったから」

「そんなつもりはなかったよ」

「でも、おれはそのつもりだった。そのことは言いましたよ」

「もういいよ。時間を無駄にしないようにしよう」われわれにそんな余裕がないのは事実だった。それに言い返したところで、明らかにイアンにはなんの効果もないだろう。

彼は思いつめた様子だった。「あれ以後どうなったんだね？　コルボーンには会ったのか?」

「会ったわけではありません。彼を見ましたがね」

「〝監視してる〟ときに見たってこと?」

「〝尾行してる〟ときに。おれは車を借りてウィックハースト・マナーへ行ったんです。入り口のほうへ走ってたとき、コルボーンがポルシェに乗って出ていくのを見つけた。それで、ともかくそのあとについていて、彼の行き先までつけていったんですよ」

「それはどこだった?」

「デヴィルズ・ダイクの駐車場。そこで一人の男がフォード・トランシットのなかで彼を待っていた。大きな男でしたよ。ものすごくでっかい」

「デニスが言ってた大男だ」

「おれもそう思った。コルボーンはそのヴァンの隣に車をとめて、彼らは数分、話をした。コルボーンが彼に封筒を渡した。そのあと、彼らはべつべつの方向へ走り去った。おれは大男のあとをつけたんです」

「彼らがきみに目をとめなかったのは間違いないのか?」

「天気がよかったんでね。ダイクにはかなりの車がとめてあったし、犬の散歩をさせてる人たちなんかもいたから、おれはそのなかに混じりこんだ。そういうことをするのはお手のものなんですよ」

「わかった。で、大男はきみをどこへ連れていったんだ？」

「フィッシャーズゲート。ここととワーシングのあいだにあって、住宅地と工場地帯が混じり合ってる地域です。フィッシャーズゲートの鉄道の駅の横に小さなみすぼらしい工業団地があって、彼はそこまで行くと、そのなかのひとつの建物に入っていった。おれが見たかぎりでは彼を待ってる者はいなかった。もちろん、内部に誰かいたのならべつだが。大きなシャッターのドアは閉まっていて、彼は脇の通用口からなかに入った。約十分後に出てきて車で走り去った。おれは尾行を続けた。彼はブライトンの中心部に向かい、リトル・ウェスタン・ストリートの貸し車庫にヴァンをしまってから、徒歩で出かけていった。おれが駐車したときには彼の姿は見えなくなっていた。それで、おれはフィッシャーズゲートへ引き返して、彼が入っていった倉庫をもっとよく調べた。人の気配はなかったし、持ち主がいるようには見えなかった。つながってる隣の倉庫の男は何も知らなかった」

「それで、どう考えたんだね？」

「彼らはオズウィンをあそこに拘束してると思う」

「何を根拠に？」

「大男がコルボーンと話し合ったあと、何かをチェックするためにあそこへ行ったから。おれはその推測を裏づけるつもりですよ」

「どうやって？」

「われわれは今夜あそこに侵入する」彼が床に置いたバッグを足の爪先で開けると、二個の頑丈なボルトカッターのあごの部分が見えた。「これがあれば、われわれは外回りのフェンスを通り抜けられるし、通用口の南京錠もこわせる」

「本気なのか？」

「コルボーンを仕留めるいちばんいい方法は、オズウィンを解放することですよ。ぐずぐずしてもなんのメリットもない。けれど……」

「なんだね？」

「おれにはあなたの援護が必要だし、もっと必要なのは、あなたからオズウィンに説明してもらうことです、おれも味方の一人だと」

「これは危険なことのようだ」

「もちろん危険ですよ。あなたは何を期待したんです？　海岸を散歩すること？」

「ただ……わたしはなんといっても俳優だからね。足手まといになるだけだ」

「おれ独りではやれません。そして、おれにはほかに助けを頼める人はいない。さあ……やってくれるんですか、どうですか？」明らかにあなたが強く望んでいる、ロジャー・コルボーンのしっぽをつかむチャンスを、みすみす逃がす気ですかとばかりに、彼はわたしをきっと見つめた。それに、イアンにもじゅうぶんわかっているように、わたしが考えねばならないことはそれだけではなかった。「ぐずぐずしていてはオズウィンを救うことはできません。彼みたいな人間が大男のようなやつに長くとらわれていればいるほど、彼にとって事態は悲惨になるばかりだ、ほんとですよ」

「きみの言葉を信じるよ」

「それなら？」

「わかった。やろう」

「夜中の十二時にマデイラ・プレースのはずれであなたを拾います。オーケー？」

わたしは頷いた。「オーケー」実際、ほかにはどうしようもないようだった。

二幕目は飛ぶように過ぎていき、頭が自動的にわたしを最後まで操縦した。拍手は心からの熱狂的なものとまではいかなかったけれど、週半ばの昼興行が引き寄せる観客は、感情をあまり表にださない控えめな人たちなのだ。そのあとの断片的な会話のなかで、ジョーカスタが希望をこめた感想を述べた。「わたしたちは再考に値するだけの印象をレオに与えたと思うわ」

そう、彼女の言うとおりだったかもしれない。しかし、たとえそうだったとしても、そのことは、今わたしが考えねばならない事柄からははるかに遠かった。『気にくわない下宿人』の二回の公演と建物に侵入する役目について考えるだけで、明らかにわたしの頭はいっぱいだった。

「ぼくがきみなら」わたしはジェームズ・エリオットの衣装を脱ぎながら、更衣室の鏡に映った自分の映像に語りかけた。「そんな役目はけっして引き受けないよ」

劇場を出たときには夜になっていた。贈り物をかかえた買い物客がノース・ストリートを足を引きずりながら歩いている。空気は冷たく、楽屋口の近くの店から流れだす有線放送の〝ジングル・ベル〟の響きがいやでも気づかせたように、あたりにはクリスマス気分があふれていた。わたしはチャーチ・ストリート沿いに足を急がせ、煙を吐きながらのろのろ進む車の列の横を歩き、ダイク・ロードを横切ってクリフトン・テラスへ入っていったが、そこにはひんやりした静かな落ち着きが広がっていた。そこから角を曲がったところがパウイス・ヴィラズだったが、そこはしゃれたヴェランダを備えた二戸建住宅が並ぶ坂道で、車道には高級車がとめてあった。

ベルに応えてジェニーが一五番地の戸口にあらわれ、高い窓のある、趣味のいい控えめな家具調度と装飾で統一された居間へわたしを案内した。心地よく赤々と燃える薪の暖炉の上には金の額縁に入った油絵がかけてあったが、それはウィックハースト・マナーを描いたものだとひと目でわかった。

ディーリア・シェリンガムが暖炉わきの椅子から立ち上がってわたしを迎えた。ほっそりとした長身、美しい骨格、地味だが優雅な服装。髪は白髪だったが、それでも、彼女の予想年齢からわたしが予期していたよりは若々しい外見だった。彼女の瞳は彼女の弟や甥よりも柔和で、彼らよりもさらにきれいな勿忘草《わすれなぐさ》のブルー。微笑も彼らより優しかったし、声もずっと穏やかだった。とはいえ、彼女の自制心の強さは一目瞭然だった。彼女がたった今まで話していたのは、彼女の義姉の自殺の事情だったのか、それともクリスマスの準備状況だったのか、まったく判断できなかった。

「飲み物はいかがですか、フラッドさん？」彼女は問いかけた。「ジェニーとわたしは紅茶を飲んでおりますの」

「紅茶をいただきます、ありがとう」

ジェニーがわたしに紅茶を注いでくれた。みんな腰をおろして、わたしもすこしお茶を飲んだ。

「夫とわたしは土曜の夜に、あなたのお芝居のチケットをとってありますの」ディーリアが言った。「わたしたち、楽しみますわよ、きっと」

「われわれの狙いも喜んでいただくことです」わたしは内心ひそかに、オートンのわいせつなユーモアが彼女の気に入るかどうか疑問だと思った。それに、土曜の夜に主役俳優の精神状態がどうなっているかも疑問だった。ディーリアにはわかっていなかっただろうが、彼女は必然的な見通しと向き合っていなかった。

「ジェニーが説明してくれましたわ、あなたの……困ってらっしゃる問題を、トビー。トビーと呼んでもかまいませんわね？　あなたのお仕事のせいで、人々が馴れ馴れしくしすぎる傾向があると思っておいででしょうね。それはあなたにとって、うんざりすることにちがいありませんわ」

「いいえ、まったく。あなたの場合はたしかに、そんなことはありません」

「よかったわ、トビー。まず理解していただかねばならないのは、わたしには外部の方と自分の家族について話し合う習慣がないことです。じつのところ、家族のほかのメンバーともほとんど話し合ったことはありません」彼女はかすかに笑みを浮かべた。「コルボーン家の者たちは感情をあらわに示さないのです。でもそれは感情がないということではありません。というか、良心が。大勢のコルボナイトの従業員を襲った病はロジャーの良心を悩ませました、当然ながら。ロジャーが彼らのうちの一部の人たちを助けようと努力したことは、ジェニーからお聞きになったと思います」

「ええ」わたしはジェニーのほうをちらっと見た。「聞きました」

「そんな努力では不十分だとお考えでしょうね。ええ、あなたが正しいかもしれませんわ。けれども、彼は身動きがとれないのです。そのことをわかっていただくべきですわ。わたし自身も何人かの人たちのために多少のことはいたしました。でもやはり、あまりにもささやかなことですわね。もちろん、わたしはコルボナイトの経営にはまったくかかわっていません。わたしには見当もつかないのです、ほかの会社が外国との競争で負けていったときに、ウォルターが事業を維持するために……どんなところを……切り詰めていたのか。けれども、それはウォルターの決断でした。ほかの誰でもなく。ロジャーの決断でなかったのはたしかです。ロジャーが会社の経営に参加してからは、仕事の安全性を高めるために彼はベストを尽くしたと信じます。ガヴィンとわたしが所有していた株を彼が買い取ったことについては、会社をうまくやっていけるという彼の自信のあらわれだと考えました。わたしは喜んで売りました。ガヴィンもそうでした。ロジャーはリスクを引き受けて、そこから利益を得たのです。どうしてわたしがそのことを恨みに思うでしょう？　ガヴィンが恨みに思っているのは知ってますが、彼は自分の間違いをロジャーのせいにしているようです。ガヴィンにはお会いになりましたね。彼がどういう男かおわかりでしょう」

「彼がよろしく伝えてくれとおっしゃってました」

その言葉で、わたしはジェニーから鋭い眼差しを浴びせられたが、ディーリアは寛容な笑みを浮かべた、自分が正当化された非難の的にされたかのように。「わたしたちは今どきの言葉では、正常に機能していない家族と呼ばれるのでしょうね。わがまま勝手によってガヴィンの性格は損なわれています。とりわけ、自分の行動にたいする責任を認めようとしないところが、彼の最大のわがまま勝手なのです」

「彼は自分が相続したものを騙しとられたと考えているようです」

「自分が儲けたわけでもないのに騙しとられたなんて、あり得ませんわ、トビー。ガヴィンにはそれがわからないのです。でもわたしは彼にたいして、あまりきびしいことは言いたくないのです。彼の兄にしても欠点がなかったわけではありません。けれども、それはすこしちがう種類の欠点でした。ウォルターは自力でたたきあげた人間ではありません。彼は三代目として、どんなふうにコルボナイトの経営を続けていけばよかったのでしょう？　でも彼は続けたかったんですよね。そして状況がちがっていたら、そうできたでしょう。一九五〇年代には会社は簡単につぶれかねない状態でした。ウォルターが事実上、独力で会社を支えたんです。そのころにはもう父親の貢献度はないに等しかった。ウォルターのおかげで、コルボナイトの従業員はおそらく二十年か三十年、余分に長く働けたんですよ。彼はそのことをまぎれもなく自分の功績だと考えていました」

「だが、そこには払うべき犠牲があった、ディーリア、そうですね？」

「ええ。あったことが、今でははっきりしてます。そのことがウォルターの最大の欠点につながるのです。自分が過ちを犯しても、絶対にそれを認めることができない。ガヴィンが用いる手は、ほかの人たちのせいにすることですが、ウォルターのは否認することでした。巨額のお金が必要になるという理由だけで、彼があそこまで癌患者にたいする責任を逃れようとしたとは信じられません。彼は自分に責任があることを受け入れられなかったんだと思います。責任を認めれば、コルボナイトが収益をあげつづけるために彼がやったことは、間違いだったということになります。当然、彼にはそんなことは認められなかった。それに彼の名声も考えねばならなかった。彼は破産よりも社会的な恥辱をはるかに恐れたんです。彼は頑固で独断的な人間でした。わたしは彼を心から愛していましたが、そう言います。ことの大小を問わず、彼は過ちを認められなかったし、認めようとしなかった。彼はすぐに激怒しました。ときには、激怒どころではないこともありましたわ」

「そのことが彼の妻を自殺に追いやったのですか？」

ディーリアは彼女の妻を自殺に追いやった……

ディーリアは彼女の亡くなった義姉に話がおよんでも、たじろぐことはなかった。ともかく、それにたいする心の準備ができていたのだ。とはいえ、彼女の顔はかすかに震えていた。二十年たってさえ、それは胸の痛む話題だったのだ。「アンは強い人ではありませんでした。もちろん、あれはウォルターのせいではなかった。とはいえ、彼は予告の徴候を無視した。充分に彼女に気を配らなかった。あまりにも多忙だったんです。コルボナイトのことで。政治活動やら、りっぱないくつもの理由があって。あんなことは起こるべきではなかった。でも起こったんです」ディーリアは暖炉のほうへ視線をそらして黙りこんだ。アン・コルボーンがビーチー・ヘッドから飛びおりて死んだことに関して、彼女に耐えられるだけのことは話したように見えた。

「ごめんなさいね、こんな目に遭わせて、ディーリア」わたしのほうをひとにらみして、ジェニーが謝った。「トビーがすべての話を聞くと言い張るものだから」

「ちゃんとした理由があるのよ、きっと」ディーリアはそう応えた。それから彼女はわたしのほうを見たが、それまでの落ち着いたまじめな表情がほんのわずかに、だがはっきりと変わっていた。ジェニーには見えなかったが、彼女の瞳に曖昧で奇妙な暗示がちらっと走った。それはわたしだけに向けられたものだった。彼女には話せることがもっとあったと、暴露できることがもっとあったと、それはひそかに仄めかした。だが同じことは二度と起こらなかった。表向きの話はもう聞かせてもらったのだ。そして、ほかの話が明かされることはけっしてないだろう。

ジェニーが戸口までわたしを見送ったが、わたしが立ち去るまえに内密で話したがっているのが見え見えだった。

「ディーリアにとって、あそこまで話すのは容易なことじゃなかったのよ」わたしたちが玄関のドアを半開きにしたままポーチに出たとき、彼女が小声で言った。「あなたが満足したように願うわ」

「満足すべきだと思うのか？」

「もちろん」

「そうか、じゃあ、そういうことにしよう」

「もっと本気でそう言ってほしいわね」

「そのつもりだよ。いつだって」

「こんなこと、もうやめなきゃね、トビー」

「あのねえ、ジェン。ロジャーがデリク・オズウィンの失踪となんの関係もないとわかれば、そして、あの気の毒な男がまた無事に姿をあらわしたら……ぼくは手を引くよ」

「あなたはディーリアの言ったことをすすんで受け入れると約束したわ」

「ちがうよ。真剣に受けとめると約束したんだ。そして、ぼくはまさしくそうしようとしている。きみにやってほしいのは用心すること。ぼくはけさ、ロジャーは危険な男だと言ったが、あれは本気だった。きみにとっては信じるのはむずかしいだろう、だからこそぼくはこれほど苦労してるんだよ」

「信じるのがむずかしいんじゃないわ、トビー」彼女はドアを大きく開いた。「信じられないだけ。あなたはいつだってそうだから」

パウイス・ヴィラズを出たときには、劇場へ戻らねばならない時間まで、わずか三十分の余裕しかなかった。途中の目立たないパブでトマトジュースとナッツをひと袋食べたのが、時間節約のひと休みだった。携帯にスイッチを入れてメッセージをチェックすると、モイラからのがわたしを待っていた。あす、自分が『ザ・プラスティック・メン』を届けると言ったことで、彼女の気が変わったのかと不安になり、その場合には、いったいどうやってあれを取り戻したらいいのかと考えながら、わたしはメッセージに耳をかたむけた。

〝トビー、モイラよ。まったくどうなってるの？　あした、わたしがあのいまいましい原稿をあなたのところへ持っていくということで、話がまとまったと思ったのに。それではだめだったのなら、あなたはそう言うべきだったわ。いずれにしても、ランチの約束はまだ生きてるのどうなの？　たぶん、知らせてもらえるんでしょうね〟

彼女はいったいなんの話をしてるんだ？　彼女のオフィスに電話したが、留守番電話につながっただけだった。自宅に電話しても同じだった。いらいらしながら、両方にメッセージを残した、わたしに関するかぎり計画に変更はないと、十二時二十七分の列車で、『ザ・プラスティック・メン』の原稿を腕の下にしっかり抱えて彼女が到着するのを、楽しみに待っていると。彼女はいつも抜け目なく、自分の携帯の番号をわたしに教えないようにしていたから、いまやわたしは考えこまずにはいられなかった、エージェントのほうからはもっと簡単にわたしに連絡がとれるのに、どうしてこっちからはそうはいかないのだろうと。

しかしながら、考えこんでいる時間はあまりなかった。わたしはすぐに〈シアター・ロイヤル〉の楽屋口へ向かって、ボンド・ストリートを歩いていった。ブライアンがわたしを出迎えてニュースを伝えた、レオとメルヴィンは自分たちが見たものにじゅうぶん満足して、ロンドンへ帰っていったと。ブライアンは、わたしやほかの出演者の気分を引き立てようとしているだけだろうとわたしは考えたが、ほかの人たちは、ウェスト・エンドに舞台が移ることによって、地方公演が先細りになり打ち切られる危機から救われたと、完全に信じているようだった。たとえばドナヒューを例にとると、いつもよりもいっそう自己満足に浸っている様子だった。けれども、フレッドはわたしとすれちがうときに、こう告げた、そのことについては、レオ・S・ガントレットよりもマンディ・プリングルのおかげだったようだよ、と。「あなたにとっては、それがブライトンだったってことだ」彼はそう言ってウインクした。「みんなそう言ってるよ」

今夜の公演については、きょうの午後の公演よりもさらに記憶がぼんやりしている。十週間前にギルドフォードで幕を開けて以来、『気にくわない下宿人』で二時間半のあいだジェームズ・エリオットを演じるのは、これで七十七回だったから、そのほとんどがひとつの漠然とした、ごちゃごちゃの記憶のなかに呑みこまれても不思議ではなかった。しかしながら、そのどれひとつとして、今夜ほど早くそのごちゃごちゃのなかに呑みこまれてしまったことはなかった。わずか数時間前に終わったばかりだというのに、それはいとも簡単に数日前の、さらには何週間か前の記憶にまぎれこんだ。あの数時間は確実にそうなってしまった。

舞台がはねたあとの仲間うちの夕食会にわたしが加わらないことに、ほかの連中も慣れてきたにちがいない。いっしょに行かないかとちらほら声がかかるぐらいのもので、誰もそれ以上誘おうとはしなかった。わたしが楽しい仲間になれそうもないことが、彼らにもわかったのだろう。

劇場を出たあと波止場まで歩いていって、フィッシュ・アンド・チップスを買い、身を切るような冷たい夜の空気のなかでそれを食べながら、真っ黒な闇のなかに見える、というより聞こえる海の向こうに目をやり、奇妙な他人事のような好奇心で、イアン・メイプルが計画したことを自分は本当にやりとおす気だろうかと考えた。その時がきたというのに、わたしはまだどうすればいいか、まったくわからないでいた。

十一時半すこしまえに〈シー・エア〉に帰り着いた。ユーニスのいつもの就寝時間は過ぎていたから、彼女の部屋の明かりが灯っているのを見て驚いたし、眠たげどころではない慌てた様子の彼女に玄関で迎えられたのには、さらに驚いた。「あなたは午前様になるのかと心配しはじめたところ」

「ああ、よかった」彼女は息を切らしてわたしを出迎えた。「あなたは午前様になるのかと心配しはじめたところ」

「そうなってたら、大変だったの？」

「普段ならそうじゃありませんよ。もちろんね。でも……あんなことがあったあとだから……」

「何があったの？」わたしが最初に考えたのは、ビンキーが事故に遭ったのではということだった。明らかに何かが起こったにちがいないが、ユーニスの家庭内の決まりきった日常を、ほかのどんなことが、こんなにもひどくかき乱すだろう？

「劇場へは電話したくなかったんですよ。あなたは自分の演技に集中しなければならないとわかってたから。でもそれをどう考えればいいかわからなくてね、すごく不安でしたよ」

「なんのことだね、ユーニス？」わたしは宿泊者用のラウンジへ彼女を導き、明かりをつけてなかへ入った。

「大騒ぎだったんですよ。わたしの神経はぴりぴりしてます」

「さあ、ここにすわって、すっかり話してくれよ」

「ええ。もちろん、そうしますよ。あなたはきっと、どうしてわたしがこんなに騒いでるのかと思ってるでしょうからね」わたしたちはガス暖炉の前の向かい合ったアームチェアに腰をおろした。「それをつけてくれますか、トビー？　ここはものすごく寒いわ」

「いいとも」わたしは暖炉をつけてから椅子に戻った。「それで、何が、えー……」

「きょうの午後、わたしは劇場だったから、わたしが買い物に出かけていたあいだのことなんです。あなたはマチネーで劇場だったから、当然、家は空っぽというわけです。彼らには、まるでそれがわかってたみたい。やってきた警官は、それは警察が……機会に乗じた行きずり犯と呼ぶものだと考えました。おそらくドラッグを買う金を探したのに、何も見つからなかったので、すぐに諦めて出ていったのだと。でも、わたしはそんなに確信はもてませんがねえ」

「わたしたちは押し込み泥棒のことを話してるのかい、ユーニス？」（それなら、警官の言葉は的を射ているようにわたしには思われた）

「何かとられたのなら、そういうことになるでしょうね。でも、そこが肝心のところです。何もとられてはいません。彼らは窓のガラスをこわして、掛け金をこじ開けた。もちろん、地下室は外の舗道からでないと見えないから、わたしのホウセンカを踏み倒し、窓をよじ登って彼らはなかに入った。でも、わたしにわかるかぎり、階下はそれ以外は何も手を触れられていない。お金を探してたにしては、そんなに一生懸命探した様子はないんですよ。わたしのシーヴァス・リーガルの瓶の横は素通りしてるし。瓶には合計すれば、かなりのコインが入ってるにちがいないのに。警官は、彼らの頭にあったのは紙幣だったと言うんですよ。でも、彼にも言いましたが、彼らがそれほどお金がほしくてたまらなかったのなら、どうしてそんなふうに選り好みするんですか？」

ユーニスの台所で、小銭――主としてさまざまな銅貨――の貯金箱として使われている、古いシーヴァス・リーガルの瓶を見たことを、ぼんやり思いだしたが、ユーニスの説明にたいしてわたしが頷くことができたのはそれだけだった。またしても、わたしは警官の言い分に賛成だった。とはいえ、それはユーニスが聞きたがってることではないだろう。

「あしたガラス屋がくるまでは、安全だとは感じられませんよ。それと、あなたにも考えてもらわねば、トビー。彼らは家捜しをしたはずです、そうでしょう？　理の当然です。あなたの部屋にお金は置いてありましたか？　警官はあなたに確かめてくれと言いました。あそこも全然かき乱されたようには見えなかったけど、どうしてわたしにはっきりそう言い切れます？」

「わたしが持ってる現金は、ポケットに入ってるものだけだよ、ユーニス。あそこには心配するようなものは何もない」そのとき、心配するものがあったことをはっと思いだした。「だが、待てよ。小切手帳が置いてあるな」

「あら、まあ」

「階上へ行って、まだあるかどうか確かめたほうがいいね。あなたはここにいてくれ。そして、のんびり構えてればいいよ。最近はカードがなければ、小切手帳だけではほとんど使い物にならないからね」

自分の部屋にたどり着いたとき、ユーニスの言ったとおりだとひと目でわかった。そこは明らかに、そしてほっとすることに、まったく荒らされていないように見えた。ベッドわきの小たんすの引きだしを開けると、小切手帳がわたしの置いたところにそのまま載っていた。なにもかも無事だった。

ただし、無事ではないものがひとつあった。小たんすからくるっと向きを変えたとき、アームチェアの横の小さなテーブルを視線がとらえた。口述録音機もテーブルの上の、わたしが置いたところにそのままあった。ところがカセット挿入口のふたが開いている。そっちのほうへ移動しながら、わたしには自分が何を目にするかが、すでにわかっていた。カセットがなくなっていた。今では震えながら小たんすのほうへ引き返して、もう一度引きだしをさっきよりも大きく開いた。その前のカセットもなくなってい
た。

きのうと火曜日と月曜日と日曜日に、わたしが密かに、心おきなくこの機械に打ち明けたすべてのことが消えてしまった。わたしが言ったこと、推測したこと、願ったこと、疑ったこと、そのすべてがほかの者に聞かれるのだ。ただ一回の簡単なレッスンで、あなたの敵にあなたに数歩先んじる方法を教えるには、あなたがやったことを、そしてこれからやろうとしていることを彼らに告げればいい。そうすれば、その話がそっくり、彼らにとってのすばらしいプレゼントになる。

プラスティックのケースに入った未使用のテープは残されていた。侵入犯は何をやるべきか正確に承知していたことを証明するかのように。わたしが録音していたことを誰も知っていたはずはない。そのかぎりでは、この盗みは日和見的なものだった。押し入ったのは探りを入れるためだった。ところが手に入ったのは、予想を超えるものだったにちがいない。

目覚まし時計によると、時刻は十二時五分前だった。イアン・メイプルはもう通りのはずれでわたしを待っているだろう。彼がやろうと提案した危険は、今では確実に二倍にはね上がっていた。テープを持っている者は誰であれ、それを聞くことができるし、われわれのやりそうなことを判断できる。イアンが大男を倉庫までつけていったことを彼らが知らないのはたしかだが、われわれがデリクを捜していることは承知している。

われわれが手をこまぬいて傍観しているつもりはないことを承知している。

時間はほとんどなくなっていた。わたしは階下へ向かった。

ユーニスは眠りこんでいた。ようやくわたしが戻ってきて、不安が薄らいだのだろう。わたしは暖炉を消し、彼女をつついて起こした。

「ああ、トビー。あなたなの。わたし、眠ってた……何もかもオーケーでした?」

「だいじょうぶだよ、ユーニス。何も手を触れられていなかった。小切手帳も無事だ」

「そう、それはよかった、でも――」

「あなたはベッドへ行かなきゃ」

「ええ。そうだわね」彼女はぎくしゃくと立ち上がり、わたしは玄関へ出ていく彼女を見送った。「何もなくなってなくて、安心しましたよ、トビー。でも、おかげでますます訳がわからなくなったけど」

「そうした薬物中毒者は、筋のとおったことをやるとはかぎらないんだ。もっとずっと悪いことになってたかもしれないよ」

「ええ、そうですね、たしかに」

「じゃあ、おやすみ。心配しないように。あなたには睡眠が必要だ。わたしたちのどちらにもね」

わたしの言葉のその最後の部分は、まぎれもない事実だった。だがわたしはもうしばらくのあいだ、目を閉じるチャンスに恵まれそうもなかった。ユーニスが階下へよちよち歩き去るのを見守り、彼女の背後で地下室のドアが閉まったあとも、彼女が引き返してくる場合の用心にもう一分かそこら待ってから、わたしは外へ向かった。

イアン・メイプルは通りのはずれに借りた車をとめていた。わたしが〈シー・エア〉のポーチから足を踏みだすと、彼はヘッドライトを光らせた。車まで舗道を三十メートルばかり歩くあいだに、計画を進めるべきではないことを彼に納得させるためのリハーサルをした。とりわけ説明するのがむずかしいのは、テープに語られた内容がどんな災いをもたらすことになるかが、わたし自身にもわからないことだった。あなたはもっと用心深くそれらを保管すべきだった、それとも、そもそも自分の考えや経験など録音しなければよかったのだ。彼はそう言うだろう。そう考えるにちがいない。どうしてそんなばかな真似がやれたんだ？　なんて厄介な足手まといなんだ、あなたは？

だが、彼はそんなことは言わなかったし、考えなかった。なぜなら、ドアを開けて助手席に滑りこんだとき、わたしははっと気づいて愕然とした、自分が彼に告げるつもりはないことに、ひと言たりと洩らす気はないことに。

「準備オーケー？」彼はわたしのほうをちらっと見ながら訊いた。

「オーケーだ」

寒い人気《ひとけ》のない夜のなかを、イアンはキングズウェイを西に向かって車を走らせた。ホーヴのリージェンシー・テラスを過ぎると、ポートスレイドの赤レンガの二軒長屋になった。彼はきちんとスピード制限を守った。言葉は交わされなかった。行程は街灯の琥珀《こはく》色の光の輪を通り抜け、さらにその先の暗闇へと伸びた。

道路が海岸からそれたあとしばらくして、フィッシャーズゲートの裏側のうす汚れた地域に入っていった。鉄橋の下を通り、居住者用道路に沿ってふたたび西に曲がり、ついに小さな工業団地の閉まったゲートに到着した。

「着いたよ」彼はそう告げて、ゲートのすこし手前に車をとめた。

ゲートのなかにごちゃごちゃかたまっているレンガ造りの倉庫や作業場には人気はなく、ほとんどの建物の荒れ果てた外見が、押し入る値打ちのあるようなものが内部にないことを示唆していた。すぐ近くに住宅があることや、高いフェンスをめぐらしてあることも、侵入を防ぐ効力があるだろう。

「このなかへは入らないのだろう？」わたしは問いかけた。「不眠症の人間が窓からちょっと外を眺めたりすれば……」

「ついてきてくれ」イアンがそう言ってドアを開けた。「今にわかるさ」

われわれは歩きだした。イアンは片方の肩に古いリュックサックをかけていた。彼が必要になると考えたボルトカッターや、そのほかの道具がそこに入っているのだろうとわたしは思った。ゲートの前にある最後の家の塀のわきに薄暗い明かりの灯った小道があり、それが線路を越える歩道橋に通じていて、歩道橋の階段を下りると、小さな無人駅であるフィッシャーズゲート駅の、誰もいない東行きのプラットフォームに出られるようになっていた。イアンが歩道橋の階段を下りはじめたので、わたしものろのろあとに続いた。下のプラットフォームは、工業団地のフェンスの手前の無人地帯からは、フェンスで隔てられていた。しかしながら、階段を下りたイアンがそばの手すりによじ登って、無人地帯に飛び下りるのを妨げるものは何もなかった。彼がついてくるようにと合図したので、わたしもそうしたが、機敏さがずっと劣るために彼に手を貸してもらわねばならなかった。われわれはいまや不法侵入していた。そしてもうすぐ、それよりはるかに悪いことをやろうとしていた。

工業団地を取り囲むフェンスのてっぺんにはレーザーワイヤーがついていて、よじ登ることは問題外だった。われわれはフェンスのすその濃い陰になっているあたりにしゃがんで、万一の用心に耳をすまし目を凝らした。が、動くものは何もなかった。不眠症の人間も、夜遅くうろつきまわる人間もいなかった――われわれ以外には。イアンは横壁がこちらを向いている倉庫を指さし「あれだ」とささやいた。シャッターの閉まった入り口までは、ごみが散らばった中庭を隔てて二十メートルぐらいしかなかった。彼はリュックサックからボルトカッターを取りだした。

そのときだった、近づいてくる列車のごとごとという音をわたしが聞いたのは。イアンも同時にそれを聞きつけ、わたしをいっしょに引っ張りおろしながら、さらに体をかがめて這いつくばった。背後のどこかで導体レールから火花が飛び、そのあと列車が駅を通りすぎていったが、まばらな乗客を乗せた客車にはあかあかと照明が灯っていた。列車はワーシングのほうに向かってごとごと走りつづけ、ふたたび視界から消えた。

「心配いらない」二人がおそるおそる頭を上げたとき、イアンが言った。「誰もわれわれを見てはいないよ。たとえ見たところで……」

あとの意見は口にしないまま、彼はボルトカッターでフェンスを切りはじめた。針金は簡単に切れて、二分後には金網に大きな半円形の穴があいた。彼はそれをぐいと引っ張って、わたしが這って通り抜けられるように支え、そのあと自分もわたしのあとから這ってきた。

錆びたトロッコと古タイヤの山のあいだのルートを選んで、われわれは大男の倉庫の前まで行った。そこでまたしても足をとめ、暗闇に耳と目を凝らした。だが、何も聞こえなかったし見えなかった。周囲には番犬の見回りを必要とするほどの建物はなかったし、近くの家からはわれわれの姿は目に入らなかった。わたしはすこし不安が薄らいできた。明らかにあたりには誰もいない。大男もわれわれがこんなことをするとは考えなかったのだろう。それとも、倉庫は意図的な目くらましかもしれない、わたしはふっとそう考えた。

それを見つけだす方法はひとつしかなかった。イアンは懐中電灯をつけ、わきのドアの南京錠がかかった掛け金に光を当てた。それから懐中電灯をこちらに渡し、南京錠のUの形のスチールの部分をボルトカッターのあごで締めつけた。それはフェンスの針金よりは頑強に抵抗した。イアンがスチールをこわそうとして力をふりしぼると、彼の前腕がぶるぶる震え、懐中電灯の光のなかで彼の息が白い湯気になった。

突然、スチールがこわれた。Uの形の部分がぽきっと折れて南京錠が地面に落ち、掛け金が前に動いた。イアンはボルトカッターをリュックサックのなかに突っこんでから、掛け金を完全にはずし、その下の取っ手をそっと動かした。ドアが開いた。彼はわたしから懐中電灯を取って戸口に踏みこんだ。わたしもあとに続いてなかに入り、背後のドアを押し閉めた。

懐中電灯の光が内部をぐるっと移動した。自分が何を期待していたのかわからなかったが、そこにはたしかにデリクの姿はなかった。倉庫は以前は車の修理場として使われていたように見える。点検用のスロープや、タイヤが半分つまった棚がちらっと目に入った。奥のほうに小さな仕切られたオフィスがあった。けれども、そこの窓にもデリクの顔はあらわれなかった。

懐中電灯の光がドアのほうへ動いた。ドアの横にスイッチのパネルがあった。「あれをつけてくれ」イアンが言った。「おれたちが何を手に入れたのか見てみよう」

わたしはスイッチのひとつを押した。すると、頭上の梁《はり》のひとつに据えつけられた蛍光灯の照明がついた。電灯管が明滅し、かすかな音を立てて明かりがともった。もうひとつのスイッチを押すと、二番目の照明がついた。暗がりは退却した。

しかし、秘密はあらわれなかった。倉庫はがらんとして埃《ほこり》だらけで、昔の車修理の道具が片隅に捨てられているだけだ。われわれはちょっとその場に立ったまま、自分たちのやっていることが正しいと示唆するものが何かないかと、あたりを見まわした。だが、何も目に入らなかったし、何も聞こえなかった。デリクが本当にここに拘束されているのなら、たとえ縛られ、さるぐつわをかまされていても、すこしは音を立てるはずだ。でも何も物音はしなかった。

われわれはオフィスの横を通って、倉庫の奥の開いたドアのほうへ移動した。イアンが懐中電灯を持ってドアのなかへ踏みこんだが、わたしに向かって頭を振りながら、すぐに出てきた。わたしはオフィスを調べにいった。そこは空っぽで、背中がこわれた回転椅子がひとつあるだけだということは、窓ごしに見えていたのだけれど。やはりほかには何もなかった。

「空振りだったようだな」倉庫の真ん中に立っているイアンのかたわらへ戻り、わたしはそうつぶやいた。

「そうは思わないね」

「きみにも見えてるだろう」

「彼はここにいる。おれにはわかるさ」

「ここにはわれわれ以外、誰もいないよ」

「いるはずだ」

「でも、いないじゃないか」

「待ってくれ。あれはなんだろう？」イアンはコンクリートの床にはめこまれている四枚の鋼鉄の板を指さした。「点検用の穴を被《おお》ってあるんだ、そうだね？」

「きっとそうだろう」わたしは彼の視線をとらえた。「何を考えてるんだね？」

「あの下に何があるか調べてみるべきだと思うよ」

彼は鋼鉄板で被われた長方形の部分へ移動し、入り口からいちばん遠い板に埋めこまれた取っ手の輪を引っ張り上げた。そっと引っ張っただけでは、びくともしなかった。鋼板は明らかに見かけより重かった。イアンは力を入れて踏ん張り、もっと強く引っ張った。

一瞬、何かの生き物が——たぶんネズミが——鋼板の下から飛びだして、壁のほうへさっと走ったのだと思った。たしかに何かが、わたしの目が追えるよりも速くその方向へ飛んでから、壁を上った。頭上で大きな裂ける音がした。見上げると、大きくて重いものが落ちてくるのが目に入った。その真下に立っているイアンに警告するために、叫び声をあげようとして口を開けたが、彼はすでにそれが落ちてくるのを目にしてさっと身をひるがえしていた。

遅すぎた。耳を聾《ろう》するような大音響を立てて、建物解体用として使用される鉄球と同じぐらいの大きさの、梨の形をしたコンクリートの塊が床にぶつかった。イアンは悲鳴をあげて倒れ、彼の逃げ遅れた片脚がその下にはさまれた。そのあと、塊を上で抑えていたロープが、衝突で舞い上がった埃の雲のなかにうねりながら垂れさがった。塊はぐらっと揺れて転がり、イアンから離れたが、そのあと、また揺り返しでイアンの上へ転がりそうになった。わたしは突進してそれを抑えてから、彼の蒼白なしかめっ面を見おろした。

「ちくしょう」彼の食いしばった歯のあいだから言葉が洩れた。「ひどいざまだ」

わたしは彼の右脚のほうへ視線を動かした。塊がまるい形だったために彼の足と膝は怪我を免れていたが、足首と、すねはぐちゃぐちゃになっている。足の角度と、ジーンズの血で黒くなった裂け目から突きだしている尖った骨を見ただけで、状況は明らかだった。「長くはこれを支えていられないよ」わたしは彼に向かって叫んだ。「動けるかい？」

「いや……」彼はその努力でぶるぶる震えながら、床の上ですこしだけ体をひきずった。「無理だ……遠くまでは」

しかし、それで充分だった。わたしは塊を転がして本来の位置に戻し、彼のかたわらに膝をついた。彼の額には汗が玉になって噴きだしていた。体は震えていたし、呼吸も浅くて、せわしなかった。

「罠だよ、これは」彼はふりしぼるように言葉を吐きだした。「呆れるほど……利口だぜ」

「きみの脚はめちゃめちゃだ。折れてる……だけじゃなくて、もっとひどい」

彼は頷いて、その情報を頭にとりこんだ。「大量に……出血してるのか？」

「いいや、そんなに大量ではない」

「見てみよう」彼は肘で支えて体を持ち上げ、横目で脚を見た。「くそっ。いい状態には見えない」彼はゆっくりと頭を床におろした。「ふたを持ち上げたために……ロープがゆるんだ。それが見えたが……間に合わなかった」

「わたしもだ」

「無事だったんだ……最初に壁にロープを結わえておいたら。さもなきゃ……」彼は頭を振って、気持ちを集中させた。「穴のなかには何がある?」

束の間、わたしは自分たちが何を見つけようとしていたのか思いだせなかった。ゆるんでいた鋼板のふたを脇へ蹴って、なかを覗いた。白い粉の入ったビニール袋がきちんと積み重ねてあるのが見えた。ほかのふたを引っ張り上げると、さらに同じものがあらわれた。「ドラッグの隠し場所だ」わたしは言った。「ここに大量に隠してある」

「くそっ」それにたいする反応として、イアンにはそれしか言葉がなかった。

わたしはふたたび彼のかたわらに膝をついた。「救急車を呼ぶよ」そう言いながら携帯電話を引っ張りだし、彼の脚の傷にちらっと目をやった。「それしか方法はない」

「やめろ」彼はわたしの腕をつかんだ。「二人とも逮捕されるよ」

「ほかに道はない。きみは歩いてここから出ることはおろか、立ち上がることもできないんだから」

「ああ。しかし……あなたはできる」

「きみをこんな状態で残していけないよ」

「でも、そうしなきゃ」彼は咳をして、ますます強くなってきたにちがいない痛みに体をちぢめた。「おれが救急車を呼ぶ」彼は自由になる手をフリースのポケットに突っこんで、自分の携帯を引っ張りだした。「そして、警察に真実を話す。ただし……今夜ここへは……独りできたと言う。おれがやろうと計画していたことを……あなたには話していないと……言うよ」

「彼らはきみの話を信じると思うか？」

「わからない。でも……われわれ二人を……泥棒だと……あるいは、もっと悪ければ……舌先三寸で面倒を逃れようとしてると……決めつけるよりは……そっちのほうを信じてくれそうだよ……そうだろう？」

「さあねえ。だって、あるはずの――」

「おれには言い争いをするだけの力はないよ。とにかく……それがおれたちがやろうとしてることだ。あなたは裏づけるんだ……おれの話を……警察が……あなたを事情聴取したときには……そうしてくれるね？」

「もちろん。でも――」

「それでいい」彼は電話機のボタンを三回押して、わたしを見上げた。「あなたはもう行ったほうがいい」

救急車の到着を待っているイアンをその場に置き去りにすることは、当然の成り行きだったとはいえ、実行するのは容易ではなかった。彼はたいへんな苦痛にさいなまれていて、彼がすこぶる必要としている医療処置を受けるまでは状態はよくならないだろう。だが彼の言うとおりだった。ここにとどまっていれば、わたしはみずから面倒を求めることになるだけだ。状況を修復するためにわたしにできることがなんであれ、それは警察の独房のなかでやれることではなかった。

サイレンの音が静寂な空気を破って近づいてきたとき、わたしは這いながらフェンスの穴をくぐり抜け、駅の歩道橋の階段に体を引きずり上げていた。階段のてっぺんに数分間立っていたあいだに、その音はさらに近づいてきた。警察車と救急車のライトが放つ光が、近くの家並みの屋根ごしに暗闇のなかに見えてきた。彼らはもうすぐ現場に到着する。わたしは歩道橋の反対側へ歩いていき、横の道へと階段を下りながら、携帯でイアンの番号にダイヤルした。

「はい？」彼の声はしゃがれ、息を切らしていたが、油断はなかった。

「彼らがやってきた」

「そうらしいな」

「気分はどうだね？」

「おれはちゃんとやるよ、トビー。心配するな。そして、二度と電話をしないで……または……病院へ連絡をとるといった……ばかなまねはしないで。オーケー？」

「オーケー」

「いずれまた」そう言うと、彼は電話を切った。そしてわたしは夜のなかへと足を急がせた。

フィッシャーズゲートの駅から〈シー・エア〉まで、長くて寒い歩きだった。わたしには考える時間があった、起こったことをすこし論理的に組み立てる時間が。イアン・メイプルはだいじょうぶだろう、というか、誰にも負けないぐらい、長い入院と警察の尋問にちゃんと立ち向かえるだろう。警察が最初に考えるのは、彼はドラッグの取引にかかわっていたにちがいないということだ。もちろん、わたしが彼らに話をすれば——わたしはそうするつもりだった——その問題は解決できる。しかし、大男がロジャー・コルボーンと結びついているということに関しては、彼らにはわれわれの言葉しかないわけだ。ドラッグと売春が事件の始まりであり終わりだと見られかねない。結局、われわれはデリク・オズウィンを見つけられなかった。彼を見つけだす必要があることすら証明できなかった。さらには、コルボーンが彼の失踪に責任があることも証明できなかった。とはいえ、彼に多少のプレッシャーをかけることはできるだろう。彼にいくつかの厄介な質問をするよう、われわれは警察に要求できる。それはたいしたことではないけれど、何もないよりはましだ。コルボーンは大男を使って汚い仕事をやらせていた。そのことはわたしには明白だ、警察にはかならずしも明白ではないとしても。しかしながら、われわれが倉庫で偶然見つけたものは大男を刑務所に入れることになるだろうから、そうなれば彼の動きを封じることができる。コルボーンは彼を使うことができなくなる。自身でやらざるをえなくなる。彼はきっとそれが気に入らないだろう。

フィッシャーズゲート駅を立ち去って一時間あまりのちに、マデイラ・プレースを重い足取りで歩いていた。寒くて疲れ果て、今夜のわれわれのぶざまな仕事の結果を頭がかろうじて繋ぎ合わせているように、足取りのほうも、片方の足の前にもう片方の足をだすのが精一杯の有り様だった。自分の部屋という聖域に早くたどり着きたいと焦りながら、〈シー・エア〉のドアに鍵を差しこんで押し開けた。

そこでわたしは、はっと足をとめた。目の前のドアマットの上に封筒が落ちている。さっきはそこにそんなものはなかった。それを拾い上げて玄関のテーブルへ持っていき、明かりをつけた。無地の茶色のマニラ封筒には名前も住所も記されていなかったので、誰が郵便受けからそれを落としたのか見当もつかなかった。中身はぶ厚くて、角がとがっていて、堅い手触りだった。ふたを破いて開き、中身をだした。

三本の口述録音機用のカセットテープがゴムバンドでひとまとめにしてあった。わたしが盗まれた数の二本ではなく三本が。ゴムバンドを引きちぎって、それらを見つめた。三本とも同じ銘柄品だった。どの二本がわたしのもので、どの一本がちがうのか見分けるすべはなかった。ただし、二本はテープの最初のところまで巻き戻されている。わたしはそんなことはしなかった。それが工夫できるかぎりの簡単なメッセージだった。その二本は聞いてから捨てられたのだ。嘲笑するかのように、わたしに返されてきたのだ。

三本目は右側のリールにテープが巻かれたままの状態になっている。たくさんではなく、すこしだけ。これがいわばもうひとつのメッセージだった。

いそいで自分の部屋へ行き、機械にそのカセットを差しこんで、巻き戻しボタンを押した。何秒かでテープは巻き戻された。そこでわたしが再生ボタンを押すと、聞こえてきたのはデリク・オズウィンの声だった。

「ハロー、フラッドさん。すみません……今回の件では。わたしがわれわれ二人を……あた、たいへんなト、トラブルに巻きこんでしまいました。じつを言うと、その……あなたにこう伝えろと……わたしは命じられました。忘れてしまえ。何もかも。訊ねまわるのはや、や、やめろ。このままそっとし、しておけ」彼は聞きとれるほど大きく息を吸った。「あなたがそ、そのようにして……日曜日におとなしくロンドンへ戻れば……彼らはわたしを解放します……無事に。そして……ミセス・フラッドに……危険が及ぶことはありません。あなたがやらねばならないのはそれだけです、フラッドさん。とにかく……何もしないこと。さもなければ——」

わたしはすこしウィスキーを注いでから、もう一度テープを聞いた。無理もないが、デリクは緊張しておどおどしているようだ。わたし自身もあまり気分がよくなかった。手でつかんだグラスが震え、ウィスキーで喉がひりひりしている。わたしが真実を探りだすのをやめさせようと、コルボーンは決心している、なぜなら、その真実には彼を滅ぼす力があるからだ。わたしは答えに近づいている、あまりにも近づいているので、彼は安心していられないのだ。テープを聞いて、彼の最悪の危惧《きぐ》が裏づけられたにちがいない。それゆえ作戦を変更した。わたしを買収しようとしたが効果がなかったから、今度はわたしを脅して追い払う計画なのだ。そして、彼がデリクにたいして何をしようとわたしが気にしない場合のために、わたしが本気で受けとめるにちがいない脅迫を、彼はもうひとつ付け加えている。ジェニーにたいするものだ。彼女を心から愛しているとか、彼女のおかげでそれ以前より善良な人間になったといった彼の言い草は、所詮《しょせん》はそんな程度のものだ。おそらく彼ははったりをかけているのだろう。だが彼のはったりにたいして、やれるものならやってみろとわたしが挑むことはけっしてないと、彼にはわかっているのだ。なぜなら、わたしは彼女を愛しているから。彼女を危険にさらすようなことは絶対にしないから。

あすになれば、警察がわたしのところにやってきて、イアン・メイプルの話を確認するよう求めるだろう。実際にコルボーンの最後通告を拒むことなく、どんなふうに彼らに協力すればいいのだろうか？　真実の追求をやめることは、追求を続けることと同じぐらいむずかしかった。そして、どうするのがいちばんいいか判断するのはさらにむずかしかった。だが、わたしはこの録音を続けようと決めた。それはわたしがくだしたひとつの決断だった。もちろん、もっと注意ぶかく管理しなければならない。それは二度と邪悪な者たちの手に渡らないようにするためには、それを持ち歩かねばならないだろう。ある意味ではそれは足手まといなものだ。だが同時に、それは出来事についての事実どおりの正確な記録なのだ。これがすべて終わったときに、その記録が必要になるかもしれない。コルボーンはわたしに無理強いして彼の命令に従わせることができると考えている。彼が正しいかもしれない。今にわかるだろう。だが、たとえ彼の読みどおりだとしても、それで事がすむわけではない。われわれが引き返せる段階は過ぎてしまったようだ。それなら、何もしないというのは選択すべき道ではない。われわれのどちらにとっても。

金曜日

わたしはけさ、ユーニスに部屋のドアをノックされ名前を呼ばれて、ようやく目が覚めた。あまりにも深い眠りのなかにいたから、目が覚めたときには混乱して頭がぼうっとしていた。前日の昼間と夜の記憶が断片的に頭のなかによみがえってきた。深夜の何時ごろまでだったのかまったくわからないが、わたしはベッドに横になったまま、自分が何をすべきか、何をすべきでないか考えこんでいた。だがそのうち、いつのまにか落とし戸が開いて意識のない世界に引きずりこまれてしまった。

「トビー、トビー」ユーニスの声がした。「目が覚めてるんですか？」

「今、目が覚めたよ」もごもごそう言いながら、目覚まし時計を見ようともがいた。時刻は十時八分前のようだ。お昼まで眠っていられただろうなと感じた。「どうしたんだね？」わたしはがらがら声を張り上げた。

「階下に警官が二人きてますよ。あなたと話したいそうです。緊急の件だと言ってますけど」

くるだろうとわかっていたとおり、彼らはやってきた、一連の質問をたずさえて。それにたいして、わたしは眠らずに何時間も考えたにもかかわらず、より適切でより安全な答えが見つかってはいなかった。「どういう件なのかな？」そう訊ねながら、わたしはぼんやり起き上がり、自分のとぼけぶりに密かに満足した。

「わたしには言わないんですよ。あなたと話さねばならないと言い張るばかりで」

「わかった。下りていくよ。でも……洗面と着替えに十分ほどかかるから」

「彼らにそう言います」


十五分後、頭がほんのわずかはっきりしてから、わたしはおそるおそる宿泊者用のラウンジへ下りていった。髭も剃っていなかったし、腿《もも》の筋肉がつっぱっていた。フィッシャーズゲート駅の歩道橋によじ登ったときの後遺症だろう。外見的にも気分的にもわたしは最高の状態ではなかった。

二人の警官が名乗ったとき、同じことがアディス警部補とスプーナー巡査部長にも当てはまったかもしれない。彼らのスーツはくしゃくしゃだったし、彼らの顔には憂鬱そうなしわが刻まれていた。二人とも夜の遅い勤務と軽食堂の炒めもの料理に慣れっこになった不健康な生活のために、腹は出っ張り、見るからに肝臓が悪そうだった。二人のうちではアディスのほうが背が低く、頭が禿《は》げていて、ガムを嚙む癖があり、気が散っているかのように目玉をぎょろぎょろさせている。抑えこんではいるが、彼にはブラック・カントリー（イングランド中部のバーミンガムを中心とする大工業地帯）の訛《なま》りがあった。スプーナーのほうは地元の人間であるように聞こえたが、だからといって、より友好的だとも思えなかった。

「こんなに早くお邪魔して申し訳ありません、フラッドさん」軽い皮肉をこめてアディスが言った。

「公演が終わったあと、わたしはたいがい深更まで床につかないものですから、警部補」わたしはそう応じ、防御の構えをとらねばならないと早くも感じていた。

「われわれもあなたがたとご同様、夜の遅くなるのが、職業上避けられない厄介な点です」スプーナーが言った。「われわれもあまり眠っておりません」

「そうですか？　それなら、お待たせしてしまって申し訳ありません。遅くなりました」

「こちらの女主人がその間ずっと相手をしてくださって、われわれの制服組の欠点について活発な意見を聞かせてくださいましたよ」

「そうです」アディスが言った。「きのう、ここに家宅侵入があったようですね」

「ええ、ありました。ユーニスはそのことでひどく動揺してました」

「でも、何も盗られなかったとか」

「そのようです」

「それに、あまりひっかきまわしてもいなかったそうですね」

「それはいささか異常なことですよ」スプーナーが口をはさんだ、わざとらしく大げさに頷きながら。

「しかしそれが、あなたがたの訪ねてこられた理由ではないと思いますが」

「はい、サー、そうではありません」アディスが応じた。「とはいえ、われわれがここへ参りました理由も……ちょっと異常なものです」

「あなたはイアン・メイプルという方とお知り合いですね？」スプーナーが訊いた。

「ええ。彼は最近亡くなった俳優仲間のデニス・メイプルの弟です。デニスは今週はじめに心臓発作で亡くなりました。イアンは二日前にここへきました、えー……」

「何があったのかを調べるために」アディスが補足した。「ええ。彼はわれわれにそう話しました」

「ねえ、警部補、はっきり言って、これはどういうことなんですか？」わたしは正真正銘とまどっているふりをした。

「メイプルさんは勾留されています。というか、彼が麻酔からさめたときには、そうなるでしょう。彼は現在は王立サセックス病院で手術を受けています」

「手術？」

「右脚のひどい骨折です」スプーナーが説明した。「われわれが彼のところに駆けつけたとき、彼はちょっとばかり窮境におちいってました。彼が昨夜フィッシャーズゲートの倉庫に侵入した理由について、何か心当たりは？」

「なんの話ですか？」

「その建物に隠匿されていた大量の麻薬が、その明白な説明だと思われます」アディスが言った。彼らは熟練した、お決まりの手順で、かわるがわる台詞を口にしながら、いまや掛け合い芝居をやっていた。「ところが、メイプルさんの説明はちがっているのです」

「あなたが最後に彼に会ったのはいつですか？」スプーナーが訊ねた。

「えーと……きのうの午後です。マチネーの幕間に劇場へ会いにきました」

「何を……話し合うためですか？」

「じつは、そのう……デニスを脅していた男を、彼は突きとめようとしてました。その男と出会ったことがデニスに……多大なストレスをかけ、それが心臓発作につながった……われわれ二人にはそんなふうに思われるんです」

「誰なんですか、その男は？」

「わかりません。わたしは会ったことがありません」

「しかし、デニス・メイプルはあなたに彼のことを話しましたね？」

「はい」

「そしてあなたは、イアン・メイプルに彼のことを話したでしょう？」

「ええ」

「それにあなたは、その男はデニス・メイプルをあなたと間違えていたと思うと、彼に言いましたね？」

「デニスがそう思っていたと言いました」

「だが、あなたはそう思ってない？」

「そう思う理由がありません」

「理由がないんですか？」アディスが口をはさんだ。

「そうです、警部補」

「本当に？」

「あのねえ、わたしは――」

「あなたはデリク・オズウィンさんと知り合いですね？」スプーナーが訊いた。

「ええ」

「それにロジャー・コルボーンさんとも？」

「ええ」

「マイケル・ソボトカさんは？」

「誰ですって？　いいえ、わたしは――」

「大きな男です」アディスが言った。「すごく大きな。ポーランド系で、われわれには知られた男です。ポン引きならびにヤク密売人の嫌疑がかけられていますが、実際のところはわかりません。彼の兄となんらかのいざこざがあったという男についてのメイプルさんの描写は、ソボトカとぴったり合致します。メイプルさんは倉庫の麻薬は彼のものだと主張しています」

「そうなんですか？」

「われわれにはまだわかりません」スプーナーが答えた。「まだ調査中です」

「そうですか……がんばってください」

「オズウィンとコルボーンとソボトカの繫がりについては、ご存じなんですか？」そう問いかけたアディスの口調がにわかにきびしくなった。

「いいえ」嘘が口をついて出た。「知りません」

「オズウィンさんが誘拐されたと信じる理由はありますか？」

「いいえ」

「または、ソボトカがコルボーンさんに雇われて、その誘拐を実行したと信じる理由はあるんですか？」

「いいえ」

「では、コルボーンさんがオズウィンさんの誘拐を企む理由については、何か心当たりでも？」

「ありません」

「メイプルさんはどうして、彼には理由があると信じているのでしょうね？」

「わかりません」

「妙ですね」アディスは冷ややかな眼差しでじっとわたしを見つめた。「あなたはご存じだと、メイプルさんは確信しておられるようです」

「われわれはここへくるまえにオズウィンさんを訪ねました」スプーナーが言った。

「家には誰もいませんでした」

「彼は出かけてるんでしょう」

「最後にオズウィンさんに会ったのはいつですか？」アディスが訊いた。

「えーと……水曜日の午後です」

「どこかへ出かけるつもりだと言ってましたか？」スプーナーが訊ねた。

「憶えてませんね。しかし……彼がわたしにそんなことを話すとは思えませんよ。われわれはそんなに親しいわけじゃありませんから」

「彼とはどんなふうにして知り合ったのですか？」

「彼はわたしのファンです」

「ほんとに？」アディスが割りこんだ。

「ええ」

「あなたはよくファンの家を訪ねるんですか？」

「彼らはふつうはわたしを招いたりしません」

「だが、オズウィンさんは招いた？」

「そうです」

「彼とはどんなことを話したのですか？」

「わたしの……キャリアについて」

「あなたのキャリア？」

「オズウィンさんがあなたの元妻を悩ませていたというのは本当ですか？」スプーナーが問いかけてきた。彼はメモ帳に当たった。「ジェニファー・フラッド。レーンズにある帽子店の経営者ですね？」

くそっ。嘘をつきとおすためには頭をすばやく回転させることが必要で、それはものすごく消耗することだった。この段階になると、わたしの説明における明白な論理的欠陥を、わたしの演技力がカヴァーしてくれるように願うしかなかった。「まだ彼女は元妻ではありません、巡査部長」わたしはうんざりしながら答えた。「実際には現在も結婚してます」

「でも別居してますね？」

「そしてじつのところ、フラッド夫人は目下、コルボーンさんといっしょに暮らしておられますね？」

「ええ」

「そうです」

「それゆえ、オズウィンさんはフラッド夫人を悩ませていたのですか？」

「彼はわたしと会う手はずを、彼女にととのえてもらいたかったのです。わたしは承知しました……彼が彼女につきまとわないようにするために」

「すると、答えはイエスのようですな」アディスがそう言った。

「水曜日の午後以後、オズウィンさんの家へ行きましたか？」スプーナーが訊ねた。

うまく嘘をつくコツは、付随的な嘘をできるだけ避けることだ。それがそのとき、わたしが固守した原則だった、その原則を放棄したい誘惑に駆られたけれど。「はい」わたしは頷いた。「きのうの朝。いちばんに。彼はいませんでした」

「なるほど」アディスが言った。「あなたが、彼はどこかへ出かけているのだろうと考えた理由が、それでわかりましたよ」

「あの家で何かおかしいと感じましたか？」スプーナーが訊いた。

「いいえ」

「それなら、郵便受けから覗いてみなかったんですね？」アディスが質問を代わった。

「ええ」彼らはそうしたと推測せざるをえなかった。

「どうしてあなたはあそこへ行ったんですか？」スプーナーがさらに追及した。

「彼のために水曜の夜の公演のチケットをおさえておいたのですが、彼はそれを取りにきませんでした。その理由を知りたかったんです。ふと思いたって出かけていったというのが、もっとも適切な説明でしょう」

「彼のことを心配しなかったんですか？」

「ええ。どうして心配しなきゃならないんです？」

「どうしてでしょうね、本当に？」アディスがそう応じた。

「メイプルさんのことですが……」

「はい？」

「あなたがたは本当に彼を告発するつもりですか？」

「あの状況からして、われわれにはあまり選択の余地がないのです。彼を現場で押さえましたからね。もちろん、われわれは事件のあらゆる面を捜査します。麻薬班がこれを引き継ぐかもしれませんが。なにしろすごい量の麻薬でしたから。事件についてのメイプルさんの説明をあなたが裏づけないかぎり……状況は彼に不利なようです」

「彼がゆうべ何をしたにせよ、亡くなった兄にたいする純粋な思いが、その動機であったことは間違いありません。そこに犯罪がらみの目的があったとは考えられませんよ」

「それはあなたの意見ですよね？」

「はい」

「でもあなたは、彼が主張しているオズウィンとコルボーンとソボトカの繋がりについて、実際に裏づけることはできないのでしょう？」

「ええ」

「そこがわれわれの問題なんですよ」アディスはちらっと微笑するあいだだけ、ガムを嚙むのを中断した。「いえ、実際には、それはむしろメイプルさんの問題なんですがね」


彼らが立ち去ったあと、わたしはユーニスにコーヒーを頼み、彼らはわたしを警察署へ連行しようとしたわけではないと彼女を安心させてから、シャワーを浴びて髭を剃るためによろよろ二階へ上がっていった。今の状況下でわたしにできるただひとつのことをしただけだと、わたしはくり返し自分に言い訳した。イアン・メイプルを裏切っても、それはあとから修復できることだ。だが、ロジャー・コルボーンに挑戦することはそうはいかないのだ。とはいえ、それが正しいかどうか自信がなかった。イアンの容疑を晴らすことは、すなわち、コルボーンにたいして挑戦することだった。彼の最悪の企みをやれるものならやってみろと挑むことだった。そしてそれは、イアン・メイプルやデリク・オズウィンよりも、わたしにとってずっと大切なジェニーを危険にさらすことなのだ。コルボーンの最後通告は彼にとって、これ以上は望めないほど効果的なものだった。

バスルームで、今ではお馴染みになった、ユーニスがドアをノックする音を聞いたとき、まずわたしの頭に浮かんだのは、アディスとスプーナーが引き返してきたのだろうということだった。それはわたしにとってじゅうぶん心が乱れる可能性だったから、思わず剃刀《かみそり》を持つ手がこわばり、その結果、顎をちょっと切ってしまった。

「またお邪魔してごめんなさい、トビー」ユーニスが声を張り上げた。「あなたに会いたいと言って、べつの方がみえてますよ」

「いったい誰なんだ、こんな時間に？」血を拭くためにトイレットペーパーをちぎり取りながらわたしは叫んだ。

「ブラドックさんという方。年配の男の方です。とてもしつこくて。あなたと話をするまでは帰らないとおっしゃってます」

レイ・ブラドックがわたしのところへやってきたのだ、こちらから出向くまでもなく。洗面台の上の鏡に映った自分の映像と向き合ったとき、わたしはげんなりした。これではいい印象を与えそうもない。「わかった」わたしは叫び返した。「すぐに下りていく」

数分後、やってきたばかりの客のために、事件についてのべつの微妙にちがう話をあわててまとめながら、わたしは宿泊者用のラウンジへふたたび下りていった。

レイ・ブラドックは七十がらみの、手足の大きい肩幅の広い男だったが、年齢と労働によって背中が曲がり胸がくぼんでいた。みごとなほど大きい耳の片方を囲んでいる補聴器を際立たせるかのように、白髪は兵士のように短く刈り上げてある。骨ばって日焼けした顔。うるんだ目が、かぶさるように生えている眉の下から、じっとわたしを見つめている。明らかに彼のものと思われるレインコートと平べったい帽子が、玄関にかけてあるのをわたしは目にとめていたが、それらはだぶだぶのツイードのジャケットと、つぎの当たったジーンズと、襟元のゆるんだシャツとぴったり調和していた。人付き合いを好まない無口な性格がひと目で見てとれた。家で待っているブラドック夫人はいないし、いたこともないのだろう。彼は誰にも頼らず、独りで気ままに暮らしている男だった。

彼は椅子から立ち上がってわたしと握手したが、その握手からは、今はもう失われた過去の力が伝わってきた。「会ってくれてありがとう、フラッドさん」彼はがらがら声で挨拶した。

「あなたはたしかオズウィン一家の友人ですよね、ブラドックさん。デリクがあなたの名前を口にしました」

「彼はわしにあんたの名前やら、そのほかいろいろ話しましたよ、フラッドさん。それでわしはここへやってきたんです」

「ほう、そうですか？」

「わしはあの子のことが心配なんですよ」

「まあ、すわりましょう」わたしは自分の椅子を彼の椅子の近くに引き寄せ、彼はぎくしゃくした動作で椅子に腰をおろした。「どうして心配なんですか？」

「警察がけさ、ヴァイアダクト・ロードの家に行ったようでね。あの子の隣人のランプ夫人から電話をもらいました。彼らは彼女に、最近、デリクを見たかと訊いたそうです。そう、彼女は水曜日以後、彼を見ていないということだが、じつは彼がわしに会いにきたのが水曜の午後でした。彼は……妙な様子だった。そのときに彼はあんたのことを話したんです。彼の本のことで、あなたが彼に手を貸してくれてるそうですね」

「ええ……たしかにわたしのエージェントのところへそれを送りました、彼女にそれを評価してもらうために」

ブラドックの眉間《みけん》に刻まれっぱなしのしわが、それを聞いてさらに深くなった。「それをあんたは読みましたか？」

「最初の数ページにちらっと目を通しただけです。それを……どう考えたらいいのかわかりませんでした」

「わしならどう考えるか言いましょう。破滅への誘《いざな》いですよ。忌まわしいコルボナイト。どうして彼は、それをそのままそっとしとけないんですかね？」

「わかりません」

「そうですか」彼はちょっとのあいだ無言でわたしを見つめてから、こう言った。「あんたにはわからんでしょうな」

「ランプ夫人は、警察がデリクを捜している理由を言いましたか？」

「彼らは洩らさなかったそうです。ところで、フラッドさん、あんたは水曜日以後デリクに会いましたか？」

「あいにく、会っていません」

「そう言われるだろうと恐れてた」

「たぶん彼は出かけてるんでしょう」

「どこへ？」

「わかりっこありませんよ」

「そうだね。あんたがわしと同じぐらいあの子のことを知っていたら、そうは言わないでしょう。彼は遠くへは行きません。強制されないかぎり。ランプ夫人は水曜の夜に、何かの騒ぎがあったのを聞いてます。彼女には何が起こってるのかわからなかった。とにかく、彼女はそれ以後デリクを見てないんですよ。彼女はきのうの朝、知らない男が家から出ていくのを見たと思ってるが、自信はないようでね。彼はドアのところから引き返しただけだったのかもしれない。運悪く、彼女には彼がはっきり見えなかった」

反対《オ・コントレール》に、それはわたしにとってはまさしく運がよかった。わたしは密かに胸をなでおろした。「彼が家にいないのはたしかなんですか？　つまり、もしかしたら彼は……隠れてるだけかもしれない」

ブラドックは首を振った。「わしはスペアキーを持ってるんです、フラッドさん。それでなかに入ってみた。わしは心配だった……そう、あんたはデリクのような人間は知らんでしょうな？　彼はきわめて強い気性の持ち主ではない。とにかく、彼はあそこにはいなかったし、あそこはすこし荒らされていた。物がひっくり返ったりしてね。わしは彼のことを心配せずにはいられないんです。わしは彼の名親だからね。彼の母親と父親が亡くなった今では、わしに……責任があると思うんですよ」

「わたしに手助けできればいいのですが」

「デリクがわしに話したことから判断して、彼はあんたにとって迷惑なことをしたようだ。あんたの奥さんの店のまわりをうろついたりして。正直に言うと、あんたが彼のところに警察を差し向けたのかもしれないと、ふっとそう考えたんです。あんたを責めることはできません。あの子の最大の敵は彼自身なんだから」

「けれども本質的には気立てのいい人間ですよ。彼には危険なところはありません。わたしは絶対に警察に苦情をもちこんだりしてません」

「あんたは彼を気の毒に思ってるようだ。ええ、そのことではあんたを信用しますよ。あんたのような立場の人がデリクのような男と付き合う必要はない。それはわかります。ただねえ、彼が、えー、言ったんだが、あんたの奥さんは……ロジャー・コルボーンと……親密な関係だそうですね」

「ほう。彼が言いましたか？」

「もちろん、わしには関係のないことです。そのことでは、デリクだってそうだ。しかし、コルボーンというのは彼の父親同様、いい加減に扱える男じゃない。わしは軽々しくそう言ってるんじゃありませんよ、フラッドさん。コルボーンがデリクのそのいまいましい本のせいで本当に動揺したんなら、あの子が太刀打ちできるはずはない……」物思いに沈みこんでしばらく黙りこんでいるあいだ、ブラドックの顎の筋肉が歯ぎしりによって引き攣《つ》れた。それから彼は口を開いた。「あの子はどうにもならない深みにはまってしまった。そういうことになります。彼がそっとそのままにしておきさえすれば……」

「コルボナイトについてはすべて承知してます、ブラドックさん。それに、サー・ウォルター・コルボーンの死にさいして、デリクの父親がはたした役割についても。わたしには……あなたの不安がわかります」

「でも、ほんとにわかりますかね？」

「あなたがとても元気そうなので、じつはほっとしてますよ」

「昔のコルボナイトの工員にしては、ということですか？」ブラドックは呻《うめ》くような声で言った。「わしは早くに辞めたんですよ。皮膚が黄色くなってきたのに気づいたときにすぐ。ああ、そうです、あそこはそれぐらいひどかった。わしは協同組合の賃金の安い仕事についた。ケンにも辞めるよう説得しようとしたが、彼はヴァルとデリクを養わねばならないから金が必要だと言った。コルボナイトが、息子の仕事を見つけられる唯一の会社だと彼は考えたんです。そう、そのことでは彼が正しかったでしょう。それに、ほかにも理由があった。今ではわしにも、それがわかります。ケンはわしにすら手の内を明かさなかったんですよ」

「サー・ウォルターの死は事故だったと、デリクは考えているようです」黙って回想している老人を促すには、控えめにしているだけではだめだと気づき、わたしはそう言ったが、謎の核心に迫りたくて、われ知らず焦っていた。

「あれは事故ではなかった」ブラドックはそう答えて、唇をぎゅっと引き結んだ。

「あなたとケネス・オズウィンは親友でしたね」

「そうでした。子どものころからの」

「驚いたでしょうね……彼があんなにも過激な行動に出たときには？」

「もちろんです。彼は復讐なんかするタイプじゃないと、わしは言ったでしょうな。でもねえ、彼は復讐のためにやったんじゃないと、あとでわしに話しましたよ」

「じゃあ、どうして？」

「彼は言おうとしなかった。あれはヴァルとデリクのためだったとしか」

「どうしてそういうことになるんです？」

ブラドックは肩をすくめた。「彼は死にかけてる状態だった。どうしてあんなことをしたのか、自分自身わかってたのかどうか。ヴァルとデリクがそれによって得られるものなど何もなかった。彼はきっと……とりとめのないことを口にしたんですよ」

「でも、サー・ウォルターには自分に何が起こるのかわかったと思いますか、動機がなんであったにせよ？」

ブラドックはその質問をじっくり考えてから、頷いた。「それが自然的正義であったことは否定できません。大勢の善良な男たちが、コルボーン家が儲けるために若死にした。だが、それが世の中の仕組みってもんです。それと戦うことはできません」

「ケネス・オズウィンは戦おうと決心したのかもしれない」

「そうかもしれない。だがそれは彼にとっては、神にたいして申し開きすべきことです。わしは今、デリクが同じゲームにかかわろうとしたのではないかと考えて、悩んでるんですよ」

「このことをどうするつもりですか？」

「わしにできることは何もない。警察に行ったところで、あの子にとって事態がさらに悪くなるだけです」

「そうですか」わたしはしぶしぶ賛成するふりをした。「そうかもしれませんね」そんなことをすればアディスとスプーナーに、われわれが話し合ったさい、わたしがどれほど事実を省略したかを気づかせることになるだろう。すくなくとも目下のところは、法と秩序を守る警察からブラドックを遠ざけておきたいと願うだけの、切実な理由がわたしにはいくつもあるのだった。「しかし、彼らがあなたのところへやってくる可能性はありませんか？」

「誰かが彼らをわしのほうに向けなければ、だいじょうぶですよ。ランブ夫人にはそんなことをしないだけの分別があります。彼女もわしもおたがいに相手に迷惑をかけたりしません」彼は咳払いした。「あんたも自分の発言には……気をつけてくれるように願います……彼らがあんたを訪ねてきた場合には」

ブラドックがもう一時間早く訪ねてこなかったのは幸いだった——われわれのどちらにとっても。「当てにしてもらってだいじょうぶです」わたしは応じた。「きっとデリクはすぐにあらわれますよ、何も危害を加えられずに」

「わしもそう確信できればいいのだが」

「彼から連絡があれば、すぐに知らせますから」

「それはご親切に、フラッドさん。わしの番号は電話帳に出てます」

「わかりました」

「いやいや、すっかりあんたの時間をとってしまった。もう失礼したほうがいいでしょう」彼は立ち上がったものの、ドアのほうへ動こうとしなかった。彼にはまだ何か言うことがあるのは明白だった。わたしも立ち上がり、促すように彼を見た。彼が言ったものかどうか迷っているように見えたあいだに、数秒が経過した。それから彼はしゃがれた小声で、ついにこう言った。「デリクはわしに残された、家族にもっとも近い存在です。彼のために、わしはできるかぎりのことをしなければならんのです」

　レイ・ブラドックがとぼとぼ帰っていったときには正午近くになっていて、駅へ出向いて十二時二十七分に到着するモイラを出迎えるまでに、三十分足らずしか時間がなかった。わたしはさっとコートを引っかけ、寒くて陰鬱な霧雨の降る真昼のなかへいそいで出ていった。ガラス屋のヴァンが外にとまっていて、地下室のあたりでユーニスがその運転者と話しているのが聞こえた。彼は、わたしが気にする必要のない〈シー・エア〉への訪問者だった。
イースト・ストリートのタクシー乗り場へ向かう途中で、ひとつの疑問がふいに頭に浮かんだ。それはもっと早くに浮かんでもよかったのだが、警察を避けねばならないわたしにとって、ブラドックの同様の尻込みがあまりにも好都合だったために、そのことを疑問視しようとしなかったのだ。とはいえ、それはもっともな疑問だった。あの老人はどうしてあんなに警官に用心するのだろう？　何を恐れねばならないのか？　デリク・オズウィンの災難とかかわりのある、ほかのほぼすべての人々と同じように、彼も何かを隠している。だが、何を？　そして、なぜ？

わたしの脳裏には明らかに心配ごとが詰めこまれすぎていた。そのために、タクシーに乗りこんで駅へ向かう途中で、ようやくきのうの午後のモイラの奇妙なメッセージを思いだした。携帯にスイッチを入れて、あのあと彼女からのメッセージはなかったかチェックしたが、何も入っていなかった。わたしのいくつかのそっけない応対が、彼女がなぜかおちいった混乱状態をはねのけてしまったのだろう。普段なら、酒好きで話好きなモイラと、いっぱいやりながらランチをとるのを楽しみにしただろうが、考えられないほど普段とはほど遠い現在の状況下では、その見通しも魅力を失っていた。『ザ・プラスティック・メン』の原稿を手に入れるチャンスさえ、嬉しくないものになっていた。それをロジャー・コルボーンにたいする攻撃材料に利用できないのなら、その攻撃材料がどんなものか知らないまま、手を引くほうがいいのかもしれない、わたしはそう考えた。

ところが、そんなことを考えた報いがもたらされることになった。十二時二十七分の列車はわずか二分遅れで到着し、モイラは改札口を通って出てきた最初の乗客の一人だった。赤毛で声が大きく、大柄で均整のとれたスタイルの彼女は、わたしがこれまでに見たどんな背景のなかでも、かすんでしまうことはなかった。ヒョウのフェイクファーのコートと紫色のベレー帽が、十二月の陰鬱な日のブライトン駅中央広場も、けっして例外にはなり得ないことをはっきり告げた。けれども、お義理の抱擁と三回のキスをするまえから、彼女がハンドバッグ以外には何も持っていないことにわたしは気づいていた。

「原稿はどこなんだ、モイラ？」わたしたちの体が離れるやいなや、わたしはそう問いかけた。

「あなたが持ってるんじゃないの？」彼女はとまどいながら応じた。「そのことが心配だったのよ」

「あなたが持ってくることになってただろう？」

「あなたのメッセージの意味をとりちがえてるように願ってたんだけど」

「いったいどうなってるんだ？」

「それよ、それ、トビー、まさにぴったりの質問だわ」


モイラが昼食の場所に選んだウェスタン・ロードの〈ラ・ファシェット〉に向かうべく、わたしたちがタクシーに腰を落ち着けてから、わたしはようやくその質問にたいするある種の答えを手に入れた。

「きのうの朝、あなたから電話があったあとまもなく、わたしは用があって出かけなければならなかったの」彼女は話しはじめた。「そして、ランチがすむまではオフィスへ戻れなかった。だから何があったかわかったのは、戻ってきたときだったのよ」

「何があったんだね？」わたしはいらいらしながら促した。

「じつはね、あなたがいそいで原稿を返してほしいと言ってるから、アースラから原稿を回収しておくようにと、出かけるまえにロレインに頼んでおいたの。でも、わたしがきょうここへ持ってくるつもりだということは、彼女に話さなかったのね。だから、その男があらわれたとき――」

「どんな男だよ？」

「彼はあなたに頼まれて原稿を取りにきたと言ったそうよ。当然ながらロレインは、あなたが誰かに取りにいかせると言ったのに、わたしがそのことを彼女に伝え忘れたのだと考えたわけ。そんな単純なことなのよ。それで――」

「彼女は原稿を渡した？」

「そのようね」

「その男の名前は聞いたのかな、彼女？」

「さあ、いいえ」

「その男、どんな外見だったの？」

「これといった特徴はなかったみたい。中肉中背で。おそらく彼女はちらっとしか彼を見なかったんでしょうよ。だって――」

「ぼくがあなたに預けたものを、どうして彼女はきちんと注意して扱おうとしなかったんだ？　当然の疑問だろう、モイラ。ぼくには答えを考えつけない。どこの誰ともわからない男が通りからぶらっと入ってきて、ロレインの顎の下をくすぐり、彼には要求する権利のない原稿を持って出ていく。ごく当たり前のことだよな。完全に理解できることだ。毎日のように起こることだ」

「ちょっと、トビー、すまなかったわ。本当に……運が悪かった」

「運が悪い？」

「ロレインには厳重に注意するわ。そのことは請け合う。でも、どうしてそんなに大騒ぎするの？　きのうもあなたに言ったように、作者からべつのコピーをもらえるはずでしょう？」

「オリジナルが行方不明になったんだ」

「なんですって？」

「じつを言うと、その作者もいっしょに」

モイラは仰天して、わたしをまじまじと見つめた。「行方不明？」

「〝あとかたもなく消えてしまった〟ように見える」

「でも、それって……」エージェントとしての気遣いから彼女は眉をひそめた。「あなた、いったい何に巻きこまれてるのよ、トビー？」


その答えは、わたしがモイラに打ち明けるつもりだった内容を超えていた。デリクから受け取った『ザ・プラスティック・メン』のコピーを、わたしが彼女のところへ送ったことをコルボーンは知っていたにちがいない。彼は原稿のオリジナルを——ほかにもコピーがあったのならそれもいっしょに——ヴァイアダクト・ロード七七番地から持ち去った。モイラ・ジェニングズ・エージェンシーのソーホーのオフィスに巧みに入りこんだことで、いまや原稿の回収は完了した。そうとしか解釈の仕様がない。ロジャー・コルボーンの好機につけこむ直観力にまたしてもやられてしまったのだ。

「このいっさいがどういうことなのか、わたしに話す気はないのね、トビー？」ランチを注文し、モンタニーの瓶をあけて飲みはじめてから、モイラが詰問口調で訊ねた。自分には知る権利があるという彼女の主張は、原稿の紛失で彼女が感じている困惑によってさらに強硬になった。「あなたはわたしを耐えられない立場に置いてるわ」

「実際にはぼくじゃない。こんな状況のせいだよ」

「これはデニスと何か関係があるの？」

「そのことは話せないんだ、モイラ。すまない。ぼくは自由を奪われてる」

「でも、ロレインを騙したあの男は何かの……陰謀にかかわってるのよ。あなたが言ってるのはそういうこと？」

「ぼくはそのことは話せないと言ってるんだ」

「それにジェニー。彼女がかかわってるのね？　知ってるわ、彼女がここに住んでることは。あなたが月曜の夜の舞台をすっぽかしたのは彼女のためだったと、ブライアン・サリスがほのめかしたわ」

「いつ彼はそんなことを言ったんだね？」

「きのうの午後、あなたと話そうと思って電話したあと、彼と話をしたのよ」

「そうか、わかった」

「わかったの？　本当に？　トビー、わたしはね、あなたのエージェントとして全体的な見通しに目を向けなければならないの。そしてそれは目下のところ、あなたに関するかぎり、あまりぱっとしないわ」

「それはどういうことなのかな？」

「あなたは注意ぶかく慎重であらねばならないってことよ。結局、レオは『気にくわない下宿人』をロンドンに持ちこむことに決めそうだわ」

「そうか、それはいいニュースだよ、そうだろう？」

「そうねえ……」彼女は明らかに確信のない口ぶりで言いよどんだ。それからこうつけ加えた。「その配役陣のなかにあなたがまだ入っていればね」

わたしはとたんに昂然と体をそらせた。「どうしてぼくが入らないわけがあるんだ？」

「なぜならね、トビー」彼女は声をひそめた。「それを持ちこんで続けていくための唯一の方法は、出演料を節約することだとレオは計算するかもしれないのよ。そして、わたしの交渉手腕のおかげで、あなたの出演料はとびぬけて高額なの」

「彼はそんなことはやらないだろう？」

「さあ、どうかしら？」モイラはグラスの縁ごしにわたしを見て片眉をつり上げた。

「マーティン・ドナヒューはおそらく、自分のキャリアを押し上げるためだけに、もっと低い出演料であなたの役を喜んで引き継ぐでしょうね」

それを否定することはできなかった。事実、モイラが提起した可能性について真剣に考えれば考えるほど、それはすごく現実味をおびてきた。最近わたしは、舞台以外の場所で仲間の俳優とほとんど会っていなかった。舞台がはねたあとの夕食からも抜けることにしていたし、仲間からは離れてちょっと孤立していた。たとえ噂が広まっていたとしても、それが耳に届いていた可能性はなかった。

「当たらなかった公演で主役をつとめたことは単なる不運だわ」モイラが言った。「それに反して、それを挽回しようとする公演でその役からおろされることは……取り返しのつかない汚点なのよ、トビー。このことについてはモイラおばさんの言葉を信じなさい。それは絶対にあってはならないことなの」

わたしたちの料理が運ばれてきた。モイラがおいしそうに自分の料理をつめこむ一方で、わたしは気の乗らない様子で自分の皿をつつきながら、彼女がわたしのために描いてみせた、吐き気をもよおしそうな見通しについて考えた。マーティン・ドナヒューがわたしにとって代わって、ジェームズ・エリオット役を演じる？　ウェスト・エンドの劇場の外に、わたしではなく彼の名前が照らしだされる？　この週はどんどん悪くなるばかりだった。

わたしの情けない表情がモイラのきびしい姿勢を突きくずしたのだろう。それとも、空腹が満たされたことで彼女の心のなかの同情心がほとばしり出たのかもしれない。彼女は二本目のワインを注文した。じつを言うと、彼女はすでにわたしをプロらしからぬ男と見なしているのに、その印象をさらに強めることを恐れて、わたしは二本目を頼もうとは言いだせないでいたのだ。彼女は煙草に火をつけると、テーブルごしに手を伸ばして、わたしの手を慰めるようにぎゅっと握った。

「たぶん、そうはならないわよ、トビー。わたしはあなたに、自分がどんなに弱い立場であるかを気づいてほしかっただけ。それにね、演技をすることは仕事にすぎないわ。考えねばならないもっと重要なことが、ほかにいくつもある。たとえば、あなたとジェニーの結婚」

「それも来月には終わるよ、モイラ。離婚確定判決が出るから」

「そうなるしかないの？」

「考えつけないよ、それをとめる手立ては」

「まだ愛していると、彼女に言えるでしょう」

「彼女はそれを知ってるさ。問題は彼女がもうぼくを愛していないことだ」

「きっと愛してるわよ」

「あなたの元気づけには緻密《ちみつ》さが欠けてるよ、モイラ。あなたは一年以上も彼女に会っていない。彼女の気持ちがどうしてわかるんだ？」

「あなたがた二人はいっしょにいるべきよ。それだけの単純な理由」わたしたちの皿が片づけられた。彼女は椅子の背にもたれ、渦巻く煙草の煙ごしに目を細めてじっとわたしを見つめた。「ピーターを失っていなければ、あなたがたもおたがいを失うことはなかったでしょうに。そのことはわたしより、あなたのほうがよくわかってるけど」

わたしは口がからからになり、自制力が揺らいだ。奇妙だった、時が経過したにもかかわらず、言いそびれた言葉さながら、わたしがジェニーときちんと分け合わなかった悲しみがいまだに残っているとは。「変えられないことにいつまでもしがみついていても、何も得られないからね」わたしはこわばった口調で応じた。

「ブライトンへきてから、ジェニーとはよく会ってるの？」

「自分が望んでるほどは会ってないよ。それに、かならずしも好ましい状況で会ったわけでもない」

「でも、会うのは会ったのね？」

「ああ。数回」

「どちらから言いだしたの？」

「そう、最初は……ジェニーのほうだ」

モイラはにっこりした。「それが何かを語ってるんじゃない？」

「彼女はぼくに頼みごとをしたかっただけだ」

「ほんと？」

「ああ、本当だ」

「あなたのエージェント、友人、そして、女性心理についてのカウンセラーとして言わせてもらうけどね、トビー、あなたってときどき、呆れるほど鈍感なことがあるのよ。あなた、それを受けとめてないの？」

「何を？」

「メッセージよ」モイラは煙草をもみ消して、テーブルにまた体を乗りだした。「離婚の法的な決着の日を指折り数えて待っている女性が、もうすぐ元夫になる男に何か頼んだりしないわよ、どんなに小さな、どんなにつまらないことだろうと。あるいは、どんな理由があろうと彼に連絡をとったりしない、彼女の心のなかで密かに、自分は本当に彼なしで残りの人生を送りたいのだろうかという疑問が、芽生えてきたのでないかぎり。もちろん、彼女はそれを認めないでしょう。事実、自分自身にさえそれを強く否定するでしょうね。でも、それが真実よ。わたしの離婚の経験は、率直に言って、かなり大変なものだったから、あなただって、わたしをこの問題に関する権威だと認めないわけにはいかないわ。ジェニーはあなたに頼みごとをしてきた。でもそれは彼女自身にもはっきり説明できないことだった。ごまかすのはやめなさい、トビー。その裏の意味に心を集中しなさい。いいわね」

結婚生活の扱いを誤っている男たちが、明らかにモイラのお気に入りのテーマだった。たっぷり栄養をとり、たっぷりすぎるほどワインを飲んで〈ラ・ファシェット〉をあとにしたとき、ロンドンへ戻るまえにロイヤル・パヴィリオンを見てまわるつもりだと彼女は告げた。「〝のんべえじいさんの隠れ家〟のなかを見るのに、ちょうどいい折だから」わたしはクリスマスの買い物客のあいだを縫って、彼女をパヴィリオンの入り口まで送っていったが、そこから先は彼女に同行するのを断った。わたしたちは入り口の外で別れたが、モイラは『ザ・プラスティック・メン』の原稿を紛失したことをかさねて詫びるような真似はしなかった。その代わりに、オズウィンがどんな事件に巻きこまれているにせよ、そのことは忘れて、残っているブライトンでの暇な時間を注ぎこんで、ジェニーを取り返すことに専念しろと忠告した。そのあと、ほろ酔い加減でふらふらしながら、ヒョウの毛皮をひるがえして去っていった。

わたしは埠頭へ向かい、そこを歩きながら、このまえの日曜日にそこでジェニーと会ったときのことを思い返した。モイラが言ったことは当たっているのだろうか？　わたしのほうが結婚を手放したくないように、ジェニーも彼女なりに手放すことをしぶっているのか？　その午後は冷え冷えとして霧がたちこめ、埠頭にはほとんど人影はなかった。海はうねりながら点々と泡の塊を浮かべ、空よりもまだ濃い灰色をしていた。細かい霧雨がネオンサインをぼやけさせている。わたしは足をとめて岸のほうを振り返った。コルボーンはわたしが太刀打ちできないほど機敏で利口だ。わたしを思いのままに引きまわしている。支配しているのは彼だ。だがジェニーにたいしてはそうではない。彼女は彼にとっての弱みだった。そしてわたしにとっては、隙間から洩れる光明だった。

十分後、わたしは〈プリマーズ〉のドアを押し開け、はじめて店のなかへ入っていった。ジェニーの助手のソフィーだと思われる、細くて目の大きい金髪の若い女性が二人の客の相手をしていて、ふわふわしたピンクの釣り鐘形の帽子がよさそうだと話し合っていた。肝心のジェニーの姿はなかった。わたしは〝プライベート〟と記された奥のドアに向かったが、ソフィーに遮られた。

「恐れ入りますが、サー」彼女は注意しかけたものの、わたしが誰であるか見分けたか、それとも、推測したとたん、驚いてぎくりとした。「まあ」と言って、口をその形に開いたまま、わたしをまじまじと見つめた。

「ジェニーを捜してるんだが」

「彼女は……ここにはいません……今は」

「いつ戻ってくるんだね？」

「じつのところ、わからないんです」ソフィーは帽子を手にしている二人連れのほうを不安げにちらっと横目で見て、声をひそめた。「フラッドさん、わたしには……」

「彼女はどこにいるんだね？」

「わたしには……わかりません」わたしの顔に浮かんだ不信の色を読みとり、彼女はさらに声をひそめてささやいた。「彼女はどこかへ行きました」

「彼女、きのうはそんなことは何も言ってなかったがね」

「まぎわになって決まったんです。けさ、彼女がわたしに電話してきました。家族の緊急事態のようです。この週末が終わるまで戻ってこないそうです」

またもや、してやられた。わたしはコルボーンを過小評価していたのだ。ジェニーはわたしの手の届かないところへさっと連れ去られてしまった。それ以上わたしは何も言わなかった。言えなかった。ソフィーの横をすり抜け、そそくさと店から出た。

〈ランデヴー〉の窓辺の席から、ジェニーの携帯に電話した。スイッチが切られているとわかってても、さして驚かなかった。メッセージは残さなかった。エスプレッソをすすりながら、家族の緊急事態など本当にありうるだろうかと考えた。どう考えてもありそうもなかった。しかしながら、ハンティンドンにある彼女の両親の家か、または、ヘメル・ヘムステッドにある彼女の姉の家に戦術的に引きこもるというのは、ありうることだった。〈シー・エア〉へ戻れば、両方の電話番号はわかるが、かけたところで無駄だろう。彼女はそこへは行っていないか、それとも、彼女はきていないと告げるように先方は指示されているだろう。それに、わたしが自分で調べることができる、もうひとつの可能性があった。そしてその瞬間には、無駄な電話をかけるよりも無性にそっちのほうを調べたかった。

ウィックハースト・マナーの入り口の百メートルほど手前で、北のストーンステープルズ・ウッドに通じる小道のはずれで、タクシーはわたしをおろした。その小道で七年前にサー・ウォルター・コルボーンは彼の最期を迎えた。そして、彼を殺した男の息子であるデリク・オズウィンは、彼がわたしに見せたその家の写真を、その小道からこっそり撮ったのだ。ブライトンを出るまえに、その地域の陸地測量図を買ってきたが、陽射しがみるみる薄れていくなかでは、それも長くは役に立ちそうもなかった。タクシーが去り、わたしが小道をたどりはじめると、寒くて湿っぽい冬の夕暮れがたちまちあたりを包みこんだ。

デリクはウィックハースト・マナーをめぐる通行権のある通路のことを話していた。四百メートルほど先で小道からそれている、地図に示された緑の点線がそれにちがいなかった。わたしは薄暮《はくぼ》と競うようにペースを上げた。

道標でその通路の方向が示されていなかったら、間違いなくそれを見逃していただろう。それは小道のわきの木立を抜けていく、ぬかるんだ曲がりくねった道筋だった。滑るのでゆっくり進むしかなく、すこし深い水溜まりをよけるときには、低木のとげがコートやズボンに引っかかった。それでも、屋敷の境界が遠いはずはないと確信して、わたしは進みつづけた。

たしかに遠くなかった。もつれた下草ごしに、境界の塀が前方にあるのを見つけた。ところどころレンガで修理してある、ツタのたれさがった火打ち石の塀。それは一メートル半ぐらいの高さしかなかったし、塀に寄りかかるように倒れている木の幹が、よじ登るにはもってこいの足場だと思われた。

理論上はすぐれた方法でも、それを実行するとなると厄介だった。木の幹はぬるぬるしていたし、腐ってもろくなっていた。その上に這いのぼったものの、すぐさま滑り落ち、すでに引き攣っていた腿の筋肉がさらにぎしぎしきしんで、こんなことをやれるほど若くはないし、ふさわしくもないことを、いやというほど思い知らされた。だが、やらねばならなかった。ふたたび幹に這いのぼり、危なっかしげな格好で塀の上の足場へ体を引っ張り上げると、そこにしゃがみこんで反対側の地面を見るために目を細めた。けれども、そのあたりはすっかり陰になっていた。あとは運に頼るしかなかった。火打ち石の端や木の枝につかまりながらそろそろ体を沈め、ついに膝の高さまであるイラクサの茂みに下りたった。もがきながらそこから抜けだすと、シダやサンザシが一面に生えている、モミの人工林のへりに立っていた。ずらっと並んだモミの列のあいだがトンネルのように開けていて、その向こうの広々とした敷地が濃くなっていく夕闇ごしに見えている。さまざまなイラクサの刺し傷やサンザシの切り傷に体を縮めながら、わたしは針葉樹の下の、カサカサと音を立てる落ち葉の吹き溜まりを歩いていく楽な道筋を選んで、斜め方向へと進んでいった。

最初に家が目に入ったのは、人工林の向こう側で林から出たときだった。有刺鉄線のフェンスが、丘のように広がる庭園からわたしを隔てている。その向こうには、ウィックハースト・マナーの煙突と屋根が黒っぽい灰色の空に黒く浮き出ていた。一階の五つ六つの窓と、二階の二つの窓に明かりが灯っている。わたしが眺めていたとき、一台の車が家から離れて車道を走っていくのが見えた。門までのカーヴした道筋をたどりながら、ヘッドライトが葉を落とした木立の枝をぐるぐると照らしだしていく。

フェンスの二本の鉄線のあいだに体を押しこんで通り抜けたとき、鉄線のとげがコートに引っかかったが、わたしはぐいともぎ離して庭園に足を踏みだした。五十メートルほど進むと次のフェンスがあった。このフェンスと狭い芝生の向こうには、家屋の一階建ての翼の部分が菜園をとり囲んで建っている。わたしがいるのはコルボーンのオフィスがある部分とは反対側だった。ここは静かで、あたりには誰もいなかった。だが、いるはずもないだろう？　あたりはもうほとんど真っ暗になっていたし、刻一刻と寒さもつのってくるのだ。霧雨は大粒になり雨になっていた。

わたしは這ってフェンスのいちばん下の鉄線の下をくぐり抜け、芝生を横切っていちばん近い窓のなかを目を細めて覗きこんだ。この翼の部分はもともとは使用人の居住区だったのだろう。今は庭仕事用の道具置き場として使われているように見える。わたしはドアを捜しながら建物の角をまわって進んでいった。

最初のドアはロックされていた。わたしはそのまま裏の芝生のほうへ移動したが、こちらの姿は見られずに、明かりが低木の茂みにこぼれている突き当たりの部屋を覗き見るために、家からは距離をとって動いていった。

その部屋はオフィスのひとつだった。お決まりの黒いパンツスーツに身を包んだ若い女性がデスクにすわり、コンピューターのキーボードをたたきながら電話で話をしている。わたしはその場に立ったまま、じっと待った。二、三分が経過した。電話の通話は終わったが、彼女はそのままデスクにすわっている。そのとき、ドアが開いてロジャー・コルボーンが入ってきた。彼はこのまえよりもカジュアルな服装で、開襟シャツにジャケットとジーンズという身なりだ。二人は微笑と短い言葉を交わした。それから彼はまた部屋から出ていった。

もう一分たってから、わたしもそこを立ち去り、芝生を横切って明かりの灯っていないあたりへ引き返した。理屈からいっても、建築上の慣例からいっても、芝生に面した壁の中間あたりに裏の出入り口があるはずだった。壁に近づいていくと、ドアの輪郭がはっきり見えてきた。建物に人がいる以上、そこがロックされているとは思えなかった。それでもわたしは気を引きしめ、ひと足ごとに、まばゆい防犯灯がぱっと灯るのをなかば覚悟しながら歩を進めていった。

何も起こらなかった。わたしはポーチの陰に隠れてドアにたどり着き、取っ手をまわしてみた。きしむというほどの音も立てずにドアが開いた。わたしはなかに入り、背後のドアをそっと閉めた。

さて、次にはどうすればいいだろう？　暗がりに包まれた裏玄関に立って、遠くから聞こえるオフィス活動の物音に耳をすましたとき、その問題が迫ってきた。電話のベルの音。プリンターのまわる音。ファイル収納戸棚の引きだしがカチッと閉まる音。わたしはロジャー・コルボーンのプライベートな領域に侵入していた――わたしにわかるかぎり、これぞ彼の思うつぼだろう。ジェニーがどこかへ行ってしまったと聞かされたあと、わたしの頭に最初に浮かんだひとつの推理は、彼女は本当はどこへも行っていないというものだった。つまり、ロジャーがジェニーの意志に反して彼女をここに拘束しているか、それとも――こちらのほうが可能性が高いが――わたしがブライトンを去るまで隠れているように、彼がジェニーを説得したかのいずれかだろうと考えたのだ。だが、わたしが間違っていたらどうだろう？　彼女がわれわれのどちらにも我慢できなくなって、どこかへ行ってしまったのなら？　その場合には、ここまでやってきてわたしに成し遂げられることといったら、ばかなまねをして笑いものになるのが関の山だ。それでも、笑いものになるより悪いことがある、わたしはそう考えた。いずれにしても、もう引き返せないところまできていた。わたしは忍び足で玄関ホールの片隅まで歩いていった。裏玄関はそこから階段と表のドアの両方に通じていた。そこには明かりが灯っていたし、階段を見上げると、上にも明かりが見えた。もちろん、オフィスの部分に通じる両開きのドアはいつなんどき開くかしれない。ぐずぐずしている余裕はなかった。わたしは支柱をくるりとまわって、音を立てないように階段を二段ずつ上りはじめた。

半分ほど上ったところで犬のことを思いだした。チェスターはどこにいるだろう？　従順であろうがなかろうが、あいつはすぐに吠えかねない。しかし、チェスターはロジャーの犬で、ジェニーのではない。運がよければオフィスのかごのなかで、今はうたた寝をしているだろう。わたしはそのまま足を進めた。

応接間には明かりがついていてドアが開いていた。ジェニーが暖炉のかたわらに座っているのではないかと、すこし期待しながら部屋に踏みこんだ、雑誌を読みながらお茶を飲んでいて、暖炉の前の敷物ではチェスターが眠りこんでいるのではないかと。だが、火床は空っぽでジェニーはいなかった。それにチェスターも。

　このまえわたしが訪問したときに、ジェニーが電話でロジャーと話すために入っていった隣接する部屋も、ドアが開いていて、なかには明かりが灯っていた。なかを覗いてみたが、そこにも誰もいなかった。わたしは階段のほうへ引き返しながら、気まぐれにほかのドアのひとつを開けてみた。ドアは暗い寝室に通じていた。わたしは体を引っこめたが、期待がはずれるたびに自分の推理にたいする自信も萎えていった。

　そのとき、頭上で物音がした——床板のきしむ音だ。わたしはじっと動かずに耳をそばだてた。するとふたたび、かなりはっきり音が聞こえた。誰かが上にいるのだ。

　本階段は二階で終わっていた。三階に通じる裏階段があるにちがいない。わたしはいそいで廊下の突き当たりにあるドアへ行き、それを開いた。案の定、細い階段がそこから上へも下へも通じている——昔の使用人用の通路なのだ。わたしは階段を上りはじめた。

　てっぺんのドアから出ると、そこは家の幅いっぱいに伸びている廊下で、そこの天井は屋根の傾斜と同じ角度になっている。二つの明かり取りの屋根窓からは、下の表玄関のまわりにある外灯からの明かりが射しこんでいて、わたしがあたりを見るのに充分だった。右側にはところどころにドアがあったが、どれひとつ開いていなかった。それに、ドアの下からかすかな光が洩れてもいなかった。わたしは足音を忍ばせて廊下を歩き、それぞれのドアの前で足をとめて耳をすました。なんの物音もしなかった。それでも、たしかに三階で音がしたのだ。床板はひとりでにきしんだりしない。

廊下のほとんど端まで行ったときに明かりがついた。背後でカチッとスイッチをひねる音がして、一瞬後には、ふいに降り注ぐ光のなかで、わたしはたじろぎながら目をぱちぱちさせていた。

「こっちを向け」それはロジャー・コルボーンの威圧的な怒鳴り声だった。

わたしはそれに従ったが、目を慣らさねばならなかったから、ゆっくりと時間稼ぎをしながら向きを変えた。

彼は廊下の向こう端に立っていた。わたしのあとをつけて階段を上がってきたか、それとも、こっちのほうが可能性が高かったが、わたしが通り過ぎた最初の部屋から音を立てずに出てきたのだ。床板をきしませたのは、わたしをそこへおびき寄せるための計算された罠《わな》だった。彼が手にしているものを目にしたとたん、わたしにはそのことがはっきりわかった。

「これは銃だよ、トビー」彼は言った。「俳優として、あんたもかなり精巧な模造品は扱い慣れてるはずだ。だが、これは本物だ。それに、わたしはこれの使い方を知っている。これは独り言だが、わたしは標的を撃つのが下手じゃない。そしてあんたは、じつに心をそそられる標的だよ、たしかに」

彼は本気でわたしを撃つもりかもしれないと思った。恐怖が体を駆けめぐった。だがすぐに、奇妙な心の安らぐ諦めが胸にひろがった。さらにそのあとで、論理が働きはじめた。「殺人だって？　証人がいっぱいいる家のなかで？」声がかすかに震えている。それに気づかれぬよう祈るしかなかった。「それはいい考えなのかな、ロジャー？」

「うまくやりおおせる可能性は高いさ」ロジャーはにんまりした。「われわれはオフィスからは二階上にいる。あそこにいる人たちには銃声は聞こえないだろう。むろん、あんたの死体はここから何キロも離れたところで発見されるようにする。そうした手配ができるんだよ、わたしには。必要とあらば、わたしはそうする。べつにあんたを殺したいと思ってるわけじゃないさ、トビー。だが、あんたがそうするように仕向ければ、躊躇はしない。わかったね？」

「ああ、はっきりと」すこし虚勢を張ったほうがうまくいくだろうとわたしは判断した。わたしが恐れているのは銃で、彼ではないというふりをしなければならない。

「どうしてここへやってきたんだ？」

「ジェニーを捜してた」

「彼女はどこかへ行ってしまったよ」

「〈ブリマーズ〉の娘もそう言った。だが――」

「彼女はここであんたから隠れているのではないかと考えた。または、わたしが彼女を拘束しているのではないかと」

わたしは肩をすくめた。「そんなところだ」

「そしてあんたは、なかに入りさえすれば彼女を救えると、簡単にそう考えたのか？　思ってた以上の間抜けだよ、あんたは。彼女はここにはいない。本当に出ていったんだ。内部侵入については、あんたも気づくべきだったが、あんたがこの家から二十メートル以内に近づいた瞬間から、防犯カメラが追跡していた。わたしはあんたがやってくるのを見てたよ、トビー。隠喩《いんゆ》的にも実際にもね」

「ジェニーはどこへ行ったんだね？」

「あんたには関係ないことだ」

「彼女が出ていった理由は？」

「答えは同じ。あんたには――関係――ない」

「じゃあ、デリク・オズウィンのことはどうなんだ？　彼をどうしたんだね？」

「オズウィン？」ロジャーの目に怒りが燃え上がった。彼はわたしのほうへ進みはじめた。「あのつまらない野郎のことで、いったい何度わたしに弁解させたら気がすむんだ？　あんたはなんとかしてジェニーの心に疑惑を――とんでもない疑惑を――植えつけようとしてきた。だが、本気でそんなことを信じてると言い張るのはやめろ。とにかく、やめろ」彼はわたしから十メートルほどのところで足をとめたが、銃はまだしっかりと手に握られていて、依然としてわたしにまっすぐ向けられている。「わたしから彼女を盗むことはできないさ、トビー。そうはさせない」

「それはあんたが決めることでも、わたしが決めることでもないよ、ロジャー。彼女が判断することだ」

「それはいずれわかるさ」

「ああ。われわれ――」

「黙れ！」彼の高く張り上げた声が廊下にこだました。彼の頬の筋肉がぎゅっとこわばった。彼がどうするつもりなのかわからなかった。わたしを殺せば、どう考えても彼は確実にジェニーを失うことになる。その考えにしがみつくしかなかった。「ポケットから携帯電話を出せ」

「わたしの携帯を？」

「黙ってそうしろ」

「オーケー、わかったよ」コートの内側から電話機を取りだして、彼に見えるようにそれをかざした。

「それを床に捨てろ」

わたしは前かがみになって電話機をわきに投げてから、ゆっくり体を起こした。

「あんたの左側のドアを開けろ」

片手を伸ばして取っ手をまわし、ドアを押し開けた。廊下からの明かりで、むき出しのリノリウム張りの床の向こうには何もないのがわかった。

「なかに入れ」

二歩で敷居を越えた。わたしがくるっと向きを変えたときには、ロジャーはさっと移動して戸口をふさいでいた。いまやわれわれはぐっと近づいていた。しかし、銃を握る彼の手はいささかも震えていなかった。わたし自身が感じている手足の震えに、彼が気づいていたかどうかはべつの問題だ。

「明かりをつけろ」

壁の、あるべき場所にスイッチはなかった。どこにあるのかきょろきょろ眺めて、天井からコードがぶらさがっているのを見つけた。それを引っ張ると、蛍光灯がまたたき、わたしの頭上と背後にぱっと明かりがついた。

「ここは古い暗室だ」ロジャーが言った。「わたしの父は写真撮影に熱中していた。彼はここを、なかで作業するのに具合のいい部屋にした。窓はない。ドアは頑丈で錠がかけられる」

「ここにわたしを閉じこめておくわけにはいかないよ」

「ドアを閉めろ、トビー」

「わたしは今夜の舞台に出なければならない。劇場の経営陣はわたしがどこにいるか知っている。彼らがわたしを捜しにくるよ」

「嘘つけ。あんたは自分がやろうとしていることを、誰にも話したはずはない。ドアを閉めろ」

「いやだ」

「わたしはいつでもあんたを殺せるんだぞ、トビー。あんたがそう仕向けるのなら、こっちとしては嬉しいぐらいだ、正直なところ。それはあんたが決めることだ」

睨み合ったまま、ゆっくりと長い一秒が過ぎた。わたしが飛びかかったら、彼は即座に撃つとは信じられなかった。とはいえ、ロジャー・コルボーンはわたしを殺すことができる。それは間違いなかった。

「ドアを閉めろ」

「あんたは大きな過ちを犯そうとしている」

「二度とは言わない」彼はもう片方の手を上げて、銃の握りをつかんでいる手を支えた。引き金に巻きついている人差し指の付け根が、ぎゅっと締まって白くなっているのが目にとまった。彼の眼差しはきびしく冷ややかだった。

「わかった」わたしは頷いた。「好きにしてくれ」ドアを閉めた。

一秒後、錠前で鍵のまわる音が聞こえた。そのあとは何も聞こえなかった。

部屋は縦横約三メートル半の正方形だった。作業台が壁の二面とあと半分にぐるりと取り付けられていて、その上に写真現像用の器具が散らばっている——ドライヤー、カッター、台紙の取りつけ台、ライトボックス、現像箱、そんなものが。作業台のひとつにはめこまれたシンクの横にはスツールが置かれている。乾燥用の戸棚もあったし、突き当たりの壁の上のほうには換気のための換気扇もついていた。サー・ウォルターは完璧な作業をやったのだ。それだけは明白だった。そして彼の完璧主義はセキュリティの面にまでおよんでいた。ドアは頑丈だった。わたしも若いころには、マッチの木で作られた実物大の模型のドアを何度も突き破ったものだ。けれども、本物のドアに肩からぶつかるのはそれとは大違いだ。しかもこのドアときたら、破城槌ほどの威力のある道具でなければ屈しそうもない感じだ。

戸棚を開いて作業台の下の棚を調べた。空っぽだった。わたしに見えるものだけが、そこにあるすべてだった。わたしはシンクの横のスツールに腰をおろして、暗澹《あんたん》たる思いで自分がやった愚行について考えこんだ。ジェニーはウィックハースト・マナーに隠れてはいなかったし、拘束されてもいなかった。そのことに関してはロジャーを信用できると思った。ところが、はからずも自分が拘束される羽目になり、いつまでなのか、どんな理由なのか見当もつかない有り様だ。頭に浮かんだもっとも不安をかきたてる理由は、彼のスタッフが全員帰宅したあとで、ロジャーはここへ戻ってきて、わたしと取引をするつもりだというもの。それよりややましな理由は——とはいっても、それなりに充分に憂鬱なものだったが——彼は今夜の『気にくわない下宿人』の公演にわたしが絶対に出られないようにして、わたしに恥をかかせるつもりだというもの。そうだとすれば、彼の戦略は残酷なまでに皮肉だった。わずか数時間前にモイラは、どんなことがあってもレオの反感を買ってはならないと、わたしに強く忠告した。そうした事情だったから、説明もなしに舞台をすっぽかすことは、わたしにやれるまさに最悪のことだった。そしてロジャーは、わたしにかならずそれをやらせるだけの力を握っている。

蛇口から水を流して顔をきれいに洗ってから、落ちこんだ罠から脱出する方法を脳に思いつかせようと、ばかげた願いをこめて額をこすった。すばらしい思いつきはおろか、冴えないものすら浮かんではこなかった。ロジャーの言ったとおりだった。わたしは彼が考えていた以上の間抜けだった。

そのときふいに、努力するのをやめたとたんに——たぶん、無理な努力をやめたからだろう——ある思いつきがふっと頭に浮かんだ。シンクだ。わたしが脱出できる見込みがもっとも高いのは、スタッフがまだこの屋敷にいるあいだだった。ロジャーはわたしを捕らえていることを彼らに知られては困るのだ。だが、そのことを利用するうまい手はあるだろうか？　その答えは水を溢《あふ》れさせることだった。それはこの家にいる全員の注意を引くはずの緊急事態だった。

シンクの穴に栓を突っこみ、両方の蛇口をいっぱいにねじった。湯の蛇口のほうは喉が渇いているようなブツブツという音を立てただけで、何も出てこなかったが、それはたいした問題ではなかった。冷水の蛇口からはちゃんと水が流れだしている。シンクがいっぱいになってきた。わたしは反対側の作業台の上にすわり、避けられない事態を待ち受けた。

ところが、水の流れが細くなってきた。数秒後には滴になり、さらにその数秒後には完全にとまった。わたしは落胆して蛇口を見つめた。シンクにたまった水はこっち側のバルブの管に流れこんだだけだった。わたしがそうしたことを企むかもしれないと予測して、ロジャーが給水をとめてあったのだ。またしても彼はわたしに一歩先んじた。両手で頭をかかえて、呪いの言葉をつぶやいた。どうすればいいだろう？　いったいどうすれば？

そのとき、明かりが消えた。

コートを脱いで、それをまるめて枕にし、床に横になったのは、わたしの腕時計の蛍光文字盤——この部屋で唯一の光源——によれば、午後四時三十八分だった。脱出できない部屋に閉じこめられるのは怖ろしいものだ、たとえ閉所恐怖症の傾向がなくても。

二度と解放されないだろう、ここが自分の死ぬ部屋になるのだという、理屈では払いのけられない恐怖にさいなまれる。すべての囚人は同じ悪夢を見ることがあるにちがいない。看守が一夜にして姿を消し、ドアが二度と開かなくなるという悪夢を。そこの音のない暗闇のなかに独りぼっちになったとき、自由を奪われることが最大の損失ではないとわたしは悟った。最大の損失は、自分自身の運命をコントロールできないことだ。たとえ運命の一部分しかコントロールできないにしても、その最大限のものを残酷にも突然、失ってしまうことだ。

その一方で、時間は拷問具になる。いつまでその状態が続くのかわからない。自分の未来はもはや自分では決められない。外へ出る方法はない、捕らえた者が進んでそれを提供してくれないかぎり。逃げることはできない。その問題をいつまでも必死であれこれ考えたところで、解答はないのだ。

ところが、意外にも眠りは訪れた。わたしには自分がどれほど疲れているかわかっていなかったのだ。ある時点で疲労が不安を打ち負かした。わたしは眠りこんだ。

点灯するまえに蛍光灯が放つまたたきで目が覚めた。すぐに冷たい白い光を全身に浴び、電力がふたたび流れていることを裏づける電灯管のかすかなうなりを耳にした。わたしは目をパチパチさせ、首の痛みに体を縮めた。横向きに転がって、目を細めて腕時計を見た。午後九時四十三分。五時間も眠ったのだ。『気にくわない下宿人』は金曜夜の公演の二幕目になっている、トビー・フラッド抜きで。

「くそっ！」とつぶやき、もがきながら立ち上がった。わたしの休演が引き起こしたにちがいないパニックと混乱が、思考に飛びこんできた。仲間をまた裏切ったことだけでも充分にひどかった。しかも今回は代役はいなかった。わたしは彼らを完全に窮地に追いこんでしまったのだ。「くそっ、くそっ、くそっ」

そのとき、ドアの錠前で鍵のまわる音が聞こえた。わたしは取っ手をじっと見つめ、それが動いてドアが開くのを待った。だが何も起こらなかった。廊下で床板のきしむ音さえしない。

手を伸ばして取っ手をつかみ、まわして手前に引いた。ドアは開いた。ドアの向こう側で誰も待ってはいなかった。わたしは廊下に足を踏みだしたが、それと同時に、階段に通じる突き当たりのドアがカチッと閉まった。

「コルボーン？」大声で呼びかけた。

返事はなかった、どんな種類の応えも。部屋に戻ってコートを取り上げ、それから廊下を歩きはじめた、最初はためらいながら、だがひと足ごとにスピードを速めて。

階段には誰もいなかった。わたしは二階へ下りて、本階段のてっぺんへと廊下を進んでいった。応接間のドアは開いていた。なかの暖炉には火が入っている。燃える薪のパチパチという音が聞こえた。

「ここへきてくれよ、トビー」ロジャー・コルボーンの呼びかける甘ったるい声がした。

わたしは部屋へ入っていった。ロジャーが暖炉わきのアームチェアにすわっていて、わたしのほうににっこり笑いかけている。彼の向かいの椅子は、それにすわっている者のせいで小さく見えた。黒革の服を着た、ばかでかい、肩幅の広い男。灰色の長い頭髪はうしろでしばってポニーテールにしてあり、むきだしになったアバタ面から深くくぼんだ黒い目が無表情にわたしを見ている。彼は吸っていた煙草を暖炉に投げこみ、ゆっくり立ち上がったが、その拍子に革の服がかすかにキューと音を立てた。彼は身長が二メートル以上あるにちがいなかったから、わたしはとっさに思った、彼ならそんなに頑張らなくても暗室のドアをぶち破れただろうと。言うまでもなく、彼がマイケル・ソボトカだった。けれども、わたしはそれを知らないことになっている。

ロジャーも立ち上がった。「この席に加わってくれて嬉しいよ、トビー」彼はそう言った。

ソボトカは図体が大きいうえに動作もすばやかった。二歩でわたしの横にきたかと思うと、わたしの両肩をつかんでカウチのほうへ引きずっていき、言うことをきかない子どもでも扱うように、わたしを無造作にどさっとそこへ落とした。

「なんの用なんだ？」自分が実際に感じているほどには、情けない声をだすまいと努めながら、わたしは詰問した。

「もうすこしだけ時間を割いてもらうよ、トビー」ロジャーが答えた。「それだけだ、約束する」

「この男は何者だね？」

「彼はあんたの亡くなった友人、デニス・メイプルが今週はじめに出会った男だ。メイプルがついにどうなったか考えれば、あんたも慎重にふるまうのが賢明だろう。このわたしの友人は非常に冷静だが、生まれつき残忍な人間でね。そうだろう？」

この最後の質問はソボトカに向けられたものだったが、それにたいして彼は、ぴちぴちの革の手袋をせっせとはめながら、ロジャーにちらっと視線を投げただけだった。彼のむっつりした威嚇的な態度よりも、革手袋のほうがわたしを不安にした。ずっとずっと不安に。

「月曜日の夜に舞台がはねたあと、あんたが甘い罠におちていたら」ロジャーが話を続けた。「わたしは度量の広さを発揮して、あんたを買収するためのオファーをする必要などなかったんだ。ところが、あんたには自分の幸運を利用する常識もなかったし、ジェニーにかまわないでおくだけの良識すらなかった。彼女の未来の夫として、わたしにはあんたにそれを期待する資格があったんだがねえ。あんたはわたしに迷惑をかけたんだよ、トビー。あんたのおかげでわたしの我慢も限界に達した。事実、わたしにこんなことをやらせたのはあんただ。そのことを憶えておいてくれ。あんたはわたしに選択の余地を与えなかった。そら」彼がソボトカに何かを投げると、ソボトカは手袋をはめた手でさっとそれを受けとめた。それは透明なポリ袋に入ったワイングラスだった。

「いったい何がはじまるんだね?」

「すぐにわかるさ」

ソボトカは袋からグラスを取りだし、わたしの右手を万力のような力でつかむと、わたしの五本の指をグラスの底のまるみにぎゅっと押しつけながら、グラスを回転させた。グラスの表面は触れるとべっとりした感じだった。数秒ほどそうしてから、ソボトカは照明にグラスをかざし、明らかに満足して頷いた。それから袋にグラスを戻してロジャーに投げ返し、ロジャーはそれをマントルピースの上に置いた。

「あんたはきょうの午後、こっそりこの家に忍びこんだ」ロジャーが言った。「わたしにはそれを証明する閉回路テレビの画面がある。あんたはスタッフが帰宅するまで隠れていた。そのあと出てきて——わたしを襲った」

「なんだって?」

「あんたはわたしの不意をついた。それは凶暴な、いわれのない襲撃だった」

「あんたは頭がおかしいよ。そんなこと誰も信じないさ」

「実際には信じると思うね」彼はソボトカに向かって頷いた。「さあ、いいぞ」

ソボトカはコルボーンが立っているところへ移動すると、仰天したことに、彼の顔を拳で殴った。拳はコルボーンの左眉の近くに当たって彼をよろめかせたが、彼は体をしゃんと起こして、ふたたびまっすぐに立った。二回目のパンチは彼の顎と頬骨のあいだに当たった。彼は甲高い叫び声を上げてよろめき、頭を振ってから降参の合図に片手を上げると、のろのろ自分の椅子に沈みこんだ。

血が彼の口の隅から流れていた。彼はハンカチーフでそれを拭い、もう片方の手をすでに赤く膨れている、目の上の打ち身のほうへ上げたが、指先が触れたとたん、はっと体を縮めた。「ぎょっとするほど真っ黒になった目のくまが証明してくれるだろうよ」口調がすこしもつれていた。「それに歯もぐらぐらになってる。裂けた唇がすごく効果的に見えるはずだ。ジェニーも、あんたが本当に錯乱したと思うだろうな、トビー。そして、そのとおりだ。あんたは錯乱した」

わたしは束の間、喋ることもできずにまじまじと彼を見つめた。この男は狂っている。そうにちがいない。狂っているし、非常に危険だ。すすんで自分をこんな目に遭わせたのなら、わたしにはいったい何をする気だろう？

「これからのあんたの夕べをざっと説明させてくれ、トビー。あんたは傷の手当てをするわたしをここに置き去りにして、自分はブライトンへ戻って数時間かけてぐでんぐでんに酔っ払う。あんたは劇場に姿を見せなかったし、休演することを知らせようともしなかった。そのうち、あんたは売春婦に出会って、彼女のうちへ行く。そこで何かひどくまずい事態になる。たぶんそんなに大酒を飲んだあとでは、あんたはちゃんとやることができなかったんだろう。とにかく、あんたは腹を立てて、彼女の顔をワイングラスで殴る。たちが悪い。じつにたちが悪い。それに、じつに愚かだ。劇場の外のポスターで、彼女にはあんたが誰かわかっていた。しかもあんたは、出ていくときに割れたグラスを持ち去らなかった。それには一面に指紋がついてただろうよ。あんたの指紋が」

「そんなこと、うまくいくはずがない」わたしはそう主張した。

「あんたにどんなことがやれるかわかったら、ジェニーはあんたとはいっさい関係を持ちたくないと思うだろう。あんたのキャリアにとっても、それは役には立たんだろうよ、なあ？　警察はあんたを長くは勾留しないだろう。初犯である、以前は善良な性格だった、などなどで。うまくいけば執行猶予ですむかもしれない。だが、俳優業のほうは？　それは諦めるんだな。わたしはあんたのボスのレオ・ガントレットに連絡をとった。『気にくわない下宿人』に金をだそうと申し出た。ウェスト・エンドで上演するチャンスを与えるに充分な金を。だがわたしは、ジェームズ・エリオットの配役を変えることを提案した。もっと信頼できる者に変えることを。たぶんあんたは、そのことを聞いてしまったんだ。たぶんあんたは、それできょうの午後ここへやってきたんだ。わたしにその問題をぶつけるために。そうなると、あんたがやったことのせいで、彼は間違いなくわたしの提案を受け入れるだろう」

「この野郎」怒りがついにショックと恐怖に打ち勝った。わたしは彼にぶつかっていった。だが、ソボトカが割りこんでわたしをつかみ、わたしの片腕を背中にねじり上げた。わたしの肩にきりきり痛みが走った。

「彼をここから連れだせ」コルボーンが命じた。「用はすんだ」

あまりにも簡単に両腕を背中に押さえつけられたから、すこしでも抵抗すれば脱臼か、もっとひどいことになりかねないと感じ、わたしはソボトカに押されるままに部屋から出て階段を下りた。コルボーンがわれわれを追い越して玄関のドアを開けるあいだ、ソボトカは階段の下で足をとめて待った。そのあと、コルボーンが先に立ってテラスを横切り、車道の端にバックさせてとめてあったフォード・トランシットのところまで歩いていった。彼は後ろのドアのひとつをさっと開けると、振り返ってわたしをまともに見た。

「街はずれであんたはおろされる。そのあと何をしようと、あんたの勝手だ。何をやろうとちがいはない。あんたのほうから先に自分の話を警察に持ちこむこともできるが、彼らはすぐに見抜くだろう。証拠は完全にひとつの方向を向いている。否定しようが反告発しようが、結局はあんたに不利になるだけだ。もちろん、いそいで逃げることもできる。それもひとつの選択だ。ガトウィックまでは列車で半時間しかかからない。警察が警報をだすまえに、どこか異国行きの航空機に乗ることができるかもしれん。それとも、〈シー・エア〉でじっとすわって、警察がやってくるのを待つこともできる。だが、どれに賭けても負けだよ、嘘じゃない。ちゃんと手は打ってある」

「今夜すぐ、永久にブライトンから立ち去ると言ったら、どうなんだね?」その嘆願は、わたしの実際の気持ちを反映しているかのように、必死の響きを帯びていたにちがいない。「わたしのためにお膳立てする手間を省いてあげられるよ」

コルボーンは含み笑いをした。「それにはもう手遅れだよ」

「ここまでやる必要はないだろう」

「だが、あるんだな。あんたはあまりにもわたしを追いつめたんだ、トビー。そういう簡単なことだ」

「デリク・オズウィンのことはどうなんだ? 彼をどうするつもりだ?」

「オズウィンのことは心配するな。自分の心配をしろ」彼はソボトカに頷いた。「連れていけ」

ソボトカはわたしを後ろに倒して、わたしの両脚をヴァンの床の面よりも高く持ち上げてから、ドアのなかへわたしを押しこみ、最後にぐいと乱暴に突いたので、わたしは転がって車輪のアーチ型の出っ張りにぶつかった。背後でドアがぴしゃっと閉まり、ロックがカチッとかかった。

体を起こし、前向きになって前方をそっと手探りすると、運転席とのあいだの合板の仕切り壁に指が触れた。ヴァンの後部座席は空っぽで、わたしがただひとつの積み荷だった。

ソボトカが運転席に乗りこむと、ヴァンは片側に傾いた。彼はエンジンをかけてから、手順を中断して煙草に火をつけた。仕切り壁ごしにライターのカチッという音が聞こえた。ヴァンの片側をトントンたたく音がした——コルボーンからの合図だ。ソボトカは車のギアを入れ、走らせはじめた。

ソボトカの優先すべき任務は、明らかに彼の乗客を楽しませることではなかった。ブライトンまでの旅は骨がぎしぎしきしむ苦行の行程だった。わたしにできるのは車輪のアーチ型の出っ張りのひとつにしがみつき、旅が終わるのを待つことだけだった。

ヴァンがスピードを落とし、道路の縁にどすんと乗り上げて停止したとき、わたしは自分たちがどこにいるのか見当もつかなかった。ソボトカが運転席から出たときには、エンジンはかかったままだった。二、三秒後には後ろのドアが開き、ソボトカの巨大な影がわたしの前にぬうっと浮かび上がった。

「出ろ」と彼は言った。それは彼がわたしに喋った最初の言葉であり、最後の言葉でもあった。

わたしは体をかがめてドアのほうへ移動した。わたしが這うようにして車から出るとき、彼はちょっと後ろにさがったが、そのあと、さっとわたしの横をすり抜けてドアを閉めた。

数秒後には運転席のドアがぴしゃっと閉まった。ギアボックスが耳障りな音を立てた。ヴァンはよろめきながら車道に下り、スピードを上げながら走り去った。それをじっと見送るうちに、周囲の状況がゆっくりとわたしの意識のなかに入ってきた。わたしは街灯のない一車線の道路の端に立っていた。前方にはナトリウム灯に照らされたラウンダバウト（環状交差路）がある。スピードをだしたままヴァンがそこを横切っていくのをわたしは見守っていた。

そのとき、紺色のセダンがゆっくりとラウンダバウトをまわり終えて、ヴァンと同じ出口から出ていった。ほかにはどの方向にも車の往来はなかった。それは催眠術にかかっているかのような奇妙な光景だった。ヴァン。そのあとセダン。それをどう考えたらいいのかわからなかった。それに、ほかのことで頭がいっぱいだったから、いつまでもそのことを考えているわけにはいかなかった。

わたしはラウンダバウトに向かって歩きはじめた。

ソボトカはブライトン・バイパスのインターチェンジのすぐ手前で、わたしを車からおろしていた。そこには交差する二車線のどちらの側にもラウンダバウトがあった。その上の陸橋を、琥珀色のドームのように見える街のほうへ向かってとぼとぼ歩きながら、うねるように伸びている車の流れを見下ろした。

わたしがいるのはダイク・ロード・アヴェニューだったが、行き先も定まらず、決断もつかぬまま、わたしは人気のない郊外を通って南へ向かっているのだった。コルボーンがじつに気前よくわたしの前に差しだした選択は、どれをとっても変わりがないほど破滅的だった。警察へ行けば、わたしに残されているわずかな行動の自由を失ってしまうだろう。わたしに暴行の罪をきせるために殴られることになる売春婦——おそらくオルガ——を助けたくても、わたしにできることは何もなさそうだった。もちろん、警察はソボトカの不正を見つけたはずだ。そう考えたことで、またしてもラウンダバウトで見たセダンにたいして疑念がわき上がった。しかし、それで警察がわたしを信用することにはならない。彼らを納得させる望みがあると仮定しても、そのためにはまず、アディスとスプーナーからけさ事情聴取されたさいに、自分が嘘をついたことを認めねばならなかった。いそいで逃亡するというのは狂気の沙汰だった、明らかに心をそそられる選択ではあったが。それにしても、どこへ逃げればいいのだ？ 何をたよればいいというのだ？ わたしは、自分が真実を話していることをジェニーに証明しなければならなかった。だが、どうすれば信用させることができるだろう？ それに、そのチャンスを手に入れるまで、どうやって生きのびればいいのだろうか？

すくなくとも三キロ以上はあったにちがいない距離を、静かな家々の前を通ってわたしは歩いていったが、それらの家にも劇場へ行っていた人たちがいつ戻ってくるかしれなかった、『気にくわない下宿人』の配役がぎりぎりになって変更されたことに文句を言いながら。

今ではとっくに十一時をまわっていた。〈ダイク・タヴァーン〉は閉まっていた。ダイク・ロード公園を通り過ぎ、シックスフォーム・カレッジを通り過ぎた。ある意味では自分のとるべき行動がわかっていたが、べつの意味ではまったくわからなかった。〈シー・エア〉へ戻るのが、自分の無実を証明するための最善の方法だという結論にほぼ達していた。そこから警察へ電話しよう。とはいえ、たしかではなかった。わたしには何もたしかなことはなかった。

セヴン・ダイヤルズで、バス停留所のひとつに表示してある時間表を横目で見た。それによると、十一時五十分のオールド・スタイン行きの便がある。寒いし、靴ずれができていたし、腿がつっぱっているために足を引きずっていたから、わたしはそこで待つことに決めた。

ポケットに手を入れて運賃の一ポンドを手探りしたとたん、何か鋭いものが指に刺さって縮みあがった。その憎らしいものを引っ張りだしてみると……デリク・オズウィンのキャプテン・ハドックのブローチだった。そのピンが指に刺さったのだ。

近くの街灯の琥珀色の明かりのなかで、漫画のキャプテンのエナメルの顔を見つめた。そのときまで、水曜日の夜にヴァイアダクト・ロード七七番地のドアマットから、それをつまみ上げたことを忘れていた。無意識のうちにそれをポケットに入れたにちがいない。

そこで、べつの記憶がふっとよみがえった、デリクが、ウィックハースト・マナーに、マーリンスパイク・ホールというニックネームをつけていると打ち明けたことが。エルジェの漫画ではタンタンがマーリンスパイクに住んでいるけれど、あの家の持ち主はキャプテン・ハドックなのだと、デリクはその点を強調した。そしてそこには、ロジャー・コルボーンがウィックハースト・マナーの持ち主であることと符合する、ある種の繋がりがあった。その繋がりが正確にはなんであったか思いだせなかったが――デリクがわたしに告げたかどうかさえはっきりしなかった――彼がそれに言及したのは間違いなかった。繋がりが存在することを強調したのはたしかだった。

おそらくはソボトカによって、デリクが階段を引きずりおろされ、七七番地のドアから連れだされる光景をわたしは想像した。ハドックのブローチはどうして床に落ちることになったのだろう？　彼らが通ったときに、はがれ落ちただけかな？　それとも、デリクがわざとコートからもぎ取って……そこに落としたんだろうか……わたしがそれを見つけることを願って？　彼特有の奇妙な選択にもとづいて、デリクはキャプテン・ハドックをわたしにたいするメッセンジャーに決めたのでは？

その考えはばかげていたとはいえ、抗しがたかった。わたしは藁にすがろうとしていた。だが、溺れかけている男のわたしに、ほかのどんなことがやれただろう？　わたしはデリクの鍵を持っている。簡単にヴァイアダクト・ロードへ行くことができるし、そこにわたしが見逃した何かが——謎を解明する方向をわたしに示すために、デリクが考えだした手がかりが——実際にあるのかどうか調べることができる。それに、わたしがあそこへ行ったとは誰も考えないだろう。隠れ場所として、あそこに勝るところはない。そして、まず間違いなく、わたしには隠れ場所が必要だった。

わたしはバスの停留所をあとにして、セヴン・ダイヤルズから北東に向かい、プレストン・サーカスのほうへ坂をくだって……デリク・オズウィンの家へ行った。

ヴァイアダクト・ロード七七番地では何も変わっていなかった、電気料金の請求書が届いていた以外は。ドアマットからそれを拾い上げ、デリクが脱ぎ捨てていったダッフルコートにハドックのブローチを、裂け目を覆い隠すようにして元どおりピンでとめつけた。そのあと、ひょっとして何かアルコール飲料が見つかるかもしれないと空頼みしながら、台所へ入っていった。たしかにわたしにはココアよりずっと強い飲み物が必要だった。

戸棚を捜すと、半分残っている甘口のシェリーの瓶が見つかった。ヴァレリー・オズウィンがちびちび飲んでいたものだろう。それとも、デリクが少量のアルコール常用者なのかもしれない。いずれにせよ、えり好みを許される場合ではなかった。タンブラーにすこし注いで、それを居間へ持っていった。

主人公たちがついにマーリンスパイク・ホールへ引っ越すくだりが描かれているのは、『なぞのユニコーン号』の巻だった。床に散らばっている、おびただしい『タンタン』の漫画本のなかからその巻を見つけだし、それを見るために腰をおろした。巻末の宣伝広告文は、続編の『レッド・ラッカムの宝』に言及している。わたしはそれも探しだした。

『タンタン』の登場人物はわたしにもなんとなく馴染みがあったが、物語のほうは、子どものころにかなり読んだにもかかわらず、まったく記憶に残っていなかった。『なぞのユニコーン号』をぱらぱら繰りながら、テレビゲームの下敷きになっている筋書きを拾い集めた。長くはかからなかった。すぐに『レッド・ラッカムの宝』に移ることができた。その物語は、題名が暗示しているように、つまりは宝探しで、その巻の最後で、タンタンとキャプテン・ハドックは彼らの粗末な住まいから、ハドックの先祖代々の家、マーリンスパイク・ホールへ引っ越すことができる。海賊レッド・ラッカムの埋もれた財宝を探しに出かけたカリブ海への航海は失敗で、ハドックは実際には、友人のカルキュラス教授が貴重な特許を売って手に入れた金のおかげで、マーリンスパイクを買うことができたのだ。そして家を所有したのちにようやく、タンタンとハドックは、地下室の大理石の地球儀のなかに隠されていた宝物を見つける。

わたしは椅子の背にもたれてシェリーを数回すすったが、ハドックと同様、ウィスキーのほうがずっと好ましかった。無駄だったという思いに、さらには、愚かだったという思いに打ちひしがれた。理性と正気という名目のもとに、わたしはいったい何をやってるんだ、自分の人生がまわりでばらばらに壊れていくというのに、デリク・オズウィンの子ども時代の読み物を夢中で調べているなんて？　わたしにとってさらに不利な状況を演出するために、気の毒なオルガはたぶんもう頬を切られてしまっただろう。その一方で、レオは『気にくわない下宿人』の公演からわたしをおろして、二度とわたしを雇わないことを決断しただろう。スキャンダルと恥辱にきちんと向き合うことなど、わたしには絶対にできない。コルボーンが彼の提案を差しだしたときに、わたしはそれを受けるべきだったのだ。わたしが拒否したために、デリクの身に何が起こったのか考えたくなかった。ましてや自分の身に何が起こることになるのか考えたくなかった。最悪なのは、それを防ぐために自分にできることが何もないことだった。ハドックのブローチはデリクからのある種のメッセージだという考えは、完全な絶望から生じた妄想だった。ここにはメッセージも、手がかりも、謎を解く鍵も、望みもない。それに、待っている地球儀もない、わたしがそれに手を触れるとぱっと開いて、なかから――

「そうか、ちくしょう」わたしは思わずそう叫んで、体をすっくと起こした。「地球儀だ」

それはデリクの寝室の窓の前に置かれたデスクの上にのっていた。直径三十センチぐらいの台つき地球儀。彼がまだ学生のころに両親が買い与えたものだろう。たしかにここに表示されている地図では、ソビエト社会主義連邦は、それを構成するいくつかの共和国にまだ分かれてはいなかった。わたしは地球儀をゆっくり回しながら、自分は本当に何かを見つけたのだろうか、それとも、無意味な偶然の符合にたぶらかされただけだろうかと考えた。

オズウィン夫妻は息子にけちけちしなかった。それは明白だった。地球儀は内部に明かりを灯せるタイプのもので、コードがデスクの後ろのプラグのほうへ延びている。ソケットのほうに屈みこんでスイッチを入れたが、何も起こらなかった。そのとき、コード自体にスイッチがついているのが目にとまり、それをカチッと動かしてみた。やはりつかない。内部の電球が切れているにちがいない。デリクはそれを取り替えようとしなかったのだ。

しかし、わたしにはわかったが、それはデリクの流儀ではなかった。彼なら気にしたはずだ。取り替えたはずだ。もちろん、電球が切れていないのなら話はべつだ。つまり、彼が電球を取りはずしたのなら。何か理由があって。きわめて妥当な理由があって。レッド・ラッカムの宝は地球儀のなかに隠されていた。

地球儀を取り上げて、そっと振ってみた。内部で何かが前後に滑っている。北極のところにある軸に留め金のようなものがついているのを見つけた。それをこじ開けて、軸の内部のピンをはずすと、地球儀を台の部分から持ち上げることができた。地球儀を鎌の形をした取りつけ台からなんとか取りはずしたとたん、南極の部分の穴から何かが落ちてきてデスクの上にのった。

それはわたしが使っているのとそっくりのマイクロカセットだった。だがこれには、小さな紙のラベルが表に貼りつけてあり、そこに細長いボールペンの文字で日付が記されている。九五年十月七日。テープに何が入っているにせよ、それは、一九九五年秋のサー・ウォルター・コルボーンの死の一ヵ月ぐらいまえに、録音されたものだった。

カセットがあるところには、それを再生する機械があるはずだ。それは理の当然だった。わたしはデスクの引きだしを調べた。するといちばん下の引きだしの奥にそれはあった。わたしが〈シー・エア〉に置いてあるものよりすこし大きくて、たぶんかなり古いものだったが、明らかにまだ使用できた。再生ボタンを押すと、巻き取り軸がブーンと回転しはじめた。電池はたっぷり充電されている。

カセットを挿入して、戸棚の横に機械を置き、ベッドに腰をおろした。それからもう一度、再生ボタンを押した。

二つの声が入っている。話し合っている男と女の声だ。男の声は年老いてしわがれ、苛立っているように聞こえる。女の声はもっと若くて、もっと穏やかな口調で、もっと遠くから聞こえてくるようだ。最初は二人が誰なのかわからなかった。そのあと、彼らの正体がはっきりするにつれ、不信が頭をもたげた。その二人の人間が一九九五年の十月に会話を交わすことはあり得なかった。とにかく、不可能だった。それなのに、二人は話している。わたしには会話が聞きとれた。一語残さず聞きとれた。

男：アン？

女：そうだけど？

男：本当にきみなのか、アン？

アン‥そうよ、ウォルター。本当にわたしよ。

ウォルター‥なんだか……きみの声ではないようだ。

アン‥わたしはべつの人を通して話してるの。それに、あなたにとってもわたしにとっても長い時だった。いいえ、正確には時ではないわね。でも長いわ。そう、そういうことなの。そして、わたしは変わった。わたしはアンよ。でも、あなたが憶えているアンではないわ。かならずしも。とはいっても、もちろん……

ウォルター‥なんだね？

アン‥わたしはずっとそうじゃなかった。本当はそうじゃなかった。あなたが信じることにしたアンではなかった。あなただって自分に正直になれば、それがわかるはずよ。あなたに正直になってほしいとわたしが願っているように。こんなふうにわたしに接触していることが……あなたがそうなってることを証明していると……わたしが願っているように。

ウォルター‥これがきみだと、どうやって確信できるんだね？

アン（くすくす笑いながら）‥それでも信じてるんでしょう、ウォルター？　明白なありのままの事実。あなたはそれに従って生きることができる。でも、それに従って死ぬことはできない。

ウォルター‥わしはただ望んでるんだ……絶対に――

アン：あなたが産院のわたしの部屋に入ってきて、わたしの腕に抱かれたロジャーを見たときの表情、よく憶えてるわ。はっきりと憶えてる。あなたは？
ウォルター（ちょっと沈黙してから）：ああ。もちろん。
アン：わたしから何を聞きたいの、ウォルター？
ウォルター（またもや一瞬の沈黙ののちに）：真実……だと思う。
アン：真実？
ウォルター：そうだ。
アン：でも、あなたはもう知ってるわ。
ウォルター：いや。知らない。
アン：本当は知りたくないってことよ。
ウォルター：きみは遺書を残さなかった。なんの……説明もなかった。
アン：遺書を残せば……世間に知れ渡ることになるわ。検視官に調べられて。記録に残されて。あなたは本当にそのほうがよかったの？
ウォルター：この年月ずっと、わしは考えてきた。
アン：何を？
ウォルター：どうしてなんだ、と。
アン：もう見せかけには耐えられなくなったのよ、ウォルター。それだけの単純なこと。我慢できなく……なったの。あんなことになる必要はなかったのに。あなたがそうしたのよ。

ウォルター：わしが？

アン：もうどうでもいいことよ。わたしはあなたを許してるわ。車で崖から飛びこんだときでさえ、あなたを許してた。すべてがあなたの責任だったわけじゃない。わたしにも責任があったわ。そもそもはわたしが始めたことだと、あなたは言えたのよ。ええ、そうよ、ウォルター。ほんとに、どうしてそう言わなかったの？　酔っ払ったときや……あんなみっともないことに腹を立てたときに、どうしてあなたのいつもの悪態をわたしに投げつけなかったの？

ウォルター：わしには本当に……そんな気はなかった。

アン：いいえ、あったわ。でも、あなたを責めはしない。尊大な人にとって、あれは耐えがたい打撃だった。そしてあなたはつねに……すごく尊大だった。

ウォルター：今はもうちがうよ。

アン：いつから変わったの？

ウォルター：きみが……いなくなったときからだ。そして最近は、年をとるにつれ……

アン：死について考えてるのね。

ウォルター：そうだ。
アン：曇りない良心でそれと向き合いなさい、ウォルター。あなたに忠告するわ、懇願するわ、罪を取り除きなさい。わたしは自分の罪から逃げてしまった。どうか同じ間違いはしないで。
ウォルター：きみはそんなにも罪の意識に苦しむ必要はなかったんだよ、アン。
アン：あら、そんなことないわ。あなたが本当の自分よりも無慈悲な人間になるのに、わたしは手を貸したんだから。
ウォルター（苦々しげな笑い声を洩らしてから）：ロジャーはあまりにも多くの点でわしに似てしまった。きみにとっては皮肉なことだ。きみが彼を……わしのそっくりさんにしたんだ。われわれ二人がどれほど無慈悲だったか、きみには想像もつかんだろう。大勢の人たちが……苦しんだ。
アン：わたしはあなたのためだけにここにきたのよ、ウォルター。説明することは不可能だし、わたしは何も感じない。でも、何もかもわかってる。あなたがどんな過ちを犯したにせよ、それを正すのに遅すぎることはないわ。
ウォルター：遅すぎるようだ。ほとんどの患者の場合、あまりにも手遅れだ。
アン：でも、全部がそうじゃないでしょう？
ウォルター：ああ。全部じゃない。

アン‥それなら、彼らの面倒をみてあげて。すぐに。

ウォルター‥きみがいつも、そうしろとわしに迫っていたように？

アン‥あのころはあなたは耳を貸そうとしなかった。

ウォルター‥今はちゃんと聞いてるよ。

アン‥わたしもかつてはあなたを愛したわ。でも、あなたが愛を追いだしてしまった。そして、わたしの人生とあなたの人生のあらゆる不幸が飛びこんできて、それにとって代わった。

ウォルター‥わしはどうすればいい？

アン‥もう一度、愛しなさい。それだけだわ。世間と仲直りなさい。

ウォルター‥努力するよ。本当にそうする。だが、じつは……ほかにもあるんだ。ロジャーのことだ。ああ、ちくしょう。（咳払い）きみが彼に話したのか、アン？　きみが……去るまえに……？　彼は知ってるのか？　われわれはそれについて話し合ったことはない、彼とわしは。だがわしはずっと怪しんできた……彼は推測したんだろうか、それとも……わしは確かめねばならんのだよ、アン？

アン（ささやくような声で）‥彼は知ってるわ。


録音はそこで終わっていたが、最後の言葉があまりにも唐突にぷつんと切れているので、このきわめて奇妙なやりとりを完全に録音してあるほかのカセットには、きっと続きが入っているはずだと容易に信じることができた。彼自身が死ぬわずか一ヵ月前に、亡くなった妻と話しているサー・ウォルター・コルボーン。それはある種の降霊会だったにちがいない。サー・ウォルターはアンの声が彼女自身の声とはちがうようだと言っている。それは彼女が霊媒を通して話しているからだ。彼女の霊を、彼女の霊魂を、彼女の……彼が信じているものがなんであれ、それを呼びだせる人のところへ彼は行ったのだ。サー・ウォルター・コルボーンはけっしてそんなことを信じる人間ではなかった、わたしはそう言っただろう。とはいえ、わたしが彼について実際に何を知っているというのだ？　または、彼とアンの関係について？　または、それを言うなら、アンその人について？

もう一度、録音を聞いた。わたしがすべての降霊術者をそう見なしているように、この霊媒が食わせ者だったとすれば、彼女は頭の切れる人間だったにちがいない。サー・ウォルター・コルボーンは十三年間ではじめて、アンと話していると信じている。彼の声音にその確信が高まっていくのが聞きとれる。彼女以外誰も憶えているはずのない事柄に言及したことが、その問題に決着をつけた。そして、そのことが彼を誘導して、彼らが長年共有してきた秘密に彼は言及した……ロジャーについての秘密に。〝きみが彼に話したのか、アン？　彼は知ってるのか？〟そう。ついに彼はそのことにたいする彼女の答えを手に入れた。そして、わたしも手に入れた。〝彼は知ってるわ〟

だが、彼は何を知ってるのだろう？　彼と彼の父親はそのことについて話し合ったことはなかった。だが、二人とも知っていて、相手が知っているのかどうかわからなかった秘密。それはいったいどんなことだろう？　その秘密を知っている者がほかにもいるのだろうか？

「あなたはどうなんだ、デリク？」わたしはひとりごちた。「これが、あなたがずっと明らかにしようとしてきたことなのかい？」

壁に頭をもたせかけてベッドに横になり、影がアーチ形に広がっている天井を見上げた。犬がどこかあまり遠くないところで吠えていて、窓を開けて外を見渡せば目に入るだろういくつかの裏庭と、そっくり同じどこかの庭からその声が響いてくる。そのとき、その吠え声に挑むかのようにパトカーか救急車のサイレンが聞こえてきて、近づくにつれ犬の声を呑みこんでしまった。

わたしははっと体を起こし、彼らはわたしのところへやってくるのだと、理屈ではなく確信した。だが、ちがっていた。彼らはどこかほかの目的地に向かってべつのルートを進んでいった。サイレンのうねりが遠ざかった。犬はまだ吠えつづけている。ここにいれば安全だった、目下のところ。だが、目下のところ、というにすぎない。今夜の残りとあしたの一部。それだけが、自分で切り開くことができる、ロジャー・コルボーンの世界をひっくり返すチャンスだった。そして、誰も——わたし以外——見つけだせない場所にデリク・オズウィンが隠したテープが、チャンスを切り開くためのただひとつの望みだった。

しかし、それはわたしに何を告げたのか？　その本当のメッセージはなんだったのか？　その秘密とはなんだろう？

デリクが知っているのなら、彼はどうやってそんなことを知り得たのだろう？　亡くなったアン・コルボーンと彼を繋いでいたのは何か？　それは明らかにコルボナイトだ、たとえ間接的な繋がりだったにしろ。とはいえ、それは全従業員に当てはまる。いずれにしても、アンが会社に近づいたと推測する理由はなかった。ほかの何かがあるはずだ。それ以上の何かがあるにちがいない。

デリクが出入りしていた退屈で限られた小さな社会からは遠く離れたところで、アンは暮らしていた。彼女の夫である、デリクの雇い主が所有していた工場をべつにすれば、二人の生活のあいだに接点はなかった。しかも、その接点ですら、デリクが一九七六年にそこへ入社してから、一九八二年にアンが自殺するまでの六年間に限られる。ほかには何もなかった。鉄道の線路と市営食肉処理場のあいだに押しこまれた、ホリンディーン・レーンにあるコルボナイトの敷地のことを考えた。さらに、ビーチー・ヘッドの高くて白い崖のてっぺんに、その下の青い海に、その上の緑の芝生に、思いを馳せた。それから——

わたしは膝をついて、部屋の真ん中に散らばっている木箱の中身のあいだから、わたしがきのう、それを置き去りにした場所から、写真のアルバムをつかみ上げた。記憶にある写真を探しながら、いそいでページを繰っていった。一九五五年。一九五八年。一九六五年。そうだ、これだ。

ビーチー・ヘッド、一九六八年七月。そこには、縞のTシャツに折り返しつきの半ズボン姿の十歳のデリクの写真が二枚あり、一枚の写真ではピクニック用の敷物にすわっていて、もう一枚では、クリケットのバットで防御の構えをとっている。添え書きだけが、そこがビーチー・ヘッドであることを証明している。背景はサセックス傾斜地のどこのくぼみであってもおかしくはない。オズウィン一家がピクニックをするために選んだその崖までは、どれくらいの距離があるのか知るすべはなかった。さらにページを繰っていくと、べつのビーチー・ヘッドの写真が出てきた。一九七六年八月。デリクがコルボナイトで働きはじめた年、おそらくは月だ。この写真では彼は父親といっしょに立っている。二人はポーズをとり微笑している。彼らの背後では地面が低くなってから、ふたたび高くなり、崖の白い脇腹をカメラがとらえていた。海に突き出た二色の縞模様の灯台が、グリッド表示にもおとらぬほど正確に彼らの所在地を示している。道路は長いカーヴを描きながら彼らの後ろの崖のほうへ近づいてから、また遠ざかっている。道路が崖にいちばん近づいている地点のすぐそばの待避所には、二、三台の車が駐車している。そのうちの一台がオズウィン家の車だろうか？　いや、ちがう。そんなはずはない。たしかにデリクは言っていた、彼の父親は病気になったあとで、サー・ウォルターを殺害することになった車を買ったと、そのまえには、彼らは車を持っていなかったかのように。彼らはきっと、バスでビーチー・ヘッドへ簡単に行けたんだろう、わたしはそう考えた。彼らには必要なかったんだ――

待避所に駐車している一台の車の特徴のある輪郭に目がとまったとたん、わたしの思考が停止した。トランクから屋根、ボンネットへかけてのなだらかで優美なライン。磨かれた塗装面に陽光がキラキラ反射している。それはジャガーのツー・ポイント・フォーだった。その車の持ち主が誰なのか、わたしに疑問の余地はなかった。そして、自分の見ているものが暗示していることについてちょっと考えこんだとき、写真を撮った人物が誰なのか、その昔にケネスとデリクのオズウィン父子が夏の陽射しのなかで、こんなにも愛情のこもった笑みを向けている人物が誰なのか、わたしが実際にそこに見るはずの人物が誰なのか、わたしに疑問の余地はなかった。

土曜日

情況証拠というのは人間以上に油断のならない陰謀者だ。それはわれわれには考えだせないような不思議な配置、配列を定める。わたしは昨夜は、デリク・オズウィンが四十四年前に生まれた家で彼のベッドに横たわり、彼には見慣れた心地よい、だがわたしには初めてで不気味な暗闇を見つめながら、一夜を過ごした。わたしは彼の口述録音機を使って、わたしが経験したことを録音した。わたし自身の機械は、わたしが戻ることのできない〈シー・エア〉に置いてあったから。警察はわたしを追跡しているにちがいない。ロジャー・コルボーンが仕組んだとおり、彼らはわたしを危険な男だと信じて捜しているのだ。それに較べれば、わたしが説明もなしに〈シアター・ロイヤル〉の舞台をすっぽかした許しがたい行為も、些細な問題になってしまう。けれども、コルボーン家とオズウィン家との繋がりについての真実――さらには、その真実が招き寄せるだろう他のすべての真実――をわたしが見つけだせば、それによって今度は、わたしの追跡劇が些細な問題になってしまうだろう。

とはいえ、これまでのところ、それらの真実はただの疑惑にすぎなかった。わたしに必要なものは——警察がわたしを見つけるまえに、わたしが見つけねばならないものは——証拠だった。

わたしにわかるかぎりでは七六番地のランプ夫人に見られることなく、わたしがヴァイアダクト・ロード七七番地を立ち去ったときには、あたりがようやく明るくなりかけていた。その朝は寒くてじめじめしていて、細かい霧雨がまだ灯っている街灯をぼやけさせていた。わたしはディッチリン・ロードをレヴェルのほうへ向かい、そのあと道を横切ってセント・バーソロミューへの近道を選び、遠い昔にデリク・オズウィンの祖父が、コルボナイトでの十時間勤務を終えて帰宅するときに通った道筋をたどった。彼の一日は終わろうとしていただろうが、わたしの一日は始まったばかりだった。

鉄道の駅でタクシーに乗り、ピースヘイヴンのレイ・ブラドックの住所へ行ってくれと頼んだ。バターミア・アヴェニュー九番地へ。彼は車をだしながら、バックミラーに二度、意味ありげな眼差しを投げたから、わたしは不安で心臓がどきどきした。警察がわたしを捜していることを地元のラジオ局に知らせたのかもしれない。だが彼が口を開いたとき、わたしがこれまでに何百回も聞いた「どこかで会いませんでしたかね」という台詞が、彼の眼差しに加わったにすぎなかった。
「いいや」とわたしは答え、無理をして笑顔をつくった。「なにしろ、よくある顔でね」

ピースヘイヴンのバターミア・アヴェニューは、そっくりの小石打ち込み仕上げの二戸建て住宅が並ぶ、長いまっすぐな道路で、そこの居住者の多くが近づきつつあると思われる墓さながらに、静まりかえっていた。九番地の庭は完璧に保たれており、そのために家そのものは実際よりもみすぼらしく見えた。陽射しで色焼けした門は、わたしが開けたとき、ひどく大きな音を立ててきしんだから、訪問者がきたことを警告するために、ブラドックはわざとオイルをささないでいるのだろうかと、わたしは本気で考えた。たしかに〝行商人お断り〟〝広告ちらしお断り〟の表示が、ひょっこり訪ねてくる者を彼が歓迎しないことを示唆していた。

玄関ドアの波形ガラスごしに明かりが灯っているのが見えたし、家のなかでかすかにラジオの音がするのも聞きとれた。わたしはベルを長く強く押した。正面からぶつかる以外、これにとりかかる方法はなかった。ラジオの音がぷつんと切れた。

ガラスごしにぼんやりした姿があらわれ、しだいに大きくなったと思うと、いきなりドアが引き開けられた。髭も剃っていない、ぼろぼろのセーターとカーディガンにくるまったブラドックが、わたしを睨みつけた。が、すぐに客が誰であるかがわかり、彼は表情をやわらげた。

「フラッドさん。デリクから連絡があったんですか？」

「いいえ。でも、彼についての情報を手に入れました」

「なかへ入ってもらったほうがよさそうだね」

彼は狭い玄関を通って、家の奥にある台所へわたしを連れていった。炒めたベーコンのにおいがあたりに漂っていた。卵で汚れた皿とパン屑だらけのパン切り台がシンクの横に置かれ、部屋の中央にあるテーブルには、ティーポットと、湯気が立ちのぼっている飲みかけのマグがのっている。その横には週末版の《アーガス》が開いて放りだされていた。印刷時間が早かったために、『気にくわない下宿人』の昨夜の公演での主役俳優の不可解な休演が、まだそこに報じられていないようにと願うのみだった。

「よかったら、ポットにまだ紅茶が入ってますが」ブラドックが言った。

「けっこうです」わたしは断った。

「それで、デリクについての情報とはなんですかね？」

わたしは持ってきた写真をポケットから取りだしてテーブルに置いた。

ブラドックは腰をおろし、カーディガンを手探りして、ぶ厚い縁の眼鏡をだして鼻にかけると、目を細めて写真を見た。しばらくじっと眺めてから、眉をひそめて怪しむようにわたしを見上げた。「どこでこれを手に入れたんですか？」

「ヴァイアダクト・ロードのアルバムのなかにあったんですよ」

「ああ、しかし――」

「鍵を持ってるんです」

彼の眉間のしわが深くなった。「そんなことは言わなかったね」

「あなただって、わたしに話してないことがありますよ」

「どういうことだかわからんよ」

「写真を見てください」

「見たよ」

「何が見えますか？」

「ビーチー・ヘッドにいるケンとデリク。ずっと昔だ」

「正確には二十六年前です。一九七六年の八月」

「あんたがそう言うんなら、そうだろう」

「ほかには何が見えますか、あなたの昔の友達と、あなたの名づけ子以外に？」

彼はもう一度写真を調べるふりをしてから、肩をすくめた。「何もない」

「待避所に車がとめてあります」

「とめてなかったら妙だよ」

「そのうちの一台はジャガーのツー・ポイント・フォーです」

「たぶん」

「アン・コルボーンの車です」

「誰の車であっても不思議じゃない」

「いいえ。それは彼女の車です。あなたにはそれがわかってる」

「わからんね」

「彼女が写真を撮ったんです」

「なんだって？」

わたしは彼のかたわらに腰をおろした。「とぼけても無駄ですよ、レイ。わたしはそれを解き明かしたんです。デリクからちょっぴり助けてもらって。あなたの友達のケン・オズウィンと、あなたのボスの妻であるアン・コルボーンは恋人同士だった、そうですね？」

その示唆は彼を怒らせたように見えた。だが、彼はショックを受けただろうか？　いや。そうは見えなかった。「あんたはわしをからかってるのかね、フラッドさん？」

「とんでもない。あなたが長年、承知していたにちがいないことを確認するために、訊ねてるだけです。ロジャー・コルボーンはケンとアンの息子です、ウォルターではなく。ということは、彼はデリクの異母兄になります。彼もそれを知っている。二人とも知ってますよ」

ブラドックは思案しながら顎をこすった。明らかに否定すべきか認めるべきか決めかねて、考えこんでいる。彼の本能的な衝動は、わたしを嘘つきだと強く非難することだったにちがいない。だが結局は、デリクに起こったことにたいする心配が、その葛藤に決着をつけた。「どうしてわかったんだね？」彼はついにそう訊ねた。

「それが重要なんですか？」

「証拠はないんだ。あるはずがない」

「最近では証明できるんですよ、実際にね。けれども、ロジャーはＤＮＡ鑑定を受けそうもないから、われわれは強い疑念と確信を抱きつづけることになる。だが、アンとウォルターとケンには疑問の余地はなかった。それにあなただって。そうでしょう？」

「ケンは……打ち明けなかったし、そのことはあまり口にしなかった」

「それでも……」

「そりゃね、アン・コルボーンだけにははっきりわかってた、そうだろう？　だが、もしかしたら彼女にさえわからなかったかもしれん。いずれにしても、それでどんな違いが生じるんだね？　かつて彼女とケンのあいだには何かがあったよ、たしかに。彼がロジャー・コルボーンのじつの父だったのかもしれん。たぶん。だが、法律の見地からは、ロジャーはあくまでウォルターの息子だ。三人とも死んでしまった今では、そんなことはもうどうでもいいじゃないか？」彼はけんか腰でわたしを睨みつけたが、われわれはどちらも彼の言葉の白々しさがわかっていた。それはどうでもいいことではなかった。明らかに重要なことだった。「たしかかね、デリクが知っているというのは？」彼はもごもご問いかけた。

「ええ」

「ロジャーも本当に知ってるのかね？」

わたしは答える代わりに頷いた。

「やれやれ」

「デリクの母親はどうなんです？　彼女も知ってたんですか？」

「いいや、知らなかった。そのことは間違いない。ヴァルは……詮索好きなタイプではなかった。それは彼らが結婚するまえのことだったし、長くは続かなかった」

「それはアンが死ぬまで続いてたんですよ、レイ。写真がそのように証明してます」

「わしが言ってるのは……」ブラドックは唇を噛んだ。「わしが言ってるのは……二人は長く恋人同士ではなかったってことだ。だが、すぐに忘れたわけではなかったようだ、もしロジャーが……」彼は困惑したように肩をすくめた。

「ビーチー・ヘッドがお決まりのランデヴーの場所だったんですね？」

「どうしてわしが知ってるんだ？」

「知らないと言ってるんですか？」

「じつは……」ブラドックは咳払いした。「ヴァルはけっしてあそこへは行かなかった。彼女は高いところが苦手だったんだ。でも、ケンとデリクは歩くのが好きだった。夏の日曜日、彼らはよくシーフォードまで列車で行って、崖を歩いてイーストボーンまで行き、そこからべつの列車に乗って戻ってきたものだ。アン・コルボーンは……そのことを知ってたんだろう」

「このすべてのことが、サー・ウォルター・コルボーンの死の解明に新たな光を投げかける、そう思いませんか？」

彼はふんと体をそらせた。「どんなふうにだね？」

「ケンはアンの自殺についてサー・ウォルターを責めたのかもしれない」

「そうだったとしても、彼はわしには話さなかった。それに、そのことで何かするにしては、えらく長く待ったもんじゃないか、ええ？」

「彼は自分に死が迫るまで待ったんですよ。もう失うものが何もなくなるまで」

「そんなことは信じられん」

「それはあなたの自由です。いずれにしても、それが重要なわけじゃありません。重要なのはデリクがそれを信じているかどうかです」

「彼が出かけていって、そのことで面倒をひき起こしたんなら……」ブラドックは頭を振った。「そのことを彼に告げたのが誰であれ、その者は責任を負わねばならん」

「たぶん誰も告げてはいませんよ。おそらく自分で解明したんです」

「彼はこのことを彼のいまいましい本のなかに書いたと思うかね？」

「そう思います。コルボナイトの工員たちの高い死亡率にたいする説明とともに。あなたがロジャー・コルボーンだったら、好ましい組み合わせではありません」

「あいつはデリクに何をしたんだ？」

「わかりません。何もしていないように願いましょう」言うまでもないが、わたしは老人に嘘をついていた、臆面もなく。けれども、わたしにはわかっていたのだ、もしもデリクからのメッセージを彼に聞かせたなら、コルボーンの要求に従って静かに立ち去るように、彼はわたしに迫るだろうと——しかしながら、わたしはもはやそれを受け入れることができない立場だった。わたしにとって、これはいちかばちかの勝負だった。ブラドックはわたしが疑った事柄を確認はしたけれど、わたしが必要としているものを差しだすことはできなかった。証拠を。それどころか、証拠が存在するとは考えられないとはっきり告げた。だが、わたしはそれを認めない。認めるわけにはいかないのだ。

「ほかにこのことを知ってる人がいましたか、レイ？　そのことを事実として知ってる人が？」

「いないよ。とにかく、わしが言ったように、どうしてわかるんだよ？　事実としてということになると」

「考えてくださいよ、ねえ、考えて」知らぬまに彼の前腕をつかんでいることにはっと気づいた。彼もわたしと同様に、そのことに気づいていなかったようだ。わたしはおずおずと手を放した。「どうしてもこのことを突きとめねばならないんです」

「どうしてだね？」

「デリクのために」

「あの子は危険な状況だと思うのかね？」

「ええ、そう思います」

「それなら……」彼はためらうように唇をなめた。

「なんです？」

「ディーリア・シェリンガムがいる。たぶん彼女なら」

「ディーリア？」

「ウォルターの妹だ」

「知ってますよ、彼女が誰かは」わたしはつっけんどんにそう応じながら、ブラドックにすれば、わたしが知らないと思っても無理はないことに気づいた。同時に、彼女たち二人は非常に親しかったと、シド・ポーティアスが言ったことを思いだした。「彼女なら、どうなんですか？」

「ケンを見舞いにいったときに、病院で一度、ばったり彼女に出会ったんだ。あれは彼が死ぬわずか二週間前だった。そのころには彼の病気の状態がわかって、警察も彼を保釈で拘置所からだしていたんだ。わしが入っていったとき、ディーリアがちょうど病棟から出てくるところだった。彼女にはわしが誰かわからなかった。ああ、わしだって彼女にわかるとは思わなかったさ。しかし、わしには彼女がわかった。だから、彼女をそこで見たとき、思わずはっと足をとめた。兄を殺したと思われている男を、彼女はどうして見舞いにきたのかと思ったよ」

「彼に訊ねましたか？」

「そんな必要はなかった。彼がすぐに話したよ。彼はそれを面白がっているようだった。つまり、わしがベッドに近づいたとき、彼は含み笑いをしていたんだ。〝どう思うかね、レイ？〟と彼は言った。〝サー・ウォルターは遺言書を残さずに死んだ。彼の妹がたった今、おれと話しにやってきた。おれが知ってるはずだと考えて〟そのことを彼は愉快だと思っているようだった。彼がどれほどの苦痛に耐えていたかを考えると、それにはかなりの達成感があったにちがいない。わしはわからないふりをしたが、彼が言っていることはあまりにも明白だった。サー・ウォルターは遺言書を作成しなかった。なぜなら、彼の金を残すべき生存している妻はいなかったし、同じく――」

「息子もいなかった」

ブラドックはわたしをじっと見てから、ゆっくり頷いた。「わしはそんなふうに解釈した」

「そしてディーリアは、サー・ウォルターが遺言書を作らなかったことを、ケンが知っていたのか確かめたかったんですね？」

「そのようだ。なぜなのかわしにはわからん。結局のところ、それで違いが生じるわけじゃないだろう？　遺言書があろうがなかろうが、ロジャーが財産を相続するんだから」

「しかし、それが証明してますよ、彼女が知っていたことを」

「そういうことだな」

わたしはちょっと考えてから言った。「電話を使わせてもらえますか？　タクシーが必要なので」

「どこへ行きたいんだね？」

「ブライトンへ戻ります。いそいで」

「ディーリアに会いにいくんだろう？」

「ええ」

「わしの車で送るよ、よかったら」

「そうですか。ありがとう」

十分後、われわれはブラドックのつぎはぎだらけの古いメトロに乗り、ブライトンの方向を目指して南の海岸道路を西へ向かっていた。最初の三キロあまりは黙りこんだままだった。二人とも考えることが山ほどあったし、ブラドックのほうは、フロントガラスがくもらないようにたえず努力しなければならなかったので、なおさら面倒だった。

ソルトディーンを出て、そことブラック・ロックのあいだの開けた平野に入るころには、サー・ウォルター・コルボーンが遺言書を残さなかったことの重要な意味が、わたしの脳裏にふくらみはじめていた。それは、ロジャーがじつの息子ではないという事実を、彼が知っていたことを明示しているどころではなかった。それで違いが生じるわけではないと言ったブラドックの言葉が、考えはじめるきっかけをわたしに与えた。だが、違いは生じたのだ。ことによると、完全に違っていたかもしれない。

「そういうことだったんだ」わたしはふいに口走った。

「どういうことだったんだね？」ブラドックがわたしのほうをちらっと振り向きながら訊ねた。

「わかりませんか？　ロジャーは無遺言書の決まりに従って、サー・ウォルターの息子として財産を相続した。もしもそのときに、彼はサー・ウォルターの息子ではないと証明されていたら、彼は相続できなかったでしょう。財産はおそらく……ガヴィンとディーリアにいった。そのことになると、今でもまだ、ディーリアは遠慮するとしても、ガヴィンは自分の相続権を強く主張するでしょう。彼はロジャーの急所をおさえるでしょう」

「たしかなのかね、それは?」

「わたしは法律家ではありません。ガヴィンは裁判をおこすかもしれないし、おこさないかもしれない。わたしにはっきりしているのは、ロジャーはそれが解決するまで、何年も法廷にしばられたくはないだろうということです」

「デリクは彼にとって、われわれが考えた以上に大きな脅威だったということかね?」

「そんなふうに見えますね」

「それなら、われわれはどうすればいいんだね?」

「あなたは何もしなくていい。この件はわたしに任せてください。ロジャー・コルボーンの計画の裏をかく方法が見つかると思います。楽しみですよ、これは」


パウイス・ヴィラズから角を曲がったところ、クリフトン・テラスで、わたしは車からおろしてもらったが、明らかにブラドックはまだ懸命にわたしの考えに追いつこうとしていた。彼はひとつの疑問に――〝わしの名づけ子はどこにいるのだろう?〟という疑問に――すっかり心を奪われていたから、ほかの心配事はわたしの心の奥に押しこまれたままだった。

「ロジャー・コルボーンがこの問題から無事に抜けだそうが、そうでなかろうが、そんなことはどうでもいいんだよ、フラッドさん、デリクに危害が加えられさえしなければ」

「デリクは隠れているんだと思いますよ」わたしは嘘をついた。「賢明にも――自分が引き起こした面倒が無事に片づくのを――待ちながら」

「で、それはいつ片づくんだね？」

「わたしがそれをなんとかできれば……」わたしは自分では元気づけのつもりの微笑を彼に振りまいた。「きょうにも」

その元気づけがいかに虚しいものであるかに気づいたのは、パウイス・ヴィラズ一五番地のドアにたどり着いたときだった。わたしはディーリアに話をしろと無理強いすることはできなかったし、彼女の夫は未知数の人間だった。それに彼らは二人とも出かけているかもしれないのだ。

数回、玄関のベルを長く押しても返事がなかったとき、その最後の危惧が憂鬱にも的中したようだった。わたしは後ろにさがって、正面の張り出し窓ごしに応接間を覗き見た。部屋には誰もいなかった。

突然、背後で何かが動くのに気づいた、窓にぼんやり影が映っている。振り返ると、ディーリア・シェリンガムが舗道からいぶかしげにわたしを見ていた。彼女は天候にふさわしい服装だった。レインコートを着て、手袋、スカーフ、帽子をつけている。片方の手に、ふくらんだウェートローズのショッピングバッグを持っていたから、どこへ行っていたのか考える必要もなかった。

「トビー」彼女は言った。「これはびっくり」彼女はわたしが立っているところまで堂々とした足どりで私道を歩いてきた。「それに、ひと安心だわ」

「どうしてひと安心なんですか？」

「レジで並んでいたときに、二人の女性が『気にくわない下宿人』のことを話しているのを小耳にはさんだの。彼女たちの一人がゆうべ行ったんですって」

「わたしは出ていなかった」

「そうなの。でも、回復なさったようね……どこがお悪かったにせよ」

「どうにか」

「でも、今夜は出演なさるわよね。申しあげたでしょう、ジョンとわたしは今夜のチケットをとってあるって？」

「おっしゃいました。しかし、わたしが舞台に出るかどうか当てにできません。というか、劇場で一夜を過ごす気分になるかどうか」

「いったいどうして？」

「あなたと話さねばならないことがあります」

「なかへお入りになります？」

「入ってほしいと思われるはずです。これは閉まったドアの奥で話し合ったほうがいいことですから」

「なんだか、ひどくわけありげなのね、トビー」

「そうせざるをえない状況です」

　彼女は吐息を洩らし、せかせかとわたしの横をすり抜けてドアに向かった。

　なかに入ると、彼女は先に立って玄関を歩きながら、マットの上に落ちている郵便物を持ってくるようにと肩ごしに指示を与え、食堂を通り抜けて裏手にある大きな台所へわたしを連れていった。台所の窓からは高い塀に囲まれた小さな庭を見渡すことができた。わたしが郵便物をテーブルに置くあいだに、彼女は衣装だんすほどの大きさの冷蔵庫にいくつかの生鮮食品をしまった。それからコートと帽子とスカーフを脱いで、やかんに水を満たした。

「コーヒー？」

「ありがとう」

「ジョンはゴルフに行ってるの。それはちょっとした土曜の朝の定例行事なのよ、雨になろうが、照ろうが。彼はあなたに会いそこなって残念がるでしょうよ」

「さあ、それはどうかな」

彼女はきっとわたしを見た。「どうしてそんなことをおっしゃるの？」

「わたしがここへきたことを、あなたが彼に話すとは思えないからです」

彼女は無言のまま、わたしに目をすえていた。わたしも彼女の視線をじっと受けとめた。そのとき、やかんの湯が沸騰した。彼女はスプーンでコーヒーをすくってカップに入れた。「あなたのお好みは？」

「ブラックで。砂糖は入れずに」

「わたしも同じ」彼女はわたしにカップを渡して自分のをひと口飲んでから、郵便物を繰りはじめた。

にわかに我慢できなくなり、わたしはポケットから写真を取りだすと、手紙の束の上にそれをのせた。彼女は手をとめた。

「なんなの、これは？」

「オズウィンの家で、アルバムのなかからそれを見つけました。それがデリクです。彼と彼の父親。一九七六年の夏、ビーチー・ヘッド」

「本当？　わたしにはさっぱり――」

「そして、これがあなたの義理の姉の車です」わたしは待避所にとめてあるジャガーをついた。「彼女がこの写真を撮ったんです」

「そんなこと、およそありそうもないわ」ディーリアは椅子にすわって、もうすこしコーヒーを飲んだ。「アンがその家族を知ってたなんて信じられない」

「彼女とケネス・オズウィンは恋人同士だった」

「ふざけるのはやめて」彼女は咎《とが》めるようにわたしを見た。

「あなたがふざけてないのなら、わたしだってそうです」わたしは彼女と向かい合って腰をおろした。「わたしはそのことを解き明かしたんですよ、ディーリア。わかったんです。知ってるんです」

「何を知ってるの？」

「ロジャーはウォルターの息子ではなく、ケネス・オズウィンの息子だということを」

「途方もないことだわ」彼女はさらにひと口コーヒーを飲んだ。「帰ってもらったほうがよさそうね」

「わたしはそれを証明できます」

彼女は眉をひそめてわたしを見た。「できるとは思えないわ」

わたしはデリクの小型口述用録音機を取りだしてテーブルに置いた。「あなたに聞かせたいテープがあります。それを聞いたら、あなたも態度を変えざるをえないでしょう。だから今のうちに、そうしたほうがいいですよ」それにたいするただひとつの応えは、頭をつんとそらすことだった。「それが本当だということはわかってますよね、ディーリア。あなたはずっと知っていた。アンがあなたに打ち明けたはずです。ガヴィンは明らかに知りません、知っていれば——」わたしは言葉を切った。「とにかく、これをかけましょうか？」

「あなたがそうしなければならないと思うのなら」

「ええ。そう思います」わたしは再生ボタンを押してから、椅子の背にもたれた。

ディーリアには即座にウォルターの声だとわかった。彼女のかなりの自制力も、驚きのあまりはっと身体がすくむのを抑えることはできなかった。彼女は怒りと驚きのないまぜになった表情でわたしを見たが、そこには同時に、魅了された気配も見てとれた。そのあと、ずっと以前に亡くなった兄と、それよりもっと以前に亡くなった義理の姉とのやりとりが進むにつれ、彼女の視線は機械のほうへ移り、そこにじっと焦点をすえたままになった。まるで内部のテープが、単なる録音のための部品以上のものであるかのように。彼女が今も愛している二人の死んだ人たちの魂と秘密が、そのなかに入ってでもいるかのように。

アンのささやくような言葉で録音は終わった。〝彼は知ってるわ〟わたしは身体を前に倒して、〝停止〟ボタンを押してから、さらに〝巻き戻し〟ボタンを押した。「もう一度、聞きたいですか？」

ディーリアは唇をなめた。「いいえ」

「ラベルに日付が書いてあります。一九九五年十月七日」

「見せてもらえる？」

「もちろん」わたしはカセットをだして彼女に見せた。

「筆跡には見覚えがないわ」

「わたしもです。霊媒のものでしょう、おそらく」

「わたしたちが聞いたものは……降霊会だったと思う？」

「それ以外のものではあり得ませんよ。それに、あなたにとってはショックを受ける情報ではなかったようだ。あなたの表情から、あなたが状況をすぐさま理解したのがわかりましたよ。わたしの推測では、ウォルターはあなたに話したんですね、アンに接触したいから霊媒のところへ行くつもりだと」

「そのとおりよ」彼女は体をぐっと起こした。「そのことに関するかぎり、あなたが正しいわ。ウォルターは彼の人生の最後のころに、霊媒術に興味を持つようになった。彼は推薦してもらった霊媒のところへ行くつもりだと話して、わたしの意見を求めたわ」

「で、どんな意見を？」

「そうした人たちは、悲しみに暮れる人々が騙されやすいのにつけこむ、いかさま師だと言ったわ」

「明らかにあなたは彼を納得させられなかったようだ」

「それははっきりわかったわ、そのときに。このテープはいったいどこから？」

「写真と同じ場所から」

「デリク・オズウィンはどうやってこれを手に入れることができたのかしら？」

「彼は何年ものあいだ、ロジャーに不利な証拠を準備してきたんです。おそらく、テープは霊媒がとったものでしょう。デリクがどうやってそれを手に入れたのかわかりません。喜んで彼に訊ねますがね。彼を見つけることができれば」

「わたしにはこの……信用詐欺の録音テープが……どうしてロジャーにダメージを与えるのかわからないわ」彼女は本気でそう言っているかのように見えた。だが、そうではないとわたしにはわかった。そんなはずはない。

「霊媒は、産院でウォルターの顔に浮かんだ表情に言及してますね。そのことがウォルターを納得させたんです、自分は本当にアンと話していると。あなたはそれでは納得しないんですね？」

ディーリアは肩をすくめて返事をしなかった。唇をぎゅっと結んでいる。

「彼らが出てきて、それを認めているのも同然です。ロジャーは彼らの子どもではなかったことを。語られたほぼすべてのことに、それが暗示されています」

「そうかしら？」

「あなたにはそれがわかっている。霊媒は役割を演じているだけだとしても、ウォルターはそうじゃない。〝ロジャーは知ってるのか？〟と彼は訊ねてます。〝きみが彼に話したのか？〟彼は何に言及してるんでしょう、ディーリア？　彼は何がそれほど気がかりなんでしょう？」

「わたしには本当に――」

「いいえ、あなたにはわかってる。あっ、しまった」わたしが喋りながらテーブルをバシンと叩いたので、カップが受け皿のなかでカタカタ揺れた。ディーリアはさっと体をうしろに引いた。「ウォルターは遺言書を残さずに亡くなった。彼はロジャーのために準備しなかった。ロジャーを自分の息子と名指してある遺言書を残さなかった。大きな財産のある有能なビジネスマンとしては、不可解と言ってもいいほどの無責任さです、そうでしょう？」

「それは――遺憾な手落ちだったのよ」

「そんなばかな。暗黙のうちに事実を認めたんです。ウォルターが遺言書を残さなかったことについてケネス・オズウィンと話すために、あなたが病院を訪れたこととはちがってね。そのことは暗黙ってわけにはいかなかった」

わたしはついに彼女の虚をついた。彼女は否定と言い逃ればかりで気がくじけ、うろたえているように見えた。ブラドックの言ったとおりだった。彼女は彼を見かけても、誰だかわからなかったのだ。

「あなたは見られたんですよ、コルボナイトのころからのケンの古い友人に」

「彼らは……思い違いをしたのよ」

「ケンは彼に、あなたが病院へきた理由を話しました。ケンはそのことを笑ってたそうです」

ディーリアはちょっと目を閉じて、ゆっくりと息を吸った。それから、かなりの平静さと慎重さをとり戻して、わたしを見た。「どうしてこんなことをなさるの、トビー？」

「それが問題なんですか？」

「そう思うわ。実際、あなたの動機は見え見えよ。ジェニーをとり戻すこと。それだけの単純なことだわ」

「でも、けっこう理にかなったことですよ、どんな男――どんな家族――と彼女がかかわりを持つことになるのかを考えれば」

「それはどんな家族？」

「あなたから話してくださいよ、ディーリア」

「緊張状態があったわね。仲たがいも。それは否定しませんよ。あなたがあくまでその点をはっきりさせろと迫るんで、ロジャーの両親については、あなたがおっしゃるとおりだと認めるわ。ロジャーが生まれるまえの夏に、アンはケネス・オズウィンと結ばれた。ウォルターは仕事でしばしば家を空けていたの。当時、ケネスはコルボナイトの職場責任者で、アンはある種の社会主義者のつもりだった。彼女とウォルターはぎくしゃくした時期を過ごしていた。彼は彼女を……顧みなかったんだと思うわ。そして彼女は、つねに……危険なことに心を惹かれた。彼女の妊娠はウォルターにとって、いきなり顔に平手打ちをくらったようなものだった。そのころには、彼はすでに医者から告げられていたのよ、彼自身は父親にはなれないことを。だから……」彼女は表現力豊かな身振りで両手をひろげた。「それが引き起こした苦悩はあなたにも見当がつくでしょう。アンはごたごたのすべてをわたしに話したわ。彼女はなんだか妙なふうに自分を誇らしく感じてたようね。彼女はウォルターが切望していた息子を産んだ。わたしたちの両親は喜んだわ。その赤ん坊が本当は彼らの孫ではないなんて考えもしなかった」

「ガヴィンはどうだったんです？　彼はまったく知らなかったんですか？」

「家族のなかではわたしだけがその秘密を知っていたの。もちろん、ウォルターは深く傷ついたわ。でもかわいそうに、彼はアンを溺愛してたのよ。彼女を失うことは考えられなかった。ケネス・オズウィンを解雇しないことさえ承知したの、アンが、そんなことをしたら彼の許を去ると脅したから。そして、愛情深い父親さながらにロジャーを育てた。彼が味わっていたにちがいない苦しみを、けっしてロジャーにぶつけることはなかった。ある意味で……」彼女の声がたゆたい、途切れた。彼女は弱々しい笑みを浮かべた。それから、ふたたびあとを続けた。「あれが彼の復讐だったと思うわ。ロジャーを自分とそっくりにすることが。ロジャーをアンから盗むことが。そして言うまでもなく、彼はいっそう無慈悲になった。コルボナイトの従業員たちは——ケネス・オズウィンをふくめ——そのために苦しむことになったのよ」

「アンはどうして自殺したんですか？」

「彼女の性格には自己破壊的な部分があったの。直接の原因となると、わたしも想像するしかないんだけど。死ぬすこしまえに、彼女はロジャーに真実を話す決心をしたとわたしに打ち明けたわ。彼が彼女の期待したような反応を示さなかったのかもしれない」

「どういうことかな？」

「彼女はウォルターを裏切ったことにたいして、ロジャーに自分を許してほしかったんだと思う。彼を……取り戻したかったんだと思う。いわば、彼の承認を得たかったのよ」

「そうはいかなかったんですか？」

「たぶんね。わからないわ。ロジャーとわたしはそれについて話し合ったことはないから。彼女がその決心を実行して、彼に話したのかどうかもわからない」

「あなたはテープを聞いたじゃないですか」

「そしてあなたは、霊媒についてのわたしの意見を聞いたでしょ」

「ケネス・オズウィンを病院へ訪ねていったのは、それが理由だったんですか？　ロジャーがオズウィンに、あなたの息子であることは承知していると話したかどうか知るために」

またしても弱々しい笑みを浮かべ、彼女はかすかに頭を頷かせた。「本当に洞察力の鋭い方ね、トビー。そうよ。そのことはずっとわたしを悩ませていた。ウォルターがいなくなったので、もう訊ねても差しつかえないと思ったの」

「どんな答えが返ってきました？」

「満足のいかないものだったわ。ロジャーはその問題について自分に何も言ったことはないと、彼は答えた。それまで一度も。けれど……彼を信じていいのかどうかわからなかった」

「どうして彼が嘘をつかねばならないんですか？」

「あら。あなたの洞察力にも明らかに限界があるのね。でも、さっきも言ったように、あなたの動機は限られたものだわ。あなたが求めているのはジェニーとの和解だけ。ちゃんとそう認めなさいよ、あなたはこんな辛いことを正直に話すように、わたしに無理強いしたんだから。もしも今、彼女がこの部屋に入ってきて、あなたとの結婚を元に戻したいと言ったとすれば、あなたはデリク・オズウィンのことも、ロジャーの性格的な欠陥とやらも、とたんに忘れてしまうでしょうよ」

「それは性格的な欠陥ではすまないものです。わたしがどうして昨夜の公演に出られなかったか知ってますか？　あなたの甥がわたしを拘束して、売春婦襲撃の罪でわたしを逮捕させる計画を推し進めたからです」怒りが噴きだして、言うべきではないことまで言ってしまった。だが、もう取り返しがつかない。「ロジャーは怯えてるんですよ、デイーリア。なぜだかわかりますか？　わたしが彼からジェニーを奪うことを恐れているからではない。ガヴィンが彼から、ウィックハースト・マナーとともに彼が相続した富を奪うことを恐れてるんですよ、ウォルターがロジャーの父親ではなかったことを、したがってロジャーは彼の合法的な跡継ぎではなかったことを、ガヴィンが証明できた場合には」

「たわごとだわ」

「そうではないとわかってるくせに」

「その反対。わたしにはわかってるのよ、それがたわごとだと。わたしの言うことを注意ぶかく聞いてね、トビー。あなたは明らかに法律を理解していない。たとえガヴィンが、ケネス・オズウィンがロジャーの父親であることを証明できたとしても——それは不可能に近いでしょうけど——ウォルターの財産の継承権を自分のほうにくつがえすべく、法廷を説得する望みは彼にはないのよ。なぜなら、ロジャーは嫡出子であり、ウォルターによって彼の息子と認知されたのだから」

今度は彼女が打ち返したボールでわたしがバランスをくずした。「たしかですか？」わたしはもごもごつぶやいた。

「わたしは自分でそのことを調べたの。ロジャーもそうしたにちがいないけれど。そのことに関しては彼には恐れることは何もないのよ」

「しかし――」

「だからね、せいぜい彼を当惑させるにすぎない事柄を、あなたか、それともデリク・オズウィンが公表するのを妨害するために、危険で不法な行為に彼があえて関わるわけがないのよ」

「彼は昨夜、ウィックハースト・マナーのロックされた部屋にわたしを閉じこめたんですよ。そして、彼の知っているソボトカという麻薬売人に指示して、わたしに襲撃の罪をきせようとしてるんです。警察はもうわたしを捜しているでしょう」

「本当なの？」当然ながら彼女の表情は疑わしげだった。

「本当です。絶対に」

「ありそうもないことだわ」

「でも、実際にあったんです」

「あなたがそうおっしゃるんなら。でも――」壁にかかった電話のベルが――それは屋内のほかの場所では異なる内線ごとに音調が変えてあった――ディーリアを黙らせた。

彼女はちょっと眉をひそめてから、さっと椅子から立ち上がると、そっちへ歩いていって受話器を取り上げた。「ハロー？　……ああ、ハロー、ダーリン。まだクラブなの？」電話の相手は明らかに彼女の夫だった。わたしの注意はほかのほうへそれていった。

法的な立場についてのディーリアの言葉が正しいとすれば――わたしは本気で彼女の言葉を疑っているわけではなかった――テープと写真はロジャー・コルボーンになんら脅威を与えない、遠い昔の不貞の証拠でしかないということになる。けれども、そこには何かがある。それだけははっきりわかった。ジェニーにたいするわたしの愛や、彼女がまだわたしに抱いている多少の好意よりも、もっと重大な何かがある。だが、それはなんだろう？　何が――

「たしかなの、それは？」ディーリアの声に切迫した響きが入りこんでいた。

彼女のほうに視線を向けると、額に不安と当惑が刻まれているのが目にとまった。

「彼らはいったい何を捜してたの？　……まさか。そんなこと考えられない……彼からは何も連絡はないわ……もちろん……わかったわ、ダーリン……ええ……じゃあ、またあとで。バイ」

彼女は受話器をフックに戻し、じっとわたしを見た。眉間のしわがゆっくりと消え、彼女は片手を上げて口を押さえた。

「何があったんです？」わたしは促した。

「ものすごく妙なこと」彼女はつぶやくように答えた。

「どんなことですか？」

「ジョンはけさゴルフクラブで、ファルキングに住んでる人に会ったの。ウィックハースト・マナーから道路をちょっと行ったところに。彼の話では……じつは、そのう……」彼女はゆっくり部屋を横切って戻ってきたが、腰をおろそうとはしなかった。椅子のかたわらに立ったまま庭に視線をすえて、考えをまとめて言葉にしようとしている。「警察がゆうべ、ウィックハースト・マナーにやってきたらしいわ。大勢で。彼の言葉をかりると……強制捜査だったとか」

ソボトカがバイパスの近くでわたしをおろしたあと、紺のセダンがブライトンのほうへ彼のヴァンをつけていったことを思いだし、どっと安堵がこみあげた。警察はソボトカがひどいことを実行するまえに彼を逮捕したんだろう。結局、わたしは嫌疑を免れたようだった。ロジャーのほうはそうはいかなかっただろうが。「逮捕者は出たんですか？」

「出なかったようね。でも、彼らは数時間あそこにいたんですって。ジョンはロジャーからわたしに連絡があったかもしれないと考えたの。それとも、わたしたちの弁護士から。彼はロジャーの弁護士でもあるんで」

「警察は彼とソボトカを結びつけようとしてるんですよ、ディーリア。彼らは薬物、または、彼らに見つけだせる何かほかの証拠を捜してたんです」

「信じられないわ、そんなこと」

「信じるしかないと思いますよ」

「いいえ。きっと何かの——」

玄関ベルの威圧的な響きが彼女の言葉を断ち切った。彼女はそっちを振り返ってから、わたしを見下ろした。眉間のしわが戻っている、くっきりと。

「そら、警察かもしれませんよ」わたしは小声で言った。それは明白な可能性だった。わたしとしてはちょっぴり歓迎できる可能性。とはいえ、これが電話のかかってくるまえだったとしたら——ふたたびベルが鳴った。「出ないんですか？」

「ここで待っていて」引き攣った唇でそう指示してから、彼女は玄関へ向かい、木煉瓦の床にヒールの音を響かせながら、わたしの視界から消えた。彼女がドアにたどり着いたちょうどそのとき、ベルが三度目に鳴った。彼女が取っ手をまわしてドアを引き開けたとたん、ベルはやんだ。

警察ではなかった。ディーリアが言葉を発するまえに、わたしにはそれがわかった。ドアを開けたあとの短い沈黙。それがわたしに気づかせたのだ。「ロジャー」驚きをこめた穏やかな口調で彼女は言った。「どうしてここへ？」

「入ってもいいかな？」

「もちろんよ。どうぞ」

ドアの閉まる音が聞こえ、ロジャーが咳払いした。またしても沈黙。束の間と言ってもいい短い沈黙。わたしは身動きひとつしなかった。息さえひそめていたかもしれない。

「あら、まあ」ディーリアが言った。「どうしたの、その目？」

「やられたんだよ」ロジャーが答えた。ちょっと舌がもつれている。「トビー・フラッドに」

「ひどいわね。どうして――」

「純然たる嫉妬だ。あの男は自制心を失ってる。だからジェニーに連絡をとらねばならないんだ。いそいで」

「彼女がどこにいるか知らないの？」

「彼女は週末のあいだ、どこかへ出かけた。考えるためにと言って。彼女は邪魔されたくなかったんだ。なにしろ、フラッドが彼女の頭にあれだけの嘘や当てこすりを詰めこんだあとだからね、ぼくも彼女を責められなかった。でも事態が変わったんだよ。彼女の携帯はスイッチが切られてるんで、彼女の行き先を見つけださなきゃならない。彼女の両親と姉さんにはかけてみた。だめだったよ」

「どうすれば手助けできるのかわからないわ」

「行き先をあなたには話したかもしれないと思ったんだ。緊急の場合にそなえて」

「でも、わたしは……」

「ぼくの思ったとおりだろう？　あなたは彼女の居場所を知っている」

「困ったわね。わたしは……約束したのよ、あなたやトビー・フラッドには教えないと。ただし……そのう、ただし……」

「彼女はどこにいるんだね？」

「言ってもいいのかどうか——」

「どこにいるんだ？」

「ロジャー、放して。痛いわよ」

「コルボーン」わたしはそう叫んで椅子からとびだし、大股で玄関に通じるドアのところへ行った。

二人は突き当たりの、階段の下の近くに立っていた。コルボーンがディーリアの手首をつかんでいる。彼はつかんだままで振り向き、わたしのほうを見た。やつれた顔に無精ひげを生やし、黒い衣服をまとって、左目のまわりが打撲傷で紫色のあざになっている。

「叔母さんを放せ」一語一語強調しながら、わたしは命じた。ゆっくりと、薄ら笑いを浮かべながら、彼はディーリアを放した。「もちろん」やにわにわたしは、むしょうに彼を刺激したくなって、言葉を続けた。「わたしは故意に叔母という言葉を使っている。あなたがたはおたがいに血縁関係はない。そうだな？」

「そんなことを言う必要はないでしょ」ディーリアがぱっと怒りの表情を浮かべて、わたしをなじった。

「彼に何を話したんだね？」ロジャーが詰問した。

「何も」彼女に代わってわたしが答えた。「そのことはすでに突きとめていたよ」

「ちくしょう、余計なことを」

「トビーはわたしに聞かせたいテープを持ってきたの」ディーリアが言った。「あなたも聞くべきかもしれないわ」

「なんのテープだ？」コルボーンは玄関からつかつかとこちらのほうへやってきて、ディーリアもそのあとに続いた。わたしはテーブルへ引き返し、彼らが部屋に入ってきたときに口述録音機の〝再生〟ボタンを押した。

サー・ウォルターの声と、サー・ウォルターが明らかに、彼の亡くなった妻の魂を呼びだしたと信じている霊媒の声が耳に入ったとたん、ロジャー・コルボーンははっと足をとめた。が、それもほんの一分かそこらだった。産院で夫の顔に浮かんだ表情についてアンが回想している途中で、ロジャーはテーブルに歩み寄り〝停止〟ボタンを押した。彼はわたしを見てから、ディーリアのほうを振り返った。何を考えているのか読みとれなかったし、何をするつもりかも推測できなかった。彼は銃を持っているのだろうか？　長いたっぷりしたオーヴァーコートを着ているので、垂れ下がるような重いものがポケットに入っているのかどうかわからなかった。

「こんなものをもう一度、聞く必要はない」彼は静かに言った。

「デリクはあんたにコピーを送ったのかね？」ふいに直感がひらめいて、わたしはそう訊ねた。

「誰かが送ってきた」コルボーンは落ち着きはらって答えた。

「ヴァイアダクト・ロードでそのオリジナルを見つけるために、ソボトカをあそこへ送りこんだのか？」

「ソボトカなんてやつは知らないね」

「警察にもきっとそう言ったんだろうが、そんな台詞はわたしたちには通用しないさ。たぶん警察にだってそうだろう。彼らは昨夜、ソボトカを逮捕したにちがいない、彼がわたしを罠にはめるまえに。わたしにとっては幸運だった。あんたにとっては不運だったがね。彼らはウィックハースト・マナーまでソボトカを尾行し、そこから出ていく彼を追跡したようだ、フィッシャーズゲートの彼のヤクの隠し場所とあんたを結びつけようとして。彼らは家をひっくり返して捜索したとき、有罪になるような証拠を見つけたのかね？　わたしたちはそのことも承知してるんだよ。クラブハウスでの噂話でね」

「本当よ」ロジャーの視線を受けとめてディーリアが答えた。「ジョンが数分まえにクラブハウスから電話してきたの。アラン・リチャーズが彼に言ったんですって、警察があなたに……会いにいったって」

「悪かったな、ロジャー、警察がソボトカの車両ナンバーを知っていることを教えないで」わたしは言った。「うっかり忘れてたにちがいないよ」

彼は機械の〝取りだし〟ボタンを押してカセットを取りだした。

「わたしの推測では、デリクはコピーを何本もとってあるだろう。彼は念には念を入れるタイプだ。彼があんたになんと言ったにせよ、それがオリジナルでないことはほぼ間違いない」

「彼は何も言わなかったよ」

「じゃあ、彼と話したんだね？」

「そうは言ってない」

「彼をどこに拘束してるんだ？」

「あんたがなんの話をしてるのかわからんね」

「おそらく、もう彼を解放したんだろう、警察があんたを監視しはじめたから。そうするのが分別のあることだったんだよ。だが、分別をわきまえるのはかならずしも簡単じゃないからねえ？」

「あなたは昨夜、トビーが舞台に出られないようにしたの、ロジャー？」

ロジャーは彼女のほうを振り返った。「彼がそう話したんだね？」

「ほんとにそうしたの？」

「まさか」

「でも、その……ソボトカって人を知ってるのね？」

ロジャーはわざとらしく溜め息をついた。「わかったよ。ああ。知ってる。彼を使ってたんだ……ウィックハースト・マナーで建築作業に。彼は見かけがかなり粗暴な感じでね。副業でヤクの密売をやってると知っても、さして驚かなかっただろうね。きのう、彼はうちにきていた。警察は明らかに彼を追跡してたんだ。彼らは考えたようだ——もちろん、間違いだが——ぼくが彼の組織の大物だと。ぼくはそれとはなんの関係もないことを彼らに納得させるのに、ちょっと時間がかかるかもしれん。ある意味では、彼らがもっと早く家にやってこなかったのが残念だよ。彼らは、フラッドがぼくをなぐって目のまわりにあざをつくるのを、やめさせていただろうから」

ディーリアに目をやると、ロジャーの事件についての説明を、彼女は本当に信じているようだとわかった。わたしは両手を広げた。「いい加減にしろよ」

「デリク・オズウィンの失踪とは何か関係があるの？」ディーリアはさらに追及した。

「彼がどこにいるのか知らないし、気にもならないよ」ロジャーはうんざりした様子を装って答えた。「ぼくにとって彼はどうでもいい人間だ」

「彼はあんたの異母きょうだいだよ」わたしはそう指摘した。

ロジャーはわたしを睨みつけた。「お祝いを言うよ、フラッド、わたしの家族に関するそうした汚い秘密を見つけだしたことに。そうだよ。ケネス・オズウィンはわたしのじつの父だ。ディーリアはわたしよりずっと以前からそのことを知っていたから、それを彼女のところに持ちこんだところで、たいした成果はないさ。テープについては、もしも父が――わたしがずっと自分の父だと考えていた、そして、今でもそう考えている男が――霊界との会話《コンヴェルサツィオネ》をでっちあげる、どこかの占い師に金を払うほど騙されやすかったのなら、そう、こんなことわざを知ってるだろう？〝年寄りのばかは始末に負えない〟」彼はカセットをテーブルの上に放り投げた。「こんなものなんの役にも立たないさ。まったくなんの役にも」

彼の言ったとおりだった。そう思ったとたん、顔をなぐられたかのような衝撃を覚えた。無遺言についてもっとくわしく知らなかったために、わたしは現在のような状態に追いこまれた、風のなかで揺れているような状態に。

「ぼくはジェニーと話さねばならないんだ、ディーリア」ロジャーが言った。「これは緊急の場合とみなすべきだと思うが、どうだね？」

「わたしも……そう思うわ」

「あなたはフラッドの主張をいっさい信じてないんだよね？」

「そう、わたしは――」

「彼女はケン・オズウィンが亡くなるすこしまえに、病院へ彼を訪ねていった」わたしは横から口をはさんで、二人のあいだに割りこめる、わたしに残された唯一のチャンスにとびついた。「彼女はそのことをあなたには話さなかったはずだ」

ロジャーは眉をひそめた。「本当かね、それは？」

「ええ」ディーリアはわれわれのあいだにある彼女の椅子に腰を沈めた。それは彼女の年齢を、それに女性であることを考慮すれば、大目に見てもいい行為だと思われた。とはいえ、たしかに彼女には足元がふらつくだけの理由があったのだ。「あなたが知らない場合のことを考えると、彼があなたの本当の父親であることを知っているのかどうか、あなたに訊くわけにはいかなかった。けれども、もし知っていたら、あなたはそのことで彼と話をしたかもしれないと思ったの。それで……彼のところへ行って訊ねたのよ」

「知っていたさ。母さんのおかげで」ロジャーが応じた。「だが、そのことでケン・オズウィンと話をしたことはない」

ディーリアは頷いた。「彼もそう言ったわ」

「でも、あなたは彼の言葉を信じなかった」わたしは口をはさんだ。

「たしかに……多少の疑いを抱いたわ」

「どうして？」ロジャーが訊いた。

「わからない。はっきりとは。わたしは彼の態度の判断を誤ったの。彼の……あの曖昧な態度は……ほかに理由があったからではなく、彼がウォルターの死に責任があったことと関わりがあったのかもしれないわ。自分が殺した男の妹と会ったことが……彼を動揺させていたのかもしれない」

「それで説明がつくと思うよ」ロジャーが言った。

「そうだったにちがいないわ」

「彼は母さんとの関係について、ぼくにひと言も言ったことはなかった」ロジャーはオズウィン家の父と息子の写真をつまみ上げて、ちょっとそれを見つめた。「あれだけの年月のあいだ。ひと言たりとも」

「あなたには辛いことだったにちがいないわね」ディーリアが優しく言った。「ごめんなさい、わたし――」

「もう忘れてくれ」ロジャーは写真を落とした。「ここにいるトビーには興味がないだろう、わたしの問題について聞くのは」

「あんたはまだ何かを隠してる」証拠がないというだけではわたしを黙らせることはできないと、彼にはっきり告げようと決めた。「それが何か、わたしは見つけだすつもりだ」

「もちろん、あんたはそうするだろう」彼はうんざりした眼差しをわたしに投げた。

「それぐらいは予想がつくさ」コートをさっとひるがえして彼はわたしの横を通りぬけ、わたしがかけていた椅子に腰をおろし、ディーリアと向き合った。「ジェニーと話をしなければならない。彼女がどこにいるか教えてくれるね？」

「タンブリッジ・ウェルズにある〈スパ・ホテル〉」

「それなら、そんなに遠くじゃないな」

「彼女には……考える機会が必要だっただけなの」

「トビーとぼくのせいで、彼女を困惑させてしまったよ」信じられないことに、ロジャーは心から自責の念に駆られているように見えた。「かわいそうなジェニー」

「彼女の携帯にメッセージを入れておけば、彼女のほうからわたしに電話をくれるわ」

「そんな必要はない。もっといい考えがある」彼はわたしを見上げた。「タンブリッジ・ウェルズまでは五十キロぐらいだ。われわれは一時間足らずで到着できる。われわれとは〝あんたとわたし〟ってことだよ、トビー。どうだね？　あんたはあんたの言い分をジェニーに話すことができるし、わたしもわたしの言い分を話すことができる。あんたはわたしの出生の秘密や、わたしが明らかに犯罪にかかわっていることなど、すべてを彼女に話せるんだ。精一杯頑張ればいい。ただし、わたしの答える権利を認めねばならないが。そしてわれわれが、あんたとわたしが、話し終えたときに、彼女がわれわれのどちらを信用するかがわかるんだ。彼女がどちらを本当に愛しているかが」

「それが賢明かどうかわからないわ」ディーリアが言いはじめた。「もしも――」

「このことはわれわれに任せてもらう」ロジャーは声を張り上げて高圧的な口調になった。彼はわたしから目をそらそうとしなかった。「どうだね、トビー？　これは公明正大な提案だ」

そのとおりだった、ある意味では。だが実際には、彼は死に物狂いの策略、もしくは狡猾な策略を弄しているにちがいない。彼は何かの計略を密かに用意しているとわたしは確信した。けれども彼は、わたしがそれを打ち負かせると思うのなら、やってみろよと挑んでいる。

「すべてを明らかにしよう。ジェニーに選択させよう。あんたかわたしか。それともどちらも拒否されるかもしれない。わたしは彼女の決定に従うよ。あんたは？」

ロジャーがたしかに計算していたとおり、わたしはその挑戦を拒めなかった。ある意味では、今週ずっとこうした事態へことを押しすすめてきたのはわたしだった。受け入れるしかなかった。彼にはそれがわかっていた。

ということは、彼は結果に自信があるのだ。となると、これは公明正大な提案ではなかった。それはあり得ない。実際にそんなはずはなかった。にもかかわらず……「いいだろう」とわたしは答えた。「いっしょに行くよ」

「けっこう」ロジャーは立ち上がった。「さあ、行こう」彼はわたしの横を通ってドアへ向かったが、すぐに足をとめて振り返った。「カセットとプレーヤーを持ってくるのを忘れるなよ、トビー。あんたはテープの内容をジェニーに聞かせたいはずだからな」

その皮肉によって、タンブリッジ・ウェルズで何が起ころうが、彼が優位に立てる方法を考えてあることがはっきりした。今のわたしにできるのは、ジェニーは最後には彼を見抜くだろうという望みにすがることだけだった。わたしはカセットを機械のなかに戻し、ビーチー・ヘッドでの写真といっしょにポケットにしまった。ディーリアは不安げにわたしを見たが、何も言わなかった。わたしはちょっと彼女の視線を受けとめてから、小声で言った。「では、のちほど」そしてロジャーのあとを追った。

「心配しないで、ディーリア」ロジャーは先に立って玄関へ向かいながら呼びかけた。「こうするのがいちばんいいんだ、信じてくれ」

彼女は答えなかったし、ロジャーも返事を期待しているようには見えなかった。われわれは玄関ドアにたどり着いた。彼がドアを開けてわたしのために支え、わたしは外へ出た。彼のポルシェが私道にとめてあった。家のドアが背後でぴしゃっと閉まり、ロジャーが車にリモコンをかざすと、ロックがはずれて、どうぞと赤く光った。彼はわたしの横を通って運転席の側へまわり、ドアを開けて車に滑りこんだ。わたしが助手席に乗りこんでも彼は何も言わず、無言のままエンジンをかけ車をバックさせて通りへ出た。が、そこで思いがけず、彼はいきなり車をとめた。ポルシェは数秒間、縁石側で低い唸りをあげてエンジンを空転させた。すると彼は「ちょっと待っててくれ」と言うなり、ドアを開けて外へとびだした。

「いったいどこへ――」ドアのぴしゃっと閉まる音がわたしの言葉を遮った。わたしの質問にたいする答えはすぐに明らかになった。彼は一五番地の私道をさっさと引き返してベルを鳴らした。ディーリアが出てくるのを待つあいだ、彼は一度もわたしのほうを振り返らなかった。すぐにドアが開き、彼はなかへ入っていった。

前方の家と家のあいだに見えている、くさび形の海を眺めながら、わたしはそのまま座席にすわっていた。彼は何を企んでいるのか？　彼をだし抜くためにわたしに何ができるだろう？　答えを求めて頭をしぼった。

数分が経過した。そのときふいに、ロジャーはわたしがいないところで、ディーリアに何かを言いたかったにちがいないという考えが頭に浮かんだ。彼女の共感をわたしから彼に振り向ける何かを。わたしは愚かにも、陣地を彼にあけ渡してしまったのだ。時間を無駄にしている場合ではなかった。邪魔をしなければ。

遅すぎた。すでに彼がいそいで私道を戻ってくるところだった。「どうなってるんだよ?」彼が車にとび乗ったとき、わたしは嚙みつくようになじった。

「けさのことは口外しないように、ディーリアに念を押しておきたかっただけだ」

「ガヴィンに、あんたが彼の兄の息子ではないことがわかったら、彼がもたらしかねない厄介な問題が心配なんだろう?」

「心配してるわけじゃない。そんなことはなんとしても避けたいんだ。そこには違いがある」

「で、ディーリアはあんたに協力すると約束したのか?」

「彼女の唇は固く閉じられてるよ」彼は車のギアを入れると、いきなりぐっと加速しながら走りだし、角を曲がってクリフトン・テラス沿いにダイク・ロードの交差点まで突っ走り、そこで左に折れて北に向かった。

セヴン・ダイヤルズにたどり着き、プレストン・サーカスのほうへと東に折れたころには、われわれのあいだの沈黙は緊張のあまり重苦しいものになっていた。わたしはできるだけけんか腰でそれを破ろうとした。「あんたがどんなに誘導しても、ジェニーはあんたを信じないだろうよ、ロジャー。わかってるのか、それが?」

「あんたは本当はそう思ってないだろう?」

「わたしはあんたよりもずっと長く彼女を知っている」

「たしかに。だが、彼女をわたしよりもよく知っていたかな?」

「わたしは彼女を愛してる。ずっと愛してきた」

「なぜなのか言ってくれ」

「なんだって？」

「なぜ彼女を愛しているのか言ってくれ」前方の車の列はゆっくりと動きながら、ブライトン駅の先の鉄橋下の信号を通り抜けている。「本当に知りたいんだ」

「わたしは……えー……」

「流暢には始められないんだな、トビー？　〝わたしは、えー〟きみたち俳優が自信ありげにしゃべるには、自分のために書かれた台詞が必要なんだろう。あのな、あんたが彼女を愛しているとは思えない。わたしが愛しているようには。あんたは自分の人生でもっとも大切な関係を壊していないことを証明するために、彼女を取り戻したいだけなんだよ」

「あんたのような男に愛を理解することなんてできっこない」わたしはかっとなって言い返した。「だから、あんたにはそれを説明できないんだ」

「わたしはむしろ〝うーむ〟とか〝えー〟のほうが好ましいよ。すくなくとも、そのほうが正直だ。われわれが初めて会ったとき、わたしはあんたに話したよ、わたしがジェニーを愛しているのは、彼女がいっしょにいてくれると、わたしはそれ以前にはなれなかったような善良な人間になれるからだと。それが事実だから、そう言ったのだ」

「その〝善良な人間〟が昨夜わたしを拘束して、暴行罪に陥れようとした」

「あんたがわたしを追いつめてそうさせたんだ」

「ほんとに？　デニス・メイプルを死に追いやったのも、わたしがそうさせたと言うんだろうな」

「彼に心臓病があるなんてわかるわけないだろう。彼の死は不運だった」

「不運だと？　そんな言葉しか考えつけないのか？」

「あれはわたしではなく、ソボトカがやったことだ」

「しかし、ソボトカはあんたに雇われていた」

「たしかに彼はわたしにとって利用価値があった」

「彼がデリク・オズウィンを誘拐したときのように、ってことかね？」車の流れがスムーズになり、われわれは今ではヴァイアダクト・ロードをスピードを上げて走っていて、当の七七番地の前をさっと通りすぎた。

「そのことではあんたは間違ってるよ、トビー。メイプルが死んだあと、わたしはソボトカを解雇した。彼はオズウィンには近づいていない。わたしもだ」

「次には、〈シー・エア〉に侵入してわたしのテープを盗んだのも、ソボトカではないと言うつもりだろう」

「そう言えば何かの役に立つと思ったら、そう言うさ。あんたがなんのテープのことを話してるのか見当もつかんよ」

「あんたは木曜日の朝、デヴィルズ・ダイクの駐車場でソボトカと会った。イアン・メイプルに目撃されてるんだよ。その前日にソボトカを解雇したとかなんとか言いながら」

「イアン・メイプル？　誰なんだ、それは？」

「わたしにはとぼけなくてもいいんだよ、ロジャー。そんなことをしても無駄だ」

「ソボトカは逮捕されたよ、トビー。麻薬取引のかどで彼は長期の刑を科せられるだろう。自分が有利になる点数稼ぎをするためなら、彼はできるかぎりのことをするにちがいない。わたしに何かの責任を負わせれば、彼は大量得点をあげることができる。だから、あんたが考えているように、わたしがデリク・オズウィンを拘束しているとして、彼がその場所へ警察を導くことができるなら、彼はすすんでそうするだろう。だが、彼にはできない。なぜならあんたと同様、わたしには彼の居場所がわからないからだ」

ポルシエはルイス・ロードに合流し、以前はコルボナイト社に通じていた曲がり角を通り過ぎた。ロジャーは二車線上の車の流れがまばらになるにつれ、さらにスピードを上げて郊外を走っていった。

「今週ずっと、あんたはわたしではなくオズウィンと親しくしてきた」彼は続けた。

「彼のこせこせした、けちな頭がどんなふうに働くかは、あんたのほうがわかっている。だから、彼が姿をくらました理由をあんたが推測できないはずはない。または、どこへ行ったのかを」

本当だろうか、そんなこと？　デリクは自分から姿をくらました？　彼が自分自身の誘拐をでっちあげた？　わたしは彼の家の光景を頭に描いた。争った形跡。慎重にばら撒かれた手がかり。あれは巧妙に演出された場面だったのかもしれない。隣人が水曜の夜に聞いた〝騒ぎ〟でさえ、一人の利口で抜け目のない、労をいとわぬ男が、やってのけたことだったのかもしれない。

「わたしが考えてることを知りたいかね、トビー？　オズウィンは今週ずっと陰で糸を引いて、あんたを操ってたんだと思うよ。こっちをぐいっ、あっちをぐいっと。そして、あんたは操られるままにつっ走って、彼が自分で引き起こせる以上の面倒にわたしを追いこんだ」

「ちがうね。あんたが心配してるのは彼の原稿だ。彼がそのなかでコルボナイトについて語っていることだ。だからあんたはヴァイアダクト・ロードからオリジナルの原稿を持ち去り、わたしがエージェントに送ったコピーを盗んだ」

「あんたがそれを送ったことすら知らなかったのに、どうやってわたしにそんなことができたんだね？　あんたのエージェントが誰なのかも知らないし、関心もないよ」

「ジェニーがあんたに話したかもしれない」

「それなら、もうすぐ彼女にそのことを確かめられるさ、そうだろう？」

「デリクが独りですべてをやれたはずが……」そうした可能性を暗示するものが、わたしの頭に枝のようにひろがりはじめ、喉の奥で言葉が消えた。彼が誘拐されたように見える事件以外にも、考えねばならない件があった。彼の声だけが入った脅迫メッセージといっしょに戻ってきた、盗まれたテープの件。そして、それがコルボーンにどんなダメージを与えるかがじれったいほど推測できない、行方不明の原稿の件。ジェニーがわたしよりもコルボーンを選んだがゆえに、わたしは彼を憎んだ。ごく単純な事実だ。そしてデリクはそれを知っていた。そこで次の疑問。彼は自分の目的に役立てるためにわたしの憎しみを利用したのだろうか？

「このすべてにおける最大の皮肉は何か、あんたにわかるかね、トビー？　それは、ソボトカが逮捕されることさえなければ、あんたが見つけだした汚い秘密などまったく問題じゃなかったということだ。だが、彼によってわたしがさらされた危険に見合うほどの利用価値はなかった。わたしは警察にわたしのビジネスを嗅ぎまわらせるわけにはいかないのだ。彼らはごくわずかな怪しい気配ですら嗅ぎつけるかもしれない。だがそれだけなら、わたしはたぶん彼らをかわすことができるだろう。しかし、あんたが抱いている疑惑がさらにそこへ投入されれば、そうはいかない。彼らの捜査に、わたしには抑えこめないほどのはずみを与えそうな気がして、怖ろしいのだ」

「あんたに、それほど心配しなければならないことがあるとは驚きだよ」わたしは辛辣な口ぶりで言った。それは本当だった。わたしは驚いていた。

「それはあんたが知らないからだ、そこから何が明るみに出てくるかを。オズウィンは知ってるかもしれない。はっきりわからんが。いずれにせよ、そろそろあんたに事情を知らせてもいいころだ」

「どういうことなんだね？」

「あんたに真実を話してもいいころだと言ってるんだ」

「冗談だろう。あんたがわたしに真実を話す？」

「もちろん、それを信じるかどうかは、あんたしだいだ。だが、あんたは信じると思うね」

「さあ、どうかな」

「まあ、いずれわかるさ」

彼はちょっと話を中断して、A二七に合流するため車の流れに意識を集中してから、ゆっくりとポルシェを外側の車線に乗り入れ、東のルイスの方向に向かうやいなや、スピード制限を超える速度で車を走らせた。それからふたたび話を続けたが、その口調は奇妙なほどリラックスしていた。

「あんたとジェニーは息子を失っていなければ、今もいっしょに暮らしていただろう。もう、腹を割って話そうじゃないか。あんたたちはそうしていたさ。ピーターの死は二人にとって耐えられないほどの大きな打撃だった。あんたたちは自分自身を責め、相手を責めた。そしてそのために別れる羽目になった。けれども、そうなった最大の原因は喪失感だった。悲しみだった。苦痛だった。息子を持ったこと、そして、そのあと彼を失ったことだった」

「あんたのくだらん、退屈な心理学の講釈を、ありがたがるとでも思ってるんなら――」

「わたしは意見を述べてるんだよ、トビー。我慢してわたしの話を聞いてくれ。わたしが四歳半で死んだとしたら、わたしの両親は別れたと思うか？　そうは思わない。事実、もっとぴったり寄り添ったのではないだろうか。以前のように。なぜなら、わたしは彼らの息子ではなかったからだ。かならずしも彼らの息子とは言えなかった。母がわたしに、実の父親が誰であるか話したとき、わたしは二十八歳だった。二十八歳だよ。わたしは自分が何者かを、自分の実像を、完全に知っていると思っていた。ところがそのときに、彼女はそれをわたしから奪った。わたしは母親を理解する必要がある、彼女はそんなふうに考えたんだ。彼女は最後まで自分勝手だった。自殺というのはかなり自分本位の行動だと思わないか？」

「そこに立ち至った理由によるよ」

「母の場合は、わたしが彼女を許そうとしないことがわかったからだ。ビーチー・ヘッドから飛びこんだのは——彼女は故意に、ケネス・オズウィンと軽率な逢引をかさねた場所を選んだ——彼女をとめられなかったことにたいしてわたしに罪悪感を抱かせるための、彼女なりのやり方だった。だがそれは彼女の最後の間違いだったよ。わたしは彼女がやったことにたいして自分を責めはしなかった。彼女を責めた」

「しかしあんたは、自分が真実を知っていることを父親に話さなかった」

「わたしの法律上の父親のことかね？　ああ、そうだよ」

「それゆえ、彼があんたを責めるチャンスはまったくなかった」

「はっ。それが、わたしが彼に何も言わなかった理由だと考えてるのか？　ナイス・トライだよ、トビー。だが、的はずれだ。彼が何も言わなかったから、こっちも言わなかった。わたしはできるかぎり、彼にとっての実の息子でいたかった。そして、彼も同じことを望んでいたにちがいない」

「そうだったかな？」

「それがはっきり表にあらわれるほどではなかったがね。彼は母さんが恋しくてたまらなかった。年をとるにつれ、ますますそうなった。テープが送られてくるまで、霊媒のことは知らなかったよ。知っていたら、そんなことはやめさせていただろう。だが現実には、できるだけうまくその結果に対応するしかなかった」

「どんな結果だね？」

「彼の突然の心境の変化。染色工場でわれわれが使用した、クロロアニリンのキュアリング剤にさらされたために発症したと思われる、癌を患っているコルボナイトの従業員にたいする補償問題での、彼の百八十度の方向転換。突然、彼は自分が所有していた全財産を彼らに与えることに賛成した。わたしが彼から相続することになっていた全財産を。降霊会はペテンだった。それはたしかだ。霊媒はおそらくわれわれの以前の従業員の一人、もしくは、その縁者だろう。〝あなたがどんな過ちを犯したにせよ、それを正すのに遅すぎることはない〟あの台詞を憶えているだろう？　彼女が話しているのは金のことだ。霊界ではあまり重要視されないものだ」

「じゃあ、霊媒が本当にあんたの母親を呼びだしたとは信じてないんだね？」

「もちろんだ。あれは詐欺だった。だが、巧妙なものだったよ、たしかに。父はそれをすっかり鵜呑みにした。彼は晩年になって発作的に気前がよくなり、金をばらまくことによって、母を救えなかった後ろめたさをやわらげる方法を見つけた。わたしは彼を説得してやめさせようとしたが、彼の決心は堅かった」

「彼は自分のやり方が間違っていたことに気づいただけだ、そう言う人たちもいるだろう」

「優しい心と単純な頭を持った人たちだけがね。われわれは国民健康保険に病人や死にかけている人たちの面倒をみさせた。いわゆる被害者の誰一人、わたしの相続権にたいして文句を言うことはできない」

「たとえその一人があんたの実の父であっても?」

「ケネス・オズウィンがわたしに何をしてくれたというんだね? わたしは彼になんら恩義をこうむっていない。負債となると完全にその逆だが」ロジャーはにやりとした。

「とはいえ、彼は最期にそれを完済したと言えるだろう」

「どういう意味なんだね?」そう問いかけたとたん、わたしにも彼が意味したことがわかりかけてきた。

「コルボナイトの売却によって手に入れた金を、父に浪費させるわけにはいかなかった。わたしは彼に忠実に尽くしてきた。彼の汚い仕事を引き受けた。それなのに、当然わたしが受け取るべき褒美を騙し取られるのはまっぴらだった。だが、彼に道理をわからせることはできなかった。彼はそのまま突き進む決心だった。だから、彼をとめねばならなかった」

「あんたが言ってるのは――」

「オズウィンはわたしの命令で彼を殺害したんだよ、トビー。そうだ。わかっただろう」

「でも……どうしてオズウィンは……」

「わたしがデリクの面倒をみると約束したからだ。経済的にという意味だがね。オズウィンは死にかけていた。そして彼は、息子が彼なしではちゃんとやっていけないだろうと心配していた。われわれが承知しているように、あんたがご親切にも彼の実像を明らかにしたように、わたしの異母弟は実際は機略に富んだ人物であるにもかかわらず、オズウィンは息子を過小評価していたようだ。だから、その取引内容は、デリクを生涯にわたってわたしが援助するというものだった……わたしがそうするための財産を手に入れられるように、オズウィンが確実な手段を講じるのと引き換えに」

「あんたは……片方の父親をもう片方の父親に殺させて……漁夫の利を占めたってわけだ」

「それがあの場合のたったひとつの解決方法だった。だが、じつのところはね、トビー。彼らのどちらも、それが相応だったんだよ」

「あんたはオズウィンとの約束を守らなかった、そうだろう？」

「ちがうよ。そうしたのはヴァレリー・オズウィンだ。わたしは彼女の夫に最初の支払いをした。そうしなければ、彼は計画を進めなかったから。そして、そのあとでもう一回。けれども、それらの小切手は現金に換えられなかった。彼が死んだあとで、彼女はそれを送り返してきた。彼女がどの程度知っていたのか、はっきりわからないがね」

「じゃあデリクは？　彼は何を知ってるんだ？」

「何も知らないだろう。彼の父親にはわれわれの取り決めを秘密にする理由が充分にあった。だからこそそれは成立したんだし――守られねばならなかった。われわれの秘密。わたしと死んだ男の秘密だ。だが言うまでもなく、いまやそれをあんたにも教えざるをえなくなったが」

「わたしが強要したわけじゃない」たしかにそれは事実だった。実際わたしには、彼がどうしてここまで打ち明けるのか理解できなかった。とはいえ、彼が打ち明けたことは――彼には知る必要のない理由で――わたしには歓迎すべきことだったが。しかしながらその瞬間には、彼自身の告白により、じつに冷酷に、無造作と言っていいほど平然と、彼が父親の殺人を計画したことを知って驚愕のあまり、そのことを不審に思う気持ちはほとんど頭をもたげなかった。

「それなら、あんたのせいではなく、状況のせいでこうなったことにしよう。そのほうがフェアだろう」彼は続けた。「いくつもの状況がわれわれ二人を謀略にかけたようだ。ところで、われわれがタンブリッジ・ウェルズに向かう正しい道路からはずれているのに気づいたかね？」

「なんだって？」

彼は強くブレーキを踏んで方向指示器をさっとつけた。「最後から二番目のラウンダバウトで左の進路をとったにちがいない」車は急激にスピードを落として徐行した。ロジャーが道路の縁の草地に車を乗り上げ、車は不恰好な五本の桟のある門の横ではげしく揺れながら止まった。「これはイーストボーン道路だよ」

わたしはそのときはまだ、彼の告白が暗示することや、さらには、彼が告白した理由のほうにすっかり心を奪われていて、突然、道路がどうのといったつまらないことに話題が切り替わったのは、ほとんど気にとめていなかった。そのことに関しては、わたし自身は数キロのあいだ周囲の様子にまったく気づいていなかったから、彼の言葉を鵜呑みにするしかなかった。彼は向きを変えて逆方向へ向かうのだろうと考えたが、そこにはそうした操作をする余地はほとんどないように見えた。ところが、彼はそうしなかった。その代わりに、車からとび降りると、わたしの側へまわってきてドアを開けた。

そのとき、彼が片手に銃を持っているのが目にとまった。通り過ぎる運転者にはそれが目に入らないように、わたしだけに見えるように銃を低く構えている。「移動しろ、トビー」

「いったいどうなってるんだよ？」

「運転席へ移動しろ」

「どうして？」

「黙ってそうしろ。さもないと、本当に撃つぞ」

彼の目を覗きこんだが、そこに読みとれたのは、彼が完全に本気であることだけだった。差し迫った死の恐怖が胸に突き刺さった。「わかった」わたしは言った。「わかったよ」シートベルトをはずしてから、そろそろと体をてこにしてギア転換装置とハンドブレーキを乗り越え、ハンドルの前に身を落ち着けた。

「ベルトをしめろ」ロジャーが命令する。わたしは従った。それから彼はわたしが空けたばかりの座席に滑りこんでドアをぴしゃっと閉め、はげしく行き交う車の騒音をしめだした。彼は銃を片手に持ってわたしにまっすぐ狙いを定めたまま、体をぐっと後ろに引いてすこしわたしから距離をとった。

「われわれは合意したはずだが」わたしは抗議したものの、声が震えていた。

「そうだよ。すべてを事前に警告しなかっただけだ。だがそれなら、あんただってしなかったさ。われわれの会話をテープにとるといったことを」

「なんのことだかわからんよ」もちろん、その指摘は事実だったから、本当になんのことかわからないという口ぶりにはならなかった。それでも、わたしとしてはとぼけるしかなかったのだ。

「わたしがディーリアに会うために引き返したあいだに、あんたは降霊会の最後のところまでテープをすすめ、そのあと、わたしが戻ってきたときに録音をとりはじめた。わたしが私道を歩いていくときに、ボタンを押すためにポケットに手を伸ばしたのが見えた。ふつうなら気づかなかっただろうが、こっちはそれを警戒していた。予期していたんだよ」

「どうしてやめさせなかったんだ？」

「そんな必要はない。録音されたものは簡単に消すことができる」

「テープが欲しいのか？」

「まだいい。機械のスイッチを切る必要もない。ともかく、このまま続けることにしよう。さあ、運転を始めろ」

「どこへ行くんだ？」

「まっすぐ進行方向へ」

「イーストボーンへ？」

「黙って運転しろ。方向指示はわたしが与える」

わたしは車のギアを入れ、車の流れのなかにじりじり割りこんで、八十キロまで速度を上げた。

「もうちょっとスピードを上げろ。こいつは快適にとばすのが好きなんだ」

わたしは加速した。道路標示をさっと通り過ぎた。イーストボーン十マイル、ヘースティングズ二十二マイル。前方の道路は暗緑色の野原のあいだに延びる、霧雨に光る黒いリボンだった。低い灰色の雲が右手の丘の上に居座っている。ふたたび太陽を見ることはないかもしれないという怖ろしい考えが頭に浮かんだ。まさしくそうなるかもしれない、陰鬱な冬の日がわたしのこの世での最後の日になるのかも。

「言うことは何もないのか、トビー？　やはり録音はやめるべきなのかな」

「そっちこそ話をしたらどうなんだ？」わたしは彼にちらっと視線を投げた。「これまでのところ、あんたがほとんど独りでしゃべってたんだから」

「わたしが真実を話したのはなぜだと思う？」

「わからない」

「考えてみろ」

「わからんよ」

「わたしは本気だ。考えろ、トビー。それがどんな目的に役立つと考えられるかね？　時間をかけて、じっくり考えるんだ。まだあと数キロは走らねばならないから」

「あんたがケネス・オズウィンと共謀して父親殺害を企んだことを、わたしは立証できないだろう」

「テープがなければ、ってことか？　ああ。そうだろうな。しかし、わたしが話したことを、あんたはジェニーに告げることができる。それが事実だと彼女に信じさせることができれば、彼女とわたしは終わりになるだろう」

「彼女はわたしの言うことを信じないよ」

「信じるかもしれん。信じないかもしれん。誰にわかるかね？　もちろん、ほかの誰かがその話を裏づけたら、彼女はそれを信じるしかないだろう。彼女にはほかの選択肢はなくなるよ」

「ほかには誰も知らない。あなた自身がそう言ったよ」

「そうだったかな？　それなら、ディーリアを忘れてたにちがいない」

「ディーリア？」

「彼女がオズウィンを病院へ訪ねていったことについて、あんたがディーリアに挑んだとき、彼女は言い逃れをした。オズウィンが本当のことを言ったのかどうか、多少の〝疑い〟を抱いたと話したが、そう言ったときに、彼女がわたしの視線を避けたのに気づいた。多少の疑いどころではなかったんだ。わたしが自分の出生に関して彼と話をしたことはないとオズウィンが言ったとき、彼が嘘をついたことがディーリアにはわかった。さらには、彼が嘘をついた理由もわかったんだよ」

　突如として、ロジャーにとってと同じく、わたしにもそれがはっきりわかった。〝どうして彼が嘘をつかねばならないんです？〟とわたしは彼女に訊いた。すると彼女は答えた。〝あら、あなたの洞察力にも明らかに限界があるのね〟そうだ。わたしの洞察力には限界があった。けれども、彼女の洞察力はそうではなかったようだ。

「彼女はいつわたしを見破ったのかな？」ロジャーが考えこみながら言った。「オズウィンの病室にいたあいだなのかな？　それとも、そのあと？　まあ、そんなことはもうどうでもいい。まったく問題じゃない。わたしのすべての問題にたいする解決策を考えてあるんだから。そして、あんたがそれだ、トビー」

「どういうことだ？」

「目的地に到着したら説明するよ。それについて話すまえに、ジェニーとそこで会う約束を取り決めねばならない」彼は空いている手で、ポケットから携帯電話を引っ張りだした。

「あんたが何を計画してるにせよ、彼女をそこに引きずりこまないでくれ、ロジャー」わたしは嘆願するように彼を見た。「頼むから」

「心配するな。すくなくとも（彼はにやっと歪んだ笑みをわたしに向けた）ジェニーのことは心配いらない。彼女は元気になるよ。わたしが請け合う。さあ、もう黙ってろ」

彼は腕を伸ばして銃身をわたしの肋骨にくいこませてから、電話機にナンバーを打ちこんで耳に当てた。数秒後、相手が出た。「おはよう。おたくの客の一人と今すぐに話をしなければならないんだ。彼女の名前はジェニファー・フラッド。わたしの名前はロジャー・コルボーンだ。ああ、このまま待ってるよ」もう数秒が経過した。「ありがとう」そのあと、さらに数秒。次に彼が口を開いたとき、それは彼のものとは思えないような口調だった。「ハロー、マイ・スイート……あのね、申し訳なかったんだけど、デイーリアを説得して、きみの泊まってるところを教えてもらったんだよ……わかってる、でも……そう、これは緊急事態のようでね。トビーのことなんだよ。彼は完全に常軌を逸してしまった……ぼくのせいじゃないよ、断言する……これから彼に会いにいくところだ……ディーリアのために承知しないわけにいかなかったんだ……ああ、もちろん、心配だよ。とくに、きのう、あんなことがあったばかりだから……彼が家にやってきたんだよ……愉快じゃなかったさ、ああ……あのね、きみがそこへきて彼を説得してくれないかぎり、これをうまくおさめることはできないと思うんだ……きてくれるだろう？　……それがいちばんいいんだ。こんなこと終わりにしなければ……ビーチー・ヘッドだ」そうか。われわれの目的地は、アン・コルボーンが二十年前に自殺した場所なのだ。今では心臓がどきどきして、上唇には汗が玉になって噴きだしている。ロジャーがジェニーに話していることのほとんどは、彼がしゃべりながらでっち上げているようだった。だが、彼の予想は的を射ていた。わたしもやはり、これがうまくおさまるとは思えなかった。「わからないよ」彼は続けた。「理屈ではわけがわからない。だがそのことでは、彼自身がわけのわからない状態なんだから……そう……灯台にいちばん近い待避所……そうだ……この車が目に入るから……オーケー……ああ、そうする……じゃあ、あとで……愛してるよ……バイ」彼は電話を切ってポケットに戻した。

一分かそこら、沈黙が続いた。そのあと、わたしは自分が答えを求めているのかどうかわからない質問をした。「どうしてビーチー・ヘッドへ行くんだね？」

「あそこに着いたときに説明する」

「だが、ジェニーと話をするためだけに行くわけじゃないだろう？　話ならタンブリッジ・ウェルズでもできたんだから」

「そうだ、トビー。話をするためだけに行くんじゃない」

「もしもわたしが、あんたがケネス・オズウィンに金を払って、自分の父親を殺害させたことを彼女に信じさせたら、彼女とあんたは終わりになるだろう、あんたはそう言ったよな。あんたがわたしを殺したら、当然、同じことが当てはまるのは、あんただってわかってるはずだ」

「そのとおりだよ。だから、わたしはあんたを殺さないだろう。たぶんな。じきにわかるさ。そのときまで、われわれにはこれ以上、相手に言うことがあるとは思えない。黙って運転しろ。必要なときには、わたしが道順を教える」

「しかし――」

「黙れ」彼がものすごい声で怒鳴ったので、わたしはひるんだ。「質問時間は終わった」

どの曲がり角を曲がればいいかを、そのときどきに教える以外、ロジャー・コルボーンがそれ以上何も言わないまま、車はイーストボーンのへり沿いに無人のなだらかな丘陵を横切って南を目指し、陸地の果てに向かって、われわれの旅の終わりに向かって、ひたすら走りつづけた。

われわれが進みつづけるあいだも、わたしの恐怖は消えなかった。それどころか、強くなった。けれども、わたしはゆっくりと少しずつそれを抑えこみ、気持ちを鎮めて彼が企んでいると思われることだけに意識を集中した。

だがそれもほとんど役には立たなかった。彼がわたしを殺すつもりなら、われわれの行き先をジェニーに教えるはずはなかった。けれども、彼がわたしを生かしておくつもりなら、わたしがいずれは彼の告白したことをジェニーに話して、それを証明するためにテープを聞かせるといった事態が絶対に起こらない保証が、どこにあるのだ？　さらには、ジェニーがディーリアに電話したときに、彼が事件について述べたのとはまるで矛盾する話を聞かされることはけっしてないと、どうして彼は確信できるのか？

理にかなっていなかった。だがそれでも、かなっているはずだった。コルボーンは冷静で自信に満ちている。自分のやっていることがはっきりわかっている。あらゆることを考えてあるのだ。彼には計画があり、その計画の要《かなめ》はわたしだった。

次にわたしが口にした言葉は「ここがあんたの母親がやってきた場所だね？」だった。われわれはビーチー・ヘッド沿いの道路の急カーヴのところにある、待避所に車をとめていた。低い土手の先は、前方の崖のてっぺんまでの百メートル足らずのあいだ、地面が登り勾配になっている。寒い陰鬱な霧雨の降る日で、盛り上がった芝生や、点在する、風で変形したイラクサの茂みの向こうには、雲が銃口からの煙のようにただよい、東の断崖にある使われていない灯台は海霧でぼんやりかすんでいた。あたりにほかの車は——ほかの人間も——見えなかった。

「そうだ」コルボーンがわたしの質問にたいして、遅ればせに答えた。「目撃者の話では、彼女はここで数分間、エンジンをかけたままジャガーのなかにすわっていて、そのあと、車でまっすぐ坂をのぼって——とびこんだ」

「あんたがそっくり同じような自殺を計画してるんなら——」

「ちがう。そのほうが安心なら、エンジンを切れよ」

たいしたことでもなかったが、それですこしは安心した。静寂がまわりを包みこんだが、崖の下にある、ここからは見えない新しい灯台から響く、むせぶような悲しげな霧笛の音によって、それが破られた。

「母が自殺したころには待避所のまわりにこの土手はなかった」コルボーンがふたたび口を開いた。「これはほんとは事故を防ぐのが目的だったんだがね。土手に向かってちょっと車を走らせるだけで、簡単に乗り越えることができる。そのあとは、百五十メートル以上ある断崖に向かってまっすぐ車を走らせればいい。死ぬこと請け合いだ。ここは自殺の名所でね。毎年、二十人かそこらは死ぬ。しかも数が増えつつある。ここは彼らを惹きつけるんだよ。道路に近いこと。確実に死ねること。象徴化された場所。地の果て。人生の最後」

「どうしてここへきたんだね？」

「あんたが選択をするためだ、トビー。あんたがわれわれ――あんたとわたしとジェニー――に起こることを決めるんだよ」

「わたしに実際にどんな選択があるんだ？　あんたがこうやって銃を突きつけてるときに」

「ジェニーが到着するまでに、すくなくともまだ半時間はある。われわれにはすこし時間があるわけだ。実際にちょうど必要なだけの時間だ」彼は手を前へ伸ばしてグローブボックスを開け、薄い革の運転用の手袋を取りだすと、それをわたしの膝に投げた。

「それをはめろ」

「どうして？」

「そうしろ。そのあとで説明する」

「わかった」わたしは手袋をはめた。「さあ、どうしてだ？」

「銃にあんたの指紋がついていないことの説明になるからだ。もしもそれが回収されたときには」

「なんの話をしてるんだね？」

「あんたも考えただろう、ジェニーがディーリアに電話をすれば――彼女はきっとそうするはずだ――わたしが嘘をついたことが彼女にわかるだろうと」

「考えたよ」

「けれども、実際にはもうそれも問題じゃないんだ、ジェニーがディーリアに電話したところで、ディーリアは話せないだろうから」

「どうしてだね？」

「ディーリアは死んだよ、トビー。そういうことだ」

わたしは彼を振り向いた。「あんたは……」彼が口にしたことにたいする恐怖がどっと胸に噴きだした。「あんたは……彼女を殺したのか……家へ……引き返したときに？」

「そうするしかなかった。わたしがやったことを彼女に知られた。彼女はたぶんずっと以前から感づいていたんだろうが、けさ、それがはっきりとわかった。それゆえ彼女はあんたに味方して、嘘をそのままにはしておかないだろう。間違いないよ。わたしには選択の余地がなかった。彼女か、わたしか、だった。わたしは彼女に〈スパ・ホテル〉の電話番号を訊ねた。彼女は台所の戸棚のドアに貼ってあった付箋紙にそれを書いた。彼女が紙をはぎ取ろうとして手を伸ばしたときに、彼女の頭の後ろを撃った。大量の血が飛び散ったよ。わたしが予想していた以上の血が」彼はポケットから何かを――小さな、くしゃくしゃになった、真っ赤な紙切れを――取りだして、グローブボックスに貼りつけた。それは付箋紙だった。よじれていたので、裏はまだもとの黄色だった。

「幸い、わたしは廊下に立っていたから、血しぶきひとつかからなかったよ」

「なんてことだ」

「あんたには銃声が聞こえないように、車のエンジンはかけっぱなしにしておいた」

「あんたは狂ってる。そうにちがいない。自分の……叔母を殺すなんて」

「狂ってるとは思わないね。だいたい、彼女が本当は叔母でもなんでもないことをわたしに思いださせたのは、あんただよ。それに、わたしはそんなことはやっていない。やったのはあんたなんだ、トビー。あんたが家に引き返して彼女を撃ち、そのあとわたしに銃を突きつけて、むりやりここまで運転させ、途中でジェニーに電話をかけさせた」

「そんなこと誰も信じるもんか」

「信じると思うね。あんたはわれわれを二人とも殺すつもりだった。そしてジェニーを呼び寄せて、あんたを拒否したがために生じた悲劇的な結果と向き合わせる計画だった。ところが、ディーリアにたいする極悪非道な行為があんたの心を挫いてしまった。最後の瞬間になって、あんたはわたしの命を助けることにした。わたしを車からおろし、そのあと車ごと崖から飛びこんだ」

「わたしはそんなことはしない」

「あんたに強いることはできない。だが、あんたがそうしなければ、ジェニーがやってきたとき……わたしは二人とも殺す」

「なんだって？」

「彼女をあんたに渡すわけにはいかないんだ、トビー。断じてそんなことはさせない。あんたがわたしを倒そうとしたら、わたしはわれわれ全員を殺す」

「あんたは言ったじゃないか……彼女を愛してると」

「愛してるさ。命よりも」

「あんたは狂ってる」

「それはあんたの意見だ。そして、これはあんたの選択だ。彼女を愛していることを証明しろ。彼女を救うためにみずからを犠牲にすることによって。彼女の面倒はわたしがみる。彼女がそれを乗り越える手助けをする。彼女を幸せにする。あんたにできる以上に幸せに。テープも、いつかわたしの死後に真実が明るみに出るように、安全な危険のない場所に保管しておこう。あんたはヒーローになる。死んだのちのことだがね、たしかに。しかし、ヒーローに変わりはない」

彼の言葉がはったりでないのは確実だったから、わたしは吐き気を覚えながら彼を凝視していた。彼はすでに一度、人を殺している。彼の父親も数に入れれば、二度。彼には失うものは何もない。彼がやったことの責任をわたしが引き受けなければ、彼はわれわれを三人とも殺してしまうのだ。いつの日か、わたしの名誉を挽回するというのは、あまりにも嘘っぽい言い分だったから、かえって本気なのかもしれない。しかし、そのときには二人とも死んでいる。わたしのほうはそのずっと以前に、まだ忘れられてはいないかもしれないが。殺人者だとわかっている男にジェニーを委ねることが、彼女にたいするわたしの愛を証明するための奇妙な選択なのだ。それでも、もうひとつの選択はもっとひどい。ひとつの疑問だけが、ここでは重要だった。彼はそうするだろうか？

わたしが協力することを拒否すれば、彼女を殺すだろうか？　本当に？

「どうなんだね、トビー？　死と名誉？　それとも、ただの死？」

「選択するのはわたしだと言ったな」

「だから、あんたはそうしてる」

「選択の余地はないようだ」

「それは〝死と名誉〟にたいするイエスだと解釈すべきなのか？」

「たぶん」それは何かにたいするイエスだった。しかし、彼が差しだした選択肢のどちらにたいしてでもなかった。脱けだす手段がひとつだけあることにわたしは気づいた。だがそれはけっして確実な手段ではなかった。

「じゃあ、あんたにそうさせよう」彼は言った。「テープを渡せ」

「銃と交換だ」

「やってくれるな、トビー。だが銃はこのままわたしが持っている。自殺するよりわたしを殺すほうが利口な選択だと考えてるかもしれん。それとも、最後の瞬間に怖気づいて、車で逃げようとするかもしれん。こっちとしては、そんな危険を冒すわけにはいかんのでね」

「銃がわたしといっしょに発見されないかぎり、警察はあんたの話を信じないだろう」

「あんたが飛びこんだあとで、崖から投げこむよ。衝撃で外へ投げだされたと彼らは結論をくだすだろう」

脱けだす望みは絶たれた。それは実際は望みとも言えない、はかないものだったのだ。「こんなことはやめてくれ、ロジャー、お願いだ」

「わたしの良心に訴えようとしても、もう手遅れだよ、トビー。あまりにもな。わたしの心は決まっている。あんたの心はどうだね？」

「待ってくれ。こうしよう――」

「だめだ。何もしない。あんたが答えを差しだすんだ、今すぐに」

「わかった。わたしは……」彼の目がまばたきもせず、じっと見すえている。わたしは大きく息を吸った。「やるよ」

「けっこう。あんたはわたしのやり方を受け入れるだろうとわかってた」

「受け入れるしかないとわかってた、ってことか？」

「そのとおり。さあ、録音をやめて、テープを渡すんだ」彼は左手を差しだした。「あとは……沈黙ということになる」

フラッド、トビー（一九五三－二〇〇二）
イギリスの二枚目役の性格俳優。舞台出身で、そのあとヘリウォード・ザ・ウェイク役でテレビに進出。数本の映画に出演したが、ハリウッドは彼には合わなかった。舞台に戻ったものの、以前のようには成功しなかった。舞台公演に出演中だったブライトンで、ある女性を殺害したのち、ビーチー・ヘッドにおいて自殺した。

ロジャー・コルボーンのポルシェの運転席にすわっていたあいだに、ハリウェルの『映画界の名士録』の未来版に掲載されるだろう、そうした型どおりの言葉が脳裏に浮かんできた。ロジャーはゆっくりと助手席から降り、完璧に計算された力でドアを後ろ手に閉めた。彼がすこし離れてから足をとめ、わたしのほうを振り返るのが見えた。
胸がむかむかした。イグニションキーに伸ばした手が震えている。呼吸は浅く、動悸は早鐘のようだ。手のひらが汗で濡れている。わたしはコルボーンを呪い、運命を呪い、彼がわたしのためにお膳立てした死のわずか数分前になって、ようやくそれに気づいた自分の愚かさを呪った。わたしはコルボーンの思いどおりに人生を閉じようとしていた。そうするしかなかった。これに代わる選択肢はすべて、もっとひどかったから。明らかにこれがトビー・フラッドの最期になるのだ。

エンジンをかけギアをバックに入れて、待避所の境界になっている土手からじりじり後退した。今では涙が視野をぼやけさせていた、怒りと恐怖と完全な絶望の涙が。まばたきをして涙を払いのけ、でこぼこの崖の縁へと続く前方の傾斜地を見上げた。その先には薄い空気とはるか下の海――確実な死への落下――が待ち受けているのだ。「ちくしょう」わたしはつぶやいた。「なんてひどい死に方だ」ギアをニュートラルへ移動させた。

そのとき、前方に動くものが見えた。ひとつの人影が傾斜地に点在するハリエニシダとサンザシの茂みの陰からあらわれて、草地をいそいでわたしのほうへやってくる。もじゃもじゃ頭の、ダッフルコートにジーンズにスエード革の編み上げ靴という身なりの男。それはデリク・オズウィンだった。

コルボーンにちらっと目を走らせると、彼はまだ近づいてくる人影に気づいていないのがわかった。彼が気づいたときに何が起こるか見当もつかなかった。わずか数秒のあいだに彼を出し抜かねばならない。わたしはぐいっとブレーキを引き、車からとびだした。

「何をするんだ？」コルボーンが怒鳴った。

「車に戻れ」

「人がくるんだよ、ロジャー」ボンネットをまわりながら、わたしは応じた。「銃が見えないようにしたほうがいい」

コルボーンは振り返り、即座にわたしが言ったことを理解した。彼は右腕を体の脇に引き寄せ、銃をデリクに見えないようにした。はげしい怒りの痙攣《けいれん》が彼の顔に走り、デリクがあらわれたのはおまえの責任だぞとにおわせる、ものすごい目つきでわたしを睨んだ。

「フラッドさん」デリクが呼びかけた。「それに……コルボーンさん」彼は土手のてっぺんにたどり着き、そこに立ってわれわれを見下ろした。駆けおりてきたために、はあはあ息がはずみ、頬が紅潮している。「お、お、おもったんですよ……ここにくれば、あなたがたがみ、みつかるだろうと」

「ここ数日、どこにいたんだ、デリク？」わたしは訊ねた。「あなたが見つからなかったよ」

「ある……宿屋です、ボグナーリージスにある。とても……ね、ねだんが……て、てごろなんです……一年のこの時期には。す、すみません……あなたに……し、しんぱいをかけたんなら」

「あなたが自分で家を荒らしたんだね？」

「ちょっと……ち、ちらかしました……ほ、ほんとです」

「それに、わたしのテープを盗んだ」

「か、かりたんです……フラッドさん」

「そして、わたしのエージェントから原稿を盗んだ」

「と、とりもどしたんです」

「そう言っただろう」コルボーンが冷ややかな低い声で言った。

「どうしてだね？」わたしは穏やかに訊いた。デリクに操られたことで感じるはずの怒りは、彼の介入がなんとか急場を救うかもしれないという、しだいに高まる希望にとって代わられた。

「どうなるか見る……ためです」

「〝どうなるか見る〟？」

「でも……やりすぎてしまったと思います」

「それはね、デリク、今世紀でもっとも控えめな表現だよ」

「そう言うのはちょ、ちょっと早すぎるとお、おもいませんか……フラッドさん？　つまり……この先ま、まだ、九十八年も……あ、あるんですから」

「どうしてわれわれがここにいるとわかったんだね？」

「わ、わかりませんでしたよ。はっきりとは。ただの……勘です。わたしは毎日、家をチエ、チェックしに行ってました……あなたが地球儀のなかのテ、テープを見つけたかどうか確かめるために。けさはあなたを……見つけそこなったにちがいありません。テープがなくなっているのを見つけたとき、あなたは最後の段階なのだとわかりました。キャプテン・ハドックをまたわたしのコートにとめてあったおかげですよ、フラッドさん」彼は今では、すこし自信をもって話していて、どもったり、ためらったりが減ってきた。「わたしはレイおじさんに会いにいったんです、あなたが……おやじと……コルボーン夫人のことを彼に話したかどうか知るために」デリクが話を続けるあいだに、ロジャー・コルボーンは銃が見えないように腕を背中の後ろへ曲げながら、向きをずらしてデリクのほうを見た。「あなたはシェリンガム夫人に会いにいったと彼が話しましたから、彼に車でそこへ連れていってもらったんです。パ、パウイス・ヴィラズには警察が非常線を張ってました。そこでさ、さつじんがあったんです。シェリンガム夫人の……近所の人がそう言いました。彼女はシェリンガム夫人を見たんです……とても動揺しているようでした。そしてポ、ポルシェが目撃されていました……走り去るところを。それで、どういうことかわかったんです。わたしはす、すいそくしました……コルボーンさんは……ここへあなたを連れてくるだろうと……彼のお母さんのことがあ、あるから。レイおじさんは残してきました……駐車場に……ビジターセンターの」東の地平線上の霧ごしに、その屋根がかろうじて見分けられる建物のほうへ彼は頷いてみせた。「理屈からすれば……わたしはここへくるべきではなかったでしょう。だって、わたしの計画は……わたしが望み得た以上にう、うまくいったことがはっきりしているのですから」

「それなら、続けろよ」ロジャーが言った。「それをはっきりさせろ」

「ええ、あなたは……終わりですよ、そうでしょう……コルボーンさん？」デリクははじめて自分の異母兄にじかに話しかけた。「わたしはあなたをや、やっつけた」

「あなたがここへきてくれなかったら、うまくいかなかったところだよ、デリク」わたしはそう言いながらコルボーンにじりじり近づいた。「彼はその殺人の罪をわたしに押しつける方法を考えてあったんだ。わたしが都合よく車で崖からとびこんだあとで」

デリクは驚いて目をパチパチさせてわたしを見た。それからコルボーンに視線を移した。「ほ、ほんとうですか？」

「ああ」ロジャーが答えた。「本当だ」

「そんなひ、ひどいこと。わたしは……」デリクはわたしに視線を戻した。「わたしはけ、けっして……彼にそんなこと……やらせませんよ……フラッドさん」

「ああ」ロジャーが言った。「そうだろうな。だからおまえがここへやってきたことは……もっけの幸いだよ」

にわかに緊張したコルボーンの表情のなかに、決心が形づくられるのが見てとれた。

二つ目の殺人の罪もわたしに負わせれば、彼はまだこれをうまくやり遂げることができるのだ。そうすれば、最初の罪をわたしになすりつける見込みがさらに増すというわけだ。彼はくるりと向きを変えてデリクと向き合い、背後からさっと銃をとりだしたが、そうするあいだ、わたしから目を離した。

わたしは自分のただひとつの有利な点――体重――を利用し、体をまるめて彼の肋骨にぶつかっていった。彼は不意をつかれて転倒した。銃はわたしの左耳の近くですさまじい音を立てながら飛んでいった。われわれはアスファルト舗装の地面にたたきつけられた。その瞬間、わたしは耳はほとんど聞こえなかったが、視力のほうはなんとか機能していた。目を上げて、必死でデリクを捜した。彼はわたしの前にいた。土手から跳び下り、体をかがめて、われわれが倒れた拍子にコルボーンの手から飛んでいった銃を拾い上げようとしていた。

「走れ」わたしは叫んだ。するとデリクはまた土手に登り、右手で銃身をつかんで、崖に向かって草地を走りだした。

そのとき、コルボーンが肘でわたしの顎の下にがつんと一撃をくらわせて、わたしをわきに放りだし、そのはずみにわたしは歯で舌を思いっきり嚙んでしまった。仰向けに転がってから、もがきながら体を起こしたときには、コルボーンがすでに土手を越え、デリクを追って駆けていくのが見えた。わたしもあわてて立ち上がり、彼らのあとを追った。

彼らはほぼ十メートル離れていて、その差を保っていた。コルボーンのスポーツ熱が彼に与えたはずの有利さを、デリクの恐怖が埋め合わせているのだ。彼らは断崖への直線コースをたどりながら、濡れた芝生を懸命に駆けている。彼らを追いかけながら肺を酷使したために、わたしは胸が苦しくなり、左耳が耳鳴りした。自分のあえぐ息遣い以外は何も聞こえなかったし、ただよう幽霊のように、前方の濃くなっていく海霧のなかを動く二つの人影――ひとつは黒で、ひとつは茶色――以外は何も見えなかった。

デリクは崖の縁の一メートルほど手前でよろめきながら立ちどまり、銃を放り投げた。それから、くるっと向きを変えてコルボーンと向き合った。コルボーンも同時に、その致命的な十メートル後方で立ちどまっていた。だが、わたしは走りつづけた。

デリクは微笑していた。口を開けて何かしゃべったが、言葉は聞きとれなかった。ロジャーがそれに応えて何か言ったのかどうかわからなかった。ロジャーは肩ごしにわたしを振り返り、わたしとの距離を確かめて自分のチャンスを計算した。それから向きを変えるなり、デリクに向かって突進していった。

デリクのただひとつの勝ち目は、崖っぷちから離れてロジャーのほうへ走ることだった。ところが彼は尻込みし、むしろ崖っぷちに近づいてしまった。自分が抱えているすべての問題から逃れるためのロジャーの最終手段がなんであるのか、彼にはわかっていなかったのだろう。それとも、彼にはわかっていたのかもしれない。だからこそ兄が抱きついてくるのを避けようとしなかったのかもしれない。ロジャーの両腕がデリクの腰に巻きついたまま二人はいっしょに投げだされ、ロジャーが突っこんでいったはずみで、一メートルほど灰色の宙に投げとばされたあと、崖から転落しはじめた。

わたしが崖の縁にたどり着いたとき、二人はまだいっしょだった。わたしはあえぎながらがくっと膝をつき、そのあとの数秒、彼らが落ちていくのを見守った。

彼らは崖の根元にぶつかり、浜辺に転がって離れた。波が彼らをつつみこんだ。そして、真っ赤に泡立ちながら退《ひ》いていった。

そういうことだった、そのときは。そして今はこう思う。手遅れ。あとの祭り。デリク・オズウィンとディーリア・シェリンガムにとっては、あまりにも手遅れ。それにロジャー・コルボーンにとっても。三つの死。そして、そのどれひとつ、わたしの死であっても不思議ではなかった。

わたしが言ったように遅すぎた。しかしながら、崖からの二人の転落のあとに続いた出来事については、きちんと整理するのはまだ早すぎる。沖合の灯台が、血と白墨の色の縞模様だったことは憶えている。崖の表面が、さらされた骨のように白かったことも。わたしの耳が聞こえなかったために鳴き声を立てないカモメが、生き霊のように霧のなかにすいと飛びこみ、すいと出てきたことも。そして、デリクの奇妙な勝ち誇ったような笑みも。そうしたことはすべて憶えている。事実、それらの映像は、ほかの多くが薄れていくあいだも、ますます鮮明になっていくようだ。

わたしは手を振って一台の車を呼びとめ、運転者の携帯電話で警察に通報してもらった。彼は近くのビジターセンターまでわたしを車で連れていってくれた。そこではレイ・ブラドックが彼の名づけ子が戻ってくるのを我慢づよく待っていた。わたしが彼にどんなふうにニュースを伝えたのか、そして彼がどんな反応をしたのか憶えていない。わたしが歩き去るとき、彼は車にすわり、背中をまるめてハンドルによりかかったまま、じっと前方を見つめていた。

わたしは待避所に戻り、ポルシェのかたわらでジェニーを待った。事情が事情だったから、彼女より先に警察が到着したのは当然だった。

最初は一台のパトカーだけがやってきた。それに乗っていた二人の警官は、これがありきたりの自殺ではないことをようやく理解して、ブライトンのCID（刑事部）に連絡をとった。そのあと沿岸警備隊の一団がやってきて、崖のてっぺんから浜辺の現場を検分した。彼らはある種の起重機をすえつけ、死体を回収するためのストレッチャーをおろす準備をはじめた。

そこへジェニーがやってきた。警察が彼女にどう説明したのか、はっきりとは聞きとれなかった。どんな説明だったにせよ、彼女は最初、明らかにそれを受け入れることができなかった。警官はわたしたちを離しておこうとした。待避所ごしに警官たちの広い肩のあいだからわたしを睨んだときの、彼女の顔に浮かんでいた表情を憶えている。たぶん彼女は、車から彼女に電話をかけてきたとき、ロジャーは本当のことを話していたと、まだ信じていたのだろう。おそらく、わたしは正気を失っていると思っていたのだ。彼女は叫びはじめた。「何をしたのよ、あなた？」そして、声をあげて泣いた。「何をしたのよ、あなた？」

さらに二台の警察の車が到着した。わたしはその一台に乗せられ、イーストボーン総合病院へ運ばれた。途中で、耳から出血しているのに気づいた。がっしりした警官に付き添われて救急口を通り、そのまま小部屋へ連れていかれた。若い医者がわたしをざっと調べた。彼は鼓膜に損傷はないと告げ、このあとの二十四時間で聴力は徐々に回復するだろうと言った。事実、聴力はすでに回復しつつあったが、ショックのせいで理路整然とした思考力をとり戻すことができなかった。

そこへ知った顔があらわれた。スプーナー巡査部長。わたしはべつの警察車に乗せられて、ブライトンの北のはずれにあるＣＩＤの本部へ連れていかれた。そこで壁に窓のない面会室に入れられ、紅茶のはいったマグと、ハムのサンドイッチを与えられて、一時間以上、独りで放っておかれた。彼らが何を待っていたのかわからない。おそらく彼らは、わたしがロジャー・コルボーンのポケットのなかに入っていると話したテープを聞き、その朝、パウイス・ヴィラズとビーチー・ヘッドで何が起こったのかを——そして、その理由を——自分たちで判断しようとしていたのだろう。

ついにスプーナーがアディス警部補といっしょに入ってきて、事情聴取が始まった。彼らも今では、彼らがきのう、わたしにイアン・メイプルについて質問したとき、わたしが嘘をついたことを承知していた。けれどもテープのおかげで、わたしが今はもう嘘をついていないこともわかった。われわれは順を追って、すべてのことを明らかにしていった。ともかく、そうしたように思う。そこで語られたことについては、きれぎれにしか憶えていないのだ。わたしは弁護士が同席することを求めるべきだったかもしれない。彼らのほうからそうするように勧めたのかもしれない。でもわたしには、そんなことをしても意味がないと思われた。今、語るべきことはひとつしかなかった。真実しか。

結局、アディスはわたしを非難すべきか、それとも、わたしに同情すべきか決めかねているようだった。彼が告げたことの要点は、イアン・メイプルとわたしは木曜日に、自分たちの疑惑をアディスに届け出るべきだったということだった。そうすれば、こんなことは何ひとつ起こらずにすんだ。死んでしまった三人の人たちは、今も生きていただろうし、イアンも脚を折って入院せずにすんだだろうし、わたしだって……彼はわたしの状態については、わたし自身の判断にまかせたようだった。わたしは反論はしなかった。そうする意志はおろか、力もなかった。

「もうお帰りになってけっこうです」わたしが供述書にサインし、もうすこしお茶を飲んだあとで、彼は頃合いをみてそう言った。「いつロンドンへ戻られますか？」

「あした、の予定です」

「おそらくあちらで、あなたに連絡をとることになるでしょう。マスコミがあなたのところへ押しかけてくるにちがいありません、あなたはちょっとした時の人といったところですからね。彼らには何も話してはなりません。あなたがタブロイド紙にあなたの話を売ったとわかれば、こちらとしても、あなたを告発すべきかどうか真剣に検討しなければならないでしょう、建物侵入のかどで、または、警察に時間を浪費させたかどで、または……どんな罪名にしろ。わたしの言いたいことはおわかりですね？」

「このことが新聞にでかでかと書きたてられることを、わたしが望んでいると本気でお考えですか？」

「わかりません。それが自分のキャリアに役立つと、あなたが判断するかもしれませんからね」

「ああ、そう言えば」スプーナーが口をはさんだ。「われわれは劇場でサリスさんという方と話をして、事情を説明しました。われわれにできる最善の方法として」

「ありがとう」

「どこかまで車でお送りしましょうか？　車を手配できますが」

「じつは……妻に会いたいのですが」

「さあ、それはお勧めできるかどうか。彼女は死体が運び上げられるまで現場にとどまると言い張っておられたようです。そのひとつが本当にコルボーンさんであることを確認したかったんでしょう。あなたにも想像がつくでしょうが、死体の状態や、ブラドックさんもあそこにおられたことなどから、それはかなりの混乱を招くことでした。さきほど、婦警が付き添って彼女をウィックハースト・マナーまで送っていき、フラッド夫人の姉の到着を待っております。バトラー夫人という方です。あなたもそのご婦人をよくご存じだと思いますが」

「ええ。存じております」危機的状況で、ジェニーがフィオーナに救いを求めるのはしごく当然だった。

「われわれはのちほどフラッド夫人とお会いして、われわれのいちおうの結論を報告することになります。それがすむまで、訪問は延ばされたほうがいいでしょう」

「電話なら……かまわないでしょうね」

「どうぞご自由に」

「それで、その……いちおうの結論ですが。どういうものでしょうか？」

「あなたはすでにご存じですよ」アディスが応じた。「われわれよりもまえに、ご存じでした」

スプーナーはわたしが使用できるように電話機を持ちこんでから、わたしを独りきりにした。わたしは数分間じっと電話機を見つめたまま、懸命に言葉を繋ぎ合わせて文章をつくろうとした、その朝、ジェニーの人生をめちゃめちゃにしてしまった大事件、わたしが大きく関わったその事件について説明するために、なんとかふさわしい言葉を見つけようとしながら。受話器を取り上げて彼女の携帯にかけたときには、まだ納得のいく文章は浮かんでいなかった。彼女の携帯はスイッチが切られていたが、わたしはメッセージを残さなかった。その代わりに、ウィックハースト・マナーの電話番号にかけてみた。

婦人警官が電話に出たが、彼女は、わたしと話したいかどうかジェニーに訊ねることすらしぶっている様子だった。彼女が戻ってきて、ジェニーはあまりにも気が動転していて、電話に出ることはできないと言った。二人のあいだには壁がつくられているとわたしは感じた。だが目下のところ、それを壊すためにわたしにできることは何もなかった。

結局、車で送るという申し出は断って、歩いて警察署をあとにした。近くのスーパーストアはものすごく繁盛していた。わたしはぎっしり詰まった駐車場を通りながら、荷物を積んだワゴンを押して店から出てくる買い物客に目を向けた。それは彼らにとっては、ごく当たり前のクリスマスまえの土曜の夕方だった。パウイス・ヴィラズでの殺人事件や、ビーチー・ヘッドでの死亡事件は小さなニュースにすぎなかった。彼らの未来が変わるわけでもなければ、彼らの人生が影響を受けるわけでもなかった。世界は変わりなく歩みつづけていた。いつもどおり。

どこまで歩くつもりだったのか思いだせない。じつのところ、そもそも意志というほどのものがあったのかどうかも疑わしい。気がつくと、はてしなく広がっているように見える住宅地のなかにいた。わたしはそこをふらふら通りぬけ、オールド・スタイン行きのバスに乗りこんだ。後部座席にすわって、ずっとうつむいていた。誰もわたしに気づかなかった。

わたしは事件にうちひしがれ、ぼんやりと悲しみに沈みこんでいた。聴力は回復していたが、思考力はそうではなかった。セント・ジェイムジズ・ストリートの混み合ったパブにこっそり入っていって、ウィスキーを数杯飲んだ。数杯以上だったかもしれない。そのあと〈シー・エア〉に向かった。

ユーニスの出迎えはどっちつかずだった。わたしが無事で、比較的元気そうな様子で戻ってきたのを見て、彼女はほっとしていた。だが同時に、わたしが連絡しなかったことに腹を立てていた。

「あなたのことでひどく気をもまないですんだのは、ブライアン・サリスと警察のおかげだったわ。でも彼らの話を聞いて、わたしの不安が消えてしまったわけじゃなかったけど。あなたは大変な経験をしたようね、トビー、ほんとに。だから、そうしたいのは山々だけど、あなたに辛く当たらないほうがよさそうだわ。階下へきてちょうだい。何か食べるものを準備するから」

空腹ではないと抗議したところで無駄だったから、そのあとまもなく、わたしは台所の朝食用カウンターでぼんやりカリフラワーチーズをつつきながら、内心でこう認めていた。きょう一日が過ぎていくあいだに、わたしにはさまざまなこの日の幕切れが予想されたのだったが、これは明らかにそのなかでも、とりわけ冴えない幕切れだったなと。

「ブライアンはなんと言ってた？」わたしはおそるおそる訊ねた。

「あなたが何かひどい事態に巻きこまれて、殺人者に人質にとられてしまったって。それは本当なの、トビー？」

「ああ、そうだよ。本当だ」

「でも、その殺人者はビーチー・ヘッドから身投げしたんでしょう？」

「そうだ」

「あなたはそのとき、その場にいたんですか？」

「うむ。いた」

「考えただけでも怖ろしいわ」

「そうだな」

「わたしたち、法を守る人々が日常生活を送っているあいだにも、そんなことが起こるのね」

「それについては、いずれすっかり話すよ……そのことにふれても、あまり心が痛まなくなったときに」

「でもその殺人者は……あなたの奥さんの……」

「そのことはやめにしてくれないかな、ユーニス？　正直いって、わたしには耐えられ——」

「ごめんなさい」彼女は突然、心からの愛情をこめてわたしを抱きしめた。「あなたにすれば、くどくど言ってほしくないのにね」

「いいんだよ。わたしは……ブライアンはなんと言ってた……芝居については？」

「何も。ただ……そのう……」

「なんだね？」

「あなたがいなくても、ちゃんとやってるからって」

わたしはなんとか悲しげな薄ら笑いをつくった。「きっと彼は安心させようとしたんだろうよ」

「あなたはいつでも……彼に電話できたでしょうに」

「そうは思わないよ」

「やはりあした、ロンドンへ戻るつもりですか？」

「そのつもりだ。とにかく、それがいちばんいいだろう。わたしがここにいた六日のあいだに起こったことを考えたら」フォークにすくったカリフラワーチーズが目の前の皿の上で固まるあいだ、間をとるにしては長すぎる時間、そのことについて考えた。「そう。たぶん、それがいちばんいい」

あれはそんなに遠い過去のことではなかった。今はこう思う。手遅れ。あとの祭り。それデリク・オズウィンとディーリア・シェリンガムにとっては、あまりにも手遅れ。それにロジャー・コルボーンにとっても。だが、ジェニーとわたしにとってはどうだろう？わからない。彼女がコルボーンと結婚するまえに、彼の本当の姿を明らかにしたことにたいして、彼女はわたしに感謝すべきだ。けれども、彼女がありがたいと感じているかどうかは疑問だ。はなはだ疑問だ。

もちろん、ショックが薄れる機会を彼女に与えねばならない。彼の実像と彼がやったことにたいする認識が悲しみにとって代わる機会を。わたしはロンドンへ戻って、自分の時を待つべきだ。わたしも彼女と同様に、自分の傷を癒さねばならない。

そうだ。それがわたしのやるべきことだ。たしかにそれこそ最善の道だ。

おそらく。

日曜日

昨夜は、起こったすべてのことをなんとか心に受け入れようとしながら、夜中過ぎまでベッドで目を覚ましていたおぼえがない。希望や慰めと同様、眠りもなかなかやってはこないだろうと覚悟していたのに、不思議にもそうではなかった。極度の疲労が緊急事態だと強く主張したのだ。すべてから解放される深い無意識の世界に、わたしは沈みこんだ。

部屋のカーテンを閉めてなかったので、忍びやかに訪れた灰色の夜明けで目が覚めた。数秒後に、きのうの事件を夢で見なかったことに気づいた。実際は、たちまち消えてしまう束の間の夢を見て、そのなかでわたしは、デリク・オズウィンといっしょにブライトンの上にかかっている鉄橋を歩き、彼が転落しそうになったときに、彼を手すりから引き戻すことができた。けれども、わたしが生きている、そして、これからも生きていかねばならない現実の世界では、彼を救うことはできなかった。そして、救うことができなかったのは彼だけではなかった。

いそいでシャワーを浴びて髭を剃り、そのあと着替えをしてから出立準備の荷造りをした。あとで戻ってきたときに、バッグだけを持ってさっと出ていけるから、荷造りをすませておいたほうがいいだろうと思ったのだ。論理や深慮が、そうするのがもっとも賢明だと告げた行動がどんなものだったにせよ、それはわたしがこれからやろうとしていることではなかった。ジェニーと話をしなければならなかった。彼女に会わねばならなかった。すぐに。

だが、ほかにもわたしに会わねばならないと決心していた者がいた、やはり、すぐに。わたしが背後の〈シー・エア〉のドアをそっと閉めて、寒くて湿っぽい、静まりかえった朝のなかに足を踏みだしたとき、通りの反対側に駐車していた車の一台が警笛を鳴らした。

それはくたびれた古いメトロだった。運転席の窓が開いていて、そこからレイ・ブラドックがこっちを見ていた。

わたしは彼と話すためにゆっくり道路を横切りながら、彼になんと言えばいいだろうと考え、俳優が自信ありげにしゃべるには、自分のために書かれた台詞が必要なんだろうと言った、コルボーンの嘲りを思いだした。

「こそこそロンドンへ逃げ帰るのか？」ブラドックが言った。彼は髭も剃っていなかったし、目の縁は赤くなっていて、その態度はきびしく冷ややかだった。

「デリクのことは残念です、レイ」わたしはそう応え、彼の視線をきっぱり受けとめた。「本当にそう思ってます」

「あんたはあの子の面倒をみると言った」

「でも、わたしとしては――」

「無事に片づくだろうとあんたは言った」

彼の咎めるような眼差しをわたしは避けようとしなかった。「わたしが間違ってました」

「彼があんたとコルボーンを捜しに崖へ行くのを、わしはとめようとした。自分のことを考えろと言った。だが彼はきこうとしなかった。〝ぼくがフラッドさんをこのことに巻きこんだんだ〟彼は言った。〝だから彼をそこから救わなきゃならない〟」

「彼はそう言ったんですか？」

「そうだ」

「ええ、彼はその言葉どおりりっぱにやりましたよ、レイ。わたしを救ってくれた」

「彼はあんたの命を救った」

「そうです」

「自分の命を犠牲にして」

「むろんあなたは、その逆ならよかったのにと思ってるんでしょう」

「そう思ってる」

「でも、あなたは彼を誇りにできる。本当ですよ。それはたいしたことじゃないですか？」

「年をとって、貧乏で、孤独なときには……そんなものなんの役にも立たん」

「申し訳ありません」それは本当だった。わたしは心からすまないと思っていた。けれども、わたしがそう思うだけで、ことがすむわけではないのも事実だった。われわれのどちらにとっても。

「わしはデリクがあんたを何かに巻きこんだとは考えてない」ブラドックが言った。「あんたが自分で自分を巻きこんだんだ。あんたがそうしなきゃよかったのにと、わしは本当にそう思うよ」

「あなたのおっしゃるとおりかもしれない。そうだとすれば……」わたしは肩をすくめた。「わたしも同じように思います」

「あんたも今はそう思うのか？」ブラドックの怒りがふいに薄らいだ。表情がわずかにやわらいで、彼は悲しげに頭を振った。「ばかなまねをしたもんだよ、あの子は。父親と同じように」

「まだもっとひどいことだってありますよ」

「そうだな」彼は溜め息をついた。「もしもあんたが……彼のやったことにたいして……敬意をあらわしたいのなら……」

　はっと気づくと、彼が窓から何かを差しだしていた。小さな白いカードだ。それを手に取ると、地元の葬儀社の名前と住所と電話番号が目に入った。

「葬儀の日時は彼らが教えてくれるだろう」

「ありがとう。わたしは……」

「あんたの気持ちしだいだ」ブラドックはエンジンをスタートさせた。「もう行ったほうがよさそうだ。ほかにも誰かがあんたと話したがってるようだから」

「ええっ？」振り返ると、ジョギング用の身支度をしたブライアン・サリスが、〈シー・エア〉の外の舗道に立っていた。

「おはよう、トビー」彼はまじめくさって挨拶した。

「ブライアン。ぼくは……」メトロが走り去るのが聞こえたので、ちらっと振り向いてから、彼のほうへ歩いていった。

「誰だったの？」

「デリク・オズウィンの名づけ親だ」

「なるほど」ブライアンは慰めるつもりでぽんとわたしの肩をたたいた。「ひどい目に遭ったな」

わたしは頷いた。「まったくだ」

「あなたの携帯にかけて起こそうとしたんだがね」

「じつは……なくしてしまったんだ」

「これからどこへ行くところなんだね？」

「イースト・ストリートのタクシー乗り場」

「いっしょに歩いてもいいかな？」

「もちろん」

われわれは歩きだしたが、どちらも適切な言葉がなかなか見つからなかったから、ひと言も言葉を交わさないうちにマデイラ・プレースのはずれに行き着いた。

「すまなかった……連絡をしないで」角を曲がってセント・ジェームジズ・ストリートに入ったときに、わたしはそう謝った。

「そんなこと気にしなくていい。そのときには、われわれはみんなかなりいらいらしたが……でも、警察がぼくに話したことから判断して、とびきりのと言ってもいい、情状酌量すべき状況だったようだからな」

「ぼくがいなくても、ちゃんと対処したと思うが」

「ぼくがあなたの代わりをやったよ」

「そうか」台本を手に、とちりながらわたしの役を演じているブライアンの姿を考えて、わたしはたじろいだ。「そうするしかなかったんだろう」

「ぼくが芝居をやらなくなってから、かなりの時が経つからねえ。でも……じつを言うと、けっこう楽しかったよ」

「出演者の誰かが台本を持って演じつづけたという経験をしたことはないけど、でも、それが楽しいなんて信じられないよ」

「いや、じつはね……」

「なんだい？」

「あのときまでに、ぼくは台詞を完全に頭に入れてあった。あの役をおぼえこんでたんだよ。デニスはいなくなったし、あなたの……行動が奇妙だったからね……それでぼくは……」

ブライアンがデニスのことにふれたときには、われわれはオールド・スタインを横切っていて、火曜日の夜に彼が死んでいるのを見つけた噴水からは、十五メートルほどしか離れていなかった。わたしは視線をまっすぐ前方に、中空にすえていた。「あなたにはそうなるのがわかってたんだね、ブライアン？」

「わからなかったよ……何が起こるかなんて。わかるはずがない。つまり……」

「もういいよ。わかった。ぼくが休演したという知らせにレオはどんな反応を示したんだね？」

「かっかしたよ。でも彼はまだその理由を知らないからね。知ったら……」

「態度がやわらぐだろう。だが、すぐにまたぼくを雇おうというほどではないさ」

「そんなことは言わないよ」

「言う必要もないね」

「ねえ、トビー、あなたはひどい経験をした。ぼくはあなたの苦悩をさらに増やしたくないんだ。あなたが最後の三回の公演に出られなかったのは、あなた自身の責任ではなかったことを、ぼくはかならずレオに理解してもらうよ」

「ありがとう」

「いつロンドンへ戻るつもりだね？」

「きょう、もうすこしあとで」

「それが賢明だろう。マスコミ関係からは、地元紙にしろ全国紙にしろ、何も言ってこないから、彼らはまだあなたを昨日の事件と結びつけていないと思うよ。でも、いずれ嗅ぎつける。身を隠すのはここよりもロンドンのほうが簡単だ。もちろん、あなたがほかのどこかへ行くつもりでなければ、ってことだが」

「そんな先のことまでは考えてないよ」

「うちのほとんどの者は十一時五十分のヴィクトリア行きに乗ることにしてる、もしあなたも――」

「まず、やらなければならないことがあるんだよ、ブライアン」わたしはイースト・ストリートの角で足をとめ、タクシー乗り場にいる一台きりのタクシーの運転手に合図した。「十一時五十分のには乗れそうもないな」

「ジェニーは今度のことをどう受けとめてるんだね？」

「わからない。それもぼくのやらねばならないことのひとつだ」

ウィックハースト・マナーにもマスコミが押しかけている気配はなく、それがありがたかった。さらなる用心のために、タクシーの運転手に――幸いにも無口な男だった――ストーンステープルズ・ウッドに通じる小道のはずれでおろしてもらい、歩いてぴたっと閉じられた門に近づいた。

最初はインターホンのボタンを押しても返事がなかった。しかし、ジェニーが自宅以外のどこかにいる可能性はほとんどないと考え、わたしは何度もくり返し押した。つまり、ウィックハースト・マナーを今も彼女の自宅と見なしてもいいのなら、ということだが。

ついに返事があった。フィオーナの声だとわかった。「はい？」おそらくマスコミを予期していたのだろう。それが誰であれ、すぐさま追い払うつもりのような口調だった。

「わたしだよ、フィオーナ。トビーだ」

短い沈黙があった。溜め息が聞こえたような気がした。「ここへくるべきじゃなかったわ、トビー」

「ジェニーに会わねばならないんだ」

「あなたがそんなこと考えるなんて、本当によくないことよ」

「なかに入れてくれ、フィオーナ。頼む」

「わたしには……そんなことできないわ」

「お願いだから……」

「まず、電話すべきだったわね」

「そのほうがいいのなら、ファルキングへ行って、公衆電話から予約をいれるよ」

「ばかなこと言わないで」

「それなら、なかに入れてくれ」

「だめよ」

「フィオーナ――」

「ごめんなさい、トビー。まずジェニーにきかなきゃならないわ。あとで電話して。そうね、今夜か、それとも、あした。でも、今はだめ」

彼女はインターホンを切り、わたしは門の格子を見つめる羽目になった。まわりの木立でミヤマガラスがカアカア鳴き、こまかい霧雨が目の前の門柱にはめこまれたスチール板に薄い水の膜をつくっている。もう一度ボタンを押した。返事はない。

うしろにさがって、門をじっくり眺めまわした。登ることができそうだった、ただし、わたしより若くて、そうした行為にふさわしい者なら。

だが、やろうとしていたのは彼らではない。わたしだった。

五分ばかりのち、自分が目にするものを承知している人間に特有のうんざりした表情で、フィオーナがウィックハースト・マナーの玄関ドアを開けた。姉としてジェニーと似通ってはいたが、彼女の場合、それはわたしに好意を抱くところまではいかなかった。彼女はあたまから俳優というのはうさんくさい人間だと決めこんでいた——移り気で、当てにならなくて、本質的に望ましくない人間だと。

「今度だけでも、わたしの忠告をきくことはできなかったの？」彼女は噛みつくようにそう言うと、苛立たしげに唇をぎゅっと結んだ。

「忠告のようには聞こえなかったけど」

「それは、あなたがちゃんと聞いていなかったからだわ」

「入ってもいいかな？」

「その脚、どうしたの？」彼女はわたしの左の足首を見おろした。ズボンの折り返しのすぐ上にV字形の裂け目ができていたが、それは、門の柵の一本のてっぺんに突き出ている大釘にズボンを引っかけたときのものだった。わたしも視線を下に向けると、裂け目から血が滲みだしていた。フィオーナは大きな溜め息をついた。「台所へ行ってちょうだい。でも声をひそめるのよ。ジェニーが眠ってるから。彼女をそのままそっとしときたいの」

彼女のあとについて、玄関から家の裏手にある北向きの大きな台所へまわっていった。そこの窓は、金曜日の午後にわたしが夕闇にまぎれて横切った芝生に面していた。わたしが最後にウィックハースト・マナーにやってきたのは、実際よりははるかに遠い、まるで違う時代のことのように感じられた。

「そこにすわりなさい」フィオーナは背後のドアを閉めながら、台所のテーブルの横にある椅子を指さした。「そしてズボンの裾をまくり上げて」

そのあとの数分間、彼女はせっせと、彼女の二人の息子ならすぐにわかるお馴染みのやり方で、石鹼、水、消毒薬のデトール、絆創膏などを準備し、「ほんとにばかなことをやって」と呟きながら、わたしの傷の手当てをした。犬が洗い場からぶらっと入ってきて、悲しげにわたしたちを見てから、またぶらぶら出ていった。そのあと、フィオーナが手当ては終わったわと告げ、もっと重要な問題へさっと話を向けた。

「あなたはくるべきじゃなかったのよ、トビー、本当に。これがジェニーにとってどんなに大きなショックだったか、わからないの？」

「きのう、まさかあんなことになるとは、わたしだって予想してなかったよ」

「でも、あなたは婚約者を失ったわけじゃないでしょう？　または親友を。ディーリアの死もロジャーの死と同じぐらい、彼女をひどく動揺させてるようだわ。そして、そのどちらにたいしてもあなたに責任がないとは、今の彼女には考えられないのよ」

「わたしに責任？」

「彼女はロジャーを愛してたのよ、トビー。彼は人を殺すことが可能な人間だったと知らされても、一夜でそれが変わるわけじゃないわ」

「可能どころじゃないよ。実際にやってのけたんだ」

「ええ。わかってるわ。彼はモンスターだった。わたしが疑っていた以上にすごいモンスター。でも、現実を直視しましょうよ、もしもあなたが――」

ドアがぱっと開いて、ジェニーが部屋に入ってきた。部屋着にスリッパという身なりで、髪はうしろにかき上げてある。顔は灰色と言ってもいいほど蒼白で、血走った目のまわりだけが涙で濡れて赤くなっている。彼女は泣いていたのだ。今も明らかに涙があふれそうになっている。おまけに震えていた。部屋着の襟をかき合わせたときには、指がぶるぶる震えていたし、わたしを見て話そうとしたときには、唇が震えていた。

フィオーナとわたしは二人とも立ち上がった。フィオーナが彼女のほうへ近づきかけた。けれどもジェニーは片手を上げて、自分からちょっと離れているように合図した、自分を落ち着けるためにすこし間隔が必要なのだと合図した。

「眠ってると思ってたわ」フィオーナが言った。

「ドアの音が聞こえたの」二、三秒遅れてジェニーが応えた、通訳をとおして話している人のように。「それにトビーの声が」

「どうしてもこなければならなかったんだ」わたしはそう言いながら、姉の肩ごしにジェニーがわたしと視線を合わせてくれるよう願った。

「そうだったんでしょうね」

「話ができるかな？」

「あのね……トビーをブライトンへ車で送っていってもらえるかしら、フィオーナ？」

「もちろん」フィオーナが答えた。

「よかった。でも……わたしたちに二、三分だけ時間をちょうだい……いいでしょう？」

「いいわよ。わたしは……」フィオーナはちらっとわたしを振り返ってから、ジェニーに視線を戻した。「わかったわ」

彼女はすぐに部屋から抜けだし、背後のドアをそっと閉めた。そのあとの沈黙のあいだに、緊張のあまり自分がつばを飲みこむのが聞こえた。そこへまた犬が部屋に入ってきて、ゆっくりジェニーの脇に行き、彼女の手に鼻をすりつけた。

「主人がいなくなって寂しいのよ」まるで他人事のような感情のない声だった。

「きみはどうなんだ――」

「やめて。お願いだからやめて」声がうわずり、彼女は深呼吸した。さらにもう一度。

「黙ってわたしの言うことを聞いて、トビー。お願いよ。警察はわたしに何もかも話したわ。すべてを承知してる。ロジャーが彼の父親に何をしたのかを。両方の父親に。そしてディーリアに。さらにはデリク・オズウィンに。そして、あなたにも何をしようとしたのかを。わたしには……彼のそうした面が見えていなかった。彼の本質を……把握してなかったようね。わたしはバカだったわ。底抜けのバカ。わたしにそれをわからせてくれたことにたいして、わたしはあなたに感謝すべきなんでしょうね」

「けっしてこんなふうになることを目論んでたわけじゃない」

「当たり前だわ。誰がそんなこと目論む？　でも、わたしが戻るまであなたが待っていてくれれば……あなたが……時節を待ってさえくれれば……きのう誰も死なずにすんだ、そうでしょう？　わたしはそう考えずにはいられないのよ。ディーリア、デリク・オズウィン、ロジャー。彼らはみんな生きていたでしょう。向き合わねばならないことがたくさんあったわ、たしかに。ロジャーの場合は答えねばならないことがどっさりあった。でも、彼らは生きていたでしょう。生きて呼吸していたでしょう。それがどんなにいやなことだったとしても、すくなくともわたしたちはそのことを話し合えた、ロジャーとわたしは。すくなくとも——」彼女はすすり泣きを抑えこんだ。「わたしは自分を責めてるわ。あなたを巻きこんだことにたいして。あなたをまた……わたしの人生に引きこんだことにたいして。あんな軽はずみなまねはすべきじゃなかった。本当にすべきじゃなかったわ。あなたは自分の触れるすべてのものを殺してしまうのよ」

彼女が言ったことには、悲しみと怒りと、いくらかの屈辱感がないまぜになっていた。わたしにはそれがわかった。彼女が挙げた名前のなかには、彼女が口にしなかった一人の被害者——わたしたちの息子——も暗に含まれていた。フィオーナの言ったことは正しかった。わたしはくるのが早すぎた。そして、ジェニーの言ったことも正しかった。わたしには自分の時節を待つという分別がなかったのだ。ずっとそうだった。非難にたいして答える言葉はなかった。わたしは口にはできない愛おしさをこめて彼女を見つめた。わたしは彼女を許した、彼女がわたしを許していないことにたいして。

「今は先のことは考えられないの」彼女は続けた。「なにしろ……考えねばならないことが多すぎて。ディーリアの夫のジョンもすっかり取り乱してるし。警察もまたやってくるし。マスコミだって事件を嗅ぎつけるでしょうし。ひどい……いやなことばっかり。言葉にはできないほどひどいわ。だから、これ以上わたしたちのあいだで何かあるのは耐えられないのよ、トビー。口論ってことだけど。とにかく……わたしには耐えられない」彼女はてのひらの付け根で目を押さえてから、わたしを見た。「帰ってちょうだい。いずれ話し合うことになるわ。もちろん、そうなる。話し合わねばならないわ。でも、ここじゃない。今ではない。すぐに……ってことではない。わかるわね？」

わたしは何も言わなかった。頷きもしなかった。けれども、わたしがわずかに目を細めたのを、彼女は自分の主張を認めたしるしだと解釈した。わたしは賛成したわけではなかった。受け入れたわけでもなかった。だが、それにもかかわらず……わたしは了解した。

「さあ、帰ってちょうだい」

ブライトンまでのドライヴのあいだ、何も言葉は交わされなかった。無駄なことは言わないたちのフィオーナは、わたしのウィックハースト・マナー訪問がいかに大きな間違いだったかを、指摘しようとはしなかった。それは彼女がわたしに忠告したとおりだった。早すぎたのだ。だが同時に、それは遅すぎたとも言えるだろう。

「あなたが荷物を取りにいくあいだ外で待っていて、そのあと、駅まで送っていきましょうか？」〈シー・エア〉に向かってグランド・パレードを走っているときに、フィオーナがそう訊いた。彼女が長い沈黙を破ったのは、きわめて実際的な理由のためにすぎなかった。

「ありがとう」とわたしは答えた。だがそのとき、ジェニーとの別れの苦悩で心が麻痺していたために忘れていたことを思いだした。まだ自由に立ち去るわけにはいかなかった——たとえそうしたくても。「じつは、それにはおよばないんだ。病院の前でおろしてもらうよ。会わねばならない人がいるので」

イアン・メイプルは、王立サセックス病院のごちゃごちゃ建物がならんだ敷地のなかの、奥まった病棟の自分の病室にいた。彼の右脚はわたしの予想とはちがって、ギブス包帯にくるまれてはいなかった。その代わりに、膝と足首のあいだの部分が、針金とピンで作られた枠のなかに固定されていた。それをべつにすれば——とは言っても、それを無視するのはむずかしかったが——彼は元気そうだった。そして、わたしを迎えたときの態度も、覚悟していたよりはやや好意的だった。

「あなたが立ち去るまえに、会えるかどうかなと思ってたよ」最初の挨拶として、軽い皮肉をこめて彼はそう言った。

「警察に事実を隠していたために、きみにはずいぶん不安な思いをさせてしまったにちがいないね」わたしはそう応じながら、ベッドわきの椅子に腰をおろした。「申し訳ない」

「ちゃんとした理由があるんだろうとは思ってたよ」

「たしかに、あったようだ」

「なにしろ、彼らが本気で、おれがソボトカと取引してたと考えてるのかどうか、はっきりしなくてさ。要するに、彼らには全体像が見えてなかったってことなんだ」

「今ではもうわかってるよ」

「ああ。ロジャー・コルボーンを含めて、三人が死んだ」イアンは頭を振った。「おれはデニスに起こったことにたいして誰かに償いをさせたかった。でもこれは……ひどすぎる」

「こんなふうになったことでジェニーはわたしを責めてるよ」

「あなたがコルボーンに彼の叔母を殺させたわけじゃない。あるいはデリク・オズウィンを。あの男が追いつめられたらどんなふうに反応するかが、あなたには予測できなかっただけだよ」

「ああ。でも、言っとくがね、イアン。わたしはなにがなんでも真実を見つけだそうと決心してた」

「そして、いまや見つけだした」

「そうだな」わたしは彼のかなたへ視線をさまよわせた。「見つけだしたよ」固定されて枠のなかに入っている彼の脚のほうへわたしは視線を泳がせた。「医者はそれについてどう言ってるんだね？」

「治るそうだよ。時間はかかるがね。また手術を受けねばならないだろうし、明らかにかなりの物理療法が必要だし、仕事もできないけど……何ヵ月もね」彼の仕事はなんだろう？ これまで訊ねようともしなかったことに気づいた。「デニスの葬儀にも車椅子で行かなきゃならない」

「いつだね、葬儀は？」

「木曜日。ゴールダーズ・グリーンの火葬場で」

「じゃあ、そこで会おう」

「ええ。そのあとで、将来のことを心配する時間は充分あるんだから、ねえ？」

「ああ、そうだな」わたしは頷いた。「たっぷり時間はある」

病院を出てからマリン・パレードに向かい、冷たく湿っぽい朝の空気のなかを、マデイラ・プレースのほうへゆっくり西に歩いていった。海と空は灰色のふたつの面がひとつに溶け合っていて、水平線は未来さながら暗くぼやけて判然としなかった。一週間前にジェニーと会った波止場が、わたしたちの出会いのときのようにぼうっと前方にあらわれたが、わたしがそこで抱いた愚かな願いは背後の過去のなかに消えてしまった。立ち去る潮時だった。だがわたしには行くところがなかった。

〈シー・エア〉に帰り着いたときにはお昼近くになっていた。ブライアンと『気にくわない下宿人』の一座のほとんどは、今ごろはロンドン行きの列車に乗っているだろう。わたしもブライトンから出ていくのが、独りぼっちで退却するのが安全だった。ユーニスにさよならを言って支払いをすませるために、まっすぐ地下へ下りていった。これで終わりだ、とわたしは考えた、あとは自分独りだ。

どこまで思い違いがあるんだろう？　ユーニスには客があった。もっと正確に言うと、わたしに客があった。

彼はユーニスの台所で朝食用のカウンターの前にちょこんと腰かけていた、片手にそっと紅茶のマグを持ち、顔ににやにや笑いを貼りつけて。ブレザーにキャバルリーツイルのズボンをはき、首にスカーフを巻いたシドニー・ポーティアスが、そこでわたしを待ち伏せしていた。

「お帰り、トーブ」彼はそう言ってウインクした。「あなたに待ちぼうけをくわされると信じかけてたよ、ユーニスがそう言うからさ」

「ここで何をしてるんだ、シド？」

「おれたちのランチの約束。憶えてないのかい？」

シドといっしょにオードリーのうちで日曜日のランチ。そう、ぼんやりとではあったが憶えていた、だがどうして承知したのかは、はっきり思いだせなかった。「すまない。取り消さなきゃならなくなった」

「ユーニスが話してくれた、例の耐えがたい事件のせいで？　そうした反応は理解できるよ、トーブ、完全に理解できる。でも、考え直してくれよ。オードリーのすばらしいロースト・ポテトのためばかりじゃなくてさ、そんな悲惨な状況に巻きこまれたときには、気軽な仲間こそうってつけだと思うんだよ。あなたは気晴らしをしなきゃ。そして、気晴らしをするとなれば、おれに任せてもらえばいいってことよ」

「そんな気にならないよ」

「シドの言うとおりだわ、トビー」ユーニスが口をはさんだ。「ランチをごちそうになってらっしゃい」

「あなたたち二人は知り合いなの？」親しげな雰囲気にようやく気づいて、わたしは訊ねた。

「シドとわたしはエルム・グローヴ小学校で同じ学年だったの」ユーニスがさえずるように答えた。

「おやじが成功して、おれをブライトン・カレッジに入れるまで」シドが補足した。「おれたちが引き裂かれていなきゃ、どうなってたかわかりっこないね」彼はぐるっと目を回した。

「悪いね、シド。やっぱり行かないよ。ロンドンへ戻らなきゃならないんだ」

「どうしてそんなにいそぐんだよ？」

「ちょっと……込み入っててね。ともかく……もう行かなきゃ」

「もう二、三時間ここにいても、後悔することにはならないよ、ほんとだ」

「それでも……」

「本当はね、トーブ、あなたはここにいなきゃならないんだ」

「どういうことだね？」

「立ち去るわけにいかないんだよ。まだ」

「なんだって？」

「あのね……」シドは咳払いして、にわかに真顔になった。「あなたに話さねばならないことがあるんだ。そして、あなたはそれを聞かねばならない」

　シドがはったりをかけているのかどうか判断できなかった。結局、彼自身の都合のいいときに、その答えを明らかにさせるほうが簡単だと思われた。われわれは彼の小さすぎる、パワーのないフィアットに乗りこんで、ウッディンディーンに向かって出発した。オードリー・スペンサーはそこに住んでいて、今もわれわれのために、熱いストーヴの上でせっせと料理をつくっているということだった。

「きのうの出来事はなんともひどかったな、トーブ」シドが言った。〈シー・エア〉を立ち去った今では、彼の快活さはほとんど影をひそめていた。「ほかの誰よりも、あなたにとってなおひどかったのは言うまでもないが、それでも、巻きこまれた人々を知っていた者にとっては、ほんとに息がとまりそうな事件だった」

「そのことについて、どんなふうに聞いたんだね？」

「ガヴがゆうべ、おれのところへやってきて、悲惨な事件についてくわしく話した。冷血漢だよ、あの男は。ガヴとロジャーのあいだには失われる愛などなかったのは事実だが、ディーリアの死は彼にショックを与えたはずだと、あなただってそう思うだろう。たしかにそれはおれにショックを与えた。だが、ガヴにはそうではなかった。彼が気にしているように見えたのは、彼の相続のことだけだった」

「相続？」

「ロジャーの財産だよ。ガヴはただ一人の生き残っている相続人だ、ロジャーがそれをバタシー・ドッグズ・ホームに遺贈していなければ。あいにく、そんなことはしてないだろうよ。てっきりガヴは籤《くじ》に当たったんだと、そう思っただろうね、あの様子を見たら」

「なるほど、あなたの言うように冷血漢だな。彼の甥と同様に」

「あなたも知っておくべきだが、おれはけさ、レイ・ブラドックとちょっと話をした。

彼はビーチー・ヘッドで起こったことを話してくれたよ。それに、おれは知り合いの警官とも話をした。あなたは幸運な男のようだね、トーブ」

「幸運だとは感じてないよ」

「デリクがあなたの命を救った」シドはちらっとわたしのほうを見た。「おれはそんなふうに理解してるんだが」

「あなたは正しく理解してるよ」デリクに話がおよんだときのシドの口調が、彼の顔に浮かんだ表情が、どこか奇妙で、親しげで……優しげですらあった。「まるで彼を知ってたみたいだな」

「知ってたよ」

シドはにわかにスピードを落とした。われわれは今は競馬場の北側沿いの道を走っていた。彼は方向指示器をカチッと動かし、出入り口に乗り入れて車をとめた。通過する車がすごいスピードで横を通るたびに、フィアットがかすかに揺れた。霧雨でフロントガラスがぼやけてきた。わたしは何も言わなかった。

「おれは嘘の口実であなたをここへ連れてきたんだよ、トーブ。オードのうちでランチがおれたちを待ってはいない。彼女はあまりにも気が動転していて、料理することはおろか、食べることもできない状態だ」

「彼女はどうして気が動転してるんだね？」

「彼女もデリクを知ってたからだ」

「どうやって知り合ったんだ？」

「彼女は霊能者なんだ、トーブ。霊媒だ」

「オードリー・スペンサーが霊媒？」

「そうだ」

「霊媒を仕事にしている？」

「今もそうだ。そして七年前だった、サー・ウォルター・コルボーンが彼女に相談したのは」

「なんだって！」

「そこに神がくるのかどうかわからんよ、トーブ。天国。地獄。煉獄。ひとつを選びたいのなら、それは、あなたがどんな宗教を選ぶかにかかってくる。おれ自身は厳密には不可知論の教派だ。だが霊界は？　それは向こうのどこかにある。オードがおれにそのことを信じさせた。彼女の……パワーが……あれこれ難癖をつけることを許さないんだよ、おれの言うことを信じてくれ」

「彼女は本当にサー・ウォルターを彼の死んだ妻に接触させたと、あなたは言ってるのかね？」

「そのころ、おれはオードを知らなかった。けれども、彼女はペテン師ではない。それは絶対にたしかだ。彼女はそう信じた。ウォルターもそう信じた。そう、あなただってそれはわかってるだろう？　テープを聞いたんだから」

「ああ。聞いたよ。しかし、あの女の声がオードリーの声だとはわからなかった」

「わからないだろうよ。彼女はちがう声になる……トランス状態のときには。彼女自身と……誰であれ、彼女が接触している人間との中間にいるときには」

「ちょっと待ってくれ」ある考えが頭にひらめいた。「テープがずっとヴァイアダクト・ロードに隠されていたことを、あなたは知ってたにちがいないな」

「おれはデリクと約束したんだ、彼の……行動計画の邪魔はしないと。〈クリケッターズ〉であなたと出会ったのは、純然たる偶然の巡り合わせだった。それがどう発展していくかわかっても、おれは約束を破る気はなかった——おれ自身がデリクをやめさせないかぎり」

「オードリーがデリクにテープを渡したんだね？」

「ウォルターが墓の向こうからのアンの勧めに従って、病の床にあるコルボナイトの従業員や、すでに死んでしまった従業員の家族にたいして、正しい行為をするつもりだったことについては、オードに疑問の余地はなかった。ところがそのあとすぐに、彼自身が自分の墓へ行ってしまったとき、彼女は妙だと感づいた。だが最初は、そのことに関して彼女は何もしなかった。けれども、癌患者が増えつづけ、おれさまは利口なやつだろうって顔のロジャー・コルボーンが、《サセックス・ライフ》の社交界欄に頻繁に顔をだすようになったとき、彼女は……行動を起こす決心をした。彼女はデリク・オズウィンに連絡をとり、自分が知っていることを話した。オードは自分がおこなう降霊会はすべて録音する。彼女がウォルターのためにおこなったぶんのテープをデリクが聞いたとたん、彼を引きとめるすべはなくなった。彼はロジャーの追跡調査をした……彼なりの驚くほど効果的な方法で」

「あなたはわたしに話してくれるべきだったよ」

「おれは約束は守る男なんだよ、トーブ。あなたはそんなことは信じられんと思うかもしれんが。おれにはそうする自由がなかったんだ」

「あなたは介入すべきだった。すべてが……コントロールできなくなるまえに」

「どんな事態が起こるかわかっていたら、そうしただろう。あなただって、きっとそうしたように」

「それなら、オードリーのパワーは、人々の人生に立ち入った結果を予見するところまでは及ばないんだね？」

「ああ」シドは残念そうに微笑した。「訊かれたから答えるが、及ばない」

二人ともちょっと黙りこんだ。わたしが感じたはげしい怒りも、燃え上がったときと同じく、たちまちにして消えてしまった。われわれのどちらにも悔やむことがたっぷりあるようだった。

「ジェニーはどんな様子だね？」シドはついにそう訊ねた。

「ご想像どおりってところだ」

「ひどく辛いと感じてるんだろうね？」

「どう思う？」

「ひどく辛いと感じてると思うよ。オードもかなり心が傷ついてる。あなたは覚悟をしておくべきだ」

「ランチは取りやめになったと思ったが」

「そうだよ。だが、会う約束のほうはそうじゃない。彼女はあなたに会いたがってる」

「何か特別な理由でも？」

「ああ、そうなんだ」シドは車のエンジンをかけ、サイドミラーを横目で見た。「すごく特別な理由で」

ウッディンディーンの袋小路にある近代的な二戸建住宅は、かならずしもわたしが想像したような、霊媒の──本物にしろ、そうでないにしろ──施術の場所《ロウカス・オペランディ》ではなかった。シドとわたしが到着したとき、そこにはたしかに職業上の飾り物は展示されていなかった。オードリー・スペンサーはこぎれいな装飾がほどこされた自宅でわれわれを待っていたが、このまえ会ったときの記憶にある瞳のきらめきは、あふれそうな涙に代わっていて、ようこそと抱擁したときに、その涙がすこしわたしの頬についた。

「わたしの気持ちは言葉では言いあらわせないわ、トビー」わたしを居間へと案内しながら、彼女は言った。「あなたもそうでしょうね、たぶん。なんてひどい、怖ろしいことが起こったんでしょう」

「トーブは、もっと早くにおれたちが本当のことを彼に話すべきだったと考えてるんだよ、ダーリン」シドが言った。

「いまさらそんなことを考えても、なんの役にも立たないわ」オードリーはソファーに体を沈めながら、そう応じた。「それでも、考えずにはいられない」彼女はわたしに、暖炉の向かい側のアームチェアにすわるようにと手を振って合図してから、わたしに視線をすえた。「あなたがどんなにわたしをなじろうが、わたしはそれ以上に自分をきびしく責めてるのよ、トビー。そうしたければ、わたしを非難すればいいわ。かまわないから」

「わたしはわれわれみんなを責めてるんだよ」わたしは心からそう言った。

「そう、それが分別のあることだよ」シドがそう言いながらオードリーの横に腰をおろし、ソーセージのような指の手で、握りしめられたティッシュごと、彼女の手をそっとくるんだ。「責めたところで元に戻るわけじゃないんだ、あなたにおれの言ってることがわかるなら」

「アンがウォルターに吹きこんだ善意を妨害したことにたいして、わたしはロジャー・コルボーンを罰したかったの」オードリーが言った。「わたしの仕事が、そうした明らかに有益な結果をもたらすことはあまりないのよ。ところが、それが実際には阻まれてしまったとわかって、わたしはすごく腹が立った。それでデリクをとおして、なんとかする方法を見いだしたわけなの」

「あなたは成功したよ」わたしは言った。「たしかにロジャーは罰せられた」

「ええ。でも、デリクまで死ぬなんて……それに、お気の毒にシェリンガム夫人まで……」こらえきれずに彼女はすすり泣いた。オードリーがティッシュで涙を拭けるようにシドは彼女の手を放し、代わりに肩に腕をまわして、彼女の耳に慰めるやさしい言葉をささやいた。「ごめんなさい、トビー。どうか許してね。わたしは必要以上に物事を……ちょっと強く感じてしまうのかもしれないわ」

「気にしないで。なんでもないよ」

「さあ、彼に話さなきゃ、ダーリン」シドが促した。「テープのことを」

そこでようやく、われわれはオードリーのすごく特別な理由にたどり着いた。シドはくるっと後ろを向いて、ソファーの後ろの棚にのっている箱から、彼女のために代わりのティッシュをすこし引っ張りだした。彼女はそれで目を拭き鼻をかんだ。

「あのね、トビー、じつはこういうことなの。わたしたちの誰一人、こうした怖ろしい事件を予見していなかったわ。でもデリクは……ひどくまずい事態になるかもしれないと……うすうす感づいていたようなの」

「どうしてそれがわかるんだね？」

「わたしは……一定の事柄を感知するのよ、トビー。それはわたしの授かったものの一部。それとも、わたしの呪われたものかもしれない。あなたがそれをどう見るかによるわ。いずれにしても、わたしはけさ……ウォルターのためにおこなった降霊会のテープをかけてみたの。デリクはそのオリジナルをコピーしてから、数ヵ月前にわたしに返してよこした。ところが何かが……わたしにそれを最後までかけさせたの。するとそこに……わたしを……わたしたちを待っている……メッセージがあった……デリクからの」

「どんな内容だった？」

「自分で聞いてちょうだい」彼女は、わたしが気づかなかった、ソファーの肘掛けにのっていたリモコンを取り上げると、部屋の隅に組み立てられているハイファイ装置にそれを向け、ボタンを押した。

テーププレーヤーのカチッという音がして、そのあと、二、三秒の間をおいてから、デリクの声が聞こえてきた。

あなたがこれを聞くかどうかわかりません。たぶんわたしは抜け目がなさすぎるのでしょう。おやじがよくそう言いました。そしておやじは、ほとんどのことでは正しかった。でも、すべてのことで正しかったわけではありません。彼はロジャー・コルボーンの提案を受け入れるべきではなかった。サー・ウォルターを殺すことを承知すべきではなかった。彼がわたしのためにそうしたという事実は、事態をさらに悪くするだけです。だが彼は病気でした。まっとうな考え方ができなかったのです。わたしは彼を許します。けれども、ロジャー・コルボーンは病気ではなかった。彼には自分がやろうとしていたことがはっきりわかっていた。わたしは彼を許すことはできません。彼が自分のやったことを償うまではけっして。わたしは今ようやく、彼に償わせる方法を考えつきました。それは俳優のトビー・フラッドを巻き添えにします。彼は芝居に出演するために十二月にブライトンへやってきます。彼の別居している妻のジェニファーは、ロジャー・コルボーンといっしょに暮らしています。それが、わたしが利用しようと思っている繫がりです。もうすぐそのことをあなたに話します。でも、何もかもではありません。そこには危険があるんですよ。あなたに知らせる以上の。それでも、やるだけの値打ちはあります。わたしはロジャー・コルボーンを罰するだけでなく、それ以上のことをやりたいのです。彼に自分のやり方が間違っていることをわからせたいのです。そして、それを償わせたい。それと同時に、彼を説得して、わたしを彼の弟と認めさせたいと願っています。なぜなら、それがわれわれの実態ですから。兄弟。そして兄弟は、離れればなれでいるべきではありません。いっしょにいるべきです。この計画の最後には、ロジャーとわたしはそうなれると考えています、すべてがうまくいけば。しかし、うまくいかない場合は、その責任はわたしにあることを知らせておきたいのです。あなたがたの責任ではありません。スペンサー夫人の責任でも、ポーティアスさんの責任でも、フラッドさんの責任でもありません。わたしの責任です。わたしの行動の結果にたいして全責任を負います。おやじならこう言ったでしょう、そこから生じる結果がすべてなのだ、と。わたしがやらねばならないことを、わからせてくださってありがとうございます、スペンサー夫人。そして、万一、こう言わねばならない場合にそなえて。さようなら。

「デリクはわたしたちを責任から解放したのよ、トビー」テープが最後までまわってカチッと切れてから、オードリーが言った。「みんなを」

わたしは彼女のほうを見た。「しかし、われわれは自分自身を責任から解放できるだろうか？」

「わからないわ。でも、彼がわたしたちにそうしてほしいと望んだことだけはわかってる。だから……わたしたちはそうすべきでしょうね」

「あなたはデリクに接触できるかどうか、やってみるつもりなの？」そのすこしあとで、彼女の家の開いた戸口に立ったとき、わたしはオードリーにそう問いかけた。シドはもう車にすわり、エンジンをかけてわたしを待っている。わたしはその露骨な質問をしそびれていた。だが、まだ間に合う。

「もちろん」彼女は答えた。「でも、死者は自分の気の向くままに話したり――話さなかったりするの。わたしが彼らに接触するんじゃないのよ。彼らがわたしに接触してくるの。やってはみるわ。でも問題は〝はたして彼が接触してくるか〟ってことなの。彼はもう言わねばならないことは……すべて話したのかもしれない」

「彼には本当に何が起こるかわかっていたと思う？」

「ええ。でも、そのことを彼自身が自覚していたとはかぎらないわ。彼らはいっしょに死んだでしょう？　彼とロジャーは。いっしょに。ばらばらにではなく」

それは事実だった。彼らが落ちていくところを、わたしがこの目で見た。わたしは悟った。デリクは彼の兄に弟と認められたのだ。ついに。

〈シー・エア〉へ車で戻っていくあいだ、シドもわたしも多くを語る必要はないと感じていた。シドの饒舌はずっとまえからその限界に達していた。そしてわたしの胸の思いは、もはや言葉では表現できなかった。

ユーニスが留守だとわかったのは、ある意味でほっとすることだった。自分の部屋からバッグを取ってきて、玄関のテーブルに鍵と、いとまごいの手紙と、小切手を置いてから、外へ出た。

「ばかに早かったじゃないか」わたしがふたたび彼の車に乗りこむと、シドがそう言った。

「ユーニスはいなかったんだ」わたしは説明した。

「なんなら、待ってもいいけど」

「それにはおよばないよ」

「もうたくさんというほどの、さよならがあったもんな、トーブ？」

「ああ。そう思う」

「わかるね」彼は車をスタートさせた。「おれたちのは、短い、気持ちのいいものにするよ」

「ありがとう。そのお返しに、われわれが〈クリケッターズ〉で話をしたときに、あなたがいい加減なことを言ったのは大目に見るよ」

「おれはまるきりの嘘なんか言ったおぼえはないよ、トーブ」

「そうかな？」

「まあ、ひとつだけあるかもしれん。でも、それはたいしたことじゃなかったよ」

「どのことだったのかな？」

「このまえの日曜日に〈クリケッターズ〉で初めて出会ったとき、六七年夏の日曜の夜に、おれはあそこでジョー・オートンに会ったと話したね。じつを言うと、あれは厳密には本当のことじゃない。それどころか、まったく事実じゃないんだ」

「でっちあげたのか？」

「そのようだ」

「どうして？」

「せっかくの偶然の出会いがふいになっちまうと感じたんだ。あなたの関心を惹くものが必要だった。話を続けるために。それだけのことだよ」

「でも、どうしてその話がうまくいくとわかったんだね？　わたしはオートンの日記を読んでいた。彼は一九六七年七月の最後の週末、ブライトンにいた。そして彼は日曜日の夜に、独りで街に出かけた。だから理論上は、あなたが彼と会うことは可能だった。あなたがその日を選んだのは単に幸運だったからだとは信じられない」

「ああ、それは……」シドはちゃめっけたっぷりに、そっぽを向いてしかめっ面をしてみせた。「じつはね、そのころおれと同じ家に、異常に小さい男が下宿してた。そいつはいつも埠頭で芸をやってた。身長が不足してることを売り物にしてたんだよ。オートンが殺されたことが新聞にでかでかと載ったあとで、彼がおれに話した、彼は——」

「もういい」わたしは、一九六七年七月三十日の日曜日の日記に、オートンがブライトンの公衆便所でのオーラルセックスについて、事実に即して書き記しているのを思いだし、シドの話を遮った。「どういうことかわかった」

「ほんとに？」

「ああ、はっきりと。それに……」われわれは今はロイヤル・パヴィリオンの前を走っていた。駅まではもうあまり遠くなかった。「あなたにはその話をたっぷり語って聞かせるだけの時間はないよ、シド。こまかいところはわたしに想像させてくれ」


十五分後、わたしは駅のコンコースのはずれにある〈ボナパルト・バー〉の外のテーブルに独りすわって、次のロンドン行きの列車を待つあいだ、ウィスキーを飲みながら三十分の時間つぶしをしていた。シドの話を再確認するために、わたしはバッグから『オートンの日記』を引っ張りだした。オートンがシドの隣人である、公衆便所でホモ行為をする異常に小さい男と出会った箇所は、ほぼわたしの記憶どおりだった。

だが、わたしが忘れていたのは、オートンがそのあと、お茶を飲みに駅へ行ったことだった。彼が利用したカフェは、おそらくそれ以後に〈ボナパルト・バー〉に変わったのだ。もちろん、当時は日曜の午後にウィスキーを売ることは、違法であると同時に考えられないことだっただろう。とはいえ、そのことにしても、そのほかのほとんどの変化にしても、いわば表面的な変化にすぎなかった。三十五年四ヵ月と一週間前に、きょう、わたしがすわっているのとまさに同じ場所に、オートンがすわっていたかもしれないのだ。

〝わたしは駅でお茶を一杯飲んだ〟と彼は書いていた。〝『プリック・アップ・ユア・イアズ』のことをひとしきり考えた。（彼が書く予定だった次の戯曲だが、結局、実現しなかった）それに、ほかのいろんなことを〟

ああ、そうか。いろんなことをね。「どうせつまらないことなんだろう、ジョー？」わたしはつぶやいた。

発車が告げられた。わたしは改札を通って、誰もわたしの横にすわらないように願いながら、前の車両のひとつに乗りこんだ。顔を隠すことが必要になった場合にそなえて、《オブザーバー》を買い求めてあった。

窓から外を見た。プラットフォームごしに雨に濡れた駅の駐車場が見える。そして、そのさらに向こうには、そそり立つセント・バーソロミュー教会の側面が見える。腕時計を確かめた。数分で発車する。わたしはブライトンに別れを告げようとしていた。わたしの一週間は終わった。時間ぎれだった。ひとつのみならず、あまりにも多くの事柄で。

そのとき、まったく信じられないものが目に入った。一人の女性が駐車場を横切り、駅に向かっていそいでやってくる。ジーンズに短いレインコートを着た女性。わたしにはひと目で見分けられる女性。

わたしは茫然として身動きもできずに、彼女が雨中から駅のひさしの下に入り、遠くのプラットフォーム沿いにコンコースのほうへ向かうのを見守った。彼女の足取りがぐんぐん速くなる。

そこでわたしもぱっと動きだした。

ロンドン行きの乗客の群れを押しわけて、わたしは改札口へ突き進んだ。ジェニーはその向こうのコンコースに立って、乗客の肩や、持ち上げられたバッグのあいだからわたしを見つめている。まわりには、わたしを押しのけるようにして通っていく乗客の群れがいた。だが、べつの意味では、彼らはそこにはまったく存在しなかった。

わたしの乗車券では出口のゲートは開かなかった。わたしはジェニーにじっと目をすえたまま、係員のいる改札へと移動し、出してくれともぐもぐつぶやいて、改札を通してもらった。

「期待してなかったよ、きみに会えるなんて」ようやく彼女のところにたどり着いたとき、わたしがなんとか口にできたのはそれだけだった。

「わたしだって、あなたが期待してるとは思わなかったわ」彼女は静かに言った。

「どうしてわかったんだね、どの列車に乗るのか？」

「わからなかったわ。最初、〈シー・エア〉へ行ったのよ。ユーニスがちょうど戻ってきて、あなたの手紙を見つけたところだった。でも彼女は長く留守にしたわけではなかったから、ここまできても無駄足にはならないだろうと、わたしたちは考えたの。わたしはどうしても……今の状態のままにしておきたくなかった」

「じゃあ、どういう状態にしておきたいんだね？」

彼女は肩をすくめた。「実際はよくわからないの」


わたしは〈ボナパルト・バー〉へ引き返した。だが今度は独りではなかった。ジェニーにはコーヒーを買い、自分にはまたウィスキーを買った。わたしたちは、わたしがさっき空けたばかりのテーブルにすわった。ロンドン行きの列車が出ていった。それが発生させていた騒音が消えた。頭上の駅の屋根にとまっている鳩の鳴き声が聞こえるほど、コンコースは静かになった。

「何を言えばいいのかわからないよ」わたしはそう認めた。

「わたしもよ」ジェニーが言った。

「じゃあ、ただここにすわってようか?」わたしは提案した。「何か考えつくまで」

わたしたちは見つめ合った。数秒が経過した。そのあと、ジェニーがおずおずと笑みを浮かべた。「ええ」彼女が答えた。「そうしましょう」

そして、わたしたちはそうした。

書き写し終わり

後日物語

ジョー・オートン原作の『気にくわない下宿人』は、ロンドンの舞台で五ヵ月間、上演された。ジェームズ・エリオットの役は興行中ずっと、トビー・フラッドが演じた。彼は一度も舞台を休まなかった。

遺言を残さずに死亡したことが確認されたロジャー・コルボーンの財産にたいし、高等法院は、コルボナイト有限会社の十二人の元従業員のグループによる請求申し立てを認めた。遺言書がない場合の規則に従って、ロジャーの財産相続は彼とともに死亡した、彼の異母弟であるデリク・オズウィンにまで広がったが、デリクが二人のうちの年下であったために、あとで死亡したと見なされた。デリク・オズウィンのほうは遺書を作成しており、それゆえ、その条項がロジャー・コルボーンの財産にも適用されるとの判決がくだされた。デリク・オズウィンの財産は、経済的な援助を必要としているコルボナイト有限会社の元従業員のあいだで分配されることになっていた。ロジャー・コルボーンの叔父であり、ただ一人の生存している血縁者だったガヴィン・コルボーンは、この決定を不服として上訴したが、上訴が審理にかけられるまえに死亡した。そのあとの検視により、彼が酔ってブライトンの自宅の急な階段から転落したさいに、頭に致命傷を負ったことが判明した。

ジェニファー・フラッドは高等法院に、彼女とトビー・フラッドの離婚が最終的に確定するのに必要な申請をおこなわなかった。夫婦は今も結婚したままである。

謝辞

本書を執筆するにさいし、次の方々には惜しみない力添えを賜り、たいへんお世話になった。わたしの大切な友人、ジョージーナ・ジェームズからは、さまざまな価値ある法律上の助言とともに、ブライトンに関する貴重な情報を提供していただいた。ピーター・ウィルキンズ、デーヴィッド・ボウネス、そして彼自身が名士であるダンカン・ウェルドンからは、わたしの描く俳優像が、彼らがよく知っている現実の姿から大きく逸脱していないことを請け合っていただいた。ヴェロニカ・ハミルトン－ディーリーからは、事件にたいする克明な検視官の見方を教えていただいた。そして、ルネ－ジーンとティム・ウィルキンからは、小説のなかでの事象が、ほんもののブライトンの天候で実際に起こることを保証していただいた。みなさん、ありがとうございました。

訳者あとがき

お待ちかねのロバート・ゴダードの新作『最期の喝采』をお届けする。

ところで、ゴダードの十六作目に当たるこの『最期の喝采』は、ゴダードとしては異色作、大変化球ともいうべき作品なのである。

ご存じのごとく、ゴダードは歴史ミステリを得意とする作家。史実に立脚し、そこから虚構の世界を紡ぎだして、虚実が一体となった見事な物語を創り上げる、あるいは、過去に光を当てながら、または現在と過去を行ったりきたりしながら、今の事件と過去の出来事のあいだの秘められた真実を、そこに潜む恐るべき因縁を徐々に解き明かしていく、というのが、彼のもっとも好む手法と言っていい。したがって彼の作品では、時間、空間を自在に移行しながら物語が進行していくことが多い。ところが今回の『最期の喝采』では、これまでとは違って物語の舞台となるのはイギリスのブライトンのみ。描かれるのはわずか八日間の出来事。主人公が日記がわりに吹きこんだテープからの書き起こし、という形式をとって事件が語られていく。

主人公のトビー・フラッドは中年の舞台俳優。かつてはテレビや映画にも出演して、大スターへの道を歩むかに見えたのだが、評判がかんばしくなかったために活躍の場がしだいにせばまり、舞台では今も主役をつとめているものの、俳優としての将来の見通しはあまり明るくない。現在、巡業中の芝居も不評で入りが悪く、ロンドンへ舞台を移す望みはほぼ消えかけている。そうした憂鬱な状況のなかで最後の巡業地ブライトンへやってきたのだが、そこでは思いもかけない運命が彼を待ち受けていた。それまでの沈滞気味だった単調な日々から一転して、次から次へと事件が起こる波瀾に富んだ日々が始まり、彼はその渦中に巻きこまれ翻弄される羽目になる。ひと癖もふた癖もある登場人物たちにふりまわされ、幾重にも絡み合った謎にとまどいながら、ことの真相を突きとめようと決心したとたん、彼は抜き差しならぬ悲劇的終幕へと突き進むことになるのである。

短いあいだの出来事を主人公が日を追って語っていく形式なので非常に読みやすく、ゴダード特有の巧みな語りにのせられて、ついつい一気に読んでしまう面白い作品に仕上がっている。入念に緻密に組み立てられたプロットと、定評あるゴダードのあざやかな語り口は、この作品においても健在、というか、スピーディに物語が展開していくだけに、ゴダードのうまさと面白さがいっそう際立って、切れ味のいいミステリになっている。彼が放った異色作ともいうべきこの作品をどうかお楽しみいただきたい。

ゴダードの次の作品『Sight Unseen』は、彼の従来の路線に戻り、史実を絡めながら、二十三年前の未解決の事件を解き明かしていく物語になっている。こちらもどうぞお楽しみに。

この作品の翻訳に当たっては、講談社文庫出版部の綾木均さん、ならびに校閲の方々にたいへんお世話になった。訳稿を丹念にチェックしていただいたことにたいし、心よりお礼を申しあげます。

|著者|ロバート・ゴダード　1954年英国ハンプシャー生まれ。ケンブリッジ大学で歴史を学ぶ。公務員生活を経て、'86年のデビュー作『千尋の闇』が絶賛され、以後、現在と過去の謎を巧みに織りまぜ、心に響く愛と裏切りの物語を次々と世に問うベストセラー作家に。他の著書に『今ふたたびの海』『秘められた伝言』『悠久の窓』（以上、講談社文庫）など。

|訳者|加地美知子　1929年神戸市生まれ。同志社女子専門学校英語学科卒。訳書にゴダード『今ふたたびの海』、リンスコット『姿なき殺人』、ホワイト『サンセット・ブルヴァード殺人事件』（以上、講談社文庫）、ショー『殺人者にカーテンコールを』（新潮文庫）、ハイスミス『スモールgの夜』（扶桑社ミステリー）など。

最期《さいご》の喝采《かっさい》

ロバート・ゴダード｜加地美知子《かじみちこ》 訳

講談社文庫

定価はカバーに
表示してあります

2006年1月15日第1刷発行

発行者——野間佐和子
発行所——株式会社　講談社
東京都文京区音羽2-12-21　〒112-8001
電話　出版部（03）5395-3510
　　　販売部（03）5395-5817
　　　業務部（03）5395-3615

デザイン—菊地信義
本文データ制作—講談社プリプレス制作部
印刷———豊国印刷株式会社
製本———有限会社中澤製本所

Printed in Japan

ISBN4-06-275290-5

講談社文庫刊行の辞

二十一世紀の到来を目睫に望みながら、われわれはいま、人類史上かつて例を見ない巨大な転換期をむかえようとしている。

世界も、日本も、激動の予兆に対する期待とおののきを内に蔵して、未知の時代に歩み入ろうとしている。このときにあたり、創業の人野間清治の「ナショナル・エデュケイター」への志を現代に甦らせようと意図して、われわれはここに古今の文芸作品はいうまでもなく、ひろく人文・社会・自然の諸科学から東西の名著を網羅する、新しい綜合文庫の発刊を決意した。

激動の転換期はまた断絶の時代である。われわれは戦後二十五年間の出版文化のありかたへの深い反省をこめて、この断絶の時代にあえて人間的な持続を求めようとする。いたずらに浮薄な商業主義のあだ花を追い求めることなく、長期にわたって良書に生命をあたえようとつとめるところにしか、今後の出版文化の真の繁栄はあり得ないと信じるからである。

同時にわれわれはこの綜合文庫の刊行を通じて、人文・社会・自然の諸科学が、結局人間の学にほかならないことを立証しようと願っている。かつて知識とは、「汝自身を知る」ことにつきていた。現代社会の瑣末な情報の氾濫のなかから、力強い知識の源泉を掘り起し、技術文明のただなかに、生きた人間の姿を復活させること。それこそわれわれの切なる希求である。

われわれは権威に盲従せず、俗流に媚びることなく、渾然一体となって日本の「草の根」をかたちづくる若く新しい世代の人々に、心をこめてこの新しい綜合文庫をおくり届けたい。それは知識の泉であるとともに感受性のふるさとであり、もっとも有機的に組織され、社会に開かれた万人のための大学をめざしている。大方の支援と協力を衷心より切望してやまない。

一九七一年七月

野間省一